Yo, tú y un quizás

María Martínez

Yo, tú y un quizás

CROSS BOOKS

Obra editada en colaboración con Editorial Planeta – España

Bajo el sello editorial CROSSBOOKS M.R.
Avenida Presidente Masarik núm. 111,
Piso 2, Polanco V Sección, Miguel Hidalgo
C.P. 11560, Ciudad de México
www.planetadelibros.com.mx

Primera edición impresa en España: noviembre de 2022
ISBN: 978-84-08-26005-9

Primera edición impresa en México: marzo de 2023
Segunda reimpresión en México: noviembre de 2024
ISBN: 978-607-07-9811-5

Impreso en los talleres de Litográfica Ingramex, S.A. de C.V.
Centeno núm. 162-1, colonia Granjas Esmeralda, Ciudad de México
Impreso en México –*Printed in Mexico*

Para vosotros, ojalá voléis muy alto

Prólogo

La policía nunca pudo dictaminar con certeza si la muerte de mi madre había sido producto de un accidente o se trataba de un suicidio. No encontraron pruebas concluyentes en ningún sentido, los testigos no estaban seguros de lo que habían visto y el caso se cerró como un suceso más en el que la mala suerte y las circunstancias habían provocado la muerte de una persona.

Yo me aferré a esa idea. A la casualidad. A la fatalidad que la hizo colocarse delante de aquella furgoneta de reparto y que no pudo esquivarla. Probablemente se distrajo. Quizás iba con mucha prisa, llegaba tarde a alguna parte y cruzó la calle sin pensar que lo hacía. Sin tiempo a reaccionar o ser consciente de lo que ocurría. De que ese paso hacia delante terminaría con su vida y cambiaría la mía para siempre.

Me protegí tras ese pensamiento, porque la otra opción era demasiado dolorosa. Cruel y desmedida. Esa otra opción me obligaba a admitir que mi madre había preferido marcharse a quedarse conmigo. Había elegido abandonarme en lugar de protegerme. Huir le costó menos que defenderse.

Así que idealicé su recuerdo, como solo un niño de doce años que adora a su madre puede hacerlo. Lo guardé entre paredes de piedra, donde nadie pudiera dañarlo. Sin embargo, cuando las bofetadas se convirtieron en puñetazos y los empujones en patadas, cuando los moratones dieron paso a los huesos rotos y las heridas, la piedra comenzó a resquebrajarse.

La primera vez solo fue un pensamiento fugaz. Una chispa que iluminó mi mente mientras me encogía en el suelo, hecho un ovillo, para protegerme de los golpes que me estaba propinando mi padre —ahora que mi madre había desaparecido, volcaba toda su violencia en mi hermano y en mí. Sobre todo, en mí—. En ese momento pensé en mi muerte como una salida a aquel infierno. Después se convirtió en un susurro constante en mi cabeza, que se unió a otros que me obligaban a enfrentarme a preguntas cuyas respuestas me asustaban más que nada. ¿Esto fue lo que le pasó a ella? ¿Así se sentía? ¿Se marchó porque convertirse en polvo le resultaba más reconfortante que vivir este suplicio y estar con nosotros?

Puede que lo hiciera. Puede que el amor por sus hijos no fuese lo bastante fuerte para detenerla y pensar en otras alternativas. Esas respuestas me cabreaban, tanto que la rabia que me provocaban acalló los susurros y me dio fuerzas para aguantar. Para soportar los días. Aunque no siempre lo lograba y la voz regresaba cuando más débil me sentía.

Me había acostumbrado al sabor de la sangre, aunque me seguía revolviendo el estómago. Tumbado en la camilla, me giré hacia un lado y apenas tuve tiempo de alargar el brazo hacia la papelera y acercarla. Vomité, envuelto en un sudor frío que se me pegaba a la piel. Enseguida noté una mano que me sujetaba la cabeza y otra que me apartaba el pelo de la frente.

—Tranquilo, ya está. Ya está. Pronto te encontrarás mejor —me susurró la señora Bae.

Asentí y me dejé caer en sus brazos mientras me ayudaba a tumbarme de nuevo. La miré sin esconder el afecto que sentía por esa mujer. Desde que mi madre había muerto, la señora Bae siempre estaba ahí, preocupándose por mí. Me vestía con ropa limpia gracias a ella. En su mesa siempre había un plato de comida caliente para mí. Y no tenía ningún problema en darme una colleja, si pensaba que la necesitaba.

—Gracias —dije sin apenas voz.

—Doctor, ¿está seguro de que no tiene una conmoción? —preguntó una vez más la señora Bae al médico de urgencias que me estaba atendiendo.

—Su cabeza se encuentra bien, no debe inquietarse. Pero sí me preocupan estas dos costillas. —Señaló con su bolígrafo un punto en la radiografía que me habían hecho nada más llegar al hospital—. Es la tercera fractura en ocho meses.

Me miró con los ojos entornados.

—He tratado a muchos deportistas que se han lastimado entrenando o compitiendo, pero estas lesiones... ¿Estás seguro de que te lo has hecho jugando al rugby?

Le sostuve la mirada con toda la seguridad que pude reunir y asentí. Volví a notar arcadas y tragué varias veces para luchar contra el impulso de mi cuerpo.

—Ya... —convino él. Sabía que le mentía.

—No puedo seguir con esto... —comenzó a decir la señora Bae. Mi mirada y la de mi hermano volaron hasta ella al darnos cuenta de lo que pensaba hacer—. Doctor, no hay...

Negué con un gesto y le supliqué en silencio que no dijera nada.

—Señora Bae... —le rogó mi hermano.

—Pero ¿no veis que...?

—Min Shi —la llamó el señor Kang, su marido, y la tomó por el brazo con dulzura. Después chistó de forma casi imperceptible para hacerla callar—: *Chist*...

De pronto, la puerta se abrió y una enfermera asomó la cabeza. Le pidió al doctor que la acompañara fuera un momento. En cuanto el hombre salió y la puerta volvió a cerrarse, la señora Bae apuntó a mi hermano con un dedo acusador.

—¿Hasta cuándo, Tae? Mira a tu hermano, mírate tú. No podéis seguir así —gimió con los ojos llorosos—. Un día de estos se le irá la mano y ocurrirá algo irremediable.

—No pasará.

—¿Cómo lo sabes?

—No lo permitiré.

—¿Y qué puedes hacer tú? Solo eres un niño.

—En un año cumpliré los dieciocho y podré ocuparme legalmente de mi hermano —respondió él. Se acercó a ella con la respiración agitada—. Por favor, no digas nada. Si lo denuncias, los servicios sociales meterán las narices en nuestros asuntos y a Ren y a mí nos separarán.

—No tiene por qué pasar, el sistema...

—Tengo diecisiete años y mi hermano catorce, no le importamos al sistema. Nos enviarán a cualquier centro donde esperarán a que cumplamos la mayoría de edad para echarnos a la calle. Y para entonces, lo habremos perdido todo.

—Pero será mejor que recibir palizas un día sí y otro también.

—Eso es algo que Ren y yo tenemos derecho a decidir por nosotros mismos, ¿verdad?

Sus ojos se clavaron en los míos, esperando una respuesta.

—Sí —respondí.

—Pero... —insistió ella.

—Min Shi, no puedes meterte en sus vidas de este modo. Debes comprenderlo —intervino el señor Kang.

—Ese hombre es el demonio y ellos... —se le quebró la voz.

Miré a mi hermano, que aún continuaba observándome. Conocía sus pensamientos. Sus planes. Me los había repetido un millón de veces, escondidos en nuestra habitación para no llamar la atención de nuestro padre, cada vez que él volvía borracho y nos gritaba hasta que perdía el conocimiento.

—Solo un poco más, Ren. Aguanta un poco más. Cuando cumpla los dieciocho, nos iremos de aquí y nadie podrá impedirlo. Mientras tanto, yo cuidaré de ti. Te protegeré.

Y yo lo creía. De verdad que lo creía. Hasta que llegó ese día y Tae alcanzó la mayoría de edad. Cumplió su palabra, se marchó, pero lo hizo sin mí. Solo me dejó una nueva promesa escrita en un papel.

Ren, volveré a buscarte, te lo prometo.
Solo necesito algo de tiempo para encontrar un trabajo y un lugar donde podamos vivir. Mientras, aguanta un poco más. Estarás conmigo antes de que te des cuenta.
Tae

Tras su marcha, todo empeoró.

Una noche, todo estalló.

El error fue mío por quedarme dormido en el sofá con el vídeo en marcha.

Desperté con un vuelco en el estómago y su mano en mi pelo, tirando de mi cabeza hacia arriba. No tuve tiempo de reaccionar. El primer envite me lanzó contra la pared. Me tropecé con los pies y desesperado traté de no perder el equilibrio. Si caía al suelo, estaba perdido.

Intenté correr hacia el pasillo, pero logró atraparme antes de alcanzar la puerta. Me agarró por el brazo y tiró con fuerza. Lo siguiente que sentí fue el impacto de su puño en la cara y un dolor agudo taladrándome el ojo. Caí hacia atrás, sobre la vitrina, y las puertas de cristal se hicieron añicos bajo mi cuerpo.

Gateé para alejarme, mientras algunas esquirlas se me clavaban en las palmas de las manos. En la pantalla del televisor, mi madre preparaba gofres y me llamaba caramelito. Su caramelito.

—Te dije que tiraras esas jodidas cintas. ¡No quiero nada suyo en mi casa! —me gritó con la voz pastosa por el alcohol—. Ni siquiera puedes hacer lo que se te manda, ¿verdad, inútil? Igual que ella, siempre desafiándome. Pero esta vez te voy a enseñar a respetarme, aunque sea lo último que haga.

Me dio una patada en el estómago que me dejó sin aire. Las lágrimas me brotaron de los ojos mientras un intenso dolor me envolvía por completo y se apoderaba de todos mis pensamientos.

—¿A que ahora lo entiendes? —siseó con la voz cargada de odio.

Mi padre levantó la pierna para golpearme de nuevo. Me hice un ovillo con las manos en la cabeza, como si de verdad sirviera de algo para protegerme. Sin embargo, no volvió a patearme, sino que coló la bota por el hueco entre mis brazos e hizo fuerza contra mi cuello. De forma deliberada, comenzó a ejercer presión. Lo hizo despacio. Sin prisa. Sin parpadear mientras me observaba.

Lo agarré por el tobillo y empujé hacia arriba. No sirvió de nada. Me costaba respirar. Mi vista se desenfocó y no pude hacer otra cosa salvo patalear. Golpeé la mesa y algo cayó al suelo y crujió al romperse. Todo me daba vueltas y me quedaba sin fuerzas. Sacudí los brazos, como el que se hunde en un océano frío y oscuro y bracea para intentar volver a la superficie. Mis dedos palparon la cortina. La así y tiré hacia abajo. La barra que la sujetaba cedió. Uno de los extremos golpeó el suelo y el otro acertó de lleno en la ventana.

El cristal se rompió.

Fuera se oían gritos. Mi nombre entre ruegos. Golpes en la puerta principal. Abrí los ojos y vi los destellos de unas luces azules reflejándose en la pared. El eco de las sirenas embotándome los oídos.

De repente, la casa se llenó de voces. De golpes. Unos brazos me levantaron del suelo y me sacaron al jardín. Me sentaron en la parte trasera de una ambulancia y una mujer comenzó a examinar mis heridas. Me hacía preguntas que no conseguía entender y mucho menos responder. Toda mi atención se centraba en los policías que sacaban a mi padre esposado del interior de la casa y en sus esfuerzos para obligarlo a entrar en uno de los coches.

Me dieron ganas de vomitar. Había estado a punto de matarme, no albergaba dudas. Unos minutos más y lo habría logrado, sin que yo hubiera podido hacer nada por evitarlo. Siempre había sido demasiado débil para enfrentarme a él. Demasiado cobarde. Solo había que mirarme. Tenía quince años y no aparentaba más de doce. Era un enclenque. Sin fortaleza ni voluntad.

—¿Ren? ¡Ren!

Mis ojos volaron hasta la señora Bae, a la que un policía le impedía acercarse a mí.

—¿Puede decirme al menos cómo está o a qué hospital van a llevarlo? —insistía—. Sabía que esto acabaría pasando. Ren, hijo, no te preocupes por nada. Todo irá bien, te lo prometo.

Las puertas de la ambulancia se cerraron y dejé de oír su voz. Intenté incorporarme, pero unas manos me lo impidieron. Me llevaron al hospital y, mientras me hacían pruebas y me curaban las heridas, yo solo podía pensar en qué pasaría a partir de ese momento. Qué sería de mí ahora que habían arrestado a mi padre y todo el mundo sabía lo que sucedía, un día sí y otro también, entre las paredes de mi casa.

Cerca del amanecer, una enfermera me dijo que debía

quedarme en el hospital un par de días y me trasladaron a una habitación, donde había otro chico. El tío debía de estar aburrido y con ganas de hablar, porque no hizo otra cosa más que parlotear desde que aparecí. Me giré en la cama y le di la espalda, cuando comenzó a contarme cómo se había roto las dos piernas haciendo *parkour* con sus colegas. Me importaban una mierda sus piernas y él. Por mí, como si se rompía el cuello.

Por suerte, gracias a la cantidad de calmantes que recorrían mi cuerpo, me quedé dormido a los pocos minutos. Por primera vez en mucho tiempo, descansé tranquilo y sin pesadillas. Sin sobresaltarme cada vez que escuchaba un ruido.

Me desperté por un olor conocido que aromatizaba el aire a mi alrededor. Sonreí, pese a la herida que tenía en el labio, y abrí los ojos. Había pocas cosas en mi vida que me encogían el corazón, y ella era una. La observé sin moverme. Se había subido a la cama y se encontraba boca abajo, rodeada de rotuladores con los que dibujaba en la escayola que me habían colocado en el brazo roto, mientras masticaba de forma ruidosa un chicle de mora y frambuesa.

Llevaba un chándal rosa, decorado con esos ponis cursis que aparecían en la tele. *My Little* no sé qué. Eran muy repelentes y, aun así, esa enana había conseguido que viera mil veces cada capítulo. Moví la mano y agarré una de las coletas en las que llevaba el pelo recogido. Le di un tirón.

—Eh, Peekaboo.

Ella pegó un bote y de un manotazo me hizo girar la cabeza hacia el lado contrario. Mis ojos se llenaron de puntitos blancos y un dolor agudo me recorrió el pómulo, donde me habían dado un par de puntos.

—¡No mires, es una sorpresa! —exclamó. Se le habían caído dos dientes y el aire se le escapaba por el hueco, haciendo que ceceara de un modo muy gracioso.

—¿No deberías estar en el colegio?

—Hoy es sábado, tonto.

—Ah, ¿sí? —pregunté sorprendido. Había perdido la noción del tiempo. Moví los dedos, se me estaba durmiendo el brazo—. ¿Te queda mucho para terminar?

—Ya casi está.

Inspiré y miré hacia la puerta. En el pasillo se oían voces y pude distinguir la de la señora Bae. No entendía lo que decía, pero parecía alterada.

—¿Ren?

—¿Qué?

—¿Por qué no te quiere tu papá?

Un escalofrío me recorrió la espalda y tragué saliva. La miré. Ella dejó de dibujar y levantó la cabeza. Me observó con sus enormes ojos negros. Jisoo solo tenía siete años, pero era la niña más lista y avispada del mundo. Siempre lo había sido. Mi sombra desde que aprendió a caminar y comenzó a seguirme a todas partes. Aunque lo que más me preocupaba era su empeño en imitarme. Yo no era un buen ejemplo para nadie, y menos para ella.

—No lo sé —respondí con sinceridad.

Ella asintió varias veces, como si hubiera comprendido algo mucho más profundo que esas tres palabras, y me dedicó una sonrisa mellada.

—No pasa nada, yo también te querré por él.

Se me formó un nudo en la garganta. Intenté sonreír, despreocupado, como siempre me comportaba cuando no sabía qué hacer con mis emociones.

—¿En serio?

—Sí. Te querré mucho más a partir de ahora.

—Vaya, eso significa que tendré que esforzarme y empezar a quererte yo también.

Jisoo arrugó la nariz y me fulminó con la mirada. Me costó no echarme a reír. La conocía desde que era solo un bebé y sabía lo que significaban cada una de sus miradas. De sus gestos. En ese momento, se esforzaba tanto como yo para no reír a carcajadas.

—No cuela, sé que soy tu persona favorita en el «Tumilverso».

—Multiverso.

—Eso he dicho —convino en un tonito de suficiencia—. Tú eres el Doctor Raro y yo soy Clea. Aunque yo nunca te abandonaría para regresar a la Dimensión Tenebrosa.

Puse los ojos en blanco. «Doctor Strange y la Dimensión Oscura», la corregí dentro de mi cabeza. Le había leído ese cómic un millón de veces. Jisoo agarró un rotulador amarillo y empezó a dibujar un sol en el yeso, justo al lado de una luna gris.

—Ren...

—¿Sí?

—Tu papá ya no podrá pegarte nunca más. Mamá dice que vendrás a vivir con nosotros cuando el médico te dé permiso y que seremos tu nueva familia. También dice que nos «atrencharemos» en casa si intentan llevarte a un centro, porque allí te convertirían en un «melincuente» y no piensa permitirlo. Papá dice que eso no va a ser posible, porque ya tienes otra familia. Pero mamá le ha dicho que esa gente nunca vendrá a buscarte, porque eres como nosotros y no como ellos. Ya sabes, tú eres más coreano y son unos racistas. Soomin dice que a los racistas no les gustan las personas diferentes. ¡Qué tontos!

—Sí que lo son —logré susurrar.

—Bueno, tú no te preocupes si vienen a buscarte, les pagaré para que no te lleven. La abuela Min dice que en este mundo todo lo soluciona el dinero y en mi hucha ya tengo doscientas tres libras y veinticinco peniques. —Soltó una risita—. Me gusta que ahora seas mi hermano. Verás cuando se lo cuente a Nara, siempre está presumiendo del suyo porque sabe matemáticas de las difíciles. Tú tocas la guitarra y montas en monopatín, que es mil veces más chulo.

Parpadeé, como si así pudiera frenar el torbellino en el que se habían convertido mis pensamientos mientras intentaba ordenar en mi cabeza todo ese parloteo que Jisoo había soltado sin apenas respirar, repitiendo con toda su inocencia cosas que había oído a otras personas y que, probablemente, ni siquiera lograba entender. No con claridad.

Yo sí lo hacía. Veía su inmensidad.

¿Quedarme con su familia? ¿Formar parte de ella? ¿Ser uno más? ¿Sentirme a salvo por primera vez en mi vida? No me atrevía a considerarlo. Sin embargo, ahora que esa pequeña posibilidad se abría paso en mi interior, empezaba a darme cuenta de lo asustado que estaba en realidad. Aterrado porque no tenía a nadie en el mundo. Muerto de miedo, ya que ahora deseaba más que nada que la señora Bae me salvara la vida. Porque sentía que eso era lo que estaba en juego. Mi propia existencia. Y ella era la única que había permanecido siempre ahí, protegiéndome a su manera.

Cerré los ojos y abrí la boca en busca de aire. Mis pulmones se negaban a funcionar. Notaba un peso descomunal en el pecho que me aplastaba las costillas. Necesitaba levantarme. Salir de allí. Necesitaba... Dios, estaba sufriendo una crisis nerviosa o un ataque de pánico. O al corazón.

Dolía.

Y no era capaz de moverme.

—Mira, Ren, ya he terminado. Te he dibujado un cuento. Trata sobre el sol y la luna, que se hacen amigos. La luna siempre estaba triste y el sol sentía tanta pena que decidió dejar el día y viajar hasta la noche para visitarla, pero, por mucho que caminaba, nunca lograba acercarse... —Noté su mano en mi cara—. ¿Por qué no dices nada? ¿No te gusta?

—Jisoo... —dije sin apenas voz.

Iba a vomitar y traté de apartarla con el brazo enyesado.

De repente, la puerta se abrió. Mis ojos volaron hasta allí y sentí que me rompía de nuevo. Se me llenaron de lágrimas.

—Voy a vomitar —pude articular.

Jun no vaciló. Saltó hacia delante y alcanzó la papelera que había junto a la cama. La levantó al tiempo que yo me inclinaba sobre el borde del colchón y echaba hasta mi primera papilla. Con la otra mano me sostuvo la frente y no me soltó. Ni siquiera después de que mi estómago se calmara.

Se quedó a mi lado ese día.

Y el siguiente.

Y también el siguiente.

También lo hizo ella.

Mi faro y mi brújula.

Y ni siquiera ellos pudieron evitar que perdiera el rumbo.

Que mis pasos siempre me llevaran a la deriva.

Como una hoja arrastrada por el viento. Dando tumbos. Sin saber cómo recuperar el control, si es que alguna vez lo tuve.

1
Ren

Existe la maldad, es un hecho.

Y existen las personas perversas.

Las hay que ya nacen con ese demonio dentro y no necesitan razones para usarlo, solo un pretexto que les haga sentir que tienen motivos para ser como son. Cobardes cuya fuerza es la crueldad. Dañan y torturan sin ningún remordimiento y propagan ese mal. Infectan a sus víctimas con esa misma violencia. Colocan la semilla en su interior. La alimentan hasta que germina y comienza a nutrirse por sí misma; y la convierten en una pequeña bomba con una mecha muy corta, que apenas necesita una chispa para prender.

Yo lo sabía muy bien, llevaba toda mi vida batallando contra ese impulso. Contra ese tictac constante dentro de mi pecho. Pendiente de cada pequeño indicio que pudiera indicarme que me encontraba a punto de sobrepasar mi límite. De estallar.

Nietzsche decía que quien con monstruos lucha cuide de convertirse a su vez en uno. La verdad que contenía esa frase era la que me mantenía a raya.

Me daba miedo mirarme un día en el espejo y verlo a él. Su rabia y su violencia formaban parte de mí, habían echado raíces en mi interior mientras me defendía de sus golpes. Las había usado para aguantar, para hacerme más fuerte. Sin embargo, la razón no cambia la naturaleza. Y un golpe no deja de ser un golpe, independientemente del motivo que te empuje a darlo.

Pese a ello, no siempre podía controlar mi temperamento y en ocasiones perdía el control.

Tic, tac, tic, tac... y cuando esa cuenta atrás llegaba a cero, no había modo de detenerme. Era como una locomotora sin frenos, que siempre acababa descarrilando.

Tic, tac, tic, tac...

A veces, estrellarse es la única forma de recuperar el control.

2
Ren

Mi móvil vibró sobre la mesa. Lo localicé bajo un montón de papeles y le eché un vistazo a la pantalla. Otro mensaje de Miku recordándome que habíamos quedado a las siete y media en ese pub de Shoreditch que tanto le gustaba a Luke.

Estiré la espalda con los brazos por encima de la cabeza y volví a mirar el puñado de dibujos desperdigados sobre mi mesa. Eran buenos, muy buenos, siendo sincero, pero no lo que buscaba. Nuestros juegos llamaban la atención por el diseño de los personajes, repleto de detalles y matices, que alcanzaban un nuevo nivel de perfección una vez que los modelábamos y animábamos. Su realismo era acojonante, como si el juego fuese una cinemática en sí mismo.

Negué con la cabeza y levanté la vista. Desde el otro lado de la mesa, Kenji me observaba.

Kenji era productor y ejecutivo en Sony, y nuestro enlace con la compañía desde que habíamos firmado el último contrato.

—Este tío es bueno y me gustan sus ideas, pero no encaja con nosotros —dije convencido.

Kenji se inclinó hacia delante y soltó todo el aire por la nariz. Podía ver cómo se le agotaba la paciencia.

—De acuerdo, seguiremos buscando, pero tienes que ser más abierto de mente y...

—No hace falta, ya he tomado una decisión.

—¿Qué decisión? —me preguntó con cautela.

—Este equipo solo funciona completo y falta un miembro. Esperaremos a Jun.

—¡Aún faltan tres meses para su vuelta!

—Uno, se licencia a mediados de marzo.

—Ya deberíamos tener al menos la mitad del diseño y la conceptualización del juego. Visión técnica, narrativa... Y no hay nada, Ren.

—Cumpliremos con los términos y sin prórrogas, como hasta ahora.

—Ren...

—¿Quieres más millones de copias vendidas de los próximos juegos? —le pregunté en un tono más cortante de lo que pretendía.

Kenji volvió a repantigarse en la silla y me observó con los labios convertidos en una línea muy fina. Inspiré un par de veces y traté de mostrarme tranquilo y seguro.

—Escucha, los personajes, la estética, la historia de cada uno de nuestros juegos... Todo eso ha salido de la cabeza de Jun. Un cuerpo dejará de funcionar si le arrancas el corazón y pones un reloj en su lugar, ¿verdad? Ambos laten, pero solo uno posee vida. Jun es el corazón de este equipo. —Señalé los dibujos que había sobre mi mesa—. Todos esos creativos no son más que relojes.

Kenji observó las ilustraciones y los guiones que habíamos recibido en los últimos días por parte de creativos externos. Después paseó la vista por las paredes, de las que colgaban los diseños de Jun. Casi podía oír los engranajes de su cabeza en movimiento mientras pensaba. Tras un largo momento de silencio, se puso en pie.

—De acuerdo, esperaremos a Jun.

Apreté los labios para no sonreír y también me levanté.

—No te arrepentirás.

—Eso espero, Ren. Confío en ti. Te llamo en un par de semanas para programar la última prueba de *Wildland of Dark 2*.

—Estaremos listos.

Lo acompañé hasta la puerta, donde nos despedimos con un apretón de manos.

Una vez que Kenji se marchó de vuelta a su hotel, volví dentro y me dejé caer en el sofá.

Estaba agotado. Las últimas semanas habían puesto a prueba los límites de todo el equipo. Días interminables de análisis, pruebas y solucionar fallos. Noches en el estudio, durmiendo a ratos solo cuando el cansancio nos vencía. Forzando nuestras mentes y cuerpos más allá de lo racional. Sin embargo, el resultado había merecido la pena. La segunda parte de nuestro juego estaba terminada y, para celebrarlo, habíamos recibido la gran noticia de que la primera parte había alcanzado los cuatro millones de unidades vendidas entre los formatos para consola y PC. ¡Una pasada!

Me moría de ganas de poder contárselo a Jun, pero eso tendría que esperar.

Solo un mes más. Un mes y estaría de vuelta. Entonces, todo volvería a ser como antes.

¡Dios, el tiempo había pasado tan despacio desde que él se marchó! Un año y nueve meses, que se me habían antojado una década. Cargar yo solo con el peso del estudio había sido una pesadilla. Y aunque Miku había sido un gran apoyo, la responsabilidad de las decisiones y sus consecuencias había recaído solo en mí.

Mi teléfono vibró con otro mensaje.

Me espabilé de golpe. Llegaba tarde.

Apagué los equipos, las luces y cerré el estudio.

Después fui en busca de mi moto y me dirigí al este, hacia Hackney.

La noche era muy fría y la humedad se te colaba a través de la ropa y te calaba hasta los huesos. Estábamos a mediados de febrero y soplaba un viento gélido y molesto que sacudía los árboles y arremolinaba las hojas que se acumulaban en el suelo. En los jardines y parques, aún se podían ver los restos de la última nevada, que había caído dos semanas atrás.

Veinte minutos más tarde, aparcaba junto a un puesto de comida rápida.

Escudriñé los alrededores, mientras limpiaba con la mano los trocitos de hielo que se habían adherido a la visera del casco. Después lo guardé en la maleta.

Me fijé en el chico del puesto. No tendría más de veinte años y pasaba el rato jugando con su teléfono, sentado en una silla bajo el toldo del pequeño camión. Sonreí al reconocer la música y los sonidos de nuestro último juego para móvil. Me acerqué con disimulo y le eché un vistazo a la pantalla.

—¡Joder, me ha vuelto a vencer! —gritó de repente, al tiempo que lanzaba una patada al aire—. Mierda, mierda, mierda... Es imposible pasar este nivel.

Me reí, no pude evitarlo. El chico alzó la cabeza y me miró con malas pulgas.

—¿Quieres algo?

—Te digo cómo pasarlo si me vigilas la moto.

—Sí, seguro —rezongó suspicaz.

—Sé cómo vencer a la araña.

—Tío, es imposible. Le he lanzado todo lo que tenía y solo le he hecho cosquillas.

—Ese bicho es la parte fácil. El jefe que viene a continuación sí que va a provocarte un infarto.

Arqueó una ceja, menos desconfiado.

—¿De verdad sabes cómo derrotarlos?

—Ajá.

—¿A los dos?

—Podría pasar el juego entero con los ojos cerrados —le aseguré. Él entornó la vista y yo inspiré sin mucha paciencia, llegaba tarde—. ¿Hay trato?

Se encogió de hombros.

—Vale. ¿Qué hago?

Volvió a sentarse en la silla y yo me agaché a su lado.

—De acuerdo, inicia partida. No vayas hacia delante, da la vuelta.

—Pero la mazmorra... —Le dediqué una mirada de suficiencia que le hizo apretar los dientes. Resopló—. Doy media vuelta.

—Antes has pasado junto a una iglesia en ruinas. Vuelve ahí, escala hasta el campanario y arranca la cruz que corona la aguja.

—¡No me jodas, es una espada! —exclamó cuando su personaje empuñó el arma.

—Hay que estar atento a los detalles, chaval.

—¿Quién lo iba a imaginar? —Se rio con ganas—. ¡Esta cosa es enorme!

—Es una Claymore de un metro sesenta y cinco kilos de peso. Difícil de manejar, pero si en el nivel anterior encontraste los guanteletes del brujo, no tendrás ningún problema para ganar —le expliqué, orgulloso de mi propia creación.

—Sí, sí, los encontré, aunque pensaba que solo eran un tesoro. —Se le escapó una risa ronca—. ¡Gracias, tío, te debo una!

—Cuida de mi moto y estaremos en paz.

—Claro, como si fuese mía. Yo me encargo.

—Gracias, colega.

Me llevé la mano a la cabeza a modo de despedida y me dirigí al pub donde había quedado con los chicos para celebrar los cuatro millones de copias vendidas. Al acercarme a la puerta, me encontré con todo el grupo aún en la calle.

—¿Qué hacéis aquí?

—Liam se marcha —dijo Miku.

Recorrí sus caras, el ambiente de fiesta se había esfumado. Busqué la mirada de Liam, que parecía empeñado en rehuir la mía.

—¿Qué pasa?

—Son esos tíos de ahí —comentó Lisa, mientras señalaba con disimulo por encima de su hombro—. Han comenzado a insultar a Liam en cuanto hemos llegado.

—¿A insultar? ¿Qué clase de insultos?

—Ya sabes, por su... Lo que él... —Lisa no parecía capaz de acabar la frase.

—Lo han llamado comepollas y marica —intervino Luke. Se giró hacia Liam—. Aún puedo volver y hacer que se traguen toda esa basura.

Liam, ruborizado, negó con la cabeza.

Fruncí el ceño. A no ser que esos tíos tuvieran un detector de gais en el culo, ya debían de conocer a Liam.

—¿Quiénes son? —le pregunté.

—Antiguos compañeros de instituto. Ya eran unos cretinos entonces y no parece que hayan cambiado mucho. —Sacudió la cabeza—. No pasa nada, de verdad. Solo son palabras. No me importa.

—¿Y te marchas porque no te importa? —lo cuestioné.

Me pasé la mano por la cara e inspiré con fuerza. Mi mirada voló hasta los idiotas que querían fastidiarnos la noche e hice contacto visual con uno de ellos. Su sonrisa despectiva me hizo apretar los puños.

Tic, tac, tic, tac, tic, tac...

—De aquí no se va nadie. Hemos venido a celebrar y es lo que vamos a hacer.

Miku me miró desconfiada y negó con la cabeza, era la que mejor me conocía de todos ellos. Por ese motivo, Jun le había pedido que cuidara de mí durante su ausencia. ¡Como si lo necesitara!

—Ren, no vamos a quedarnos. Hay otros muchos sitios a los que podemos ir.

—¿Y que Liam baje la cabeza como si tuviera que avergonzarse de ser él mismo? De eso nada, nos quedamos aquí.

Agarré la mano de Liam, que me miró como si yo acabara de perder la cabeza, y entrelacé mis dedos con los suyos. Tiré de él hacia la entrada del pub. Después le rodeé los hombros con el brazo y le planté un beso en la sien, como tantas veces había hecho con Emily. Trató de apartarse. No se lo permití; al contrario, lo pegué a mi costado mientras miraba con descaro a sus compañeros de instituto, les guiñaba un ojo al pasar por su lado y les devolvía la sonrisa.

Cruzamos las puertas del pub y el olor a cerveza nos golpeó en la cara.

—¿Por qué has tenido que hacer eso? —me preguntó Liam.

—¿Qué pasa, no soy lo bastante guapo para ser tu novio? —bromeé mientras me abría paso entre la gente hasta la barra.

Él chasqueó la lengua, disgustado.

—Hablo en serio, Ren. No había necesidad de montar el numerito.

—¿Es mejor bajar la cabeza y huir como si hubiera algo malo en ti? El problema lo tienen ellos, no tú.

—No puedo pelearme con todo el que me llama marica.

Me detuve y lo miré a los ojos con más paciencia de la que sentía.

—Ni yo quiero que lo hagas, Liam. Nunca te metas en una pelea, pero tampoco te escondas. Debes demostrarles a todos esos idiotas que no te importa su opinión, hasta que tú mismo lo creas sin dudar, ¿entiendes?

—¿Por qué te importa tanto?

—Porque eres mi amigo —le respondí como si fuese lo más obvio del mundo. Le puse la mano en el hombro y le di un ligero apretón—. Escucha, si no te defiendes cuando alguien intenta hacerte daño, si permites que te traten mal solo porque creen que tienen ese derecho o piensan que son mejores que tú, llegará un día en el que terminarás creyendo todas sus mierdas y perderás la fe en ti mismo. Y si la pierdes, no te quedará nada. ¡Nada! —enfaticé esa palabra con otro apretón en su hombro—. Y no lo digo por decir, sé de lo que hablo.

Liam bajó la mirada al suelo. Después la alzó un momento al techo antes de volver a clavarla en mi rostro. Abrió la boca un par de veces, como si buscara el modo de decir algo que le resultaba difícil.

—Es que yo no soy como tú, Ren. Mírate. Eres la clase de tío al que cualquiera querría parecerse. Gustas a todo el mundo, eres divertido y siempre estás tan seguro de ti mismo.

Encogió los hombros con un gesto de derrota.

—Oye, no te fíes de lo que se ve a simple vista, nadie es lo que parece.

—Pero en mi caso no hay más que lo que se ve.

—A mí me gusta lo que veo, Liam —le aseguré—. ¿Por qué crees que he preferido doblar la prima del seguro a despedirte?

Me dedicó una sonrisa burlona.

—¿Porque soy tu mejor programador?

—Sí, eso ha influido bastante —me reí mientras movía la cabeza—. También porque eres una buena persona y en el estudio todos te quieren. Así que deja que nos preocupemos por ti, ¿de acuerdo?

Tragó saliva y se humedeció los labios, más avergonzado por mis cumplidos que molesto por mi comportamiento.

—Vale, pero no vuelvas a hacerte pasar por mi novio. No hay quien se lo crea.

—Pero ¿qué dices? ¿Tú nos has visto bien? Somos como una versión mejorada de Troye y su novio. —Liam me miró como si me hubiera salido otra cabeza y arqueó las cejas—. ¿Te sorprende que lo conozca?

—Troye Sivan no hace precisamente el tipo de música que a ti te va.

—Estás muy equivocado conmigo —repuse, y comencé a canturrear la letra de su canción *There for you*—: *So when your tears roll down your pillow like a river... I'll be there for you... I'll be there for you...* —Y me vine arriba sin miedo al ridículo, mientras señalaba mi corazón y luego a él—. *I'll be loud for you... But you gotta be there for me too. Boy, I'm holding on to something. Won't let go of you for nothing...*

Logré que se riera.

Me empujó en el pecho y yo le rodeé el cuello con el brazo. Después lo arrastré conmigo hasta la mesa donde se habían reunido los demás. Liam me recordaba un poco a mi antiguo yo. Es duro enfrentarse al rechazo de los demás, sobre todo cuando logran que te cuestiones a ti mismo. Cuando consiguen que te sientas un ser defectuoso e inferior y te hacen creer que respirar su mismo aire es un gesto caritativo que debes agradecer.

Acababan de servirnos la segunda ronda de bebidas cuando los tíos que habían insultado a Liam entraron en el pub. Ocuparon una mesa alta y enseguida repararon en nuestra presencia. Eran idiotas y parecían decididos a demostrarlo.

Puse todo mi empeño en ignorarlos. Hice oídos sordos a

las risas y los comentarios malintencionados. A los diálogos forzados que buscaban una reacción. Traté de centrarme en la conversación, pero llegó un momento en el que la presencia de esos cretinos era lo único que percibían mis sentidos. Como cuando aparece un mosquito en el silencio de la noche y el mundo entero comienza a girar en torno a ese zumbido.

—Voy al baño —anuncié al tiempo que me ponía en pie.

Necesitaba despejarme y aliviar el calor que parecía concentrarse a la altura de mi pecho y en mi rostro. Me abrí paso entre la gente que abarrotaba el local. De repente, alguien chocó contra mi hombro. Levanté la mirada y me encontré con el tío que me había sonreído en la puerta.

—¡Oh, perdona! ¿Te he hecho daño?

No pude pasar por alto su tono amanerado, ni el gesto afeminado. La forma en la que fruncía los labios, como si me lanzara besitos con cada palabra que pronunciaba. El muy idiota intentaba provocarme, amparado en la seguridad que sus amigos le brindaban. El pulso que me latía en el cuello se disparó. Podía sentirlo en los oídos. Su eco taladrándome las sienes.

Forcé una sonrisa y alcé las manos con un gesto de paz. A continuación, seguí mi camino.

—Marica —tosió uno de ellos.

«No te detengas. Sigue adelante. Sigue adelante», me dije a mí mismo.

Entré en el baño y abrí el grifo. El agua salía tan fría que habría revivido a un muerto. Me mojé la cara y el cuello. Sin embargo, cuando eso no funcionó para despejarme, acabé metiendo la cabeza bajo el chorro helado. Con las manos a ambos lados del lavabo, cerré los ojos. Por los altavoces comenzó a sonar una canción que conocía muy bien. Me dejé llevar por la música, la voz de RM y todo lo que transmitía, y me concentré en la letra buscando un desahogo. La repetí en mi mente, mientras movía la cabeza al ritmo de ese rap:

—*So, I'm askin' once again. Who the hell am I? Tell me all your names, baby. Do you wanna die? Oh, do you wanna go? Do you wanna fly? Where's your soul? Where's your dream? Do you think you're alive?*

«Ni puta idea.»

No estaba funcionando.

No era el mejor momento para empezar a pensar en preguntas introspectivas sobre la existencia y mis taras. Ni para animarme a aceptar que la peor versión de mí mismo me hace más humano.

Inspiré hondo, la sensación que me recorría el cuerpo era horrible.

Tic, tac, tic, tac, tic, tac...

Pensé en Jun, en lo último que me dijo en medio de aquel aeropuerto antes de su marcha: «Pórtate bien. Sé bueno».

Y yo le había prometido que no me metería en líos.

Desde entonces, había hecho lo indecible para cumplir esa promesa.

E iba a romperla una vez más.

Tic, tac, tic, tac...

La puerta del baño se abrió y golpeó la pared.

—Tío, yo no pienso mear con ese marica ahí.

Abrí los ojos y ladeé la cabeza.

Tic, tac, tic, tac...

Allí estaban, mirándome como si fuese un insecto asqueroso.

Esa fue la chispa que prendió la mecha.

La señal que bloqueó cualquier pensamiento racional.

Algunas veces, estrellarse es la única forma de recuperar el control.

3
Ren

No puedes arreglar algo que finges que no está roto. Ni superar un problema si no lo miras de frente. A veces, el único modo de continuar es avanzando hacia delante, casilla a casilla, enfrentándonos a los dados que el destino decida lanzar por nosotros. Reunir el valor para dejar atrás lo que ya no respira. Aceptar el dolor que vas a provocar. El que sentirás.

Y cómo cuesta abrir los ojos a esa realidad. Asumir que los sentimientos cambian, que las necesidades no siempre son compartidas y el tiempo no transcurre a la misma velocidad para todos. Que la solución no pasa por destrozarte a ti mismo intentando cambiar a los demás para que encajen en ese futuro perfecto que te has imaginado. Tampoco en permanecer a la espera de que sean ellos los que se aburran de intentarlo y se conformen con lo poco que puedes ofrecerles.

Cuesta cuando te aferras a la persona equivocada y no quieres admitirlo.

Cuando esa persona se convierte en un muro contra el que no dejas de chocar, día tras día.

Cuando tú eres la pared que frena la huida y aguantar un poco más, para no sentirte culpable por no haberlo intentado, se convierte en un laberinto del que no sabes cómo salir.

4
Ren

—Ten, bébete esto. Parece que lo necesitas.

Alcé la vista desde la silla en la que estaba sentado y me encontré con Eddy Forman, un antiguo compañero de universidad, que ahora era policía y trabajaba en la estación metropolitana, a la que me habían llevado tras el altercado en el pub.

Tomé el vaso de café que me ofrecía.

—¿Invitáis a café a los presos?

Se sentó a mi lado con un suspiro y cruzó las piernas a la altura de los tobillos.

—¿Presos? No estás detenido —respondió. Hizo un gesto hacia el fondo del pasillo—. Yunho los tiene contra las cuerdas. No tardarás en irte a casa.

Miré en la misma dirección y observé a Yunho, mi abogado, que hablaba con el jurista y un par de familiares del chico con el que me había peleado. Yunho era muy bueno en su campo. Por ese motivo, Jun acudió a él cuando montamos el estudio. Nos asesoró desde el principio y después se quedó con nosotros como representante legal. En sus ratos libres, me sacaba de los líos en los que siempre acababa metido.

También era el marido de Soomin, la hija mayor de la

señora Bae y mi amiga, lo que le convertía en mi familia. Y no lo consideraba mi hermano solo por ese parentesco, sino porque se había ganado mi respeto con el paso de los años.

Bajé la vista al vaso que acunaba entre las manos.

—Esta vez me he pasado, Eddy.

—¿Y por qué no pareces arrepentido?

—Porque no lo estoy. Ventajas de ser un caso perdido.

—Yo tampoco lo estaría, Ren. —Le dediqué una mueca suspicaz. Era mi amigo el que hablaba y no el policía. Eddy me dio un golpecito con su rodilla—. Hablo en serio. Lo que ese tío ha hecho se considera un delito de odio. Has perdido los nervios ante una agresión verbal repetida, algo comprensible que puede zanjarse con un acuerdo y el pago de una multa.

Bebí un sorbo de café y chasqueé la lengua al notarlo amargo.

—¿Es lo que está negociando Yunho?

Eddy asintió.

—Sí, y lo van a aceptar. No es el primer delito homófobo de ese chico y sus padres no quieren que trascienda. —Los señaló con disimulo—. Mira.

Eché un vistazo al fondo del pasillo y vi a Yunho estrechando la mano del otro abogado.

Respiré aliviado, porque una gran parte de mí no creía que pudiera salir de ese lío como si nada. En las dos horas que llevaba en comisaría, había imaginado todos los escenarios posibles, y ninguno era bueno. Desde servicios comunitarios a terapia psicológica, incluso una pequeña estancia en la cárcel. Recibí un primer aviso a ese respecto durante el juicio por destrozarle el coche a un tipo que pretendía largarse sin pagar del restaurante de la señora Bae y que, después, la acusó de servir carne en mal estado.

Sé que no estuvo bien que reaccionara con esa violencia,

pero, en aquel momento, no pude controlarme. Ese restaurante era el sustento de su familia y un idiota lo había puesto en peligro por sesenta libras. Solo su reloj costaba cien veces más; y casi hice que se lo tragara.

De repente, una mano en mi barbilla me sacó de mis oscuros pensamientos.

—Ese ojo no tiene buen aspecto —me dijo Yunho.

Eché la cabeza hacia atrás para que me soltara.

—Estoy bien.

—Tú siempre estás bien, ¿verdad? —mascullό con sarcasmo. Hice un ruidito a modo de protesta—. De acuerdo, ya eres mayorcito. Centrémonos en lo importante. No van a presentarse cargos y todo quedará en un malentendido.

—Vale —susurré sin atreverme a mirarlo. Su decepción era tan evidente que me sentía avergonzado—. ¿Se lo dirás a ella?

—Aprecio a mi suegra lo bastante como para ahorrarle este disgusto. ¡Diantres, Ren, ¿qué tienes en esa cabeza?!

Me encogí de hombros sin saber qué responder. No lo sabía. Tampoco por qué me sentía como me sentía. Molesto, inquieto, incómodo dentro de mi propia piel desde que podía recordar. En mi mente había demasiadas cosas que no lograba ordenar. Ni comprender. Todo estaba mezclado, era confuso, y esa sensación me provocaba muchísima ansiedad. Sobre todo, desde que Jun se había marchado. Él era la única persona con la que no podía fingir. Me conocía mejor que yo mismo y necesitaba que regresara.

—¿Puedo irme? —quise saber.

—Solo debes firmar unos documentos y podrás irte.

Lo seguí hasta un mostrador, donde un policía me dio un par de papeles. Los firmé sin molestarme en leerlos y esperé a que me devolvieran los objetos que había entregado al llegar.

—¿Ya?

—Sí —respondió Yunho—. Vamos.

Sin mediar palabra, nos encaminamos juntos al vestíbulo. Al cruzar las puertas y salir a la calle, frené en seco. No esperaba encontrarla allí. Solté el aire por la nariz y me la quedé mirando en la distancia. Parecía cabreada y lo último que yo necesitaba esa noche era discutir.

—¿Por qué la has llamado? —le pregunté entre dientes a Yunho.

—Porque es tu novia y eso la convierte en tu familiar más directo. No estaba seguro de si te detendrían, era mi obligación avisarla.

Sacudí la cabeza y cerré los ojos un segundo. Al abrirlos, vi a Emily cruzar la calle y dirigirse hacia nosotros. Intercambió unas pocas palabras con Yunho, evitando mirarme en todo momento. Yo no podía apartar los ojos de ella, de su expresión y todo lo que reflejaba.

¿Tenía yo la culpa de que pareciera tan infeliz? ¿Tan vacía?

—Yo ya me marcho —anunció Yunho. Asentí en respuesta—. No olvides que mañana a primera hora debes pasarte por mi despacho.

—Allí estaré.

—Buenas noches, intentad descansar.

—Buenas noches, y gracias por todo —le dijo Emily.

En cuanto Yunho se alejó en busca de un taxi, Emily echó a andar en dirección contraria como si yo no estuviera allí. Dejé escapar un suspiro y la seguí con las manos en los bolsillos de la cazadora. Sobre nuestras cabezas, una luna llena diminuta jugaba al escondite entre un manto fino de nubes. Miré al frente y vi a Emily estremecerse con un escalofrío. Entonces fue cuando me fijé en que solo llevaba una rebeca de punto muy fina, sobre una camiseta blanca y un pantalón de franela. En los pies, unas pantuflas.

¡Joder, había salido de casa en pijama!

Me quité la cazadora deprisa y se la puse sobre los hombros. Todo su cuerpo tiritaba. Trató de sacudírsela, por lo que coloqué mis manos sobre sus brazos y la sujeté hasta que paró de forcejear.

—Por favor —le pedí.

Emily dejó de moverse, pero su cuerpo no se relajó. La abracé por la espalda. Necesitaba sentirla. Su piel, su olor, la forma conocida de su cuerpo entre mis brazos. Lo más real y tangible que tenía en mi vida.

Mi lugar seguro cuando estábamos bien.

El problema era que esos momentos se habían vuelto menos frecuentes y no lograba entender qué nos estaba ocurriendo. El motivo de esa tensión que nos envolvía. Por qué sentía frío cuando nos tocábamos.

Cerré los ojos y escondí la nariz en su pelo rubio.

—Lo siento mucho —susurré.

—¿Qué tienes en la cabeza, Ren?

Aguanté la respiración. La pregunta del millón. Ojalá supiera la respuesta, porque ya sería muy rico. Se dio la vuelta y me miró. Resopló cuando me limité a encogerme de hombros con una disculpa en la mirada.

—¿No crees que va siendo hora de que madures y dejes de hacer estas cosas? No eres un niño.

Mi respiración se volvió pesada.

—Vamos, Emily, solo he defendido a un amigo de unos idiotas. No he hecho nada malo.

—Pero es que se trata de eso, Ren. Vas por ahí como si fueses el héroe que el mundo necesita y no es tu responsabilidad. No sé, creo que ha llegado el momento de dejar que la gente se cuide solita y tú te preocupes por las personas que de verdad te necesitamos.

Su reproche me golpeó con fuerza, lo consideraba injusto.

—Me preocupo por ti —repliqué.

—¿En serio? Porque si lo hicieras, no me vería en estas situaciones. ¿Te haces una idea de cómo reaccionarían mis padres si llegaran a enterarse de que han detenido al novio de su hija por actuar como un delincuente?

Me froté la nuca, avergonzado.

—Eso es pasarse un poco, ¿no crees?

—¡Acabas de salir de una comisaría!

—No me han detenido. Ni siquiera quedará constancia de lo que ha ocurrido, puedes estar tranquila —quería calmarla.

Cerró ambas manos y me fijé en que sus nudillos se ponían blancos.

—Entiendes perfectamente lo que quiero decir, Ren.

—La verdad es que no, Emily. He cometido un error, y sé que no es el primero, pero eso no me convierte en un delincuente.

—Lo que trato de decir es que tu comportamiento no es el de una persona adulta que piensa en el futuro.

Ese comentario me molestó, porque yo sentía que era justo al revés, que había vivido toda mi vida como un adulto. Preocupado desde que tuve uso de razón por problemas que un niño no debería enfrentar nunca. Sin infancia.

—¿Cómo puedes decir eso?

—Es lo que veo cuando nos miro.

—¿Cuando nos miras? —pregunté al darme cuenta de su cambio de enfoque—. ¿Estamos hablando de mi comportamiento o de nosotros?

—¿No afecta una cosa a la otra? —me cuestionó.

—Porque le he roto la nariz a un tío que se lo merecía, ¿crees que no me importa lo nuestro? Es absurdo, Emily.

Sacudió la cabeza y se rio sin ganas mientras hundía los hombros bajo mi cazadora.

—Genial, ahora resulta que soy absurda.

—No he dicho eso —suspiré cansado.

Sus ojos, de un azul frío como el hielo, centellearon mientras estudiaban mi rostro.

—Pues demuéstrame que estoy equivocada.

—¿Cómo?

—Dices que sí piensas en nuestro futuro, pero yo no lo veo.

—¿Que no lo ves? Vivimos juntos porque yo te lo propuse. Fui yo quien te pidió que entraras en mi mundo, porque te quiero en él. No hay nada en mi vida de lo que tú no formes parte, y, cuando miro hacia delante y pienso en el mañana, ahí también estás tú, conmigo. No sé a ti, pero a mí todo eso me suena a futuro. Uno en común.

Tragó saliva y después inspiró hondo. Su cabeza iba a mil por hora, podía verlo en sus ojos.

—Vale, eso es cierto. Sin embargo... Yo... Mis padres... Ellos... Ya sabes que son católicos y que tienen unas ideas muy firmes sobre cómo deben ser las cosas.

Parpadeé confundido ante el nuevo giro.

—¿Y eso qué tiene que ver con lo que estamos hablando? Que yo sepa, aceptaron nuestra relación y cómo vivimos.

—Sí, en parte... Es que... Ellos esperan que yo... Que tú... Nosotros...

Que divagara de ese modo me ponía nervioso. Que siempre dejara las frases a medias, con esa ansiedad en su tono de voz que me hacía sentir responsable de su frustración, pero sin saber qué hacía para provocarla.

—Dilo sin más —la urgí.

—¡No avanzamos, Ren! Me siento estancada.

—Vale. ¿En qué sentido?

—¿Qué parte de estancada es la que no entiendes?

—¡No entiendo ninguna, Emily!

—Pues es evidente.

—No para mí, por esa razón te pregunto. Necesito que me cuentes cómo te sientes, para hacer algo al respecto. Lo único que veo es que pasas los días molesta conmigo. Siempre estás de mal humor y sé que soy la razón, pero nunca me dices el porqué. No sé qué hago mal, salvo respirar, porque siento que hasta eso te disgusta. —Me froté la nuca, nervioso. De repente, una alarma sonó dentro de mi cerebro. Di un paso adelante, buscando sus ojos con los míos—. ¿Quieres que terminemos y no sabes cómo, es eso? ¿Tratas de empujarme a que sea yo el que dé el paso?

—¡¿Lo ves?, no entiendes nada!

—Entonces, ¡explícamelo!

—Ya te lo he dicho, siento que no avanzamos. Nos hemos detenido y el tiempo pasa. La vida es un proceso, Ren, y está formada por etapas que una persona debe vivir. A, B, C... Una relación necesita una estructura sobre la que crecer para que funcione.

Tenía razón, no entendía nada, pero quería hacerlo.

Lo intenté de nuevo.

—De acuerdo, ¿y hacia dónde quieres avanzar?

—Hacia algo más estable y sólido.

—¿Qué es exactamente ese algo, Emily?

Se me quedó mirando y juro que en ese momento sentí que me odiaba con todas sus fuerzas.

—¿Vas a obligarme a decirlo, como si de verdad no lo supieras? ¿Tanto te disgusta la idea?

Cerré los ojos, no podía más. Era como nadar a contracorriente para acabar dentro del mismo remolino, una y otra vez. Se me agotaban la paciencia y las ganas.

—Lo que no soporto es todo esto. —Hice un gesto que nos abarcaba a los dos—. Estoy agotado, Emily. Cansado de intentar adivinar qué hay dentro de tu cabeza y qué quieres decir realmente cuando hablas conmigo, ¡porque no lo sé!

Cada cosa que sale de tu boca es como un galimatías que debo descifrar. Y siento no poder hacerlo, si es lo que esperas de mí. Siento ser tan simple y limitado como para necesitar una respuesta clara y directa cuando te hago una pregunta o no consigo entenderte.

—Yo también estoy cansada, Ren. Cansada de sentirme así.

—¡¿Cómo?!

—Así... Como si me faltara algo. Miro a mi alrededor y veo a mis amigas planeando sus vidas en torno a todo aquello que se supone que debemos tener. Mi propia hermana lo tiene y solo es dos años mayor que yo. Se ha casado con el hombre de su vida, ha comprado una casa preciosa en la que envejecer y va a ser madre en menos de dos meses.

En mi estómago sentí que algo se retorcía. Tragué saliva. No esperaba el rumbo hacia el que había guiado la conversación.

—Para que yo me aclare, cuando dices que sientes que no avanzamos, ¿te refieres a esas cosas?

—En parte...

Inspiré y exhalé impaciente.

—Aquí solo hay dos partes, Emily. Tú eres una y yo soy la otra. Ahora se trata de sí o no. Quiero esto o no lo quiero.

Me dedicó una mirada exasperada.

—Sí, me refiero justo a eso. Llevamos casi cuatro años saliendo. Dos de ellos, viviendo juntos. Ambos tenemos trabajos estables y mis padres te quieren como a un hijo. El siguiente paso es evidente.

—¿Casarnos? —era una afirmación, aunque sonó más como una pregunta.

—Un compromiso que afiance nuestros sentimientos.

Me pasé ambas manos por la cara y negué con la cabeza. Yo no compartía esa visión. Los sentimientos no se pueden encajar en moldes y, mucho menos, pensar que eso los hace más reales y fuertes.

—¿Crees que firmar un papel demuestra que te quiero mucho más que mis actos?

—Casarnos sería un acto de amor. Estaríamos completos. Mi hermana...

—Tu hermana no tiene nada que tú no tengas ya, Emily —la interrumpí. Ella alzó las cejas, cuestionándome, y yo me apresuré a puntualizar—: Bueno, un bebé, pero... es demasiado pronto para nosotros, incluso para pensar en ello. Somos muy jóvenes y dudo mucho de que estemos preparados para una responsabilidad como esa.

Emily hizo una mueca burlona y resopló.

—Lo sabía, no consideras un futuro conmigo.

—Sí lo imagino, pero tú vas muy rápido.

—No es una cuestión de velocidad, sino de saber lo que uno quiere. Y es evidente que tú no lo sabes.

A estas alturas, ¿aún ponía en duda lo que sentía por ella?

—Te quiero y quiero estar contigo. Hoy, mañana y cada día que esté por venir. Dormir a tu lado cada noche y verte al despertar, y tengo todo eso desde hace dos años —le dije con el corazón en las manos.

—Yo necesito más, Ren. Mi hermana...

Y dale con meter a terceras personas en cosas que solo nos afectaban a nosotros dos. Como si fuesen el ejemplo que debíamos perseguir a cualquier precio.

—Hablamos de ti y de mí, ¿por qué vuelves a mencionar a tu hermana? No estás compitiendo con ella. —Me detuve un momento y fruncí el ceño—. ¿O sí?

Emily puso los ojos en blanco.

—No digas tonterías. Mi hermana no tiene nada que ver con que yo quiera casarme y tener hijos. El problema aquí es que parece que tú no quieres nada de eso.

—No es lo que he dicho.

—Entonces, ¿sí quieres?

—Emily...

—Es una pregunta sencilla —dijo con malos modos.

Me estaba presionando y, dado el rumbo que había tomado aquella conversación, lo más sensato era dejarla para otro momento y lugar, en el que ambos estuviéramos más sosegados y menos enfadados.

—Creo que primero deberíamos tranquilizarnos.

—Tú eres el que exige respuestas directas. ¿Quieres o no quieres? —insistió, alzando la voz.

—No es el momento para esta conversación.

—Ren, ¿qué demonios quieres?

—¡No lo sé! —grité también—. No había pensado en nada de esto antes y creo que merezco algo de tiempo para considerarlo. Es demasiado importante como para decidirlo a la ligera.

—¿Pensar y considerarlo? —me cuestionó con un tonito burlón—. Estamos hablando de sentimientos. El impulso que nace cuando aparece una posibilidad. No es tan difícil, Ren. Solo tienes que dejar que hable tu corazón. ¿Quieres casarte y formar una familia conmigo?

—Es mucho más complejo que eso.

—¡Joder! ¿Quieres o no?

—¡No! Aquí y ahora, mi respuesta es no. Míranos, enfadados, enfrentados... Y llevamos tanto tiempo así que no tengo recuerdos de que las cosas entre nosotros hayan sido de otro modo.

—Y me culpas a mí —rezongó.

Negué con la cabeza, al tiempo que levantaba las manos en un gesto de derrota.

—No, lo cierto es que me he estado cuestionando a mí mismo todo este tiempo. ¿Tendré la culpa de que ella esté siempre tan triste y enojada? ¿Seré el responsable de que todo se esté yendo a la mierda? ¿Soy un puto idiota que no es capaz de comprenderla? Pero es imposible comprender a alguien que no habla contigo y finge todo el tiempo. Que no es capaz de decirte con sinceridad qué piensa y necesita hasta que explota. Por lo que..., sí, debo pensar, y mucho, en dar ese paso.

Los ojos de Emily se llenaron de lágrimas y yo sentí que me rompía. Giró la cabeza, incapaz de mirarme. Arrugó la nariz y asintió varias veces. La conocía lo bastante bien como para saber que la duda que daba vueltas dentro de su mente se había transformado en una decisión.

Dibujó una sonrisa amarga.

—De acuerdo. Entonces, lo mejor será que esta noche no vengas a casa y te busques otro sitio donde pensar. No quiero que mi presencia te condicione.

—Emily, por favor.

—Quiero estar sola.

Se me escapó un ruidito de incredulidad. Minutos antes, me había acusado con dureza de no comportarme como un adulto; y ahora era ella la que se mostraba como una niña enrabietada. Abrí la boca para protestar, pero lo pensé mejor y volví a cerrarla. Quizás fuese mejor dejar que las cosas se calmasen y poner distancia durante unas horas.

—Vale, llamaré a un taxi.

—¿Y ya está, llamarás a un taxi? Ya veo cuánto te importo.

—Acabas de decir que quieres estar sola y trato de respetarlo.

—Seguro que te sientes aliviado de tener una excusa para no estar conmigo.

—Esto es de locos —dije para mí mismo. Inspiré hondo y la miré—. Iré a casa contigo y continuaremos hablando, si es lo que quieres. Y si prefieres estar sola, te concederé ese espacio, pero... ¡dime qué necesitas que haga!

—Me voy a casa, sola —me espetó mientras daba media vuelta y comenzaba a alejarse.

—Emily, deja que llame a un taxi.

Aceleró el paso.

—Emily, es muy tarde.

Traté de alcanzarla. Sin embargo, antes de que pudiera llegar hasta ella, vi que daba el alto a un taxi y subía deprisa. Me quedé inmóvil. Me pesaba el cuerpo como si llevase todo el día arrastrando una enorme roca.

Dicen que es imposible reconocer el momento exacto en el que te enamoras de una persona. También lo es percatarse de ese instante en el que todo termina. Quizás porque sucede poco a poco. De un modo tan gradual que sencillamente no lo notas y sigues adelante, sin darte cuenta de que caminas entre los escombros de una relación rota, y sin ninguna esperanza.

Emily y yo caminábamos sobre cenizas.

Y el viento había comenzado a soplar.

5
Jisoo

Matt retiró la pinza que me sujetaba el pelo y mi melena cayó a ambos lados de mi rostro como una cortina oscura. Me miró a los ojos, mientras deslizaba los nudillos por mi barbilla y resbalaban muy despacio hacia mi escote. Alcanzó los botones de mi camisa y uno a uno los fue desabrochando. Hice una mueca y me moví sobre su regazo para evitar que el volante del coche continuara taladrándome la espalda.

—Deja que te bese —me susurró.

Su aliento me llegó a los labios y un instante después su boca se posó sobre la mía. Los dedos le temblaban al tocar mi piel bajo la camisa entreabierta. Se inclinó hacia delante y deslizó los labios por mi cuello. Me mordisqueó la piel, dejando un rastro húmedo y caliente hasta el lóbulo de mi oreja.

Apreté los párpados e intenté dejarme llevar por las caricias de su lengua recorriendo la longitud de mi clavícula, sus caderas balanceándose entre mis muslos. A la espera de que uno de esos roces provocara una sacudida en mi vientre. Un cosquilleo entre las piernas. Sin embargo, lo único que notaba era la electricidad estática que se acumulaba entre sus pantalones de pana y mis vaqueros.

Abrí los ojos y solté el aliento atascado en mis pulmones.

Mi cuerpo estaba muerto. No era capaz de sentir nada parecido al deseo. Ni el más leve hormigueo, salvo el de mi pierna, que comenzaba a dormirse atrapada entre los dos asientos. Respiré hondo, cada vez más impaciente, hasta que esa inquietud se transformó en incomodidad.

Matt no se daba cuenta, más preocupado por soltar el cierre de mi sujetador que por mi poco entusiasmo al devolverle los besos. Con ambas manos en su pecho, lo aparté.

—Perdona, no... no quiero seguir.

Me bajé de su regazo y regresé al asiento del copiloto.

—¿Qué pasa? —me preguntó él con la respiración entrecortada.

—No consigo relajarme. Me preocupa que algún vecino pueda vernos y se lo cuente a mis padres —respondí, aunque no creía que mis palabras hubiesen sonado demasiado convincentes.

Matt y yo nos habíamos enrollado en ese callejón decenas de veces, antes de que tuviera que marcharme a Corea el verano anterior para visitar a mis abuelos. Un viaje que mis padres me obligaban a hacer todos los años.

Para ellos era muy importante que mi hermana y yo no perdiéramos nuestra identidad. Las costumbres de un país que había visto crecer a muchas generaciones de nuestra familia.

Que ambas hubiésemos nacido en el Reino Unido no era más que un suceso accidental. A ojos de mis padres, éramos coreanas en todos los sentidos posibles y conservar esas raíces, de las que se sentían tan orgullosos, lo consideraban una necesidad y una obligación. Por ese motivo, había pasado dos meses viviendo en Busan junto a mis abuelos y después estuve un semestre en Seúl, tras haber logrado una beca para estudiantes extranjeros en la Universidad de Yonsei.

Solo hacía tres días que había regresado.

Mientras me abotonaba la camisa, noté la mirada desconfiada de Matt sobre mí.

—Estás muy rara.

—¿Qué quieres decir?

—Desde que has vuelto no pareces la misma de siempre. Te comportas de un modo diferente.

—¿Porque no me apetece hacerlo en el coche de tus padres?

—Porque antes no eras tan distante.

Lo miré de reojo y volví a clavar la vista en el parabrisas. No estaba del todo equivocado. Yo también lo había notado. Aunque había tratado de ignorar las señales, con la esperanza de que con el paso de los días todo volvería a ser como siempre entre nosotros. Sin embargo, no estaba siendo así. De respirar convencida de que mi vida sin él no tenía ningún sentido había pasado a rehuirlo como si su simple cercanía me pudiera provocar alergia.

¿Por qué? No estaba segura.

Ocho meses atrás había subido a un avión hecha un mar de lágrimas, sintiendo que me moría por separarme de él. Durante días me comporté como una viuda afligida, que pasaba las horas mirando la nada. Preocupé tanto a la abuela Min que quiso llevarme a ver a un chamán, convencida de que algún espíritu me había hecho enfermar.

Al principio, Matt y yo hablábamos todos los días, no importaba la diferencia horaria ni lo ocupados que estuviéramos, siempre encontrábamos un momento para nosotros. No obstante, con el paso de las semanas, ese hilo que nos unía comenzó a aflojarse.

A tirar menos.

Hasta que dejé de notarlo.

Y ocurrió sin que me diera cuenta.

Durante los últimos tres meses, ni siquiera lo echaba de menos. Siempre era él quien llamaba primero o enviaba un mensaje. Las mariposas desaparecieron y en su lugar afloró un sentimiento extraño, que no lograba comprender. De primeras, lo achacaba a la distancia. Me decía a mí misma que mi corazón se había acostumbrado, en cierto modo, a no verlo. Sin embargo, en algún momento comencé a rehuirlo. A inventar excusas. Me sentía más cómoda con los mensajes y evitaba las llamadas.

Ahora me encontraba de regreso en Londres, con él, y nada había mejorado.

—No es por ti, Matt. Es solo que... No sé, estoy agobiada por este trimestre, las prácticas, y aún arrastro algo de *jet lag*. Me cuesta dormir.

Lo miré y forcé una pequeña sonrisa. Él me sostuvo la mirada, suspicaz.

—¿Seguro que solo se trata de eso?

—Te lo prometo —volví a mentir.

—Vale. —Dejó escapar el aliento. Mitad suspiro. Mitad risa. Y el alivio que noté en ese sonido me hizo sentir mal—. Perdóname por ser tan capullo.

—No pasa nada.

—Estamos bien, ¿verdad?

—¡Sí! —Alargué el brazo y le froté el hombro. Después me incliné para depositar un beso en su mejilla—. Debo irme.

—Puedo acercarte a casa, es un poco tarde.

—Solo son un par de calles, no te preocupes.

—De acuerdo. Te llamaré mañana.

Cogí mi abrigo y el bolso del asiento trasero y bajé del coche. Me despedí de Matt con la mano y, caminando deprisa, salí del callejón. Doblé la esquina y aceleré el paso hasta el cruce. El vaho se me escapaba de la boca con cada aliento entrecortado. Me detuve frente al semáforo en rojo. Entonces cerré los ojos y por fin pude relajar la respiración. Nada era normal. Ni mi actitud ni mi comportamiento. Pese a ello, preferí acallar esa vocecita que me decía que escuchara a mi intuición.

El semáforo cambió a verde y crucé la calzada en dirección a casa.

Vivía con mi familia en Brixton, en un edificio de dos plantas junto al parque Loughborough, y a solo unas pocas manzanas del restaurante que regentaban mis padres.

Eran casi las dos de la madrugada y no había un alma en la calle a esas horas. Aligeré el paso, con un pequeño nudo en el estómago. No me consideraba una persona miedosa, pero las advertencias que mis padres me repetían sin cesar sobre los peligros que una mujer puede correr cuando camina sola, habían dejado una impronta en mi cerebro.

Doblé la esquina y me estremecí al ver a lo lejos una silueta. Parecía un hombre y estaba sentado en el murete de la verja de entrada a nuestra casa. Por puro instinto, abrí el bolso sin apartar la vista de él y moví la mano en su interior hasta dar con el teléfono. Lo agarré con fuerza y lo desbloqueé con la huella.

Conforme me acercaba, el pulso se me disparó mientras trataba de distinguirlo entre las sombras que lo rodeaban. Entonces, se inclinó hacia delante y la luz de la farola iluminó su perfil. Mis dedos se aflojaron y mi corazón se volvió loco. Él giró la cabeza al oír mis pasos y no pude evitar reírme al ver su expresión de sorpresa.

—¿Jisoo?

—¡Hola, Ren!

—¿Qué haces tú aquí?

Salió a mi encuentro, me rodeó con sus brazos y me estrechó muy fuerte mientras colocaba su mano en mi cabeza y la apoyaba en su hombro. Me quedé sin habla durante unos instantes. Hacía mil años que Ren no me daba un abrazo, no como aquel.

—Vivo aquí, ¿recuerdas? —articulé.

—Quiero decir que... —Sacudió la cabeza y me tomó por los brazos para mirarme—. ¿Cuándo has vuelto, y por qué nadie me ha dicho nada?

—Hace tres días que regresé y no he dejado de subir fotos a mi cuenta de Instagram, incluido un reportaje completo sobre mi vuelta para la familia. Solo tenías que echar un vistazo.

Asintió varias veces y arrugó los labios con un mohín antes de soltarme.

—No tengo redes sociales.

—Lo sé.

Mi corazón continuaba revoloteando dentro de mi pecho como un pajarito asustado que busca una salida. Pensaba que Ren ya no tenía ese efecto sobre mí. Quizás me equivocaba.

No recuerdo cuándo fue la primera vez que sentí ese cosquilleo en el pecho. Si nació de repente o apareció poco a poco. Cuándo tuvo lugar ese primer momento en que tomé conciencia de que la admiración que sentía por ese chico, al que quería como si fuese mi hermano, se estaba transformando en amor.

Amor. A los catorce años, esa palabra tiene el tamaño de todo un universo. No existe nada ni nadie más que esa persona que lo expande fuera de sus confines con una sola mirada. Incluso cuando esa persona se encuentra tan lejos de tu alcance que fantasear con la más mínima posibilidad te hace sentir el ser más patético del mundo.

Durante cuatro largos años sufrí por ese amor que ni siquiera era real y que nunca llegaría a existir. Para Ren, yo no era más que su «hermanita» pequeña, a la que cuidaba y protegía como si le fuera la vida en ello. Su atención me asfixiaba porque, cuando estaba cerca, me robaba el aire y no podía respirar. Cuando me sonreía, mis huesos se derretían como la mantequilla al sol y me volvía torpe. Mis ojos memorizaban cada gesto suyo, mientras las palabras se me atascaban en la garganta. Y ya no sabía cómo lidiar con ello.

Entonces, Matt apareció y mi mundo cambió de eje.

Al menos, lo hizo durante un tiempo.

Ahora parecía haberse detenido y se limitaba a flotar suspendido, sin velas que lo empujaran o timón que lo guiara. Sentía que nada lo llenaba. Que algo le faltaba. Que apenas latía. Por ese motivo, sentirlo de repente tan despierto, tan loco, me abrumó.

Que Ren fuese de nuevo la causa...

Inspiré hondo y los latidos de mi corazón se calmaron mientras contemplaba su rostro.

No, el cosquilleo que había sentido no llevaba su nombre. No era más que el efecto de la adrenalina tras un susto de muerte.

Ren suspiró inquieto, con la mirada clavada en el suelo.

Solo había dos personas en el mundo que realmente conocían a Ren, y yo era una. A veces, ni siquiera necesitaba ver su cara o escuchar su voz para saber que algo no iba bien. Me bastaba con estar cerca y sentir sus vibraciones en la piel. Sus emociones golpeándome como una ola que choca con la arena y después regresa al mar, dejando un rastro de espuma que me obligaba a seguir. De puntillas y con disimulo, porque Ren nunca permitía un acercamiento directo. Si le preguntaba cómo se sentía, contestaba que bien.

Bien.

Odiaba esa palabra en su boca, porque siempre era mentira.

Solo había una persona en el mundo con la que Ren era

sincero y se abría por completo, y no se trataba de mí. A mí me protegía del mundo y de sí mismo. Se esforzaba por pintarlo de colores y que solo viera el lado amable. Sin embargo, yo ya no tenía siete años, ni diez. No era una niña desde hacía bastante y había descubierto por mí misma que los colores solo brillan bajo la luz. Que también existe la oscuridad y entre sus sombras solo hay negros y grises. Como él.

—¿Qué haces merodeando a las dos de la mañana frente a casa? —le pregunté.

Se encogió de hombros y esbozó una sonrisa tensa.

—Pensaba dormir en mi antigua habitación, pero me he dado cuenta de que no tengo las llaves.

—Ni cazadora —le hice notar. La temperatura era gélida y él solo llevaba una camiseta blanca de manga larga, tan fina que casi se transparentaba.

—Sí... Las llaves están en el bolsillo de mi cazadora.

—Podrías haber llamado al timbre.

—Deben de llevar horas durmiendo, no me parecía bien despertarlos.

—¿Y regresar a tu casa? —lo intenté de nuevo, aunque dudaba de que me contara el motivo que lo había llevado hasta nuestra puerta como si hubiera salido huyendo de alguna otra parte.

Hizo un gesto hacia su motocicleta, aparcada al otro lado de la calle.

—El depósito está casi vacío, no llevo efectivo y mi cartera...

—No me lo digas, ¿en tu cazadora? —bromeé. Asintió—. ¿Sabes que ahora se puede pagar con el teléfono?

—No me gustan esas cosas.

—Cierto. A veces olvido que tú aún maldices a los que inventaron el MP3 y los CD.

—¡Provocaron la muerte del casete y el vinilo! —exclamó

al tiempo que alzaba ambas manos con un gesto de indignación.

Rompí a reír y me cubrí la boca con la mano.

Así era Ren: odiaba las nuevas tecnologías, pero su trabajo y la música, por los que vivía, dependían de todos sus avances.

Así era su mundo, pura contradicción. El reflejo perfecto de cómo funcionaba su mente.

Ren dio otro paso adelante y la luz de la farola le iluminó el rostro por completo. Me quedé muda al ver que tenía un golpe muy feo junto al ojo.

—¡¿Qué te ha pasado?!

Alargué la mano para girarle la cara y asegurarme de que no era grave, pero él se echó hacia atrás y evitó que lo tocara.

—Nada. Un despiste en el gimnasio.

¡Mentía de pena! Igual que un niño con la cara manchada de chocolate, que niega haberse comido el último bombón de la caja.

—Un despiste, ¡eh! Pues deberías ponerte hielo o se hinchará aún más. —Metí la mano en el bolso y saqué mis llaves. Las hice tintinear—. ¿Vamos?

Ren asintió mientras echaba a andar a mi lado, con las manos en los bolsillos de sus vaqueros. Una vez dentro, dejamos los zapatos en el armario del vestíbulo y caminamos a oscuras por el pasillo enmoquetado hasta la escalera.

—Tengo hambre —susurró él.

Lo miré por encima del hombro.

—Puede que mamá haya traído sobras del restaurante. También suele guardar fideos instantáneos en el armario que hay sobre el microondas.

—Eso me sirve. ¿Tú quieres?

Justo en ese momento, mi estómago rugió como el de un dinosaurio que lleva meses sin comer. El cuerpo de Ren se sacudió en la oscuridad. Se estaba riendo de mí.

Le lancé un manotazo, que esquivó agachándose.

—Enseguida vuelvo —mascullé, y me dirigí escaleras arriba para no acabar dándole una patada en la espinilla.

Recorrí el pasillo de puntillas y pasé frente a la habitación de mis padres con el sigilo de un gato que acecha. Entré en mi cuarto y cerré la puerta. Tiré el bolso en la cama y abrí el primer cajón de la cómoda para coger un pijama limpio. Refunfuñé al no encontrar ninguno. Había olvidado por completo hacer la colada y las tres toneladas de ropa que había traído desde Corea continuaban en el lavadero.

En el fondo del armario descubrí un pantalón de chándal gris y una camiseta negra con un manchurrón blanco de pintura en el pecho. Por más que pensaba, no lograba recordar que fuese mía.

Me planté frente al espejo y me recogí el pelo en una coleta.

Mi teléfono sonó al entrar un mensaje. Lo busqué con la mirada, hasta que recordé que no lo había sacado del bolso. Me tumbé en la cama y le eché un vistazo. Al ver que era de Matt, retiré el dedo de la pantalla. Si lo abría, no tendría más remedio que contestar y era lo último que me apetecía.

Suspiré y dejé el móvil a un lado. Qué raro y difícil se me hacía no tener nada que decirle a una persona que antes me dejaba sin palabras. Y empecé a preguntarme cuánto más hay que intentarlo hasta darlo todo por perdido.

6
Ren

Es una rara paradoja que las conexiones más importantes que establecemos con otras personas sucedan en nuestros peores momentos. Agradeces el agua cuando tienes sed. Ruegas por el amanecer cuando la noche se regodea con tu insomnio. Anhelas una brújula que te lleve de vuelta a casa cuando estás perdido y sientes el peso de la soledad.

Esa noche, la aparición de Jisoo se convirtió en una especie de hilo accidental que nos unió de un modo diferente. Estableció una nueva conexión entre nosotros que sobrepasó las que ya habíamos forjado desde niños.

Esa noche, volví a tocar fondo después de muchos años caminando sobre una cuerda muy fina. Me sentía como una mierda, incapaz de hacer nada bien o estar a la altura de la expectativa más insignificante. Un ser defectuoso, sin nada que aportar salvo complicaciones y decepción a las personas que me rodeaban. No le importaba a nadie. Toda la gente que llegaba a mi vida y era amable conmigo desaparecía. Como si fuesen buenos y me tratasen bien con la intención de darme la espalda y dejarme.

Ella lo hizo, me abandonó.

Él también, me dio la espalda y me dejó atrás.

Jun se había ido al otro extremo del planeta para huir de sus propios problemas.

Y Emily... ¡Joder! No solo teníamos problemas, nos separaba un abismo. Darle lo que quería era una locura y no parecía dispuesta a entenderlo. Si la solución a nuestra crisis pasaba por que yo cediera, no había nada que salvar. Pedirle que renunciara a su deseo de casarse y ser madre por mí ni siquiera me lo planteaba.

Esa noche, mientras contemplaba las estrellas y cavilaba sobre si habría algo más allí fuera, regresaron los pensamientos que tanto temía. Las voces extrañas que me preguntaban cuándo tendría bastante. Cuándo sería suficiente. Me susurraban que no importaba lo mucho que me esforzara, porque, al final, siempre lo jodía todo. Solo era alguien sin un propósito y nada que ofrecer. Un montón de pedazos que era imposible volver a encajar. Una máscara bajo la que me daba miedo mirar.

Y estaba tan cansado de vivir dentro de mi propia cabeza que la idea de encontrar un interruptor con el que apagarla empezó a cobrar sentido. Fuera, nada lo tenía. Y el deseo de estar en cualquier otro lugar o, mejor aún, en ninguna parte, comenzó a llenarme el pecho.

Me puse en pie como si un titiritero guiara mi cuerpo. Mi mente envuelta en bruma. Los susurros cada vez más reales, como si alguien me estuviese hablando al oído.

También algo más.

Un sonido rítmico. Como un metrónomo marcando el tempo. Ese patrón asonante se abrió paso hasta mi razón y se impuso a todo lo demás. Logró que me centrara. Mi consciencia volvía a estar presente. Mis pulsaciones se acompasaron a ese *beat*.

Pasos. Cortos y ligeros.

Giré la cabeza de golpe, como la aguja de una brújula que

se ve atraída por el norte, y mis ojos se clavaron en ella. Mi mente desconectó, se replegó en sí misma y los pensamientos desaparecieron. No me di cuenta de cómo ocurría. Ni me planteé que ella hubiese sido la causa. El interruptor. En ese momento, solo sentí el alivio que me provocó esa distracción.

—¿Jisoo?

—¡Hola, Ren!

Una voz, acompañada de una sonrisa, que se hundió como una mano en el océano frío y oscuro que me rodeaba hasta alcanzar la mía. Tiró de mí, me arrastró a la superficie y me puso a salvo. Sin embargo, no me soltó. Nunca lo hizo después de ese día, por mucho que yo forcejeara o le suplicara que lo hiciera. Hay conexiones que nacen de paradojas, de contradicciones que son imposibles de romper.

Con la cadera apoyada en la encimera, contemplé la cocina. Todo seguía como siempre, como si el tiempo se hubiera detenido veinte años atrás. Los mismos muebles, la misma mesa y las sillas desiguales. Mis mejores recuerdos pertenecían a ese espacio.

Un burbujeo me trajo de vuelta. El agua había comenzado a hervir en la olla. Abrí con los dientes la bolsa de fideos. Saqué los sobres con el condimento y lo eché todo a la vez. Alcancé un cucharón del cajón y comencé a removerlo. Sobra decir que mis dotes culinarias no eran para presumir de ellas.

La puerta se abrió y Jisoo entró mientras transformaba su coleta en un moño. Se acercó a los fogones y echó un vistazo al interior de la olla.

—Has puesto demasiada agua —señaló con indiferencia.

—No es verdad.

—Los fideos no pueden absorber todo eso.

Me asomé a la olla, solo para constatar que se estaban pasando y aún nadaban en medio litro de agua.

—Estoy cocinando ramen —repliqué para no admitir que ella tenía razón—. El ramen debe tener caldo.

—Ese preparado es para saltear —contraatacó.

—¿Quién lo dice?

—Yo... y la descripción en el sobre. También las instrucciones. ¿Quieres que te las lea? —preguntó con ese tonito de sabelotodo que me ponía los pelos de punta.

—Yo cocino los fideos como quiero —respondí entre dientes.

—Muy maduro por tu parte.

La fulminé con la mirada. Ella tampoco brillaba por su madurez. Seguía igual de respondona que cuando era pequeña. Más aún. Fruncí el ceño.

—Búscate otra cosa que comer, no pienso compartirlo contigo.

—Ni loca voy a comerme ese mejunje.

—¡Bien! Más para mí.

—¡Bien! Más para ti —me sacó la lengua.

Y así, sin darnos cuenta de que ocurría, acabamos enzarzados en otra de nuestras interminables discusiones, regadas de sarcasmos, dobles sentidos y sonrisas escondidas. Porque entre nosotros nunca existió ni un ápice de maldad, ni siquiera cuando creíamos odiarnos y soportarnos, un imposible. No importaba la magnitud con la que comenzaban nuestros encontronazos, ni la razón, siempre acababan como un juego. O cesaban por cualquier otra distracción.

—Mis piri ti. Mis piri ti —la imité con voz aguda.

Jisoo abrió la boca para replicar. Volvió a cerrarla y me miró con los ojos muy abiertos. De repente, rompió a reír a carcajadas, que trató de acallar con las manos. Unos ruiditos roncos se le escapaban entre los dedos.

—¿Qué acabas de decir? Mis pi... —hipó. Otro ataque de risa—. Repítelo.

Me puse rojo de inmediato y entorné los párpados. El calor de mis mejillas ascendió hasta las orejas. Mientras, ella daba saltitos y repetía «Mis piri ti, mis piri ti...». Aparté una silla y me lancé sobre ella. Jisoo pegó un gritito ridículo y echó a correr. Habíamos dado tres vueltas a la mesa cuando la puerta se abrió de golpe. Nos detuvimos en seco.

—¡Mamá! —exclamamos a la vez.

La señora Bae, o mamá, como había logrado que la llamara con el paso de los años, nos miraba somnolienta y con los brazos cruzados sobre el pecho. La habíamos despertado. Parpadeó mientras me miraba con más atención. No llevaba puestas las gafas.

—¿Ren?

—Hola, mamá.

—Hijo, ¿qué haces aquí a estas horas?

—Estaba por la zona y he pasado a veros —mentí, con el rostro ladeado para que no pudiera ver el golpe.

—¿A las dos de la mañana?

—¿Ya son las dos?

Hizo una mueca de resignación e inspiró con fuerza.

—¿Qué has hecho esta vez?

Di un respingo.

—¿Por qué piensas que he hecho algo? —Alzó las cejas, sin dejar de mirarme, y noté que mi cara se encendía de nuevo. Esa mujer tenía alguna especie de poder mágico que hacía que fuese incapaz de mentirle—. Emily me ha pedido que la deje sola esta noche.

—¿Habéis discutido? —Me encogí de hombros—. ¿Es culpa tuya?

—Depende de a quién le preguntes.

—Te pregunto a ti —replicó con los ojos en blanco.

—Entonces, un treinta-setenta. O puede que un cuarenta-sesenta.

—Voy a suponer que la ventaja es para ti.

Se me dibujó una pequeña sonrisa.

De pronto, una expresión de alarma transformó su rostro.

—¿Qué se está quemando?

Mi mente se iluminó como un rayo. ¡Los fideos! Joder, ahora sí que estaban secos. Corrí a los fogones y apagué el fuego. Al tratar de apartar la olla, me quemé los dedos.

—¡Mierda!

Jisoo apareció a mi lado, abrió el grifo y empujó mi mano bajo el chorro de agua fría.

—¿Estás bien?

—No es nada, apenas la he sostenido.

—Hijo, ¿estás bien? —me preguntó mamá. Asentí—. Bueno, pues recoged este estropicio sin hacer ruido e idos a dormir. Papá y yo debemos madrugar para ir al mercado.

Dio media vuelta y salió de la cocina, arrastrando los pies en sus zapatillas.

—Estoy bien —insistí al ver que Jisoo mantenía firme mi mano bajo el agua.

—¿Hay problemas en el paraíso? —me preguntó en voz baja y evitando mirarme.

—Solo ha sido una tontería.

—¿Emily suele echarte de casa solo por una tontería? Menudo carácter.

Retiré mi mano de entre las suyas. Nunca había hablado con ella de mis asuntos y no iba a empezar ahora. En realidad, no hablaba con nadie sobre mis cosas, excepto con Jun. Aunque él no estaba para escucharme. O quedarse a mi lado hasta que pasaba la tormenta, desaparecían los nubarrones y regresaba la luz.

Abrí la nevera y vi un plato con una decena de *hotteok*. La boca se me hizo agua y los llevé hasta la mesa. Me encantaban esos bollos.

—¿Quieres? —le pregunté a Jisoo.

Asintió malhumorada y bajó la tetera del estante.

—Prepararé un poco de té.

Momentos después, comíamos sentados a la mesa y en silencio.

Observé a Jisoo mientras picoteaba con los dedos un *hotteok* relleno de maíz y nueces y se llevaba los trocitos a la boca con aire ausente. No estaba acostumbrado a verla tan callada y perdida en sí misma. A que me ignorara. Siempre tenía algo sobre lo que hablar: sus amigas, la universidad y mil problemas más que, a sus ojos, siempre parecían enormes.

Tan inocente. Tan dulce. Tan dramática.

—¿Qué tal en Busan? ¿Tu familia se encuentra bien? —me interesé.

—Todo bien.

—¿Y ya está, solo bien? ¿No has hecho nada especial ni divertido?

—Pescar con el abuelo.

—¿Y la universidad?

Arrugó la nariz.

—Maravillosa. ¿Quién no querría pasar seis meses oyendo hablar sobre caries, sarro y otras delicias bucodentales? —rezongó con un tonito cortante y mordaz.

Apreté los labios para no reírme. Jisoo estudiaba en la Facultad de Odontología. Decir que detestaba esa carrera no reflejaba ni una milésima parte del rechazo visceral que le provocaba la simple idea de pasar el resto de su vida trabajando en una clínica dental.

El único motivo por el que seguía adelante sin protestar eran sus padres y el miedo a decepcionarlos. Desilusionarlos tras toda una vida trabajando en el restaurante para que su hermana y ella tuvieran un futuro mucho mejor que el suyo.

Poco les importó que, en su *doljanchi*, Soomin eligiera un gorro de chef en lugar de un estetoscopio y Jisoo, una cámara instantánea en lugar de un kit instrumental para endodoncias.

No creo en el destino y ese tipo de cosas, pero el absurdo ritual había acertado de lleno con ambas. Tardé mucho tiempo en darme cuenta de eso.

—¿Vendrás al cumpleaños de mamá? —me preguntó.

—¿Cuándo me lo he perdido?

—Nunca.

—Y este tampoco me lo perderé.

—Soomin ya está pensando en los regalos.

—¡Aún faltan semanas!

—Lo dices como si no conocieras a mi hermana. ¿Quieres apostar a que el suyo lo compró antes del verano?

Sonreí y le di una patadita bajo la mesa, que ella me devolvió.

—Ni hablar, perdería.

Soomin era la persona más previsora, ordenada y metódica que había conocido nunca. Jamás dejaba nada a la improvisación, y «Antelación» y «Por si acaso» eran sus otros nombres. Aún me partía de risa cada vez que recordaba el día que llamó al Servicio Meteorológico Nacional para obtener un informe sobre las lluvias en primavera en el condado de Kent durante los últimos diez años, y así poder fijar la fecha de su boda.

—¿También vendrá Emily?

La sonrisa se borró de mi cara y alcé la mirada del plato.

—¿Por qué me preguntas eso?

—Es tu novia.

—Vendrá.

—El año pasado nos dejó plantados —rememoró sin ninguna emoción en la voz.

Un recuerdo acudió a mi mente y tragué incómodo.

El día del cumpleaños de mamá, a pocas horas de la celebración, Emily me pidió que lleváramos a sus padres en coche a Hastings, un pueblo en la costa de Sussex Oriental donde querían ver una casita en la que estaban interesados. Le recordé que ese día no podía ser, para mí era importante estar con mi familia en una fecha tan señalada. Lejos de entenderlo, ella me presionó para que cambiara de planes. Discutimos. Lo hicimos durante mucho tiempo, hasta que Emily dijo algo que me dolió como una puñalada y abrió otra grieta en nuestra relación:

—No entiendo por qué te importa tanto. No son tu familia ni ella es tu madre, no de verdad. Esa gente no es nada tuyo, Ren.

Apreté los dientes para deshacerme del recuerdo y los sentimientos que despertaba en mí.

Sal en la herida.

—Ese día no se encontraba bien —respondí.

Jisoo me miró, y no dejó de hacerlo mientras yo recogía la mesa y lavaba los platos. No volvió a abrir la boca. Tampoco lo necesitaba. Sus ojos solían decir mucho más que sus palabras. Grandes, oscuros y profundos, eran una ventana a su interior. Una vidriera repleta de colores. De tonalidades que mostraban todos sus matices. Sin embargo, esa noche su ventana no era más que un cristal opaco. No lograba ver nada a través de él, y la curiosidad por saber qué estaba pensando o sintiendo mientras me observaba sin parpadear se convirtió en una necesidad.

No obstante, me quedé callado.

Las preguntas suelen obtener respuestas y yo... Yo no estaba seguro de poder enfrentarme a la sinceridad de Jisoo.

—Es tarde, deberíamos dormir —le dije en voz baja.

Salimos juntos de la cocina y subimos las escaleras en silencio.

La miré de reojo.

Entonces, me di cuenta de algo.

—Esa camiseta que llevas puesta ¡es mía!

Jisoo sacudió la cabeza.

—No lo es.

—Sí que lo es.

—Que no lo es.

—Y yo, convencido de que la había perdido.

Se paró en medio del pasillo y se giró hacia mí con las manos en la cintura.

—¿Por qué iba a tener yo tu camiseta?

—Dímelo tú, señorita «Tocotodoloquenoesmío».

—¿Disculpa? —Me clavó el dedo índice en el pecho—. Demuestra tú que es tuya.

—Es mía.

—Eso no es una prueba.

Y ya estábamos otra vez. Como si de una costumbre se tratara. Un vicio que no podíamos abandonar. Pura inercia que nos empujaba a chocar.

—Esta camiseta es una edición limitada, Activision solo hizo dos mil unidades para la preventa de su juego *Call of Duty: Ghost*. Me costó mucho conseguirla —le expliqué.

Jisoo puso los ojos en blanco.

—¿Cuánto?

—Trescientas libras.

—¿Esperas que me lo crea? —se carcajeó.

Agarró el bajo de la camiseta y la estiró para ver el frontal.

—¡No hagas eso, la vas a deformar! —le rogué.

—Yo no veo nada que diga *Call of Duty*.

Señalé la calavera.

—¿El logo?

Ella parpadeó y me lanzó una mirada escéptica.

—¿Esto? Esto no es el logo de la saga, es un manchurrón de pintura.

—Es la calavera.

—No lo es. No se parece ni un poquito.

—Porque es la versión fantasma.

Jisoo esbozó una sonrisita maliciosa.

—Tú sí que eres un fantasma.

—¿Qué has dicho?

—Fantasma, fantasma, fantasma... —canturreó.

Gruñí por lo bajo. Primer aviso.

—¿Desde cuándo eres tan descarada?

—¿Y tú tan pringado? Trescientas libras, ¿en serio? ¡Qué timo!

La apunté con el dedo. Segundo aviso.

—Ahora sí que voy a recuperar mi camiseta, quieras o no.

—¿Qué vas a hacer, quitármela a la fuerza?

Alcé las cejas con una mueca astuta.

—Uno.

—Doooooos —se burló ella.

De repente, una sombra surgió a nuestro lado. Lo siguiente que noté fue un tirón muy fuerte en la oreja. Frente a mí, Jisoo empezó a gimotear.

—¡Ay, duele, duele!

—¿Qué os he pedido en la cocina? —nos preguntó mamá.

—Ha sido ella —acusé a Jisoo.

—¿Yo? Tú eres el que no para de molestar.

—Mi oreja, mi oreja... —protesté cuando mamá tiró más fuerte.

—Como veo que no tenéis sueño y mi descanso os importa un comino, hoy haréis vosotros la compra para la cocina del restaurante. El mercado abre a las cinco.

—Pero ¡si no faltan ni dos horas! ¡Y hoy tengo clase, mamá! —replicó Jisoo.

—Es verdad, mi pequeña debería descansar.

—Gracias, mami.

—No olvides comprar el pulpo congelado —le dijo sin un ápice de remordimiento.

Rompí a reír y mamá me dio una colleja. Me puse serio de inmediato.

—Quien dijo que los hijos son una bendición seguro que no los tenía. ¡Y a mí, Dios me ha enviado tres! —suspiró más para sí misma que para nosotros.

Después nos dio un beso en la mejilla a cada uno y regresó a su habitación.

La miré mientras se alejaba, con el corazón encogido y un nudo en la garganta. Dios le había enviado tres hijos, eso había dicho. Después de tanto tiempo y todos los disgustos que le había dado, me seguía considerando parte de ella.

Por esa razón no había nada en el mundo que yo no fuese capaz de hacer si ella me lo pedía.

Nada que no sacrificara para evitarle pena o sufrimiento.

Mi corazón. Incluso mi alma.

Nada.

7
Jisoo

El profesor Solanki apoyó los codos en su mesa y la barbilla sobre las manos, mientras releía el expediente con todos los detalles y notas del curso intensivo que había realizado en la Universidad de Yonsei. Era la tercera vez que lo hacía y yo comenzaba a impacientarme. Llevaba cuarenta y cinco minutos exactos sentada en aquella incómoda silla de su despacho. Lo sabía porque no era capaz de apartar la vista del reloj dorado que colgaba de la pared tras el señor Solanki, y que brillaba como una aureola alrededor de su enorme cabeza.

Dejó escapar un largo suspiro.

—¿Hay algún problema, profesor? —le pregunté.

La incertidumbre me estaba destrozando los nervios.

El señor Solanki era mi tutor, y quien me animó a solicitar una beca para Yonsei tras revisar su programa de estudios. Me aseguró que, si mis resultados eran buenos, a mi vuelta convalidaría ese semestre en Corea con el curso que estaba haciendo en mi universidad y solo tendría que asistir a las clases de revisión que se impartían durante el mes de abril, antes de que comenzaran los exámenes.

Me miró por encima de sus gafas redondas. Otro suspiro, más largo que el anterior.

—No, señorita Kang. Lo cierto es que estoy sorprendido por sus resultados. Son mucho mejores de lo esperado. También los comentarios que ha incluido mi homólogo en Yonsei sobre sus esfuerzos y participación en las clases y distintas asignaturas. Su rendimiento ha sido muy notable y los trabajos de investigación que ha escrito demuestran un gran interés.

Tragué saliva y cerré los puños bajo la mesa.

—Entonces, ¿cuál es el problema? —insistí, porque estaba segura de que había un «pero».

El señor Solanki se rascó una ceja y después inspiró hondo. A continuación, abrió un cajón de su mesa y sacó una decena de folios grapados.

Me los ofreció con el brazo estirado. Los tomé y comencé a hojearlos.

—Sus compañeros han realizado durante estos meses un trabajo sobre las secuelas bucales de las enfermedades sistémicas y otro sobre cirugía bucal pediátrica. Son complementarios al contenido de las asignaturas impartidas. Un refuerzo necesario. —Hizo una pausa y con un dedo recolocó sus gafas sobre el puente de la nariz—. A pesar de la evidente excelencia académica con la que ha regresado, señorita Kang, considero necesario que, al igual que sus compañeros, realice estos trabajos y me los presente en un plazo de seis semanas. Siete, como mucho, y puede considerarlo un favor que le hago.

Parpadeé confundida. Tal vez no lo había entendido bien. ¿Pretendía que hiciera dos trabajos de investigación en solo seis semanas? ¿Y además que asistiera a todas las clases?

—Profesor, hace un momento ha dicho que los trabajos de investigación que hice en Yonsei...

—Sé lo que he dicho, señorita Kang —me interrumpió—, pero una cosa no tiene que ver con la otra. Los trabajos que me ha entregado solo puedo considerarlos como contenido extra, y le aseguro que contabilizarán para sus créditos, pero no puedo convalidarlos con los que le estoy pidiendo. En ese sentido, nuestro plan de estudios difiere un poco del que maneja el profesorado de Yonsei, ¿comprende? —Señaló con un gesto el montón de papeles que yo sostenía, y que detallaban las pautas del proyecto—. Son obligatorios para poder presentarse a los exámenes.

Bajé la mirada a mi regazo y asentí con más resignación de la que sentía. En realidad, me parecía una situación muy injusta y el impulso de gritárselo a la cara pulsaba dentro de mi pecho, intentando abrirse camino hacia mi garganta. Tragué saliva y forcé una pequeña sonrisa.

—No se preocupe, señor Solanki, lo entiendo perfectamente.

—Me alegro, y ya sabe que puede hablar conmigo para resolver sus dudas o si necesita mi ayuda.

—Gracias, profesor.

—De nada, señorita Kang. Me alegro de tenerla de vuelta en esta universidad. Nos veremos en la próxima clase.

Estiré mis labios un poco más y me puse en pie. Después me dirigí a la salida y abandoné el despacho con toda la calma que pude aparentar. Sin apenas respirar, recorrí los pasillos del edificio en busca del baño más cercano. Había uno junto a los ascensores. Empujé la puerta y me colé a toda prisa. Una vez dentro, llené mis pulmones de aire. Contuve el aliento y comencé a contar: uno, dos, tres...

—Diooooosssss, ¡cómo lo odio! —grité con todas mis fuerzas—. De nada, señorita Kang. Me alegro de tenerla de vuelta... Nos veremos en la próxima clase —imité al señor Solanki, exagerando su acento indio, y volví a chillar—. ¡*Arghhhh*, no es justo! Ojalá que su corbata cobre vida y lo estrangule muy despacio.

Pateé el suelo y lancé otro grito al aire, tan frustrada que, si no me desahogaba de algún modo, acabaría explotando. ¡Pum...! Y mis restos acabarían desparramados por las paredes y ni siquiera el señor Solanki tendría que recogerlos después de haberme llevado a la muerte con su actitud condescendiente y su sonrisa blanqueada. Lo harían las pobres limpiadoras, porque siempre nos tocaba sufrir a los mismos.

—¡Estoy harta! ¡Haaaarta! —protesté con las manos en la cabeza mientras caminaba en círculos.

Mi paso por la Universidad de Yonsei había sido un infierno. El ritmo de estudio, la exigencia del profesorado, el nivel de mis compañeros... Sus límites estaban muy por encima de los míos y tuve que esforzarme mucho y sufrir, sobre todo sufrir, para no quedarme atrás. Y no solo no me quedé atrás, sino que logré superar todas las expectativas puestas en mí.

—Oye, disculpa.

Me giré hacia la voz y me encontré con un chico rubio, que me observaba con una expresión muy rara tras unas gafas enormes con la montura amarilla.

—¿Sí?

—¿Te encuentras bien? —me preguntó.

Fruncí el ceño y alcé la barbilla para mirarlo.

—¡Sí! ¿Por qué no iba a estarlo?

Él parpadeó confundido y estudió mi rostro durante unos segundos.

—Por... nada, supongo. —Sacudió la cabeza, como si necesitara aclarar sus ideas—. Ten, se te ha caído mientras imitabas a Neo.

Bajé la vista y vi que sostenía mi teléfono. Lo agarré mientras le preguntaba:

—¿Quién?

—Ya sabes, Neo... *Matrix*...

Comenzó a agitar las manos. Aunque, más que movimientos de *jiu-jitsu*, parecía que estaba espantando moscas. Le sonreí, esta vez de verdad. *Matrix* era una de mis sagas favoritas y de niña soñaba con que me hacía mayor, me convertía en una fotógrafa de éxito y Keanu Reeves se enamoraba de mí durante una sesión de fotos.

—«Bienvenido al mundo real» —le susurré mi frase favorita de la primera película.

—¿Roja o azul?

—Azul, por supuesto. Prefiero la ignorancia satisfecha a una verdad peligrosa y miserable.

Se le escapó una risita. A continuación, me tendió la mano.

—Me llamo Ryan y estudio cuarto de Medicina.

Estreché su mano.

—Hola, Ryan. Yo soy Jisoo y estudio tercero de Odontología.

—¡Vaya!

—La odio.

—Vaya...

—¿No crees que habría sido genial que los seres humanos hubiésemos nacido con un sistema de filtrado, en lugar de un aparato digestivo? Mira las esponjas, tan felices con su digestión intracelular.

Ryan arqueó las cejas, divertido.

—Es una visión interesante que sinceramente me gustaría discutir contigo, si no tuviera una clase en menos de cinco minutos. —Se me quedó mirando durante un largo segundo—. Encantado de haberte conocido, Jisoo.

—Lo mismo digo, Ryan. No te olvides de seguir al Conejo Blanco.

Sus labios se curvaron en una sonrisa simpática y asintió varias veces.

—Lo haré. Y espero volver a verte por el campus, siento bastante curiosidad por esa digestión intracelular. —Se encaminó a la puerta, pero se detuvo al agarrar el pomo y me miró—. Por cierto, ¿sueles esconderte a menudo en el baño de hombres?

Di un respingo y miré a mi alrededor. Me fijé en los urinarios y apreté los párpados con fuerza. ¡Qué vergüenza! Cuando abrí los ojos de nuevo, Ryan había desaparecido. Le eché un vistazo a mi teléfono y resoplé al descubrir una grieta en la pantalla. Arreglarla me iba a costar un dinero que no tenía. ¡Maldito *jiu-jitsu*!

De repente, comenzó a sonar. El timbre me asustó y el móvil se me escapó de la mano. Lo cogí al vuelo por mera suerte, porque mi destreza manual siempre ha sido la de un gato con manoplas. Otro de los motivos por los que estudiar Odontología era un gran error. Pobre del primer paciente al que me tocara realizarle una endodoncia.

Sonreí al ver el nombre de Nara en la pantalla y de inmediato recordé que habíamos quedado en vernos en la biblioteca de Whitechapel.

¡Llegaba tarde!

Descolgué el teléfono.

—¿Se puede saber dónde te has metido? Llevo media hora esperándote —me gritó Nara a través del auricular.

—Lo siento mucho, la tutoría ha durado una eternidad, pero ya voy de camino.

Colgué. Un minuto después, salía del edificio donde se encontraba la Escuela de Medicina y Odontología de Londres, o Barts, como suele llamarla todo el mundo para abreviar. Eché a correr por la acera, crucé la calle y seguí corriendo mientras rodeaba el edificio de la biblioteca hasta la entrada ubicada en el jardín lateral.

Nara me esperaba apoyada en la verja. Sonrió al verme y alzó la mano para llamar mi atención, como si su nuevo color de pelo rosa chicle y el abrigo amarillo que vestía no fuesen suficiente.

Me paré a su lado y me doblé hacia delante por la cintura. Un dolor agudo me taladraba el costado.

—Lo siento —me disculpé en cuanto recuperé el aliento—. El señor Solanki me ha tenido secuestrada en su despacho durante cuarenta y cinco minutos, solo para decirme que no podré presentarme a los exámenes finales si no le entrego dos trabajos de investigación dentro de seis semanas.

Nara abrió mucho los ojos.

—¿En serio? —Hice un puchero y asentí—. Pero ¿no se suponía que iba a convalidarte el semestre en Yonsei y solo deberías asistir a las clases de revisión?

—Fue lo que él me dijo en junio, al acabar los exámenes del curso pasado, y lo repitió hace tres días. No sé qué ha cambiado desde entonces.

—Pues deberías preguntarle.

Negué con la cabeza. Ser una bocazas durante toda mi vida me había enseñado que a veces lo mejor es mantener el pico cerrado. Porque hay batallas que no se pueden ganar, aunque la verdad y la razón estén de tu parte. Cuando eres pequeño, a la gente le resulta gracioso que digas lo primero que se te pasa por la cabeza, no importa si es un disparate o un pensamiento sincero. La inocencia es un salvoconducto sin límites. Hasta que creces, y aprendes por las malas que a muchas personas no les interesan tus palabras si los pensamientos que les dan forma suenan incómodos o ponen en evidencia su verdadero yo.

—Prefiero no complicar las cosas. Me fastidiaré y haré los trabajos —convine resignada.

—Pero ¡no es justo!

—¿Crees que no lo sé?

Ella suspiró. Se me quedó mirando un momento y después me rodeó con sus brazos. Me sacudió y no me soltó hasta que me hizo reír. Nara no solo era mi mejor amiga desde que nos conocimos en la guardería, también era especial. Al menos, a mí me lo parecía. La envolvía un aura luminosa y vibrante, y desprendía una energía fresca y positiva, con la que siempre lograba que hasta el peor de los días tuviera algo memorable que recordar con una sonrisa. Podía contarle cualquier cosa, con la seguridad de que no me juzgaría. Y a su lado nunca me sentía invisible.

Nara levantó la barbilla y señaló algo por encima de mi hombro.

—Oye, ¿ese no es Matt?

Giré la cabeza a tiempo de ver a Matt bajando del coche de su padre a la altura del Neuron Pod. El estómago me dio un vuelco y actué por puro instinto. Agarré la mano de Nara y la arrastré conmigo en dirección contraria a donde se encontraba.

—¿Qué haces?

—Tenemos que irnos —respondí.

—¿Y Matt?

—Ya lo veré más tarde.

Cruzamos la calle y la conduje hacia la residencia de estudiantes Floyer House. Al doblar la esquina, Nara me obligó a detenerme.

—¿Qué pasa? —me preguntó con la respiración agitada.

—Nada.

—¿Habéis discutido?

—No.

—Entonces, ¿por qué huyes de tu novio?

Me miré los pies y cogí aire.

—No lo sé. Desde que he vuelto, me cuesta estar con él. Me hace sentir incómoda y no estoy segura del motivo.

Nara me observó durante lo que me pareció una eternidad. Dejó escapar un suspiro.

—Señorita, tú y yo tenemos que hablar.

8
Jisoo

Al descender del autobús en Brick Lane, el frío se coló bajo mi abrigo y se me erizó la piel. Alcé la vista al cielo y contemplé el manto de nubes negras que lo cubrían por completo. Noté una gota en la mejilla. Otra en los labios. Trocitos de hielo que se me pegaban a la piel.

De golpe, comenzó a llover.

Nara enlazó su brazo con el mío.

—¡Vamos! —me instó.

Echamos a correr hacia el Café 1001, que se encontraba en una calle estrecha junto a la galería de arte Harry Lunt. Un local grande y luminoso, con una estética industrial y una decoración algo ecléctica, que descubrimos durante nuestro primer año en la universidad. Desde entonces, nos escapábamos allí siempre que teníamos ocasión.

Compramos un par de cafés y *brownies* de caramelo, y ocupamos una mesa en la planta baja. Nara tomó un *brownie* y le dio un mordisco.

—Bueno, desembucha —me pidió con la boca llena.

—Ni siquiera sé por dónde empezar.

—Pues por el principio.

Sonreí, porque yo soy de esas personas a las que le asustan los comienzos. Para las que el primer paso siempre es el más difícil y se pierden entre suposiciones y probabilidades. De las que trazan el camino en su mente mucho antes de tener clara una dirección y lo llenan de baches para no correr el riesgo de ilusionarse con imposibles. Como poder elegir mi futuro sin sentir que era la persona más desagradecida del mundo.

Dejé salir un largo suspiro y comencé a hablar, saltando entre mis pensamientos y emociones. Tratando de recordar momentos clave y sensaciones. Los pequeños indicios que, con el paso del tiempo, se habían ido transformando en un montón de señales que ya no podía ignorar.

—Tal vez... solo necesite tiempo para volver a acostumbrarme a él. Hemos estado ocho meses separados, es mucho.

Nara se limpió la boca con una servilleta.

—Puede que te hayas desenamorado —dijo.

—Es posible.

—O quizás nunca lo hayas estado.

—¿Qué quieres decir?

—¿Por qué empezaste a salir con Matt?

Parpadeé sorprendida por la pregunta.

—Es evidente, porque me gustaba.

—¿Estás segura? Yo sigo sin tenerlo claro. Me acuerdo perfectamente de esa época y no hubo nada que me hiciera pensar que Matt te gustase realmente. De hecho, te pidió salir muchas veces y siempre le dabas largas. Y de repente, a partir de aquel día, comenzó a interesarte como por arte de magia.

Me incliné hacia delante con los codos en la mesa y miré a mi amiga a los ojos sin entender nada.

—¿De qué estás hablando? ¿Y a qué día te refieres?

—Noviembre. Primer año. Ren fue a buscarte a la universidad. Os vio a Matt y a ti muy juntitos y se puso en modo «superhermano mayor». Menudo lío montasteis en el campus. Nunca os había visto discutir como lo hicisteis aquel día.

—¿Y eso qué tiene que ver?

Nara se me quedó mirando.

—¿De verdad quieres saberlo? —me preguntó. Resoplé sin paciencia y puse los ojos en blanco—. De acuerdo... Pienso que acabaste saliendo con Matt para llevarle la contraria a tu hermano. Cuanto más insistía él para que te alejaras de Matt, más empeño le ponías tú a esa relación. Así de simple.

—¡Qué tontería!

—Si tú lo dices.

Me recosté en la silla y me crucé de brazos, enfurruñada. Nara estaba muy equivocada. Ese hubiese sido un comportamiento muy infantil, que yo jamás habría tenido. A ver, era cierto que Ren se obsesionó un poco con Matt y durante meses se dedicó a incordiarlo. También era verdad que Ren me ponía de los nervios con su actitud sobreprotectora y su empeño en tratarme como a una niña; y a modo de rebeldía, yo siempre hacía lo contrario a lo que me decía. No obstante, ¿salir con un chico solo por ganarle un pulso? ¡Qué disparate!

Sin embargo, una chispa de duda prendió durante un instante en mi mente.

Observé a Nara, que intentaba hacerse un selfi sin mucho éxito. Le quité el teléfono de la mano y abrí los ajustes de la cámara.

—Gírate hacia la derecha para que la luz de la ventana te ilumine la cara y baja un poco la barbilla —le pedí.

—¿Así?

—Muéstrame un poco más tu perfil. —Nara ladeó la cabeza—. Ahí, perfecta.

Comencé a disparar fotos, mientras Nara hacía corazoncitos con los dedos y componía expresiones sexis sin ningún pudor. En mi cabeza aún daban vueltas sus palabras.

—En el caso de que tuvieras razón, y no digo que sea así, porque es evidente que no la tienes —empecé a decir.

—Ajá.

—Suponiendo que estés en lo cierto, y no lo estás —insistí para darle más énfasis a ese matiz—. Digamos que por culpa de Ren pude sufrir un episodio de locura transitoria que me empujara a salir con Matt, sin más razón aparente que llevarle la contraria a mi hermano. Aun así, Matt y yo somos pareja desde hace dos años y... —dejé la frase sin terminar. Me costaba encontrar las palabras—. Una relación en la que no hay amor no puede durar tanto, ¿verdad? Lo que intento decir es... puede que lo nuestro comenzara porque soy la persona más testaruda del mundo, pero después acabé queriéndolo. Y fue real.

Nara me tendió la mano y me sonrió cuando puse mis dedos sobre los suyos. Me miró a los ojos, aunque yo apenas podía ver los suyos porque, cuando sonreía, se convertían en dos ranuras diminutas.

—No dudo de que Matt te importe y sé que lo quieres. Si no lo hicieras, no estarías pasándolo tan mal. —Hizo una pausa y estrechó mi mano entre la suya—. ¿Quieres saber lo que pienso realmente sobre todo esto?

—Necesito saberlo, Nara.

—¿Me prometes que no te enfadarás?

—¿Tan malo es? —me reí nerviosa. Nara se encogió de hombros y yo suspiré—. Te lo prometo.

—Creo que deseabas tanto enamorarte de Matt que te convenciste a ti misma de que lo estabas. Lo hiciste porque necesitabas sacar a otra persona de tu corazón y, en cierto modo, lo conseguiste. Construiste tu relación con él basándote en ese deseo y lo convertiste en el centro de tu universo.

Y sí, funcionó mientras pudiste orbitar a su alrededor y centrar toda tu atención en él.

—¿Orbitar?

—Es una metáfora, Jisoo. Ya sabes, el universo... Él es el sol y tú, el planeta que gira a su alrededor bajo la influencia de la fuerza gravitatoria, ¿comprendes? —Asentí, preguntándome en qué momento había comenzado a interesarle la astronomía. Ella continuó—: Pues esa gravedad que te mantenía unida y feliz a Matt se rompió cuando te viste obligada a cambiar de galaxia. —Arrugué el ceño, confundida, y Nara me dio un golpe en la frente con el dedo—. Corea, me refiero a que tuviste que marcharte a Corea.

—¡Ah! Vale, lo pillo.

—Alejarte de todo rompió el hechizo y ahora rehúyes a Matt porque la intimidad con él te incomoda. Y, sinceramente, no creo que el tiempo lo arregle. El amor no se fuerza, ni tampoco el deseo. Se siente o no se siente, Jisoo.

Aparté mi mano de la suya y me hundí en la silla. En el fondo de mi alma sabía que Nara tenía razón. Matt y yo habitábamos ahora en galaxias distintas. A millones de años luz la una de la otra. Esa era la realidad, por mucho que intentara negarla. El problema era que no sabía cómo terminar con Matt sin hacerle daño. Ni si tenía el valor para hacerlo y asumir las consecuencias.

De repente, me sentía en medio de ninguna parte.

Como si me rodeara un inmenso vacío.

O puede que ese hueco estuviera dentro de mí.

Ya no había nadie bajo mis costillas con el que llenarlo y me sentía culpable por haber estado tan ciega a mis propios sentimientos. Cometemos el error de creer que querer y amar significan lo mismo, pero no es así. El roce y la costumbre me hicieron querer a Matt, pero nunca me enamoré de él. Solo me convencí a mí misma de que era eso lo que sentía. Un esfuerzo tan inútil como intentar detener una hemorragia en el corazón con una tirita.

Giré la cabeza y observé la lluvia que caía al otro lado de los ventanales.

—¿Te has enfadado? —me preguntó Nara en voz baja.

—Estoy bien. —Mi amiga arrugó la nariz, como si dudara de mi sinceridad. Sonreí y le lancé una miguita de *brownie*—. Lo digo en serio, tonta. Jamás podré enfadarme contigo por decirme la verdad. Además, una gran parte de mí necesitaba escuchar cada palabra que ha salido de tu boca. A mí me daba demasiado miedo pronunciarlas en voz alta.

—¿Por qué?

—Admitir que usé a Matt para olvidar a otro no me hace la mejor persona, ¿no crees?

—Protegernos de lo que nos hace sufrir es un instinto.

—Había otros modos, como esperar a que ese tonto enamoramiento caducara. Nada dura para siempre, Nara.

—Entonces, ¿Ren es agua pasada?

—Desde hace mucho —respondí segura.

Ella me sonrió y alargó el brazo para alcanzar su teléfono. Lo desbloqueó y comenzó a mirar las fotos que le había hecho.

—No entiendo cómo lo haces, en serio. Consigues que parezca guapa.

—Eres guapa —repliqué.

Nara alzó el rostro y me miró con una expresión compungida.

—Tienes talento para la fotografía, Jisoo. Siempre lo has tenido. Debiste entrar en Bournemouth, era tu sueño.

—Sabes que eso nunca habría sido posible.

—No es cierto, lo tuviste al alcance de la mano. Llegaste a rozarlo con los dedos. Pasaste la entrevista y lograste la plaza.

Inspiré hondo y me aparté el pelo de la cara con las manos. Hablar de ese tema siempre me ponía nerviosa. Recordar que pudo ser y me quedé mirando mientras pasaba de largo me dolía. Había perdido ese tren y ya no volvería, porque esos viajes se presentan una sola vez en la vida. No fui lo bastante valiente como para subirme a él e intentarlo. Me pudo el miedo, la incertidumbre. La vergüenza por pensar en mí antes que en mi familia.

—Mis padres nunca lo habrían permitido —respondí cortante.

—¿Qué habrían hecho, odiarte toda la vida?

—Es algo que no quiero averiguar.

Nara puso una mueca de decepción, que fingí no ver. Me levanté de la silla y me colgué la mochila al hombro. Después me encaminé a la salida sin esperarla. Me frustraba que no fuese capaz de comprenderme, de entender que no siempre basta con querer algo. Que hay sueños que requieren un gran sacrificio y no todo el mundo es capaz de pagar un precio tan alto. Yo no lo era.

La abuela Min solía decir que las familias son como un bote de remos. Para que el bote avance, todos los remos deben moverse a la vez y en la misma dirección. Si uno solo pierde el ritmo, el bote zozobrará.

Y no iba a ser yo quien lo hiciera encallar.

Aunque mantenerlo a flote llenara de agua mis pulmones.

9
Ren

Llevaba un par de horas despierto cuando el amanecer comenzó a desperezarse al otro lado de la ventana. Giré la cabeza en la almohada y contemplé la espalda de Emily. Hacía semanas que esa era la única parte de ella que veía cuando nos íbamos a dormir.

Salí de la cama con sigilo y fui directo a la cocina. Preparé café y revisé los armarios en busca de algo para desayunar. Solo encontré pan para perritos calientes, que llevaba dos días caducado. Rellené uno con mermelada de fresa y me lo comí mientras sacaba una taza del lavavajillas y la llenaba hasta el borde de café. Abandoné la cocina, rumbo al salón, y me paré frente a la ventana con la taza caliente entre las manos.

Llevaba varios años viviendo en Islington, en un edificio industrial reconvertido en viviendas junto al canal. Mi casa ocupaba el último piso y era lo bastante grande como para haber montado en su interior un pequeño estudio musical. Me había costado mucho esfuerzo y dinero convertir aquel espacio en un hogar. Mi hogar. Y me sentía orgulloso de haberlo conseguido sin ayuda.

Mi lugar seguro.

O al menos lo había sido hasta que sus paredes empezaron a ahogarme. Aunque, si era sincero conmigo mismo, sabía que no eran sus muros los que me robaban el aire, sino la vida que se desarrollaba en su interior.

—Buenos días.

Me giré y vi a Emily vestida para salir, con su bolso en una mano y unas zapatillas en la otra.

—Buenos días. ¿Te marchas ya?

Se sentó en el sillón y metió los pies en las zapatillas. Se inclinó hacia delante para atar los cordones.

—Tengo reunión de profesores a primera hora, antes de que comiencen las clases. ¿Te importa si me llevo tu coche? El mío hace unos ruidos muy raros.

—Claro, cógelo. Las llaves están sobre la mesa.

—¿Podrías echarle un vistazo al mío y ver qué le pasa?

—No te preocupes, lo llevaré al taller para que lo revisen.

—Gracias. —Se puso en pie y se palpó los bolsillos como si buscara algo—. Por cierto, después del trabajo he quedado con mi madre y mi hermana. Iremos de compras y luego cenaremos juntas. Si se hace muy tarde, dormiré en casa de mis padres.

—Vale. Avísame con lo que decidas para que no me preocupe.

—Lo haré. Adiós.

Dio media vuelta y se encaminó a la puerta.

Apreté los dientes. No me había mirado a la cara ni una sola vez. Desde la discusión frente a la comisaría, su mirada no se alzaba del suelo cuando estábamos juntos, mientras fingía una normalidad entre nosotros que no existía. Yo le seguía el juego, porque prefería aquel ambiente sobreactuado a discutir de nuevo. Sin embargo, sabía que en algún momento tendríamos que hablar.

Ninguno de los dos estábamos bien. Ella me rehuía y yo aparentaba no darme cuenta.

No nos habíamos tocado ni una sola vez, y en la cama el espacio entre nuestros cuerpos era del tamaño de un glaciar.

Se sentía como uno.

Frío.

Oscuro como la sombra de ese bebé que yo no deseaba y ella anhelaba, y que nos perseguía como un fantasma al que no puedes ver, pero que sientes todo el tiempo.

Apuré el café y me metí en la ducha. Cerré los ojos bajo el agua caliente y apoyé las palmas de las manos en los azulejos. Allí, el ruido dentro de mi cabeza no sonaba tan fuerte.

—Estoy bien. Estoy bien —repetí como un mantra hasta que reuní las fuerzas para abandonar aquel baño y enfrentarme al mundo que había fuera de él.

Llevé el coche de Emily al taller y allí mismo tomé un taxi para volver a casa y coger mi moto. Desde el garaje hasta la puerta del estudio había unas tres millas. Quince minutos de trayecto en los que estuve a punto de congelarme. La lluvia de los últimos días había dado paso a un viento húmedo y gélido, que se te colaba bajo la ropa y te mordía la piel.

Aparqué frente a la librería. Entré un momento para saludar a Rose, y me dirigí al estudio con el casco en una mano y la mochila en la otra.

Volvía a tener hambre y necesitaba otro café.

Se abrieron las puertas del ascensor y me llegaron un montón de gritos y risas.

Fruncí el ceño, mosqueado por lo que parecía una fiesta. ¡Solo estábamos a lunes!

Empujé la puerta del estudio y me detuve en seco nada más entrar. Tuve que parpadear varias veces para asegurarme de que lo que veía era real. Habían movido los muebles para crear un sinuoso circuito. A ambos lados de la pista improvisada, se había colocado la mayor parte del equipo y jaleaban a Luke, Noah, Liam y Bale, que la recorrían sosteniendo una sartén, con la que lanzaban al aire una tortita.

—¿Qué demonios estáis haciendo?

Miku se giró hacia mí con cara de susto.

—¿Y qué haces tú aquí?

—¿Que qué hago en mi propio estudio?

—A estas horas sueles estar en el gimnasio. —La fulminé con la mirada y se puso roja. Me dedicó una sonrisa avergonzada—. ¡Mañana es el Día del Panqueque! Y hemos pensado que sería divertido celebrarlo.

Ladeé la cabeza y le eché un vistazo al calendario que colgaba de la pared. Era cierto. El Día del Panqueque se celebraba en el Reino Unido todos los años, el último martes de carnaval.

De repente, se oyó un estruendo y un montón de abucheos. Luke había chocado con una silla y resbalado con su propio panqueque. Bale no pudo esquivarlo y cayó sobre él. La sartén que sostenía salió volando y a punto estuvo de golpear a Erin. No tuvo tanta suerte con la tortita, que acabó pegada a su cabeza.

—¡Qué asco! ¡Qué ascoooooo! —empezó a gritar.

La escena era tan absurda que rompí a reír a carcajadas.

Y cómo lo necesitaba.

Acabé uniéndome a ellos. Se organizó una nueva carrera, que ganó Liam, y terminamos almorzando panqueques y té aguado entre bromas y risas. Hicimos fotos y las colgamos en un tablón que, con el paso de los meses, habíamos ido llenando de momentos y recuerdos para Jun.

Mientras el estudio recuperaba la normalidad, contemplé el mural de fotografías. Había tantas que se solapaban unas a otras entre tarjetas de cumpleaños y notas manuscritas, repletas de mensajes.

Miku se paró a mi lado.

—¿Crees que le gustará? —me preguntó.

—Le va a encantar. O igual nos mata —me reí. Señalé las fotos—. Mira todo esto: más que recuerdos, son pruebas de nuestros delitos, ¿no crees?

—Ahora que lo dices...

—La invasión de palomas deberíamos quitarla, esa es imposible de explicar.

—Y la de Luke derribando bolos con la cabeza.

—También la del *jacuzzi* portátil. ¡Todavía no entiendo cómo dejé que me convencierais!

—En teoría, parecía una buena idea.

—Hasta que inundamos toda la planta y dejamos sin luz el edificio.

—Somos programadores, no electricistas. Por cierto, ¿crees que Jun se dará cuenta de que el sofá es nuevo?

—No fue culpa mía que saliera ardiendo —murmuró Liam detrás de nosotros.

Nos miramos y estallamos en carcajadas descontroladas.

Sacudí la cabeza y dejé escapar un largo suspiro.

Unos días más y mi amigo estaría de vuelta.

Durante su ausencia, lo hice lo mejor que pude. Pero cargar yo solo con todo el peso había sido muy difícil y me parecía un milagro que el estudio hubiera seguido adelante en mis manos.

Jun era el que solucionaba los problemas y yo, el que los causaba.

Él era orden y yo, caos. Siempre había sido así.

Sentí la mirada de Miku sobre mí y ladeé la cabeza para mirarla a los ojos.

—¿Qué?

Ella sonrió.

—Sé que no lo crees, pero lo has hecho muy bien todo este tiempo, Ren.

—¿Lo piensas de verdad?

Asintió con la cabeza y deslizó el brazo por mis hombros. Me guiñó un ojo con aire seductor.

—¿Quieres saber por qué rechacé la propuesta de Tencent y me conformé con un puesto mediocre de programadora en este estudio?

Bajé la cabeza y disimulé una sonrisa.

—¿Porque tu novia también trabaja aquí?

—Bueno, eso influye —convino mientras arrugaba la nariz—. Pero la razón más importante no es esa, sino tú. Sigo aquí por ti, Ren. Porque hace diez años que te conozco y sé sin lugar a dudas la clase de persona que eres.

—¿Y qué clase de persona soy? —le pregunté, de repente más tenso.

—La que defiende a un amigo sin importarle las consecuencias. La que elige hundirse contigo a soltarte y salvarse. Alguien que siempre piensa en los demás antes que en sí mismo. La clase de persona que ha logrado ganarse mi respeto y que renuncie a un sueldo que triplicaba la miseria que gano aquí, y te aseguro que eso no lo consigue cualquiera.

Tragué saliva para aflojar el nudo de emoción que me oprimía la garganta y me froté la cara. No me acostumbraba a recibir halagos. Me ponían nervioso. Provocaban emociones a las que me costaba ponerles nombre y siempre acababan atascadas entre mi pecho y la garganta.

Aceptaba con menos dudas el desprecio y los insultos. La indolencia.

Por ese motivo, hice lo que siempre solía hacer cuando no sabía cómo enfrentarme a algo: bromear. Escondía mis sentimientos tras una máscara seductora y traviesa. Alegre y despreocupada.

—Miku...

—¿Sí?

—¿Me estás haciendo la pelota para que te dé un aumento?

—¿Me lo darías si te la hago?

—No.

Sonrió y entornó los ojos con malicia.

—¿Sabes? Es encantador ver cómo te haces el duro antes de dar tu brazo a torcer.

Reprimí una sonrisa y eché a andar hacia mi oficina.

—Miku...

—¿Sí?

—Sigue esperando.

—Jefe...

—¿Sí?

—Yo también te quiero.

Cerré la puerta y me apoyé en la mesa con los párpados apretados.

¿Alguna vez has deseado que tu cuerpo y tu mente se detengan? Solo por un tiempo para poder descansar. Dejar de sentir tanto. De sentirlo todo. De pensar. Desconectar de ti mismo.

Yo lo deseaba continuamente.

10
Ren

—¿Mamá?

—Dime, hijo.

—¿Seguro que estáis bien?

El interior del coche se llenó con su risa a través del manos libres.

—Ya te lo he dicho, estamos bien. El ladrón me ha quitado el bolso de un tirón y ha salido corriendo. Apenas me he dado cuenta de lo que pasaba. Además, solo se ha llevado las llaves del restaurante y las de casa, y mi libro de recetas. La cartera con el dinero la tenía tu padre.

—Hay que llamar a un cerrajero para que cambie las cerraduras.

—Jungsuk ya se está ocupando de eso, pero ahora mismo necesito las llaves que guardo en casa, para poder entrar en el restaurante y almacenar todo este pescado en la cámara frigorífica.

—Ya voy de camino.

—Se lo habría pedido a Jisoo, pero ya debe de estar camino de la universidad. Siento hacerte cruzar media ciudad solo para esto.

—Cruzaría el planeta entero —le aseguré. Hice una pequeña pausa—. Mamá, ¿de verdad...?

Resopló exasperada.

—Te aseguro por lo más sagrado, que sois mis hijos, que ambos estamos bien.

—Vale.

—¿Quieres que te envíe uno de esos selfis?

Rompí a reír. Y su risa se unió a la mía mientras nos despedíamos.

Colgué el teléfono y aceleré. Por suerte, no había mucho tráfico y tardé muy poco en llegar a la casa familiar. Me sacudí las zapatillas en la entrada y corrí a la cocina. Las llaves solían estar en el primer cajón, dentro de una caja antigua de galletas.

Me las guardé en el bolsillo y regresé a la entrada.

Estaba a punto de salir cuando escuché un sonido en la planta de arriba.

Subí las escaleras sin hacer ruido y recorrí el pasillo. Todas las puertas estaban cerradas, excepto la del dormitorio de Jisoo. Me asomé, tenso y preparado para cualquier cosa. Entonces la vi, y todo mi cuerpo se aflojó. Estaba sentada sobre la cama con las piernas cruzadas. Había una caja blanca abierta a su lado y varios papeles desparramados entre las sábanas. En una mano sostenía lo que parecía un álbum de fotos y en la otra, un pañuelo, con el que no paraba de frotarse la nariz.

Debía de llevar un buen rato llorando, porque tenía los ojos hinchados y el rostro congestionado. Era inmune a muchas cosas, pero nunca lo había sido a sus lágrimas. Por ese motivo entré en la habitación sin pedir permiso y me paré frente a la cama.

Llevaba puesta una sudadera morada enorme, un pantalón corto de pijama a cuadros azules y unos calcetines de punto hasta la rodilla.

—Eh, Peekaboo.

Jisoo dio un respingo y alzó la cabeza, asustada. Su expresión se relajó al darse cuenta de que era yo. Comenzó a secarse las lágrimas con disimulo.

—Odio que me llames así —dijo con la voz áspera.

—¿Cómo, Peekaboo? Antes te gustaba.

Puso los ojos en blanco y sacudió la cabeza sin mucha paciencia.

—Cuando tenía siete años. ¿Qué haces aquí?

Abrí la boca para contarle lo del robo, pero lo pensé mejor.

Me senté en la cama.

—Mamá me ha pedido que le lleve una cosa al restaurante —respondí. Ella asintió con un gesto—. ¿Por qué no estás en la universidad?

—No me encuentro bien.

—Eso ya lo veo.

—Creo que he pillado la gripe.

«Mentira», le dije a través de mis ojos. Los suyos me atravesaron.

—¿Quieres que llame a la doctora Liu? —le pregunté.

—No es para tanto.

Recorrí su rostro con la mirada y alargué el brazo para apartarle un mechón de pelo que se le había pegado en la mejilla. Me dio un manotazo antes de que pudiera tocarla. Inspiré hondo, su genio era peor que el mío. Me fijé en los papeles y en el álbum que aún sostenía. En realidad, se trataba de un *book* fotográfico.

—¿Qué es todo esto? —me interesé.

—Nada —me espetó ella. Le quité el *book* de las manos antes de que pudiera meterlo bajo la almohada—. Dámelo, ya te he dicho que no es nada.

Me puse en pie y Jisoo me siguió. Comenzó a dar saltitos

a mi alrededor, tratando de arrebatármelo. Que reaccionara con esa vehemencia me hizo desconfiar.

—Y si no es nada, ¿por qué no quieres que lo vea?

—Porque es privado.

—Nunca has tenido secretos conmigo.

Saltó y se colgó de mi bíceps como un monito.

—Eso es lo que tú crees —replicó con rabia.

—¿Quién eres tú y qué has hecho con mi Peekaboo?

—Ren, devuélvemelo. —Lo abrí por encima de mi cabeza y comencé a ojearlo. Había un montón de fotos. Todas eran retratos. Personas que no había visto nunca inmortalizadas en momentos cotidianos, y aun así tenían algo que lograba que no pudiera apartar la mirada—. No tienes ningún derecho, Ren. Dámelo. ¡Que me lo des! —sollozó, y me pateó la espinilla.

—¡Ay!

¡Menuda patada! Di un paso atrás y la miré sorprendido.

Temblaba como un trozo de gelatina y tragué saliva al ver lo mucho que se esforzaba por no volver a llorar. Me sentí fatal y se lo devolví. Aunque no entendía su empeño por ocultármelo. Ella se apresuró a abrazarlo contra su pecho y me dio la espalda.

Bajé la cabeza y vi unos papeles en el suelo. Me percaté del membrete, pertenecía a una universidad. La Universidad de Artes de Bournemouth, en concreto. No debí hacerlo, pero la curiosidad pudo conmigo. Los recogí y comencé a leer.

Era una carta de aceptación. Jisoo había superado algún tipo de prueba y una entrevista con una puntuación excelente. También alababan la creatividad y originalidad de su portafolio, e insistían en lo orgullosos que se sentirían de poder contar con ella en el grado de Fotografía Profesional que impartían. El segundo papel era la copia de un registro de prematricula, firmado y sellado.

Levanté la cabeza y miré a Jisoo. Ella me observaba con los ojos tan abiertos como los de un cervatillo asustado. Me senté en el borde de la cama e inspiré hondo, intentando comprender la situación.

—Creía que la fotografía solo fue un *hobby*. Un pasatiempo de verano.

—Nunca he dicho que lo fuera. Tú lo asumiste —replicó a la defensiva.

Señalé el portafolio.

—¿Las has hecho todas tú? —Asintió y se limpió la nariz con la manga—. ¿Cómo? Salvo por esa cámara antigua que conseguiste en el mercadillo benéfico que se organizó en el barrio hace mil años, nunca te he visto con nada que dispare.

Se mordisqueó el labio, nerviosa. Tras un momento de duda, abrió el armario y rebuscó hasta sacar una mochila negra. Me la entregó con el brazo estirado. La abrí y descubrí una cámara réflex digital bastante buena. Fruncí el ceño, preocupado. Jisoo dependía económicamente de su familia y estaba muy seguro de que ni sus padres ni su hermana le habrían dado el dinero para comprar algo así.

Me pasé la mano por el pelo y solté el aliento de forma brusca. La miré muy serio. Ella apartó la vista, avergonzada. Entre nosotros, casi siempre sobraban las palabras.

—Vendí la consola que me regalaste y también el reproductor de DVD —respondió a mi pregunta muda. Un puñetazo me habría dolido menos. No solo no había confiado en mí respecto a todo aquel asunto, sino que se había deshecho de mis regalos—. Lo siento mucho, Ren.

Hizo un puchero y me desarmó. Era imposible enfadarse con ella cuando te miraba con esos ojos enormes y brillantes de cachorrito abandonado. Dejé la mochila sobre la cama y me froté la cara con ambas manos.

—No le dirás a mamá nada de esto, ¿verdad? Es cierto

que llegué a prematricularme en Bournemouth, pero me arrepentí de inmediato y ese mismo día me inscribí en Barts. Si se entera de que hice algo así, y a escondidas, se llevará un gran disgusto. Ya ha pasado mucho tiempo y...

—No voy a decir nada, Jisoo.

—Gracias.

La observé sin parpadear. Muchos años atrás había mostrado interés por la fotografía, pero nunca pensé que fuese algo más que un juego. Me equivocaba. Era lo bastante importante como para haberlo convertido en un secreto. Significativo como para arriesgarse a crear ese portafolio, viajar hasta Poole sin decírselo a nadie y presentarse a una entrevista. Como para rellenar el impreso de prematricula y firmarlo.

Me costaba creer que hubiera sido capaz de reunir todo ese valor. También que yo no me hubiese dado cuenta de nada. Creía conocerla mejor que nadie. Siempre habíamos compartido una gran complicidad. Secretos. Bromas que solo nos pertenecían a nosotros. Yo había sido su confidente y su refugio cuando se metía en líos. El que los solucionaba. Le había curado raspones, secado lágrimas, y llegué a intimidar a algún idiota que intentó hacerle la vida imposible en el instituto. Cosa de la que no me siento orgulloso, pero las situaciones extremas requieren medidas contundentes.

En algún momento, todo eso había cambiado. Desaparecido. Y no tenía ni idea de cuándo ni cómo había sucedido. La miré, mientras pensaba qué sabía de ella realmente. Cuántas veces habíamos hablado de verdad en los últimos años. Y no encontré respuestas.

—Si te hago una pregunta, ¿serás sincera?

—Sí.

—¿Lloras a menudo por todo esto? —Se encogió de hombros—. ¿Te arrepientes de no haberlo intentado?

Negó mientras sorbía por la nariz.

—Hice lo que debía abandonando esa idea, pero... —Abrazó con más fuerza el portafolio—. Esto es lo único que quiero ser en la vida. Por lo que siento que merece la pena respirar. Soy feliz con una cámara entre las manos y he soñado desde siempre con viajar y capturar instantes por todo el mundo. Aprender de los mejores y exponer en galerías. Porque la fotografía también es arte, Ren. —Hizo una pausa y se secó las mejillas con el dorso de la mano—. Sí, a veces lloro. Duele aceptar que tendré que vivir siendo otra persona —respondió con una crudeza y una sinceridad que me llegaron al alma—. ¿Cómo te sentirías tú si alguien te quitara tu música? Si perdieras ese desahogo, ¿cómo te mantendrías cuerdo?

Me pellizqué el puente de la nariz y parpadeé varias veces para alejar el ardor que sentía en las comisuras de los ojos.

—¿Por qué te echaste atrás?

—¿Me lo estás preguntando en serio? Sabes tan bien como yo el porqué. —Alzó los brazos en un gesto de derrota—. A los seis años papá y mamá me regalaron una bata blanca con un bordado en el bolsillo que decía «doctora Kang Jisoo». A los diez, una placa con mi nombre para mi futura consulta. Y a los quince, un maletín repleto de instrumental para las prácticas en la universidad.

Asentí con la cabeza. Yo había sido testigo de todos esos momentos. Ella continuó:

—Una vez. Una única vez se me ocurrió mencionar la posibilidad de hacer algo distinto, de estudiar otra cosa, y mamá se pasó dos días llorando porque no entendía qué había hecho mal conmigo.

Era cierto, no necesitaba explicarme por qué llevaba dos años estudiando una carrera que odiaba. Por qué guardaba silencio y seguía adelante como si nada. Sumisa y respetuosa. Conocía a los Bae tan bien como ella. Su modo de ver la vida. Sus tradiciones, sueños y pensamientos. En muchos aspectos, me recordaban a los padres de Jun, en lo firmes y obstinados que podían llegar a ser por culpa de sus convicciones. Sin embargo, eso no los convertía en malas personas. Al contrario. Amaban a sus hijas profundamente y cada cosa que hacían era por y para ellas. Ojalá yo hubiera venido al mundo en un hogar como el suyo.

—Solo quieren lo mejor para ti —convine.

—Sé que lo creen, pero no me lo hace más fácil. No soporto las clases, ni a mis profesores. Cada minuto que paso en la universidad es un suplicio.

—No será así para siempre, te lo aseguro. La universidad es un asco, yo también la odiaba, pero terminará. Después será más fácil. Un trabajo, un sueldo, independencia. ¡Libertad!

—¿Libertad? —me cuestionó con los ojos entornados.

—No tienes que dejar la fotografía a un lado. ¿Cuántas horas trabaja a la semana un médico? Tendrás mucho tiempo para hacer otras cosas.

Hizo una mueca y cerró los párpados. Permaneció así unos instantes. Inmóvil. Solo respirando. Abrió los ojos de golpe y los clavó en mí. Si las miradas pudiesen matar, mi cuerpo habría quedado reducido a cenizas sobre su alfombra.

—Creía que al menos tú lo entenderías, pero ya veo que no —dijo mientras se acercaba a la cama, agarraba la caja y guardaba el portafolio dentro.

—Lo entiendo, Jisoo. ¿Cómo puedes pensar que no?

Abrió el último cajón de la cómoda y ocultó la caja bajo unas sábanas.

—Si lo hicieras, no habrías dicho todas esas tonterías —me espetó.

Atónito, me puse en pie y acorté la distancia que nos separaba. Le sacaba una cabeza y tuve que inclinar la barbilla. Ella no se achantó y me sostuvo la mirada. Había fuego en sus ojos. Hielo en su expresión. Por un momento, no la reconocí. Era otra persona. Como si hubiera crecido de golpe durante el segundo que duró mi parpadeo.

—¿Intentar apoyarte es una tontería? —le pregunté molesto.

—¿Crees que esto es apoyarme? ¿Decirme que entre empastes y blanqueamientos tendré algún ratito para fotografiar patos en Hyde Park? —Me dedicó la sonrisa más falsa y mordaz que pudo componer y se encaminó a la puerta con la espalda estirada—. Si me empujas por un precipicio, ¿también esperas que te dé las gracias?

Un calor sofocante ascendió desde mi pecho hasta mi cara. Tic, tac, tic, tac...

Salí tras ella y la alcancé en la escalera. La adelanté y me interpuse en su camino. Ella puso los ojos en blanco y después me contempló con aburrimiento.

—¿Y qué debería haber dicho?

—¡Nada! —explotó. Alzó los brazos, frustrada—. Absolutamente nada, Ren. Si me conocieras. Si de verdad fueses capaz de entenderme, no habrías dicho nada. Sabrías que lo último que quiero oír son palabras inútiles, que en realidad solo sirven para que se sienta mejor la persona que las pronuncia. ¿Te sientes mejor?

Tragué saliva, con una maraña de sentimientos desordenados dentro de mí, mientras ella seguía ahí plantada con la frente llena de arrugas y una mueca de decepción en los labios.

El corazón comenzó a latirme con desesperación. Entonces ella disparó otra flecha, directa al centro de mi pecho.

—Un abrazo, Ren. A veces basta con eso. Un abrazo que diga... Puedes derrumbarte, te tengo y no voy a soltarte.

Cogí aire y me froté el esternón, pero eso punzante que se me clavaba bajo las costillas no desaparecía. Busqué algo que decir, pero solo podía pensar en una única palabra: abrazo. Yo había dejado de abrazar a Jisoo cuando empezó a usar sujetador, a los quince años. Aquella prenda fue un punto de inflexión en mi relación con ella. De repente, comenzaron a preocuparme palabras como correcto, decoro o respeto. El mundo se llenó de otros peligros en los que hasta ese momento no había pensado y me convertí en uno más empeñado en contenerla dentro de una jaula de cristal como si fuese un pajarito.

También me fui alejando de ella sin ser consciente de que lo hacía.

Dejé de escucharla. Escucharla de verdad.

De verla como la persona que era ahora, y la guardé dentro de una burbuja en la que el tiempo se mantenía en pausa. Estático. Una ilusión, porque Jisoo no había dejado de crecer y la prueba la tenía frente a mí. Se había convertido en una persona adulta y madura, capaz de darme lecciones sobre la vida con una seguridad que yo nunca había tenido.

La miré sin saber qué decir, y vi derrota en sus hombros cuando suspiró.

—Mamá llevará un buen rato esperándote, deberías irte.

Y eso hice, me marché.

Con la horrible sensación de haberle fallado a Jisoo cuando más me necesitaba.

Sin la menor idea de cómo arreglarlo, si aún era posible.

11
Jisoo

El cumpleaños de mamá era uno de los días más especiales del año. Siempre lo celebrábamos en casa, donde nos reuníamos toda la familia. Un poco más grande desde que Soomin se había casado y los padres de Yunho los acompañaban a las reuniones familiares.

Mis abuelos y tíos paternos venían desde Norwich con mis primos y traían regalos para todos. Con dieciséis personas en casa, era como celebrar una segunda Navidad.

Sentada entre mi hermana y mi prima Misuk, contemplé los platos repartidos a lo largo de la mesa y sonreí. Había ayudado a Soomin en la cocina y me sentía satisfecha con el resultado. La sopa de algas tenía un aspecto delicioso. También habíamos preparado *galbi, ssambap, kkakdugi,* anchoas crujientes y pastel de té verde. Una clásica comida coreana de cumpleaños, en la que tampoco podía faltar el arroz.

En cuanto el abuelo Bada levantó los palillos y se llevó el primer trozo de rábano a la boca, los demás atacamos los platos. La abuela no tardó en comenzar su interrogatorio. Me preguntó sobre el tiempo que había pasado en Corea, la universidad y también por mi vida amorosa. En este sentido, era muy picarona. Sabía que ese tema molestaba a mamá y siempre que podía lo sacaba a colación.

—Mamá Sook, Jisoo no tiene tiempo para salir con chicos. Sabe que lo primero son sus estudios. Cuando acabe la universidad, ya podrá pensar en esas cosas —le dijo mi madre.

—¿Y cuánto falta para eso?

—Dos años. A los que habría que sumarle el tiempo que dure el máster y si finalmente opta por un doctorado, algo que considero que debería hacer...

—Para entonces mi nieta se habrá convertido en una pasa —la cortó la abuela.

Un coro de risas mal disimuladas llenó el comedor. Noté que me sonrojaba y bajé la cabeza para ocultarlo. Podía notar todas las miradas en mí, sobre todo la de Ren. Apenas me había dirigido la palabra desde que llegó con Emily a media mañana. Sin embargo, no había dejado de mirarme y empezaba a ponerme de los nervios.

Era la primera vez que nos veíamos desde que la semana anterior me descubrió llorando y las cosas se me fueron un poco de las manos. Las cosas que él dijo. Cómo las dijo. No pude contenerme y exploté. Mis muros se derrumbaron y dejé salir emociones que ni yo misma sabía que estaban ahí, enquistadas. Contra él y su actitud. Por lo que habíamos sido desde siempre, hasta que Ren decidió abandonarme por el camino porque ya no tenía tiempo para mí.

Mis pensamientos dejaron de interesarle.

Mis problemas ya no le preocupaban.

Construyó una torre para mí y me olvidó allí.

Levanté la mirada y nuestros ojos se encontraron durante una milésima de segundo, antes de que él apartara la vista primero. Se giró hacia Emily y le ofreció más té, que ella rechazó con un gesto imperceptible. Tampoco había tocado la comida. El pecho de Ren se infló con una inspiración y un tic contrajo su mandíbula.

Noté un golpecito en el costado.

—¿Me ayudas con la tarta? —me preguntó mi hermana en voz baja.

La seguí hasta la cocina.

—¿Dónde están las velas? —quise saber.

—En el segundo cajón —respondió Soomin—. Colócalas mientras preparo los platos.

Abrí el paquete y saqué una decena de velas. Comencé a clavarlas en la cobertura de chocolate.

—No debería haberla traído —dijo Soomin con disgusto.

—¿A quién te refieres?

—A Ren —respondió. Hizo una mueca y me miró por encima del hombro—. No debería haber traído a Emily. Es tan evidente que este es el último lugar del mundo en el que ella querría estar. Ni siquiera intenta disimularlo un poco.

—Quizás no se encuentre bien —aventuré.

—Claro que no se encuentra bien, no nos soporta y no se corta un pelo en demostrarlo.

—Deberías ignorarla, por Ren.

—¿Y qué crees que he hecho hasta ahora? Si no fuese por él, ya le habría pedido que se marchara a otra parte con esa cara de acelga mustia. Le está fastidiando el cumpleaños a mamá. —Frunció el ceño y se inclinó hacia mí en un gesto confidente—. Además, ¿no te parece que ellos dos están raros?

—¿Raros?

—Como enfadados.

Puede que Soomin no anduviera muy desencaminada, yo también me había dado cuenta de la tensión que se respiraba entre Emily y Ren. Apenas hablaban entre ellos y, cada vez que Ren le prestaba atención a algún miembro de la familia, Emily parecía molestarse. Con el paso de las horas, él también había dejado de hablar.

Yunho entró en la cocina con un montón de platos sucios.

—¿A quién estáis despellejando?

Mi hermana le dio con la mano en el pecho y le chistó para que bajara la voz.

—A Ren y Emily.

—¿No tenéis la sensación de que algo malo pasa entre ellos?

Soomin se llevó una mano al pecho y asintió con vehemencia.

—Es lo que le decía a Jisoo. A esos dos les ocurre algo.

—Puede que sea por la pelea del otro día, Emily se cabreó mucho con él.

El corazón me dio un vuelco y pensé de inmediato en la noche que lo encontré dando vueltas frente a la casa. Sin abrigo y con un golpe muy feo en el ojo. Eso confirmaba mis sospechas.

—¿Qué pelea? —pregunté. Mi hermana y Yunho se miraron entre ellos—. Eh, me lo podéis contar. Si os preocupa mamá, no pienso decirle nada.

Yunho exhaló con fuerza. Echó un vistazo a la puerta para asegurarse de que nadie nos escuchaba y después me miró.

—Ren se peleó la otra noche en un pub. Le dio una paliza a un tío. Le provocó varias lesiones. Por suerte, no fueron graves. Me costó, pero conseguí llegar a un acuerdo con la familia para que no se presentaran cargos contra Ren.

—Seguro que el otro tío se merecía un par de piernas rotas también —repliqué.

—¡Jisoo! —exclamó mi hermana.

—¡¿Qué?! Estoy convencida de que Ren tuvo motivos de sobra para actuar como lo hizo, ¿o me equivoco?

Mi cuñado negó con la cabeza.

—Ese hombre acosó a un empleado de Ren que es gay, solo por su condición. Los estuvo provocando hasta que Ren acabó perdiendo el control.

Sonreí con malicia.

—Pues bien por Ren. Seguro que a ese acosador homófobo se le han quitado las ganas de volver a hacer algo parecido.

—¡Jisoo! —volvió a reprenderme mi hermana.

—Lo siento, pero no creo en eso de poner la otra mejilla o recurrir a métodos más educados. Yo habría hecho exactamente lo mismo que Ren. ¿Pensáis que los idiotas que me acosaban en el instituto dejaron de hacerlo porque se lo pedí amablemente?

—¿Te acosaban en el instituto? —me preguntó mi hermana alarmada.

Aparté la vista y todo mi cuerpo se estremeció como si lo hubiera atravesado un rayo. Ren se encontraba en la puerta de la cocina y me observaba fijamente. Le sostuve la mirada sin respirar, hasta que el pulso que me latía en el cuello me obligó a inspirar.

—Fuera esperan la tarta —dijo con voz grave.

—Ya voy —logré contestar.

Él me dedicó otra larga mirada antes de dar media vuelta y desaparecer.

—¿Creéis que nos habrá oído? —susurró mi hermana con la cara roja de vergüenza.

Mi cuñado hizo un gesto con la mano, quitándole importancia a lo ocurrido.

Volvimos al salón.

Mamá sopló las velas y después abrió los regalos. Lloró como cada año y nos abrazó a todos como si fuese el último, sobre todo a Ren. A él siempre le daba un poquito más que al resto. Nunca me sentí celosa o molesta porque tuviera esa predilección. Conocía el motivo y era una de las cosas por las que admiraba y respetaba a mi madre. El amor incondicional que era capaz de sentir. De dar. Que quisiera a Ren como lo quería.

Me ofrecí a limpiar la cocina para escaquearme del campeonato de *baduk*. La estrategia nunca ha sido mi fuerte, y ese juego en particular siempre se me ha dado fatal.

Mientras secaba los platos, vi a Ren a través de la ventana. Caminaba con las manos en los bolsillos del pantalón y la cabeza gacha. Cruzó la verja y salió a la calle. Supe de inmediato adónde se dirigía. Todos los años recorría el mismo camino, como si fuese una especie de rito o costumbre. Ese día no era significativo solo para mamá, también lo era para él. Un aniversario que no era capaz de olvidar y, mucho menos, superar. Lo sabía porque seguirlo también se convirtió en mi ritual, aun cuando era tan pequeña que no lograba entender los motivos que siempre guiaban sus pasos hasta allí.

Tiempo después lo comprendí, y cada año se me rompía el corazón al verlo regresar.

Me puse el abrigo y salí de la casa sin llamar la atención.

Caminé calle abajo, con el atardecer devorando los últimos vestigios de sol, al tiempo que una luz rosada teñía el cielo. Dejé atrás varias viviendas y cambié de acera al aproximarme a la esquina. Él siempre se colocaba frente a la última casa y permanecía allí durante un rato, inerte como una estatua.

Lo divisé a lo lejos. Una silueta oscura recortada contra el resplandor del ocaso.

Conforme me acercaba, mi corazón comenzó a latir más rápido. Me detuve a su lado y un par de respiraciones más lentas me ayudaron a calmarlo. Contemplé la casa en la que Ren había nacido y crecido. La habían reformado después de que el banco la vendiera, tras la muerte de su padre unos meses más tarde de su salida de la cárcel. Tenía un pequeño jardín delantero en el que habían plantado rosales y un par de naranjos enanos.

Las luces estaban encendidas y a través de las ventanas se podía ver el interior, decorado en tonos claros y con muebles modernos. Una familia se reunía alrededor de la mesa del salón.

—¿Estás bien? —le pregunté.

Ren ladeó la cabeza y me miró un momento, antes de volver a clavar la vista en la vivienda. Cacé una pequeña sonrisa en sus labios, gruesos y rojos por el frío.

—¿Sabes que todos los años me sigues hasta aquí y me haces la misma pregunta?

—Quizás porque todos los años, después de que mamá sople las velas de su tarta, vienes aquí y contemplas esa casa hasta que se pone el sol. Y porque sé en qué piensas mientras lo haces.

Ren bajó la barbilla y me observó con interés.

—¿Tan transparente soy?

—Tanto como un muro de ladrillo de tres metros de grosor —dije como si nada. Él sonrió. Le devolví la sonrisa y entonces añadí muy seria—: Pero no necesito ver a través de ti para descubrirlo. Lo sé porque te conozco.

Se estremeció bajo su abrigo. Vi que tragaba saliva e inspiraba muy despacio.

—Demuéstralo. Dime en qué pienso cuando vengo aquí.

—Piensas en ese día, en la nota que dejó, y te preguntas por qué no regresó a buscarte. Le das vueltas a esa pregunta, mientras distintas posibilidades se enredan en tu cabeza y ninguna te hace sentir bien. ¿No volvió porque yo no le importaba? ¿Se olvidó de mí? ¿Y si le ocurrió algo grave como un accidente que le impidió regresar? ¿Sigue vivo? Y si lo está, ¿aún piensa en mí? ¿Se sentirá culpable por abandonarme cuando más lo necesitaba? —respondí sin necesidad de pensar.

Un pesado silencio se alargó entre nosotros mientras nos observábamos sin parpadear. Pese a la tensión que nos envolvía, Ren dejó escapar una pequeña risita. Tan suave y dulce que dudé de haberla escuchado en realidad.

—Peekaboo —suspiró para sí mismo.

—Deja de venir aquí, Ren —le pedí. Contuve el aliento y luego lo solté con fuerza, reuniendo valor para decirle lo que pensaba sin que me temblara la voz—. Ha pasado media vida desde que se largó a escondidas, ¿no crees que va siendo hora de que guardes todo esto en un cajón? Se marchó. No regresó. Puede que no quisiera volver o no pudiera, es imposible saberlo. Y torturarte no soluciona nada. Él no está. Tú sí. Y yo y mamá y papá, Soomin, los abuelos, Jun... Somos la única familia que necesitas.

Ren exhaló con fuerza y cerró los ojos. Comenzó a moverse como si en su mente estuviera sonando una melodía y el ritmo se extendiera por sus miembros. Su cuerpo se meció durante unos segundos más y se detuvo de golpe. Con los hombros caídos y una expresión de derrota en el rostro.

—¿Sabes cuando una canción se te mete en la cabeza y no dejas de repetirla? ¿Cuando se cuela entre los pliegues de tu cerebro y no para de sonar? Intentas pensar en otra cosa. Un ritmo distinto. O en nada. Se convierte en una sensación horrible hasta que por fin consigues distraerte y olvidarla.

Asentí, dándole la razón. Era tan horrible como cuando intentas recordar un título, un nombre o cualquier otra cosa y notas que tropieza en la punta de tu lengua, pero no termina de tomar forma. Él continuó:

—Yo nunca logro distraerme ni olvidar. Mi cabeza está llena de pensamientos que suenan sin cesar. A todas horas. Unas veces lo hacen muy fuerte y otras no son más que un murmullo. Lo intento, pero nada funciona y siempre acabo aquí parado. —Hizo una pausa y se mordió el labio con fuerza—. También hay voces —dijo muy bajito.

El corazón me dio un vuelco. ¿Voces? ¿Qué voces? Abrí la boca para preguntarle qué había querido decir. Entonces él me miró y esbozó una sonrisa con la que entrecerró los ojos. Un gesto burlón que me hizo albergar dudas. Cuestionarme si lo había dicho en serio o solo me tomaba el pelo con un montón de metáforas.

—He oído lo que has dicho en la cocina —comentó.

—Lo sé.

—Creo que no he sido muy buena influencia para ti.

—¿Por enseñarme que poniendo la otra mejilla solo consigues tener dos ojos morados?

Su cuerpo se sacudió con una risa silenciosa. Y añadí:

—Creo que me has enseñado cosas bastante útiles. El otro día, en lugar de asesinar a mi profesor, decidí canalizar mi ira haciendo *jiu-jitsu* en el baño de los chicos.

Moví las manos frente a su cara mientras hacía ruiditos de pelea.

—Quiero preguntar, pero sé que no debo hacerlo.

—Sí, mejor no preguntes —convine—. Entonces tendría que explicarte cómo acabé hablándole a un desconocido sobre la digestión de las esponjas.

—¿Esponjas?

—Ya sabes... «¿Quién vive en la piña debajo del mar? ¡Bob Esponja!»

Ren estalló en carcajadas, tan fuertes e inesperadas que me sorprendió. Yo también me reí.

—Si tienes curiosidad, también puedo contártelo —le dije.

—Creo que puedo vivir sin esa información tan interesante.

Se me quedó mirando con una sonrisa tierna y serena que hizo que me ruborizara.

El viento me agitó el pelo y un mechón se me pegó a la mejilla. Ren sacó la mano del bolsillo del pantalón e hizo amago de alzarla hacia mi rostro. Sin embargo, se detuvo y sus ojos se posaron en algún punto a mi espalda. Percibí un movimiento y me giré. Me encontré con Emily parada en medio de la acera, a solo unos pocos metros de donde estábamos. Su rostro parecía esculpido en piedra y nos observaba con una fijeza que me hizo sentir incómoda.

—Estoy cansada, ¿puedes llevarme a casa? —le preguntó a Ren.

—Claro, deja que me despida y nos vamos.

—Yo me adelanto —les indiqué mientras iniciaba la vuelta.

Al pasar junto a Emily, le dediqué una sonrisa.

No me la devolvió. Al contrario, sus ojos azules me recorrieron sin esconder la irritación que le provocaba mi presencia. Apreté los labios y seguí caminando como si no me hubiera dado cuenta.

Con el paso del tiempo había aprendido a soportar la acidez de su carácter.

El desprecio velado que sentía hacia mí y que cada vez le costaba más disimular.

Dejé de preguntarme el motivo. Cuál sería su problema.

La abuela Min decía que no tiene sentido pasarse la vida entera intentando conquistar el afecto de los que te lo niegan. Y ella siempre tenía razón.

12
Ren

Aparté las sábanas y salté de la cama con el teléfono pegado a la oreja.

—¿Qué tipo de error?

—Se han reportado varios, pero no tengo ni idea de cuáles son. Ya he pedido los datos; los tendré en unos minutos —respondió Liam al otro lado de la línea.

—¿Es la nueva actualización?

—¿Qué si no?

—Se contrató un equipo externo para que se ocupara del mantenimiento y nosotros continuar desarrollando, y lo único que hacemos es arreglar todo lo que joden.

—Estoy tratando de localizarlos a todos.

—Olvídalo, no quiero volver a verlos en mi estudio. Lo haremos nosotros. Llama a Erin y a Luke. Yo aviso a Miku. Nos vemos allí.

Tras colgar el teléfono, abrí el armario y cogí lo primero que encontré a mano: un pantalón *jogger* negro y una sudadera de punto blanca.

—¿Te marchas? —me preguntó Emily desde la cama.

—Sí, hay un problema con uno de los juegos.

—¿Y no puede esperar a mañana? Hoy es domingo —me hizo notar.

—Este tipo de errores funcionan en cadena y acaban provocando otros si no se solucionan a tiempo.

Me senté en el borde de la cama para ponerme las zapatillas. Emily se levantó y vino a mi encuentro.

—Pues que se ocupen tus empleados, por algo les pagas.

Inspiré hondo y alcé la cabeza para mirarla. Ella me contemplaba con una mueca de decepción.

—No soy esa clase de persona, Emily. Es mi estudio, mi responsabilidad.

—¿Y qué pasa con nuestros planes? No quiero cancelarlos.

Me puse en pie y la tomé por los brazos desnudos. Se los froté de arriba abajo con un gesto cariñoso.

—Nadie ha dicho eso, ¿vale? Son poco más de las cinco y hemos quedado con tu hermana a las diez. Iré al estudio, solucionaré el problema y regresaré a tiempo.

Emily sacudió la cabeza, molesta. Luego se deshizo de mis manos con una sacudida y abandonó la habitación sin mediar palabra. Lo dejé estar y no la seguí, solo conseguiría provocarla y estaba cansado de discutir. Lo mejor que podía hacer era solucionar el problema que había surgido y después acompañarla a ese parque de atracciones que a su hermana se le había antojado visitar.

Cuando llegué al estudio, los demás ya se encontraban allí.

—¿Habéis averiguado algo? —les pregunté mientras dejaba la mochila sobre la mesa y me sentaba frente al ordenador.

Miku se deslizó con su silla hasta detenerse a mi lado.

—Se ha reportado *stuttering* en los niveles nueve, diez y once. Diecisiete y diecinueve. Debe de ser un problema con los *shaders* —apuntó mientras le pedía a Luke por señas que preparara café.

—Pues la solución es reducir la carga gráfica hasta que podamos revisarlos. Erin, tú te encargas. ¿Qué más? —indagué.

—Un gran número de jugadores se quejan de que los datos se corrompen al guardar partida —respondió Miku.

—¿Liam? —Lo busqué con la mirada—. ¿Qué hacemos?

—No tengo del todo claro qué podría provocarlo, pero es posible que se deba a una desincronización con el servicio de guardado automático.

—¿Puedes solucionarlo?

Se frotó la cara con ambas manos y parpadeó varias veces con la vista clavada en la pantalla.

—Creo que sí, pero será un parche temporal. Tenemos que programar otra actualización que corrija esos fallos.

—De acuerdo, la actualización pasa a ser prioridad. ¿Algún *bug* más?

—Solo uno: *popping* en algunos personajes. Aparecen de la nada y desaparecen.

Me llevé las manos a la cabeza con un suspiro de frustración.

—¡Joder, el tope de FPS!

—Apostaría a que es por eso —dijo Miku.

—¿Luke, soluciones? —le pregunté.

—Lo único que podemos hacer es lanzar otra actualización que elimine el límite de imágenes por segundo y permita al jugador cambiar esa configuración. La actual del motor bloquea esa función.

—Pues a trabajar.

Nos pusimos manos a la obra de inmediato. Las críticas negativas de los usuarios podían llegar a ser muy dañinas y el boca a boca las hacía correr como la pólvora. Desde que la empresa había contratado un equipo externo como apoyo, recibíamos un montón de quejas de cada parche o nueva actualización que lanzábamos.

Era un problema.

La oferta de juegos en el mercado es demasiado grande como para que los jugadores quieran malgastar el tiempo con uno que no funciona. Y yo no estaba dispuesto a perder un público que nos había costado mucho atraer por culpa de gente a la que el estudio les importaba un cuerno y cuya única motivación era cobrar un sueldo a final de mes.

Acababa de servirme el segundo café cuando me llegó el primer mensaje de Emily. Comprobé la hora. Eran las siete en punto y puse una alarma en el teléfono para que sonara a las nueve y media. Minutos más tarde, llegó otro mensaje. Y otro más.

—¿Va todo bien? —me preguntó Miku al tiempo que señalaba mi teléfono.

—Sí, es Emily. Hemos quedado con su familia y le preocupa que pueda llegar tarde.

—Entonces, vete a casa. Nosotros podemos encargarnos de todo esto.

Negué con un gesto.

—Aún faltan un par de horas.

Continué trabajando en la actualización. Hasta que recibí un nuevo mensaje poco antes de las nueve:

> EMILY: Le he pedido a mi hermana que pase a buscarme. No quiero arriesgarme a que me dejes tirada y me hagas quedar mal. Iré con ellos.

Apreté los párpados con fuerza. No entendía por qué se comportaba de ese modo. Convertía en un problema cualquier detalle. Los creaba de la nada, como en ese momento. Ni siquiera me había dado la oportunidad de meter la pata y ya estaba buscando soluciones a dificultades que no existían. Si al menos le hubiera dado motivos para tantos reproches y ese enojo constante del que no se desprendía, podría comprenderlo.

Sin embargo, solía cumplir cada promesa que le hacía. Acudía puntual a las citas y cuidaba de nuestro tiempo juntos. Intentaba ser un buen novio y compensar esas partes de mí que no le gustaban y yo no lograba cambiar. Las que no podía borrar, como la historia de mi familia. Y había dejado de ser suficiente.

A veces me preguntaba por qué seguía conmigo y hablaba de futuro, cuando apenas soportaba el presente que vivíamos.

—Ren... —Me giré hacia Miku—. Vete a casa.

13
Jisoo

Admito que aquel día tenía la esperanza de que algo cambiara entre nosotros.

El sábado por la noche, Matt me había enviado un mensaje proponiéndome pasar el domingo juntos. Los dos solos. Lejos de la ciudad. Cuando quise saber un poco más sobre sus planes, me dijo que el destino era una sorpresa y que estaba seguro de que me gustaría.

No era habitual en él que hiciera ese tipo de cosas. Normalmente, era imposible apartarlo de sus rutinas, de los lugares que ya conocía y en los que se sentía cómodo. No improvisaba. Tampoco era fan de las sorpresas. No le gustaba recibirlas y no lo imaginaba preparándolas.

Por ese motivo, decidí darle la oportunidad y acepté su propuesta.

Una parte de mí quería recuperar la ilusión y las emociones que me sacudieron al principio, cuando comenzamos a salir, y empecé a creer que también era su deseo. Sobre todo, cuando me bajé del coche y descubrí que nuestro destino era el parque temático de Chessington.

El Matt que yo conocía renegaba de esos espacios. Los consideraba mundos idealizados de falsa diversión, que solo incitaban al consumo y al gasto. Pensaba que era de idiotas hacer largas colas para subir a una atracción durante cinco minutos.

Al contrario que a él, a mí me encantaban los parques de atracciones y al llegar allí realmente creí que lo había organizado todo pensando en mí.

Me equivocaba.

Nada más entrar, sacó su teléfono y no despegó los ojos de la pantalla, mientras me arrastraba de un lugar a otro como si ese aparato fuese un GPS que le indicaba el camino a alguna parte que solo él conocía. Tenía abierta la aplicación de Instagram y toda su atención se centraba en las historias que iba publicando un tipo al que seguía.

Le pregunté en varias ocasiones qué estaba pasando, porque todo aquello era muy raro, pero él insistía en que veía cosas donde no las había. Hasta que me planté y lo amenacé con regresar a Londres de inmediato, aunque tuviera que gastarme todos mis ahorros en tomar un taxi.

Le costó, pero acabó confesando que había ido hasta allí con la intención de hacerse el encontradizo con el nuevo profesor de Neurociencia.

Matt estaba teniendo problemas con esa asignatura y en algún momento pensó que era buena idea acercarse a su profesor fuera de la universidad y tratar de entablar una relación personal. Vio la oportunidad cuando el hombre publicó en sus redes sociales que a su mujer se le había antojado pasar el día en ese parque de atracciones.

No solo me había engañado, sino que me estaba utilizando para sus intereses personales.

—Por favor, Jisoo, te lo suplico, haz esto por mí. Te prometo que te lo compensaré —me pidió en un susurro mientras su profesor se detenía a comprar unos cacahuetes tostados.

—Me has mentido.

—Lo sé y lo siento.

—¿Y por qué lo has hecho?

—Pensé que te negarías si te decía la verdad, y no podía venir yo solo. Habría sido raro.

—Todo esto ya es raro, Matt —mascullé.

—Por favor, necesito caerle bien.

Guardó silencio cuando su profesor se aproximó.

—¿Seguro que no queréis tomar nada? —nos preguntó.

—No, gracias, estoy bien —respondí.

—¿Y dónde ha dicho que está su mujer, profesor Prim? —le preguntó Matt.

—Oh, llámame Harry, por favor, no estamos en clase —le pidió con una risita—. Ella se encuentra ahora visitando el zoo. Le encantan los animales, sobre todo los felinos. Por desgracia, mi alergia no me permite acompañarla.

—¡Vaya, yo también soy alérgico! No puedo acercarme a un gato —dijo Matt.

«¡Qué mentiroso!», pensé.

—¡Menuda coincidencia! —exclamó el hombre. Sus ojos se iluminaron—. Oh, mi esposa. ¡Olivia, cariño!

Me giré y a punto estuvo de darme un infarto. Junto a una mujer embarazada que nos saludaba con una mano, caminaban Ren y Emily. De repente, recordé que Ren había comentado en alguna ocasión que la hermana de su novia estaba embarazada. ¿Cuántas posibilidades había de que esa casualidad se diera? ¿Una entre cien mil? ¿Una entre un millón?

Allí estaba el destino, atropellándome sin frenos.

—¡Mierda! —oí que mascullaba Matt y a mí me entraron unas ganas locas de reír.

—Olivia, quiero presentarte a Matthew Hoover. Es uno de mis alumnos. Nos hemos encontrado por casualidad. Ella es su...

—¿Qué haces tú aquí? —me preguntó Ren, como si me hubiera pillado robando un banco.

—¿Os conocéis? —se interesó la tal Olivia.

—Es Jisoo, mi hermana.

—¿Esta es tu hermana? Vaya, por fin te conocemos.

—No es su hermana de verdad, Olivia —intervino Emily con una sonrisa tensa—. Es la hija de la mujer que acogió a Ren.

Arqueé las cejas. ¿A cuento de qué venía esa aclaración?

—Hola, Ren, me alegro de volver a verte. ¿Qué tal te va?

Matt lo saludó con un aplomo que me sorprendió, dado el historial que ambos compartían.

—Bien.

—Encantada, Matt. Yo soy Emily. No sabía que Jisoo tenía novio.

—Llevamos un par de años saliendo.

—¿En serio, tanto?

Ren hizo un ruidito de burla y continuó mirándome fijamente. A ese paso, sus pupilas iban a abrir un agujero en mi cara. Por suerte, Olivia anunció que en pocos minutos comenzaría una exhibición de leones marinos y quería asistir.

Ese era el momento perfecto para huir de aquella situación, pero mi alegría duró lo que el profesor Prim tardó en invitarnos a acompañarlos. Matt aceptó sin dudar. Se pegó a él como una lapa y se olvidó por completo de mi existencia, mientras aprovechaba la ocasión para conversar con él sobre sus clases.

Emily y Olivia caminaban juntas, con sus brazos entrelazados, charlando sobre las ventajas de los partos naturales. Solo necesité cinco minutos de descripciones detalladas para tomar la firme decisión de que todos mis hijos serían adoptados.

Ren las seguía con las manos en los bolsillos y la mirada

perdida en el suelo. Lo estudié de arriba abajo. Iba vestido con un *jogger* oscuro, una sudadera blanca bajo una cazadora con capucha y un gorrito de pescador, que le ocultaba los ojos. Nada especial ni llamativo, pero él lucía como un *idol*. La gente lo miraba como si lo fuera. Y Ren vivía totalmente ajeno al interés que despertaba. La percepción que tenía de sí mismo era muy distinta a esa realidad, y me daba rabia que no fuese capaz de apreciar lo especial y único que era. Que solo se encontrase defectos.

Aparté la vista de su espalda cuando él giró la cabeza y me observó por encima del hombro. Poco a poco, ralentizó sus pasos y se colocó a mi lado. Me dio un empujoncito con el codo.

—¿De verdad que aún sales con Cara Besugo?

Lo miré unos segundos.

—No es asunto tuyo, Ren.

—Puede que no, pero sí lo es de mamá.

Parpadeé pasmada.

—¿Me estás amenazando con contárselo?

—Es posible.

Puse los ojos en blanco.

—¡Eres un crío!

—Si preocuparme por ti me convierte en un crío, pues adelante.

—No necesito que te preocupes, y mucho menos tu permiso. Voy a cumplir veintiún años. Soy una persona adulta. Que no quieras verlo es tu problema.

—Nunca he dicho que no puedas tener novio, por supuesto que puedes. Pero no ese tío, Jisoo. Busca a alguien mucho mejor, que merezca la pena.

—¿Por qué presupones que Matt no la merece? No lo conoces.

—No hace falta, me lo dice mi instinto.

—Y como a ti te va de maravilla con ese superpoder, crees que puedes dar consejos.

Le eché una miradita a Emily.

—¿Qué estás insinuando?

—Nada, tú sabrás por qué te picas.

—No necesito un superpoder para ver que el señor Ameba es tonto del culo. No deberías perder el tiempo con un tipo que lleva la palabra YO escrita en la frente. Mereces a alguien que desde el primer momento te considere lo más importante en su vida, su número uno, y te trate como tal. Preséntame a esa persona y tendrás mi bendición.

—Como si la necesitara —murmuré por mera obstinación.

Sus palabras me habían afectado, porque tenía razón. Él había visto desde el principio lo que yo ahora comenzaba a vislumbrar. Si en la vida de Matt había un número uno, no era yo. Tampoco el dos. Ni el tres...

Nos sumimos en un silencio que Ren no tardó en romper.

—Sobre lo del otro día en tu habitación, quería decirte que lo siento.

Lo miré de reojo, sorprendida porque hubiera sacado ese tema.

—No pasa nada.

—Sí que pasa. Me he dado cuenta de que no he estado lo bastante pendiente de ti y... te he fallado. Antes me lo contabas todo. Lo que te gustaba, lo que te preocupaba. Tus sueños. Tus miedos. Es culpa mía que dejaras de hacerlo, lo siento.

Me encogí de hombros y alcé la vista al cielo. Parpadeé varias veces para aliviar el picor que notaba en las comisuras de los ojos. Agradecía su disculpa. Sin embargo, sabía que él nunca tuvo la obligación de estar ahí. De cuidar de mí. Pretender lo contrario habría sido un deseo estúpido.

—Te prometo que no volveré a fallarte —dijo en un susurro.

Lo miré y él me sonrió al tiempo que me tendía su mano con el meñique estirado. Lo agitó ante mi cara al ver que yo no hacía nada.

—¿Qué haces? —le pregunté.

—¿Tú qué crees?

—La promesa del meñique no es algo para tomarse a broma.

—Eso ya lo sé.

—Y tú no cumples ninguna.

—¿Disculpa?

—Dijiste que aprender a nadar sería divertido y en la primera clase me lanzaste al agua sin avisar. Después te quedaste mirando mientras yo pataleaba intentando no ahogarme.

—¡Fue divertido, parecías un gato arisco! —Comenzó a reírse y yo lo fulminé con la mirada—. Puede que mi método fuese un poco extremo, pero aprendiste.

—No tuve más remedio, nadie quiere morir a los nueve años.

Su risa se transformó en una carcajada que hizo que mi piel se erizara. No obstante, ese sonido tan bonito desapareció tan pronto como Emily se giró y clavó sus ojos en nosotros con el rostro descompuesto.

14
Jisoo

Nunca me han gustado los zoológicos, ni los espectáculos con animales. Me entristecen y me hacen sentir impotente. No entiendo qué tiene de divertido ver a unos animales haciendo malabares con una pelota, saltando a través de un aro o disfrazados de payaso. Esforzándose en parecer humanos por una pequeña recompensa en forma de comida, que poco a poco les hace olvidar su naturaleza salvaje. Lo que son en realidad. Algunos ni siquiera llegan a aprenderlo.

Fui la primera en abandonar la piscina de los leones marinos, aún con el eco de los aplausos resonando en mis oídos y un nudo en la garganta que no lograba deshacer. Me detuve en un puesto de *souvenirs* en el que vendían peluches, paraguas, sombreros y también unas diademas con antenas y orejitas muy monas. Las había de mariposa, abeja, oso panda, jirafa...

Tomé unas que parecían de koala y me las probé frente al espejo.

El reflejo de Matt apareció a mi lado.

—¡¿No irás a comprarte eso?!

—¿Por qué no? Son graciosas —repliqué.

—Son absurdas, Jisoo. Son para niños. Vas a hacer el ridículo si vas por ahí con eso en la cabeza, y podría verte algún conocido.

Me giré hacia él y lo miré a los ojos, con la esperanza de que solo estuviera bromeando.

—¿Lo dices en serio?

—¿Parece que bromeo?

Aparté la mirada y me ruboricé al comprobar que los demás nos habían alcanzado y escuchaban nuestra conversación.

—Le quedan muy monas —dijo Olivia.

—Pero ya vamos teniendo una edad, cariño. ¿Crees que mis colegas seguirían tomándome en serio si apareciera con unas orejas de león? —comentó el profesor Prim.

—¡Es el rey de la sabana!

—Aun así, es bastante hortera.

Rompieron a reír, y Matt los acompañó. También Emily, aunque de una forma más discreta.

De repente, Ren se abrió paso entre ellos, me quitó las orejas de la cabeza y las puso en su lugar. Después recorrió con la mirada todo el expositor. Tras un momento de duda, cogió dos diademas con orejas de gato. Se quitó el gorro y se puso una. Luego colocó la otra sobre mi cabeza y me rozó la nariz con la punta del dedo.

Se me aceleró el corazón al comprender lo que estaba haciendo. Cómo se posicionaba de mi lado sin necesidad de decir una palabra.

Me miró y una sonrisa se dibujó en sus labios, tan cálida y dulce que disipó el frío y la vergüenza.

—Muy guapa.

—Tú también —respondí sin pensar.

Porque era verdad, estaba monísimo y muy gracioso. Su sonrisa se hizo más amplia y sus ojos rasgados se convirtieron en dos rendijas. Se rascó la nariz, recta y un poco ancha en la punta.

—¿Me quedan mejor que las de rana que compramos en Thorpe Park?

—El verde sapo siempre te ha favorecido.

Bajó la vista al suelo muerto de risa y me percaté de que se sonrojaba. Habría pagado por saber qué pensaba él en ese momento, porque Ren no se ruborizaba nunca.

Inspiró hondo.

—¿Alguien más tiene hambre? —preguntó al grupo—. Porque yo sí.

Nos dirigimos al Zafari Bar and Grill, un restaurante que se encontraba junto al zoo y muy cerca del acuario. Olivia sugirió que nos sentáramos fuera, en la terraza, para poder ver desde allí los animales. Ocupamos una mesa junto a la barandilla que hacía esquina. Poco después, una camarera se acercó para tomar nota.

Cuando se marchó, nos envolvió un silencio incómodo y pesado, en el que todas las miradas parecían estudiarnos con disimulo a Ren y a mí. Por suerte, Matt reanudó su plan para conquistar a su profesor y le preguntó a Olivia por su embarazo. Ella comenzó a darle todo tipo de detalles, encantada de que su bebé fuese el tema de conversación.

La camarera trajo los menús y yo hundí el tenedor en la ensalada que había pedido, aderezada con jalapeños.

—¿Me das uno? —me preguntó Ren en voz baja desde el otro lado de la mesa.

—Claro.

Él alargó el brazo y pinchó una rodaja. Lo colocó sobre un trozo de su filete y se lo llevó todo a la boca. Lo masticó con apetito, hasta que comenzó a toser y resoplar con lágrimas en los ojos.

—Hostia, ¡cómo pica! ¡Arde, arde...!

Agarró su refresco y se lo bebió sin respirar.

Tuve que morderme el labio para no romper a reír y escupir la comida.

—Menudo coreano estás hecho —le dije.

—Perdona, pero soy medio coreano y eso me hace menos tolerante al picante —apuntó divertido.

—Ya, siempre eres medio coreano solo para lo que te interesa.

Me guiñó un ojo y se llevó un puñado de patatas a la boca, mientras levantaba la otra mano para llamar la atención de la camarera. De pronto, se quedó inmóvil y su rostro se descompuso. Pude oír sus dientes rechinando dentro de su boca y el tenedor de plástico crujiendo entre sus dedos. Me giré como un resorte, buscando el motivo.

Los vi.

Y no fui la única.

—Ren, ¿esos no son...? —empezó a decir Emily.

—No son nadie —la cortó él.

—Sí que lo son.

—¿De quiénes habláis? —se interesó Olivia.

—Dentro, en aquella mesa junto a la columna... Es la familia de Ren. Sus abuelos y su tía.

—Es la familia de mi madre, no la mía —replicó él.

—Es lo mismo, cariño. —Estiró el cuello para ver mejor—. Deberías acercarte y saludarles. Es una ocasión para dar el primer paso, ¿no crees? Están justo ahí.

Me tensé como la cuerda de un violín y miré a Ren. Palidecía por momentos y apenas respiraba con la vista clavada en el mantel. Emily le insistió, enfatizando la oportunidad que el destino parecía brindarle. Yo no daba crédito a sus palabras. ¿Acaso se había dado un golpe en la cabeza o es que no tenía nada salvo aire entre las orejas?

Ren era el único que podía haberle hablado de esas personas, y me parecía correcto dar por sentado que también le había contado lo que sucedió entre ellos en el pasado. El sufrimiento que le causaron. Entonces, ¿por qué lo estaba empujando a ese abismo?

Apreté los puños hasta que mis nudillos se pusieron blancos, mientras me mordía la lengua. Después de todo, era algo entre ellos y a mí nadie me había pedido mi opinión. Ren tampoco era un niño que necesitase que yo lo defendiera. Sin embargo, Emily no dejaba el tema y la vida parecía haber abandonado el cuerpo de él.

Y exploté, incluso antes de darme cuenta de que lo hacía.

—No se te ocurra levantarte de esa silla, son ellos los que deberían venir aquí y pedirte perdón. Si mueves un solo músculo, juro que te sacudo, Ren. Lo haré.

Todas las miradas de la mesa se posaron en mí. No me importó. La única que me preocupaba era la suya, que se clavó en la mía sin parpadear. Asentí con determinación y las aletas de su nariz se dilataron al tomar aire.

—No te metas, Jisoo, esto no te incumbe —me dijo Emily.

—Soy la única familia que Ren tiene aquí, por supuesto que me incumbe —le respondí con un arrojo del que yo misma me sorprendí.

—¿Familia? Con qué facilidad usáis esa palabra.

—Es lo que somos.

Señaló a las personas que había en el comedor.

—Esa sí es su familia. ¡Sus abuelos!, y Ren tiene la posibilidad de acercarse de nuevo a ellos.

—¿Acaso le has preguntado a él si quiere volver a verlos?

—Está dolido, es normal que le cueste dar el paso, pero el tiempo cambia las cosas.

—No cambia que se deshicieran de él como quien abandona un perro —le espeté.

—¡Qué sabrás tú!

—Estaba allí.

—Ya, tú siempre estás ahí —replicó con desdén.

—¿Qué significa eso?

—Jisoo, por favor, cállate de una vez —intervino Matt en tono severo.

Ren se puso en pie como si un resorte lo hubiera lanzado y empujó la mesa al dar un paso adelante.

—Si vuelves a hablarle de ese modo, te parto la cara.

—¡Ren! —lo reprendió Emily.

Ren soltó un suspiro entrecortado. Todo su cuerpo temblaba con una emoción oscura, como si estuviera haciendo un esfuerzo sobrehumano por mantener el control. Agarró su gorro de la silla y saltó la barandilla de la terraza. Sus pies aterrizaron en el camino que rodeaba el restaurante. Después se alejó con paso rápido y sin mirar atrás ni una sola vez.

—Sí, muy maduro —repuso Emily en tono mordaz.

Lo que me faltaba por oír.

Di media vuelta y me dirigí al baño porque mi paciencia era muy escasa. Por eso y porque sentía unas ganas irrefrenables de romper algo. Empujé la puerta y una vez dentro me apoyé en el lavabo. Durante unos segundos, contemplé el espejo. No reconocía a la chica que me devolvía la mirada. Por más que la observaba, me seguía pareciendo una extraña. Tenía un brillo valiente en los ojos que nunca había visto en los míos. Las mejillas calientes por un coraje que había brotado de su interior como el chorro de vapor que escapa de una tetera.

Al final, hasta el ratón más pequeño encuentra la fuerza para enfrentarse al león más fiero, si tiene algo importante que proteger. Aunque no reconozca ese algo y en un principio lo confunda con justicia. Con hacer lo correcto. Sin percatarse de que lo que trata de defender tiene piel, carne y huesos, y, bajo todo eso, late un corazón que hace palpitar el suyo.

La puerta se abrió de golpe y Emily entró en el baño. Vino directa hacia mí.

Retrocedí por puro instinto, hasta que mi espalda chocó con la pared.

—Que sea la última vez que te inmiscuyes en mi relación con Ren, ¿entendido?

Alcé la barbilla para demostrarle que esa actitud agresiva con la que intentaba amedrentarme no le funcionaría conmigo.

—No puedes tratarlo de ese modo, él es bueno contigo.

—Lo que pase entre nosotros y cómo pase no es asunto tuyo. Soy su novia, su compañera de vida y la futura madre de sus hijos. —Alzó las cejas con un gesto desdeñoso—. ¿Quieres saber quién eres tú? Una niña de la que se preocupa por obligación, porque se siente en deuda con tu madre.

Tragué saliva y sacudí la cabeza.

—No es cierto.

—¿Cómo estás tan segura?

—Lo sé.

—No te enteras de nada, ¿verdad? Él mismo me lo ha dicho. Y ten por seguro que nadie te ha echado de menos estos ocho meses.

Sus palabras me provocaron un breve pellizco. Tan leve que no llegó a convertirse en duda. Nada ni nadie me haría desconfiar de él. Ren podría tener muchos defectos, pero no era falso ni hipócrita. No sabía fingir emociones.

—Eres tú la que no se entera, si por un segundo has pensado que voy a creer cualquier cosa que digas. Conozco a Ren desde que tengo uso de razón y siempre hemos sido amigos. Como hermanos. Yo estaba allí cuando perdió a su madre. Cuando su hermano se marchó y su padre casi lo mata. Cuando su familia se negó a acogerlo y le pusieron precio al amor de mi madre con un cheque que nunca aceptó. —Hice una pausa para calmar mi respiración y forcé una sonrisa cáustica—. Yo siempre he estado ahí, Emily, y no me voy a cruzar de brazos viendo cómo ignoras sus sentimientos. ¿Acaso no te das cuenta de cómo lo tratas?

—¡Disculpa, ¿y cómo se supone que lo trato?!

—Mal.

Dio un paso atrás y me dedicó una mueca de desprecio.

—Qué sabrás tú sobre nosotros.

—De ti, nada, y tampoco me interesa, pero sé mucho sobre Ren y vas a perderlo.

—¿Por quién? ¿Por ti? Vamos, no me hagas reír. ¿Ahora también piensas que le gustas? Por favor, si das pena. Crees que perseguirlo con excusas tontas sirve para algo más que parecer patética.

Sus palabras me golpearon como un rayo y tuve que repetirlas en mi cabeza para encontrarles sentido y empezar a comprenderlas. Para entrever su auténtico significado.

—¿Qué... qué has dicho?

—Si es una amenaza o intentas ponerme celosa... Niña, pierdes el tiempo. No tienes ninguna posibilidad con él.

Me aparté el pelo de la cara y la miré como si lo hiciera por primera vez. De repente, era tan obvia. Tan transparente. Y me sorprendió no haberlo notado antes. Mi propia ingenuidad me había cegado.

—Dios, ¿cómo no me he dado cuenta? Se trata de eso. La razón por la que no me soportas es que estás celosa.

La expresión de su rostro cambió de pronto y sus hombros se tensaron.

—Te lo tienes muy creído, ¿no?

—Ren siempre me ha mirado como a una hermana. Jamás ha habido nada raro entre nosotros. Jamás, Emily. Y del mismo modo te puedo asegurar que él nunca te engañaría con nadie. No es esa clase de persona, todo lo contrario, es de los que siguen remando aun cuando el barco se ha hundido. Se aferra a quienes le importan y no los suelta, aunque le pisoteen el corazón mientras los sostiene. ¡Le cuesta tanto rendirse! —Sacudí la cabeza y tragué saliva para aflojar el nudo que tenía en la garganta—. Deberías saberlo.

Emily se abrazó la cintura. Ya no parecía tan decidida y segura como al irrumpir minutos antes en aquel baño. Le costaba mirarme a los ojos.

—Lo sé —dijo sin mucha convicción.

—Entonces, me ahorraré el consejo. Aunque tampoco creo que lo aceptaras, viniendo de mí.

Pasé por su lado y me dirigí a la salida. Agarré el pomo y lo giré.

—¿Qué consejo?

Inmóvil, llené mis pulmones de aire.

—Has encontrado un buen chico que no te mereces ni de lejos. Deja de fastidiarlo todo.

—¿Alguna cosa más?

—Solo una... Si supongo un problema para ti, me quitaré de en medio hasta que consigas solucionarlo. Pero que conste que lo hago por él y no por ti.

Después salí de aquel baño con el corazón en la garganta y el pensamiento firme de alejarme de Ren. No quería causarle problemas con Emily y esperaba que los que ya tenían mejoraran, ahora que ella y yo habíamos puesto las cartas sobre la mesa.

Me haría a un lado. Era lo mejor para ellos dos.

Ojalá me hubiera dado cuenta del sacrificio inútil que iba a hacer.

Hay personas que no aceptan la ayuda de nadie, solo piensan en sí mismas y su orgullo. Tan pendientes de sus propias necesidades y deseos que no son capaces de ver más allá de sus narices. Ni de reconocer una oportunidad cuando llama a su puerta.

Solo saben decir yo, yo, yo...

Se olvidan del tú.

Y el nosotros desaparece.

15
Ren

Saqué la ropa de la secadora y la doblé sobre la mesa de la cocina. Tras guardarla en los armarios, vacié el lavavajillas y puse otra lavadora. Después revisé la nevera y la despensa, y fui anotando en una lista todo lo que debíamos comprar esa semana.

En el salón, Emily corregía trabajos de sus alumnos en un escritorio frente a la ventana.

Apenas nos habíamos dirigido la palabra en el coche, de vuelta a casa desde Chessington. Ni en las horas que llevábamos dentro de aquellas paredes. La tensión que flotaba entre nosotros era tan espesa que casi podía tocarse y saborearse. Al menos, yo la sentía. Pesada en la piel. Viscosa dentro de mis pulmones.

—¿Quieres un té? —le pregunté desde la puerta.

Ella negó con la cabeza y continuó concentrada en su tarea.

Inspiré hondo. No conseguía deshacerme de esa sensación horrible que se me había instalado en el pecho. Enfado y algo más. No sabía lo que era, solo que dolía como si algo afilado se estuviera abriendo paso muy despacio de dentro hacia fuera.

En mi cabeza no dejaban de repetirse escenas de ese día. Imágenes. Palabras. Miradas. Y cuanto más me adentraba en ese bucle, más inquieto y molesto me sentía. Mi guitarra permanecía en el sofá, donde la había dejado la noche anterior. La cogí y me dirigí al dormitorio. Me recosté en la cama y acomodé el instrumento sobre mi regazo.

Cerré los ojos y deslicé los dedos por las cuerdas. El sonido me erizó la piel. Llevaba días con una melodía en la cabeza. Las primeras palabras de una letra sin mucho sentido. Me concentré y las notas tomaron forma en mi mente y fluyeron hacia mis dedos. Algo perezosas hasta que encontré el ritmo adecuado.

Poco a poco, me fui relajando y sin darme cuenta mi mente desconectó de la realidad y se sumió en ese mundo seguro, que solo la música era capaz de crear para mí desde que era muy pequeño. Uno de los pocos recuerdos buenos que conservaba de mi infancia era el de mi madre tocando el piano en el salón de casa. Solía sentarme a su lado y escucharla interpretar sus canciones favoritas de Neil Young.

Con el paso de los años, la música dejó de ser un entretenimiento para mí y se transformó en una vocación. Soñaba con crear un grupo y recorrer el mundo de escenario en escenario, con miles de personas coreando mis canciones. Un sueño que acabó devorado por el pragmatismo, tras convertirme en un huérfano.

Aun así, la música continuaba siendo una parte importante de mi vida y mi trabajo. Componía bandas sonoras para los juegos que desarrollaba, y me gustaba. Me ayudaba a evadirme y aliviar presión. A expresar cosas que de otro modo jamás podría. Componía canciones que guardaba solo para mí, como el que escribe un diario con sus sueños y secretos más íntimos. Con sus miedos.

«¿Cómo te sentirías si alguien te quitara tu música? ¿Cómo te mantendrías cuerdo?», me había preguntado Jisoo. La respuesta era tan sencilla como cruda. Si me quitaran la música, no sentiría nada, porque sería lo más parecido a estar muerto. ¿Y quién conserva la cordura y la razón estando muerto?

—Oye, Ren... ¿Me estás escuchando? ¡Ren!

Abrí los ojos de golpe y giré la cabeza. Emily me observaba desde la puerta del dormitorio.

—Perdona, estaba distraído, ¿qué decías?

—Que si puedes dejar de hacer ruido. Y si no, enciérrate en el estudio. No me permites trabajar.

—Sí, claro. Ya paro —dije mientras dejaba la guitarra a un lado y me enderezaba.

Emily sacudió la cabeza, exasperada, y salió de la habitación. Oí cómo se alejaba, e inmediatamente sus pasos acercándose de nuevo. Entró en la habitación y se plantó delante de mí con los brazos cruzados sobre el pecho.

—¿Eso es lo único que vas a decir, ya paro? —me preguntó alterada.

La miré y vi sus intenciones. La conocía demasiado bien, y en nuestra relación ciertos patrones se repetían cada vez más. No me apetecía discutir; el día ya había sido jodidamente agotador.

—Y lo siento. Siento haberte molestado mientras trabajas. Y tienes razón, lo mejor será que me encierre en el estudio.

Le dediqué una pequeña sonrisa y me puse en pie. Al pasar por su lado, me detuve un momento y le di un besito en la frente.

—¿De verdad te cuesta tanto? —bufó.

Apreté los párpados con fuerza. De acuerdo, parecía que finalmente íbamos a hacerlo.

—No sé a qué te refieres, Emily.

—Hablo de tu familia, la de verdad. ¿Tanto te costaba acercarte y hablar con ellos hoy?

Inspiré con brusquedad.

—¿Hablar sobre qué? No tengo nada que decirles. Desaparecieron de mi vida hace mucho y quiero que sigan bien lejos.

—Creo que te equivocas pensando de ese modo.

—Pues yo pienso justo lo contrario.

—Si dejaras a un lado tus sentimientos y te plantearas este tema de una forma más práctica, te darías cuenta de lo bueno que podría ser para ti recuperar el contacto con tu familia. Después de que me hablaras sobre ellos, sentí curiosidad e indagué un poco...

—Perdona, ¿has dicho que indagaste? —inquirí asombrado.

—Quería saber quiénes eran, tú no me dijiste gran cosa.

—Porque no había nada que decir.

—¡Al contrario, hay mucho! ¿Sabías que viven en Mayfair?

—Sí, de niño pasé algún tiempo en su casa, ¿y?

Ella se rio con desgana.

—Que allí solo hay una clase de personas, Ren. Nunca me dijiste que la familia de tu madre se dedica a la compra y venta de embarcaciones de lujo y recreo.

—Porque no tiene importancia. El dinero no los hace mejores, y ellos ni siquiera son buenas personas. No movieron un dedo para ayudar a mi madre, y tampoco hicieron nada para ayudarnos a mi hermano y a mí cuando ella murió. Las apariencias siempre han sido lo primero en esa familia y unos rasgos como los míos no pasan desapercibidos, Emily.

Ella parpadeó cuando mis palabras calaron en su cerebro, pero su efecto solo duró un instante.

—Eso fue hace mucho, Ren. Las cosas cambian. Las personas también. Puede que ahora sea distinto y lo que ellos son, lo que tienen... Todo eso te pertenece. No puedes renunciar a algo tan importante.

Me la quedé mirando sin dar crédito a lo que acababa de decir. Y me dolió. Joder si me dolió comprobar una vez más que mis sentimientos y yo no estábamos entre sus prioridades.

De nuevo valoraba más otras cosas.

Como aparentar antes que ser.

Convertirse en una imitación en lugar de elegir ser ella misma.

Parecerse a su hermana.

Hacer de nuestra vida una copia de la suya.

Olivia representaba el ejemplo perfecto de lo que Emily consideraba que debía ser la felicidad y una vida realizada, porque así se lo habían repetido sus padres desde niña. «Fíjate en Olivia. Aprende de Olivia. Sé como Olivia...» Al final, superar a su hermana para conseguir ese mismo reconocimiento se había convertido en su única meta.

Descubrí muy tarde esa parte tan importante de ella. Para entonces, mis sentimientos por Emily eran lo bastante fuertes como para convencerme a mí mismo de que ella acabaría cambiando con el tiempo, porque lo nuestro importaba mucho más y ahora yo era su familia.

No lo hizo.

Al contrario, empeoró porque no lograba que yo encajara en la imagen perfecta que había modelado para mí. Para nosotros. Y se ahogaba en frustración cada vez que la propia vida nos mostraba lo distintos que éramos. Lo poco que realmente compartíamos. Cómo, día a día, lo nuestro dejaba de funcionar.

Pese a todo, su empeño persistía, y ahora creía haber encontrado en mi familia biológica un modo de conseguir sus sueños. Podía verlo en sus ojos, en la fiebre que los velaba.

—Olvídalo, lo que estás pensando no va a pasar.

—¿Por qué no?

—¿De verdad necesitas que te lo vuelva a explicar?

—Es que no lo entiendo.

—¿Qué parte no entiendes, Emily? ¿Cuando tras la muerte de mi madre esa gente me dejó con mi padre sabiendo que era un maltratador? ¿O cuando los servicios sociales contactaron con ellos para que se hicieran cargo de mí y prefirieron darme en acogida?

—Es cierto, te despreciaron, y no estuvo bien. Pero mírate ahora, Ren. Aún no has cumplido los treinta y ya tienes tu propia empresa. Ganas dinero, te va bien y eres un chico estupendo. Cuando tus abuelos vean...

La interrumpí con un profundo suspiro de derrota.

—Y aun así, sigo sin ser lo bastante bueno para ti.

—¿Qué?

—Tengo un negocio y dinero, y lo mío ha sido tuyo desde el principio. Dices que soy un buen hombre. Entonces, ¿por qué no te basta con eso? ¿Por qué no puedes conformarte con lo que tengo y lo que soy?

—Claro que me conformo, Ren. Pero no es malo aspirar a algo mejor. No sé, considéralo una recompensa que mereces por todo lo que has sufrido. Tienes una familia que podría abrirte infinidad de puertas.

—¡No quiero nada de esa gente!

—Esa gente es tu familia.

—Por favor, deja de insistir.

—Solo pienso en lo que es mejor.

—¿Mejor para quién, Emily, para ti o para mí? —repliqué agotado.

—¡Para ambos! —estalló.

—No voy a hacerlo.

—Lo harías si me quisieras.

Tuve que apretar los dientes con fuerza para encajar ese golpe. Lo único que me había hecho aguantar el último año era que la quería y me negaba a perder la esperanza. Soporté muchos enfados y reproches, silencios y culpa que no merecía. Solo porque la quería.

—Eso no es justo, Emily.

—¿Y si fuese Jisoo la que te lo estuviera pidiendo?

Parpadeé confundido.

—¿Qué tiene que ver Jisoo con nosotros?

—No sé, dímelo tú. Siempre estás pendiente de ella, preocupado por sus cosas. Compartís bromas que nadie más entiende. Tenéis secretos y sabe más cosas sobre ti que yo.

—Porque es mi hermana, Emily.

—Y ese es el problema, Ren, que no lo es. ¡No es tu hermana! Y sé que en el fondo de tu corazón te alegras de que no lo sea mientras te llenas la boca con esa palabra, y eso lo hace más sucio —escupió furiosa.

Me la quedé mirando, con su voz resonando en mis oídos. Sucio.

No quería asumir lo que parecía. Lo que sugería. Tocaríamos fondo sin remedio.

—¿Qué estás insinuando?

—Que ella te gusta.

Cerré los ojos.

—¡Por Dios, no puedo creer que hayas dicho eso!

—Nunca te he visto defenderme como la defiendes a ella, ni ponerte celoso por mí —dijo con la respiración errática y los ojos vidriosos.

—¿Tú te estás oyendo? —gemí sobrepasado.

—No me mires como si estuviera perdiendo la cabeza.

—¡Es que la estás perdiendo! —alcé la voz sin pretenderlo.

—Cómo no, es más fácil hacerme parecer loca que admitir la verdad —me recriminó con el rostro desencajado.

—¡No hay nada que admitir! Has tenido muchas paranoias absurdas, pero esta bate cualquier récord.

—Entonces, demuéstrame que me equivoco. Aléjala de nosotros. Sácala de tu vida.

Se me encogió el pecho con un dolor punzante.

—¿Por qué motivo haría eso?

—Lo sabía, tengo razón. La niña te pone.

Levanté las manos y comencé a alejarme de espaldas. Estábamos rozando muchas líneas rojas, demasiadas, y acabaríamos cruzándolas si no nos deteníamos.

—Se acabó, no quiero continuar discutiendo. Así no —dije en voz baja para frenar la debacle.

—Ya, tú nunca quieres discutir. En realidad, nunca quieres nada. No quieres casarte, no quieres tener hijos ni convertirte en un hombre mucho mejor, del que pueda sentirme orgullosa. Entonces, ¿por qué seguir perdiendo mi tiempo contigo?

—¿Perdiendo tu tiempo?

—Lo mejor para los dos es que nos separemos.

—Joder...

Y yo pensando que el barco se hundía cuando ya habíamos naufragado.

—¿Qué, no estás de acuerdo? ¿Ahora vas a fingir que te importa?

Tragué saliva, mirando cómo temblaba con los ojos inyectados en sangre de aguantarse las ganas de llorar. Pero así era Emily, orgullosa por encima de todo. La observé en tanto que me preguntaba cómo habíamos llegado a eso. Cuándo nos habíamos transformado en enemigos que se atacaban como animales heridos.

Algo hizo clic dentro de mi cabeza.

Vivir así no tenía ningún sentido.

Y lo sentí, el momento exacto en el que dejé de luchar. Me rendí. La solté.

Me pasé las manos por la cara y me froté los ojos húmedos.

—Tienes razón, romper es lo mejor que podemos hacer.

Le cambió la expresión. Su rabia se transformó en miedo. Su suficiencia, en inseguridad.

—¿Lo dices en serio? —me preguntó ansiosa.

Lo que me hizo darme cuenta de que Emily había estado lanzando golpes a ciegas, buscando una forma de atravesar mis defensas y que cediera a sus pretensiones. Sin estar segura, había escrito la última nota de nuestra canción. Sin pretenderlo, la había hecho sonar.

Asentí con el corazón a mil; sin embargo, sentía una extraña calma.

—Es la primera vez en mucho tiempo que ambos estamos de acuerdo en algo.

Emily sacudió la cabeza y se pasó la lengua por los labios. Temblaba de nuevo y se abrazó los codos. Una lágrima resbaló por su mejilla. La secó con rabia y alzó la barbilla, recuperando el orgullo.

—Bien, pues se acabó. Seré yo la que se vaya, la casa es tuya.

—De acuerdo.

Su rostro se oscureció y me pareció más triste que nunca.

—Empezaré a recoger mis cosas ahora mismo.

La miré a los ojos. Me costaba respirar y el corazón me latía tan rápido y errático que me asusté. No quise alargar más el momento

—Tómate tu tiempo —susurré.

Cogí la guitarra. También la mochila, que estaba junto a la puerta, y salí de la habitación. Me dirigí a la puerta principal sin ser consciente de mis propios pasos. Me puse el abrigo y me eché al bolsillo las llaves. Y entonces sí, salí de aquella casa sabiendo que, cuando regresara, ya no sería la misma.

Nada lo sería.

16
Ren

Dicen que, con el tiempo, a todo se acostumbra uno. Yo no lo creo.

Nadie se acostumbra a sentirse perdido y solo. A estar roto. A las cicatrices. A sufrir.

A vivir siempre con miedo o incertidumbre. Con desesperación. Sin esperanza. A sentir que no resistirá un día más. Al peso de los pensamientos inexpresados. De los sentimientos reprimidos. A los recuerdos constantes y dolorosos.

Nadie se acostumbra a perder a las personas que quiere. A no ser suficiente. A la culpa. Al fracaso. A habitar en un laberinto. A la ansiedad de despertar. Al deseo de escapar. De desaparecer. A no ser el único dentro de tu cabeza.

«Corre. Huye. Piérdete, nadie te soporta.»

Yo no me acostumbraba, porque el tiempo no cura ni lo hace más fácil.

El tiempo es implacable y acaba con todo.

—Mueve los pies. Vamos, Ren, úsalos. Eso es... *Cross, cross*... Baja la cabeza. Doble *jab* y *uppercut* —me ordenó Benny, mi entrenador. Aplasté el puño vendado contra el saco y me crujieron los nudillos—. Rodilla, rodilla... No pierdas el ritmo, Ren. Contrólalo, contrólalo... ¡Bien! Descansa un momento y pasemos a las manoplas.

Tomé aliento y me sequé el sudor de la frente con la manga, mientras Benny se colocaba las manoplas.

—¿Listo? —me preguntó. Sorbí por la nariz y asentí mientras me colocaba en posición—. Vamos a practicar movimientos básicos, frenar golpes y después romper línea de ataque, ¿de acuerdo?

—De acuerdo.

—Pues pega fuerte, hijo, no te contengas.

Veinte minutos más tarde, me arrastraba hasta los vestuarios más muerto que vivo, pero sintiéndome mucho mejor que cuando había llegado al gimnasio. Durante dos horas había conseguido distraerme del ruido constante en la cabeza y le había quitado presión al dique que era mi pecho.

Me quité la camiseta sudada y la dejé en el banco. Luego me senté y comencé a desenrollar las vendas que me cubrían las manos. Una vuelta tras otra, sin prisa. Alcé la cabeza y me topé con mi reflejo en el espejo. Noté el pellizco de incomodidad que siempre me sacudía al ver mi cuerpo desnudo. Las cicatrices.

Sin embargo, esta vez, en lugar de apartar la vista, lo miré con detenimiento de arriba abajo. El pelo negro y ondulado, más largo de lo que lo había llevado nunca. Ojos asiáticos, nariz ancha y labios gruesos. Piel blanca recubriendo músculos sólidos moldeados por muchos años de ejercicio, vientre marcado y cintura estrecha. Piernas largas en proporción al resto de mi cuerpo. La última vez que comprobé mi altura tenía veintidós años y entonces ya medía uno ochenta y cinco.

Mi aspecto y tamaño no pasaban desapercibidos. Aun así, yo continuaba viéndome como el chico de catorce años que un día entró en el primer gimnasio que encontró a su paso, en una de sus muchas huidas, y pidió que lo ayudaran a ser más grande y fuerte. Recordaba con claridad cómo el tipo que lo regentaba estudió mi cuerpo pequeño y escuálido. Me observó desde todos los ángulos y se acabó deteniendo en mi ojo morado y el labio partido.

No me preguntó qué me había pasado. Se limitó a darme un zumo y unas galletas, que me comí por educación. Cuando terminé, me entregó un formulario de inscripción.

—No puedo hacerte más ancho ni alto, eso es cosa de tus genes, hijo. Pero puedo hacerte más fuerte y también enseñarte a defenderte.

—Me vale —le respondí con vehemencia.

—¿Cómo te llamas, chico?

—Ren, me llamo Ren.

—Yo me llamo Benny —me dijo con una sonrisa torcida—. Y ahora que ya nos conocemos, ¿qué te parece si le echamos un vistazo a ese ojo y vemos si podemos arreglar el labio con unos puntos de pegamento?

Benny cumplió lo que dijo: me ayudó a ser más fuerte y me enseñó a defenderme, aunque mi cuerpo apenas logró ganar unos pocos gramos de masa muscular y un par de centímetros de altura. A los dieciséis, eso cambió. Comencé a desarrollarme, y a los diecinueve era alguien completamente distinto. Aunque solo por fuera, porque por dentro continuaba siendo el mismo niño asustado y enclenque del primer día.

—Eh, ¿qué haces que no estás en la ducha? —me preguntó Benny desde la puerta.

—No he conseguido llegar hasta allí.

Él me sonrió y vino a sentarse a mi lado. Me dio una palmadita en el muslo. Lo miré de reojo, y el agradecimiento me colmó el pecho. Admiraba y respetaba a ese hombre con una devoción que sentía por muy pocas personas. Benny me echó un cable cuando más lo necesitaba y se convirtió en una especie de padre que intentó por todos los medios que no abandonara el camino recto. Casi quince años después, continuaba presente en mi vida, señalándome la dirección correcta.

—¿Va todo bien? No te he visto muy centrado —me preguntó.

—Solo va.

—Tienes que comer mejor, ¿me oyes? Estás perdiendo peso. Y trata de dormir más, mira qué ojeras.

—Comeré y dormiré, no te preocupes.

Se sacó una barrita energética del bolsillo y la puso en mi mano.

—¿Quién dice que me preocupo? —replicó con una mueca. Logró que me riera—. Por cierto, Jun regresa la próxima semana, ¿no?

—Sí, vuelve el lunes —respondí emocionado.

—Eso está bien. Dile que le hemos guardado su taquilla.

Benny se puso en pie y salió del vestuario. Yo permanecí sentado un poco más. Por más órdenes que les enviaba a mis piernas para que se movieran, estas se negaban a obedecer. Los cuatro días que llevaba viviendo en el estudio me estaban pasando factura. Necesitaba dormir en una cama de verdad.

El sonido de un mensaje sonó dentro de mi bolsa. Rebusqué hasta dar con el teléfono y le eché un vistazo. Era de Emily, el primer contacto desde la noche que decidimos romper y me marché para darle espacio. Lo abrí nervioso:

EMILY: He dejado las llaves en el buzón.
Por favor, reenvíame la correspondencia.

Nada más salvo esas dos frases. Le di vueltas a qué responderle. Todo me sonaba frío y raro. Incómodo. Me sentía como un robot que le habla a otro robot. Al final, borré el mensaje y guardé el teléfono. Puede que cortar por lo sano fuese lo mejor.

No obstante, me dolía.

Sentía el corazón hecho trizas.

No tenía dudas sobre la ruptura. Si pensaba en ello con cierta distancia, me daba cuenta de que deberíamos habernos separado mucho antes. Entre nosotros se había alzado un muro que fingíamos no ver. Los abrazos y los besos espontáneos, los gestos de cariño habían ido desapareciendo. Nos habíamos distanciado y ninguno hizo nada para remediarlo. Vivíamos en la misma casa, pero en mundos distintos, cada vez más alejados.

Y pese a todo, sentía que la quería, y mucho. Pero querer no siempre basta para crear algo sano y duradero. Querer puede ser la venda que te cubre los ojos y no te deja ver. El lastre que te empuja hacia abajo y te impide volver a la superficie.

Salí del gimnasio con mi bolsa colgando del hombro y el casco en la mano. Inspiré el aire frío de la mañana y me dirigí a una cafetería cercana donde preparaban el mejor café de todo Londres. Caminé sin prisa. Camden Town era un pequeño oasis dentro de una ciudad que cada vez se movía más rápido. Siempre estaba lleno de turistas y estudiantes, pero en sus calles sentías que el tiempo transcurría más lento. Ralentizaba tus pasos y la respiración, como si te susurrara al oído: «Eh, ¿para qué corres, si tu destino no se habrá movido cuando llegues?»

Entré en la cafetería, un local pequeñito que hacía esquina, con el techo dorado y el suelo de damero. Pedí un café con leche de soja y pan de plátano. La camarera lo colocó todo en una bolsa de papel y me la entregó.

—Que tenga un buen día.

—Gracias —respondí.

Al darme la vuelta, choqué con alguien.

—Disculpe.

—¿Ren? ¿Ren Yeom?

Me fijé en la mujer bajita que había pronunciado mi nombre completo y me quedé helado al reconocerla.

—¿Doctora Morton? Vaya... ¡Qué sorpresa! —exclamé con las mejillas ardiendo—. ¿Qué hace por aquí?

—He venido a una consulta de fisioterapia, pero antes quería tomar un té.

—¿Fisioterapia? ¿Se encuentra bien?

—Es el hombro, me molesta desde hace unos días. Nada serio. ¿Y tú qué tal estás?

—Bastante bien.

—Me alegro mucho de oír eso, Ren. —Giró la cabeza hacia un lado—. ¡Oh, ha quedado una mesa libre! ¿Te sientas conmigo?

—La verdad es que yo debería... —intenté excusarme.

Ella hizo un gesto despreocupado con la mano y me tomó la delantera.

—Vamos, siéntate un ratito conmigo. No me gusta desayunar sola.

—De acuerdo.

Mientras la doctora Morton pedía un té y tarta de zanahoria, yo me senté a la mesa. Saqué el vaso de café y dejé el pan de plátano para más tarde. Le quité la tapa y saboreé la bebida caliente.

—Todo tiene un aspecto delicioso —comentó ella, al tiempo que se acomodaba al otro lado de la mesa—. ¿Sueles venir a esta cafetería?

Asentí con una pequeña sonrisa.

—Sí, a menudo. Por las mañanas voy a un gimnasio que hay muy cerca de aquí y me pilla de paso cuando me dirijo al trabajo.

—¿Te refieres a aquello de los videojuegos?

—Sí.

—¡Me alegra saber que al final salió bien!

—Fue complicado al principio, pero lo logramos y seguimos creciendo.

La camarera trajo el pedido y la doctora Morton se apresuró a hundir el tenedor en la tarta. Se lo llevó a la boca y cerró los ojos un instante.

—Deliciosa. —Levantó las cejas al mirarme—. ¿Quieres un poco?

—No tengo hambre, gracias.

Ella masticó otro bocado, sin dejar de sonreírme. Yo estaba hecho un manojo de nervios. Bajo la mesa, mis piernas se movían como si estuvieran conectadas a un enchufe.

—Bueno, ya me has dicho que el trabajo va bien. ¿Qué hay del amor, sales con alguien?

Estuve a punto de responder que sí. Hice una pequeña mueca.

—No, estoy soltero.

Me observó con atención y yo bajé la mirada, incómodo. Me maldije a mí mismo por sentirme de ese modo, era un hombre adulto camino de los veintinueve años. Sin embargo, me sentía como un niño al que su profesora ha pillado jugando en el parque, cuando debería estar en el colegio.

—¿Puedo hacerte una pregunta? —dijo de pronto.

Se me aceleró el corazón.

—Claro.

—¿Por qué abandonaste la terapia?

Contuve el aliento. Continuaba siendo igual de directa.

La doctora Morton era psicóloga y nuestros caminos se cruzaron por primera vez cuando yo tenía veintitrés años y un juez me impuso como pena, tras un altercado, asistir a terapia psicológica durante un tiempo. En aquella época, ella tenía una consulta privada en Paddington, en la que también atendía casos de la administración judicial, y la propia fiscalía la propuso como terapeuta para mi caso.

Ella siguió hablando al ver que yo no decía nada:

—Continuaste con las sesiones durante un año, después de que terminara el periodo obligatorio, y un día dejaste de ir sin más. Desapareciste.

La miré avergonzado.

—Lo siento, fue muy desconsiderado por mi parte no avisar.

—¿Pasó algo? ¿Tuvo que ver conmigo y mi trabajo? Porque podría haberte derivado a otro colega.

—¡No! No fue nada de eso, solo... En aquella época estaba finalizando la carrera y acababa de montar el estudio. No tenía tiempo ni para dormir e imagino que lo fui posponiendo hasta que lo olvidé —le expliqué, aunque solo fue una verdad a medias.

Dejé de ir a su consulta porque llegó un momento en el que ahondar en ciertos temas me resultaba insoportable. Por más que lo intentaba, había cosas sobre las que no era capaz de hablar. Nunca había logrado abrirme del todo con nadie, y ella no fue una excepción. Aun así, llegué a contarle cosas que nunca le había contado a nadie. Y quizás fue eso lo que me empujó a largarme y no volver, la vulnerabilidad que sentía al estar con ella. Su empeño en ayudarme, que la hacía volver a mis confesiones una y otra vez, de mil maneras distintas, buscando un modo de aflojar la coraza tras la que me escondía.

—Al menos, espero que pudiera ayudarte.

—Sabe que lo hizo.

—Entonces, ¿estás bien? —insistió, aunque esta vez sabía que se refería solo a mi mente. Asentí—. ¿Durante estos años no has tenido ningún episodio violento o pérdida de control?

Forcé una sonrisa.

—No —mentí.

—¿Pesadillas vívidas?

—Solo cuando veo películas de terror.

Se le escapó una risita y dio un sorbo a su taza de té.

—¿Y las voces? ¿Pensamientos desagradables? ¿Alguna alucinación? —aventuró. Tragué saliva y negué con la cabeza, mintiendo de nuevo—. Eso está bien. Son un síntoma que no se debe pasar por alto, Ren. Nunca. Incluso cuando solo reaparecen de forma esporádica.

Me observó con mucha atención y yo tuve que obligarme a no apartar la mirada.

—No se preocupe, todo eso desapareció hace mucho.

—Es una muy buena señal. En tu caso, llegué a la conclusión de que estaban muy relacionados con el desequilibrio emocional y las dificultades relacionales, derivadas de tu desarrollo y crecimiento como individuo en un entorno traumático, y no creo que me equivocara.

—Me alegro de que siga creyendo que no estoy loco —dije en tono de broma.

—¡Odio esa palabra! Loco. ¿Quién no lo está en este mundo que nos ha tocado vivir? —Sacudió la cabeza, divertida, y suspiró—. Y no, nunca creí que tu problema fuese psicótico ni nada parecido. Pero el TEPT puede ser igual de peligroso si no se trata, Ren, y acaba derivando en otros trastornos como la ansiedad y la depresión, que, según su grado, pueden tener consecuencias muy serias.

La contemplé con afecto. Esa mujer tenía verdadera vocación por lo que hacía. Allí estaba, aprovechando la ocasión que una casualidad había provocado para seguir ayudándome. Ojalá yo hubiera aceptado su ayuda desde la primera vez que me la ofreció. Quizás todo hubiese sido diferente. Me habría ahorrado mucho dolor y no se lo habría causado a los demás.

Inspiré hondo y cogí mi mochila del suelo.

—Lo siento mucho, doctora Morton, pero debo irme.

—Por supuesto, perdona. No pretendía entretenerte tanto.

—Me ha gustado volver a verla.

—A mí también, Ren. —De pronto frunció el ceño y levantó una mano—. Espera un segundo. —Hurgó en su bolsillo y sacó una tarjeta de visita, que me ofreció con el brazo extendido—. Ten, por si algún día necesitas hablar conmigo. No importa la hora o el día, solo llámame.

Tomé la tarjeta y le dediqué una sonrisa.

—Gracias. Cuídese mucho.

—Tú también.

Salí de la cafetería y volví sobre mis pasos en dirección al gimnasio. Había aparcado la moto frente a la puerta. Estaba a punto de arrancarla cuando me llegó un mensaje de Miku. Necesitaba unos datos que yo guardaba en un disco duro en casa.

Me dirigí hacia allí de inmediato. Aparqué en la zona para residentes y entré en el edificio con el casco aún puesto. Me lo quité mientras subía en el ascensor. Una vez arriba, saqué las llaves del bolsillo sin pensar mucho en lo que hacía y entré en casa. Fui directamente al estudio donde solía trabajar cuando estaba en casa. Abrí el armario, cogí el disco duro y me dispuse a salir.

Entonces me fijé en los espacios vacíos. En los muebles que faltaban y en los objetos de decoración que ya no estaban en su lugar. En las paredes a medio vestir. Recorrí una a una las estancias, mientras abría armarios y cajones, solo para comprobar lo que ya intuía: que no quedaba nada de ella en esa casa que habíamos compartido durante dos años. Como si nunca hubiera habitado allí.

Me picaron los ojos al pensar en Emily saliendo por la

puerta con todas sus cosas. Una parte de mí la echaba de menos. Otra se sentía culpable. Otra, muy triste. Otra... De repente, sentí que me descomponía en pedazos. Cada uno con vida propia. Con su propia voz.

Mi cabeza se llenó de murmullos, que fueron subiendo de volumen hasta convertirse en un ruido estridente.

Me derrumbé en el sofá, con la cabeza colgando hacia atrás y una fuerte opresión en el pecho.

Me llevé la mano allí.

Me costaba respirar.

Joder, no podía respirar.

No podía...

17
Jisoo

Conocía la ciudad. Sus calles y sus barrios. Sus atajos. También muchos de sus secretos.

Los había ido descubriendo poco a poco, con el paso de los años. Como el espía que se adentra en terrenos desconocidos para cumplir una misión y teme ser desenmascarado. Con sigilo, intentando pasar desapercibido, mimetizándose con el entorno, hasta dar con sus objetivos.

Así había encontrado escondites tan bonitos como el túnel de los grafitis, oculto bajo la estación de Waterloo. Las ruinas góticas de St Dunstan, abrazadas por la vegetación en un rincón a medio camino entre la Torre de Londres y el puente del mismo nombre. O el mercado de Maltby Street, que solían montar de viernes a domingo bajo los arcos del ferrocarril en Bermondsey.

Cámara en mano, buscaba escenas que capturar. Me gustaba dejarme llevar y fotografiar de forma intuitiva. Que mis emociones contemplaran a través del objetivo y revelaran los detalles tras lo obvio. A veces era la pasión de una pareja o la complicidad de unas miradas que se enredaban. Otras, unas manos que sostenían un libro o abrazaban a un bebé. Las arrugas de un rostro al sol. Un perro persiguiendo un pajarito. Un gusano sobre la hierba.

Inconscientemente buscaba emociones en las propias emociones y las conectaba en una secuencia de planos distintos y elementos narrativos que acababan contando una historia. Otras veces, una única foto podía contener toda una vida. Mostrarte un relato completo.

El sábado me desperté temprano con un nuevo itinerario en mente. Había oído hablar de Netil House, un mercadillo situado en un antiguo colegio rehabilitado, en el área de London Fields, que también se había convertido en punto de encuentro de artistas y creativos. Me pareció un sitio interesante para fotografiar.

El día amaneció soleado y decidí coger el autobús en lugar del metro.

Cuando llegué a mi destino, me encontré con una variopinta cantidad de comercios, furgonetas y contenedores de carga reconvertidos en puestos de comida y tiendas ambulantes. El conjunto era encantador, aunque destartalado.

Me detuve en uno de esos puestos ambulantes, una joyería, cuya propietaria viajaba con un pequeño taller y realizaba en vivo sus creaciones, frente a los transeúntes que se detenían a observarla. Me abrí camino entre la gente para verla más de cerca. En ese momento fundía un poco de plata con un soplete. Alcé la cámara y la moví, buscando un buen encuadre. Hice varias fotos y seguí paseando.

Mientras caminaba, pensé en una frase que me marcó desde el mismo momento que la leí por primera vez. Se convirtió en mi favorita. Jamás me había identificado tanto con unas palabras y su significado: «Si pudiera decirlo con palabras, no iría todos los días cargado con mi cámara». La dijo Lewis Hine y yo la hice mía.

A través de mis fotografías era capaz de expresar cosas que nunca me atrevería a decir en voz alta. Eran un refugio cuando me sentía sola e incomprendida. Guardaban lágrimas. También risas. Sueños y miedos. Secretos. Ira. Pensamientos y deseos. Guardaban mi corazón.

Y pensar que descubrí esa parte de mi alma por una simple casualidad.

Fue durante unas vacaciones de verano, poco antes de cumplir los catorce. Ese año, una amigdalitis que no terminaba de curarse me impidió acompañar a mi hermana a Corea para visitar a mis abuelos, y no tuve más remedio que quedarme en casa. Por esas mismas fechas, Ren se fue a recorrer Europa con Jun. Y mis padres, que trabajaban de lunes a sábado en el restaurante, apenas podían pasar tiempo conmigo. Por ello pasaba los días sola y aburrida como una ostra.

Una tarde, mamá llegó a casa con un folleto que habían dejado en el restaurante. Era un listado de cursos que iban a impartirse en el barrio y me sugirió que me apuntara a los que más me gustasen. Repasé aquel folleto durante horas, sin decidirme por ninguno. La jardinería no era lo mío. Tampoco la cocina; con ayudar a mamá en el restaurante tenía más que suficiente. No era muy habilidosa con las manos, así que descarté la creación de bisutería con abalorios. Y la alfarería.

Volví a leerlo sin mucho interés, hasta que mis ojos se posaron en una frase:

«Si pudiera decirlo con palabras, no iría todos los días cargado con mi cámara».

Algo se estremeció bajo mis costillas. Como una pequeña descarga que se extendió por mi espalda hasta la nuca y me erizó el vello. Entonces solo contaba con trece años, pero ya tenía tantas cosas que no sabía cómo expresar. Tantas que callaba para no molestar ni causar preocupación a mi familia. Inseguridades que, por mi corta edad, nadie tomaba en serio.

En ese mismo instante salté de la cama y corrí al salón, donde mis padres veían la televisión.

—Mamá, ¿dónde está la cámara que le compramos a la señora Williams en el mercadillo benéfico del año pasado?

—No lo sé —respondió pensativa. Se giró hacia mi padre—. Jungsuk, ¿has visto la cámara de la que habla Jisoo?

—Mira en la alacena bajo la escalera, es posible que esté allí —me dijo un poco adormilado.

Troté hasta la escalera y abrí la puerta de la alacena. Tras unos minutos rebuscando, la encontré dentro de una caja de zapatos, junto a un montón de cables. Se la llevé corriendo a papá. Él la revisó concienzudamente bajo mi atenta mirada.

—Solo necesita una batería y una tarjeta de memoria. ¿Para qué la quieres?

—He decidido apuntarme al curso de fotografía —respondí.

—¿Fotografía? ¿Estás segura? —inquirió mamá—. Yo creo que el de informática te vendría mucho mejor. Aprenderás cosas que podrás aplicar en el instituto y en la universidad.

—Pero la informática es aburrida, y el verano no es para estudiar.

—No sé yo.

—Mamá, por favor. La idea de los cursos ha sido tuya y me has dicho que elija los que más me gusten. Pues bien, quiero el de fotografía.

—¡Está bien! Mañana iremos a apuntarte.

Comencé a dar saltitos y acabé abrazándola muy fuerte.

—Gracias, gracias, gracias...

—Ya que vas a hacerlo, quiero que te lo tomes en serio y seas aplicada.

—Lo prometo. Seré la más aplicada y me portaré bien.

No deja de ser curioso que la persona que me abrió la puerta y me ayudó a descubrir mi vocación fuese también la que frustró esa ilusión.

Con el paso de los meses, mi pasión por la fotografía fue creciendo hasta convertirse en mi todo. Volvía a casa del instituto sin perder ni un solo minuto, solo para tener un poco más de tiempo cada tarde y salir a hacer fotos por el barrio. Sin percatarme de que mi madre había comenzado a fijarse en mí, a preocuparse. Un día, la cámara desapareció de mi habitación y en su lugar encontré dos manuales de Odontología para estudiantes.

Indignada, corrí a pedirle explicaciones.

Me las dio.

Y después de esa conversación, nunca más volví a mencionar la fotografía en su presencia. Ni le di motivos para pensar que seguía en mi vida, arraigada y sin posibilidad de arrancarla. Convertí mi sueño en un secreto. Lo mejor de mi vida pasó a ser algo malo que debía esconder. Y yo me fui apagando como la llama de una vela. Me quedé muda.

Hasta que un día mi necesidad fue más grande que el miedo y me las arreglé para comprar una cámara nueva. Recuperé la voz, pero me entristecía sobremanera saber que nadie más excepto yo podría escucharla.

Mientras recorría el mercadillo, no dejaba de pensar en todas esas cosas.

De pronto, el timbre de mi teléfono comenzó a sonar. Me preocupé al ver que era mi madre la que llamaba, y respondí de inmediato.

—¿Mamá, va todo bien?

—Hija, necesito que vengas al restaurante a ayudarnos con el servicio del almuerzo. Ye Jin ha empezado a encontrarse mal y he tenido que enviarla a casa.

—¿Qué le ocurre?

—Parece gripe. Espero que se recupere pronto. ¿Podrías venir?

—Por supuesto, mamá. Aunque aún tardaré una hora en llegar, no estoy en el barrio.

—¿Y dónde estás?

—En la biblioteca del campus, estudiando con unas compañeras —mentí con una facilidad que a mí misma me sorprendió.

—Eres la niña más aplicada y responsable que conozco.

Me despedí de ella con un nudo de remordimientos en el estómago y corrí a la parada del autobús. Una hora más tarde, irrumpía sin aliento en la cocina del restaurante.

—Ya estoy aquí —informé a mis padres. Tomé uno de los mandiles que colgaban de la pared—: ¿Por dónde empiezo?

—Estos platos de ramen son para la mesa doce; y los de pulpo, para la siete —respondió mi madre. Frunció el ceño—. ¿Y esa mochila?

Tragué saliva al darme cuenta de que llevaba la bolsa de la cámara aún conmigo.

—Es vieja, la uso a veces para la universidad.

—Pues guárdala donde no se pierda. Esos libros valen una fortuna.

Forcé una sonrisa.

—Claro.

Mis padres no cerraban el restaurante entre la hora del almuerzo y la cena, por lo que el primer servicio siempre se alargaba, sobre todo por los turistas que solían aparecer a última hora. Eran las dos y media cuando entró un grupo de españoles. Eran muy ruidosos y alegres, y empezaron a preguntarme todos a la vez cosas sobre el menú.

Tras unos minutos de caos, logré tomarles nota y pasar la orden a la cocina.

Becky, otra de las camareras, les sirvió las bebidas.

Mientras, yo me dediqué a limpiar las mesas desocupadas.

De pronto, las campanillas de la entrada volvieron a sonar y yo compuse mi mejor sonrisa de «Bienvenidos». Me giré hacia la puerta y la sonrisa se desdibujó de mi cara al ver a Matt y un par de sus amigos. Apreté los puños y fui directa hacia él, enfadada y muy nerviosa. No podía creer que me estuviera haciendo esto.

—¿Qué haces aquí? —mascullé entre dientes.

Él me miró y vi por su expresión que sabía perfectamente que estaba cruzando una línea que no debía.

—He venido a tomar un café y un trozo de tarta con mis amigos —respondió como si nada.

—Matt.

Apretó los labios un momento y se inclinó para hablarme más de cerca.

—Llevas días ignorando mis llamadas y mensajes. Quería verte.

—Este no es lugar para eso.

—No entiendo qué tiene de malo que tus padres me conozcan —replicó él.

—Mis padres no saben ni que existes. No me dejan salir con chicos, ¿recuerdas? —Inspiré hondo—. Vete, por favor, o acabarás metiéndome en un lío.

—Jisoo, ¿va todo bien? —preguntó mi madre a mi espalda.

Se me disparó el corazón. Tragué saliva y la miré por encima del hombro.

—Sí, mamá, todo va bien. Estos chicos se han perdido y están buscando el metro. —Me volví hacia Matt y le supliqué sin apenas voz—: Por favor, vete.

—Solo si hablas conmigo —insistió tozudo.

Me envaré aún más y le dediqué una mirada tensa y dura.

—Espérame en la esquina, iré en cuanto pueda.

Por fin dio media vuelta y salió del restaurante. Yo continué limpiando las mesas como si nada. Sin embargo, notaba fuego en la garganta y me asfixiaba, sin dejar de preguntarme en qué momento Matt se había convertido en un idiota insoportable. O quizás siempre lo había sido y yo había estado tan ciega como para no darme cuenta antes. A esas alturas, me daba igual, lo único que importaba era que ya no podía cerrar los ojos a su egoísmo. Solo pensaba en sí mismo y en lo que él quería. Ignorarme se estaba haciendo una costumbre.

Aproveché que Becky parecía distraída con su teléfono y salí a la calle. Con paso rápido me dirigí a la esquina. Matt me esperaba apoyado en la pared. Ni rastro de sus amigos.

Se enderezó con una sonrisa en cuanto me vio acercarme.

—¿A ti qué te pasa? —le espeté, y continué caminando para alejarme un poco más del restaurante.

—¿Qué esperabas que hiciera, si no coges las llamadas ni respondes los mensajes?

—No sé, ¿nada? ¿Respetar que necesito algo de distancia? —Lo oí resoplar a mi espalda y frené en seco. Me di la vuelta y lo enfrenté—. Podrías haber pensado más en mí y en los problemas que me causarías si mis padres te descubren.

—Solo quería arreglar las cosas entre nosotros —replicó.

—¿Y pensabas que presentándote así ibas a lograrlo?

Se encogió de hombros e hizo una mueca.

—Nunca habías pasado de mí de este modo.

—¡Porque estoy muy enfadada, Matt! —exploté.

Varias personas nos observaron.

Él asintió y alzó los brazos, pidiéndome que me calmara mientras miraba a su alrededor avergonzado. Eso me cabreó aún más.

—Vale, sé que no estuvo bien que te mandara callar, pero estabas montando un espectáculo, Jisoo. Y era la cuñada de mi profesor con la que discutías.

Me reí sin gracia. ¡Cómo no, pensando de nuevo solo en sí mismo!

—¿Crees que esa es la parte que más me molestó? Solo fue la gota que colmó el vaso, Matt. Me llevaste a ese parque de atracciones haciéndome creer que habías organizado un día especial y romántico para nosotros dos, cuando en realidad tu plan era utilizarme para acercarte a tu profesor y hacerle la pelota. Me engañaste y heriste mis sentimientos.

—Puede parecer que esa era mi única intención, pero estar juntos y hacer algo divertido también formaba parte del plan.

—Pero ¡si pasaste de mí todo el tiempo!

—No es cierto.

—Solo me dirigiste la palabra para decirme que me callara.

—Creo que exageras.

—Por supuesto, exagero —rezongué sarcástica.

Matt no pareció notarlo.

—Y ahora que mencionamos todo esto, ¿eres consciente de que tu hermano me amenazó con agredirme? Deberías hablar con él y marcarle algunos límites. Tú y yo somos pareja, tenemos una relación, y no me parece apropiado que se inmiscuya en nuestras cosas. Menos aún que me trate de ese modo. —Soltó un fuerte suspiro cargado de dramatismo—. Tú tampoco deberías meterte en las suyas, provocaste un momento muy incómodo con su novia.

Parpadeé. Mi desconcierto era absoluto, hasta que se transformó en rabia. Me quedé mirando a Matt, preguntándome qué había visto realmente en él. Por qué permitía que me tratara de ese modo. Él me dedicó una sonrisa más relajada, como si la conversación hubiera terminado y nuestras diferencias se hubieran resuelto.

Entonces, terminó de abrirme los ojos.

—¿Qué te parece si te recojo sobre las nueve y vamos a

tomar una copa? El profesor Prim... Bueno, Harry; me insiste en que lo tutee. —Dejó escapar una risita muy tonta—. Harry me ha recomendado un pub en Chelsea, dice que el ambiente es de lo mejor. Él suele ir a menudo.

—Entonces, es posible que él esté allí —dije muy seria.

—Sí, y no creas que puede entrar todo el mundo. No es un sitio cualquiera. He pensado que podrías ponerte el vestido negro. Te queda muy bien y te hace parecer...

—No.

Parpadeó contrariado, pero su expresión se suavizó enseguida.

—De acuerdo, ponte otro, pero que sea...

—No —repetí con más firmeza—. No me voy a poner el vestido negro ni ningún otro. Tampoco voy a acompañarte a ese pub.

Tomé aliento, tratando de reunir todo el valor posible. No era nada fácil, y una parte de mí me susurraba que me lo pensara un poco más y no actuara en caliente. Otra me gritaba: «¿Qué demonios tienes que pensar?».

Tenía razón, no había nada que pensar. Solo alargaría lo inevitable.

Y añadí:

—Ni esta noche ni ninguna otra noche. No quiero seguir saliendo contigo, Matt. En lo que a mí respecta, hemos terminado. Lo siento.

—Perdona, ¿qué? —Resopló y me miró, como si esperara que de un momento a otro gritara que todo aquello era una broma—. ¿Hablas en serio?

—No he dejado de pensarlo desde que regresé el mes pasado.

Le cambió el gesto y su mirada se llenó de veneno.

—No me lo estaba imaginando. Mis sospechas eran ciertas. ¡Joder, Jisoo!

—Lo siento, Matt. Te aseguro que lo he intentado, pero no consigo que funcione. Y estos últimos días, yo...

—Eres una falsa y una hipócrita —me cortó—. Llevas semanas pensando en romper conmigo, negándolo, ¿y me acusas a mí de mentirte y utilizarte?

—No es como lo estás pintando.

—A mí me parece que sí.

—Se te da de maravilla dar la vuelta a las cosas y llevarlas a tu terreno —convine.

Soltó una risita artificial y cargada de resentimiento.

—Y la culpa vuelve a ser mía.

—Tengo muy claro que mía no es.

Arrugó el rostro y se me quedó mirando de un modo que me hizo encogerme bajo la ropa. A ese Matt no lo conocía. Y no me gustaba nada. Sacudió la cabeza y se pasó la lengua por los labios. Después hizo un ruidito raro, una mezcla entre risa y arcada.

—¿Es lo que quieres? Adelante, rompamos. ¡Me importa una mierda!

Dio media vuelta y se alejó entre la gente hasta desaparecer.

Solté el aliento que estaba conteniendo y volví sobre mis pasos. El pulso me golpeaba con fuerza en el cuello. Sin embargo, me sentía extrañamente calmada. Como si de repente todo hubiera vuelto a su lugar.

Había tardado demasiado tiempo en poner el punto final a mi historia con Matt. Debería haberle dicho adiós en el mismo momento que sentí que lo que estaba viviendo no era algo bueno. Que me costaba devolverle los besos. Aceptar sus caricias. Que la ansiedad se instalaba en mi pecho cuando estábamos juntos y contaba los minutos para volver a casa.

Demasiadas señales y aun así cerraba los ojos. Como si sentirme de ese modo no fuese justo para él y los únicos sentimientos que importaran fuesen los suyos.

Mentira.

Las emociones son la brújula que nos guía, y yo debería haber escuchado las mías cuando me decían que no era allí donde debía estar. Que la paciencia no cura un amor moribundo.

18
Ren

—¿Cuáles te gustan? —me preguntó la mujer del puesto de flores que había frente a la entrada del aeropuerto.

Le eché un vistazo rápido a todos los ramos y señalé uno, envuelto en papel blanco y con un lazo rosa.

—Ese de ahí.

—¡Ah, rosas rojas, buena elección! Estas en particular huelen muy bien.

—¿Cuánto cuestan?

—Cuarenta libras, jovencito.

Saqué un billete de cincuenta libras de mi cartera y se lo di.

—Quédese con el cambio, por favor.

La mujer, que tendría más o menos la edad de la señora Bae, me miró agradecida. Después me entregó el ramo con ambas manos y un cuidado extremo.

—Las rosas rojas representan el amor más pasional y verdadero. Seguro que a tu novia le encantan —me dijo con un guiño.

Me reí, no pude evitarlo. Por su suposición encasillada y por el destinatario real de ese regalo.

—No tengo ninguna duda.

Le deseé un buen día y crucé las puertas del aeropuerto. En el panel de información vi que su vuelo ya había aterrizado. Eché a correr hacia el vestíbulo de llegadas. Estaba lleno de gente esperando, que se mezclaba con los pasajeros que ya salían de la terminal. Me abrí paso, tratando de localizarlo. Inspiré hondo y solté el aliento con fuerza.

Estaba muy nervioso.

El corazón me iba a mil por hora.

De repente, lo vi.

Me mordí el labio con fuerza y estrujé el ramo entre mis dedos. Estaba seguro de que iba a matarme, pero así éramos nosotros. Siempre lo habíamos sido. Y no cambiaríamos nunca.

—¡Cariño! ¡Eh, mi amor! —grité.

Alzó la vista y le cambió el gesto al descubrirme. Salí corriendo, dando saltitos por el camino y agitando las rosas en el aire.

—Cariño, cuánto te he echado de menos —volví a gritar a pleno pulmón.

La gente comenzó a fijarse en mí, curiosa.

Jun me observaba con los ojos muy abiertos. Conforme me acercaba, su expresión no dejaba de oscilar entre la duda, la perplejidad y un asomo de esperanza. Me reí. ¡Como si no me conociera a esas alturas!

Cuando llegué a su lado, no me lo pensé. Salté sobre él, le rodeé la cintura con las piernas y traté de plantarle un beso en la mejilla. Jun se retorcía y me empujaba.

—¡Mi amor...! —exclamé.

Me miró. Le guiñé un ojo y rompió a reír a carcajadas. Se le saltaron las lágrimas y claudicó. La gente nos miraba. Fruncí los labios y los aplasté contra su mejilla. La risa de Jun subió de volumen y me devolvió el abrazo. Mis costillas protestaron, aunque, por mí, como si me las rompía. Lo había echado tanto de menos.

Salté al suelo y le dediqué una caída de ojos.

—¿Qué me has traído? —le pregunté.

Jun me empujó en el pecho.

—Vámonos de aquí o acabaremos saliendo en las noticias.

Le rodeé los hombros con el brazo y nos encaminamos a la salida. Me fijé en su cabeza, casi podía verle las ideas.

—Tío, ¿dónde está tu pelo?

Jun me dio un cachete en la coronilla.

—¿Y estas melenas?

Me encogí de hombros y le lancé un besito. Él me dio un codazo.

Poco después, abandonábamos el aparcamiento en mi coche.

—Bueno, ¿qué quieres hacer? ¿Comer, beber? —le pregunté.

—Lo primero, recoger mis cosas del guardamuebles.

Lo miré de reojo y me rasqué la ceja.

—No es necesario, tus cosas están en mi casa —le dije.

Un par de noches antes, mientras daba vueltas por la casa medio vacía sin poder dormir, pensé que era absurdo que Jun se alojara en un hotel, cuando ahora yo tenía tanto espacio. A la mañana siguiente alquilé una furgoneta y, con la ayuda de Liam, Luke y Noah, llevamos todas sus cosas a mi piso.

Jun me miró sorprendido.

—¿Y eso?

—Porque vas a quedarte conmigo hasta que encuentres dónde vivir.

—Te dije que me quedaría en un hotel.

—Por encima de mi cadáver.

Jun giró la cabeza y contempló la ciudad a través de la ventanilla. Lo miré de reojo y sonreí de oreja a oreja. Me sentía eufórico. Me parecía mentira que estuviéramos de nuevo juntos.

—Bueno, cuéntame cómo va todo —me pidió.

—¿Acabas de llegar y ya quieres empezar a trabajar?

—La verdad es que me muero de ganas. Lo he echado de menos.

—Pues te vas a hinchar. Si el juego anterior fue complicado, este es una puta locura. —Lo miré y tragué saliva—. Ha sido difícil hacer las cosas sin ti. No estaba acostumbrado.

—Ya estoy aquí.

Asentí y me concentré en la carretera, mientras Jun me observaba.

—¿Y qué tal tú? —me preguntó.

—¿Yo?

—Tú...

Puse el intermitente y giré a la derecha en el cruce.

—Como siempre, no ha cambiado nada —respondí de forma vaga y poco convincente.

—¿Emily?

El corazón me dio un vuelco al escuchar su nombre. Y no sé por qué no fui completamente sincero al responder.

—Nos estamos tomando un tiempo.

—¿Estás bien?

—Sí. No te preocupes.

Nos quedamos en silencio durante un rato y yo me distraje con mis propios pensamientos. Aún seguía dándole vueltas a la idea de escribirle un mensaje a Emily. No estaba muy seguro, pero sentía que debíamos cerrar ese capítulo como dos adultos. De forma cordial y sin rencores. Me parecía lo correcto. Sin embargo, no era capaz de dar el paso.

—Ren...

—¿Sí?

—¿La has visto en todo este tiempo?

Contuve el aliento al darme cuenta de a quién se refería. Lo miré de reojo y apreté el volante con fuerza al ver la expresión de dolor que aún se le dibujaba en el rostro. Habían pasado casi dos años y seguía pensando en ella. La mujer por la que se había marchado de forma tan precipitada. En el fondo, no me sorprendía. Había sido testigo de su historia y sabía lo mucho que Jun había querido a Dani. Lo mucho que aún parecía quererla.

Negué con un gesto. No había vuelto a verla ni tenido noticias suyas. En alguna ocasión, Emily comentó que había visto artículos sobre su firma de ropa en periódicos y revistas, y que la mencionaban junto a su amiga. Siendo sincero, no me interesaba. En el fondo, la consideraba culpable de joderle la vida a Jun; e indirectamente a mí, porque provocó que perdiera a mi mejor amigo.

Una actitud infantil, soy consciente, pero hay sentimientos que nacen sin más y no se pueden controlar.

—No —respondí.

Jun sacudió la cabeza y la apoyó en la ventanilla. Poco después, cerró los ojos.

Mi móvil vibró al recibir un mensaje. Le eché un vistazo. Era de Miku, y en el globito que se había abierto en la pantalla atisbé las palabras «Todo listo». Sonreí y aceleré hacia el túnel. Jun abrió los ojos cuando cruzábamos el Puente de la Torre en dirección a Brixton. Parpadeó varias veces y miró hacia atrás con el ceño fruncido.

—¿Te has mudado y no me lo has contado? —me preguntó.

—No, qué va. Sigo viviendo en el mismo sitio.

—Entonces, ¿adónde vamos?

—Debo pasar un momento por el restaurante de la señora Bae. Se ha estropeado la caja registradora y me ha pedido que le eche un vistazo. ¿Te importa?

Jun se relajó en el asiento y negó con la cabeza.

—¡No, al contrario! Así podré saludar a Min Shi. ¿Qué tal está?

—Como siempre. Pero ¿por qué la llamas Min Shi?

—Ella me dio permiso para hacerlo —respondió con una sonrisita suficiente.

—No me parece respetuoso —repliqué.

—Porque tienes envidia —se burló Jun.

—Eh, que yo puedo llamarla mamá.

—Punto para ti.

Jun se me quedó mirando fijamente sin dejar de sonreír.

—¡¿Qué?! —salté. Me estaba poniendo nervioso que me observara con esa expresión de listillo.

Suspiró.

—Nada, solo me alegro de estar de vuelta —respondió. Me dio un golpecito con el puño en el brazo—. Me alegro de ver que estás bien.

Aparté la mirada y la clavé en la carretera. Se me formó un nudo en la garganta al darme cuenta de que Jun había estado preocupado por mí todo este tiempo. E imaginé que encontrarme tal y como me dejó le había supuesto un gran alivio. Sin embargo, habían pasado muchas cosas. Yo había pasado por muchas cosas. Unas que podría contarle y otras que no estaba muy seguro de poder.

—Jun...

—Dime.

—Emily y yo... Lo cierto es que no nos estamos tomando ningún tiempo. Lo hemos dejado y no hay posibilidad de que volvamos a estar juntos.

Jun se giró en el asiento para poder verme.

—¿Qué ha pasado?

—Las cosas no iban bien desde hacía bastante tiempo y salió el tema de los hijos, y el matrimonio... No creo que ella quiera esas cosas por el motivo correcto y yo... Yo aún no estoy en ese capítulo y no sé si ese día llegará.

—Hay que estar muy seguro para dar ese paso. Y tienes derecho a no estarlo, Ren. Eso no significa que no la quieras.

Le devolví la mirada, agradecido. Él lo entendía.

—Quiero a Emily, pero ya no somos buenos el uno para el otro.

—Lo siento, Ren.

—Sí, yo también.

—¿Cuánto hace que lo habéis dejado?

—Rompimos hace una semana.

—¡Acaba de suceder! —exclamó en tono preocupado.

—¡Estoy bien! —Sacudí la cabeza, con ambas manos sosteniendo el volante—. Quiero decir que... He perdido a alguien a quien quiero, y es una mierda. Me siento fatal por ella y por haber acabado tan mal, pero sé que es la mejor decisión.

Estacioné en una calle paralela a la del restaurante. Quité las llaves del contacto y me giré en el asiento para alcanzar la chaqueta. Agarré la manija de la puerta, pero no abrí.

—Oye, Jun. Aún no le he dicho a nadie que Emily y yo ya no estamos juntos. Lo haré, pero más adelante.

—De acuerdo, te guardaré el secreto.

—Gracias, tío.

—Vamos a ver esa caja registradora.

—¡Claro, vamos!

Salimos del coche y rodeamos la manzana de edificios hasta llegar al restaurante. La persiana se encontraba levantada, pero de la puerta colgaba el cartel de CERRADO.

Con un gesto le pedí a Jun que entrara primero y después lo seguí. La penumbra devoraba hasta el último rincón y solo se oía el zumbido de los electrodomésticos.

—Ren, aquí no parece que haya nadie.

De repente, todas las luces se encendieron y un coro de voces y frases se elevó.

—¡Sorpresa!

—¡Bienvenido a casa!

—¡Te hemos echado de menos!

Allí estaban todos. El equipo al completo. Sus hermanos. Algunos amigos. Incluso Kenji se había apuntado, aunque primero le hice prometer que no se hablaría de trabajo ese día. Desde el epicentro de ese tsunami de abrazos y besos, Jun alzó la cabeza y me miró con una sonrisa enorme en la cara.

Hay personas que son hogar. Espacio seguro. Son paz. Un faro.

Jun era una de esas personas.

19
Ren

El frío nos sacudió de nuevo al salir del gimnasio a la calle. Costaba creer que la primavera fuese a comenzar en solo unos días, cuando en las noticas hablaban de nuevo de riesgo de nevadas y el color del cielo no presagiaba nada bueno.

—¡Dios, está helando! —protesté.

Jun agarró la capucha de mi abrigo y me cubrió la cabeza.

—Deberías haberte secado el pelo.

—Debería cortármelo —repliqué.

—Te queda bien así.

—Lo dices porque tú no tienes —me burlé.

Jun entornó los ojos y me dio un empujón que me hizo trastabillar al entrar en la cafetería. Me reí. Pese a la resaca que arrastraba de la noche anterior, me sentía bien. Contento. Pedimos dos cafés y después nos dirigimos a pie al estudio.

—¡Cuatro millones de copias vendidas! ¿Te lo puedes creer?

Jun volvía una y otra vez sobre ese tema. Lo entendía perfectamente, yo me había sentido igual cuando Kenji se presentó en el estudio con las cifras globales.

—¿Sabes cuánto dinero es eso?

—Mucho, tío. Mucho.

—Podríamos trasladarnos a un estudio más grande, si quisiéramos.

—Al principio esa idea me gustaba, pero ahora me daría pena abandonarlo —me confesó Jun.

—También podríamos usar nuestro porcentaje para autofinanciarnos y no trabajar en exclusiva con nadie —le propuse.

—¿No estás a gusto con Sony?

—Sí, y esos tíos están haciendo mucho por nosotros, pero rendir cuentas y cumplir plazos hace que este trabajo no sea tan divertido.

Jun asintió y bebió un trago de café caliente. Una columna de vaho escapó de su boca.

—Aún tenemos que cumplir un contrato más, pero después podríamos pensarlo.

Lo miré de reojo.

—Por cierto, Jun, ahora que mencionamos contratos, plazos y tal, hay algo que aún no te he dicho.

—¿Qué?

—Solo dispones de dos semanas para encontrar una idea cojonuda para el próximo juego, esbozar personajes, escenarios y un hilo narrativo que se sostenga.

—¡¿Estás de broma?!

—Nop. Presentamos la propuesta dentro de veinte días.

—Se suponía que ibas a valorar ideas de otros creativos.

—Y lo hice. Vi decenas.

—¿Y?

—No eran buenas.

—¡¿Ni una sola?! —Negué con la cabeza y le dediqué mi sonrisa más inocente—. Ren...

—¿Sí?

—¿Has pensado al menos en un título para el juego?

—Eso siempre lo hacemos juntos.

Jun cerró los ojos y echó la cabeza hacia atrás. Inspiró hondo un par de veces y me miró.

—¡Yo te mato! —bramó antes de saltarme encima.

Comenzó a estrangularme con su brazo alrededor de mi cuello.

—¡Pero si no he hecho nada!

—Por eso, porque nunca haces nada.

—Me estás ahogando.

—Es lo que quiero.

La gente nos miraba mientras cruzábamos la calle sin dejar de forcejear.

Fruncí el ceño, pensativo.

—Ya hemos tenido esta conversación antes.

—Y no aprendes, tarugo.

—¿Eso es un insulto? ¿Lo es? Lo es —aseveré cuando rompió a reír y me soltó.

—Te perdono porque has terminado la segunda parte de *Wildland of Dark* y todos coinciden en que es una pasada.

—¡Es una pasada!

—Estoy deseando probarlo. —Me miró con una sonrisa enorme—. Kenji me dijo anoche que tu juego para móvil es de los más descargados. ¡Enhorabuena!

—¿También te dijo que me odia?

Jun apuró su café y chasqueó la lengua mientras tiraba el envase en una papelera.

—Yo pienso que te respeta, y mucho. Y confía en ti, aunque anoche me aseguró que le han salido dos úlceras nuevas por tu culpa.

Me ruboricé y me pasé la mano por la cara.

—Le jodió que despidiera al equipo externo.

—Sabes que tenemos que contratar otro, ¿verdad? —Puse los ojos en blanco y fingí que me dormía. Jun me dio un empujón y me estampó en la pared—. Y quiero ver todas las propuestas que desechaste.

Empecé a hacer muecas y pucheros, enfurruñado.

—¡Son malas!

—Me da igual. Es imposible que en diez días consiga un concepto y diseños decentes —repuso mientras me lanzaba una mirada asesina.

Me di la vuelta y comencé a andar de espaldas para poder mirarlo.

—Vamos, no me creo que no tengas nada guardado en ese cabezón.

Jun suspiró y se pasó la mano por la cabeza, cavilando.

—Bueno, la idea no es exactamente mía, pero... ¡Zombis amazonas!

—¿Qué?

—Zombis amazonas. A ver, imagina un grupo de soldados que deben adentrarse en un territorio desconocido para recuperar las muestras robadas de un laboratorio científico. Lo que no saben es que una de esas muestras se rompió, liberó el virus que contenía e infectó a los habitantes de esas tierras, las amazonas.

Parpadeé varias veces y me mordisqueé los labios, considerando toda esa información.

—Amazonas...

—Sip. Comecerebros.

—Contra soldados.

—De los chungos.

Asentí concentrado.

—De acuerdo... —convine mientras me encogía de hombros—. Le echaremos un vistazo a las propuestas que se desecharon. Ahora todas me parecen la hostia de buenas.

Jun rompió a reír.

—También tengo la versión zombis *strippers*.

—No quiero oírla.

—Es muy pornográfica.

Una mujer que pasaba se nos quedó mirando escandalizada.

Aligeramos el paso, muertos de risa, y alcanzamos la puerta del edificio donde se encontraba el estudio. La mirada de Jun voló hacia arriba. Seguí esa dirección y vi que observaba el piso en el que Dani había vivido. Se le escapó un suspiro entrecortado. Bajó la cabeza y sus labios se curvaron en una sonrisa que no llegó a sus ojos. Yo no era el único que se sentía de cristal y caminaba con más seguridad de la que en realidad tenía.

Entramos en nuestro edificio y tomamos el ascensor hasta el tercer piso. Cuando las puertas se abrieron, la expresión de Jun se transformó. Su rostro se convirtió en un caleidoscopio de sentimientos que cambiaban a la velocidad de la luz. Destellos de emoción, alegría, nostalgia, ilusión, gratitud...

Se me formó un nudo en la garganta.

—¿Listo para volver al infierno? —le pregunté.

Señaló la puerta del estudio con un gesto.

—A este sí.

20
Jisoo

Estaba sentada en la biblioteca y yo sola ocupaba una mesa entera con todos mis papeles y libros, después de haber pasado cuatro horas trabajando en los proyectos que debía entregarle al profesor Solanki en pocos días. Estaba dispuesta a demostrarle a ese hombre lo que era capaz de hacer y que merecía cada punto ganado hasta ahora. Cada crédito. Cuando llegara el día, pensaba presentarme frente a él y sorprenderlo con las mejores exposiciones que hubiera visto en su vida.

Miré la hora en mi teléfono. Eran casi las nueve de la noche y tenía hambre.

Al otro lado de la mesa, Nara se distraía jugando a un juego de móvil.

Mientras ella murmuraba para sí por haber perdido otra vez todas sus vidas, dejé que mi vista vagara por la biblioteca, por las incontables estanterías llenas de libros especializados en Medicina. Estaba a punto de apartar la mirada cuando vi que una figura emergía de un pasillo.

Matt.

De inmediato hundí la cabeza entre mis apuntes y la pantalla del portátil, a modo de muralla. Me golpeé la frente con el borde y se me escapó un gemido de dolor.

Nara levantó los ojos del teléfono y me miró. Después buscó con la vista eso que me había alterado y regresó a mí cuando lo descubrió. Resopló.

—¿Cuánto hace que rompisteis, una semana? —me preguntó en voz baja. Asentí y ella sacudió la cabeza mientras se giraba para mirar a Matt, que se había sentado en uno de los espacios individuales, para los que era necesario una cita previa o tener enchufe—. Una semana y sigue comportándose como un crío despechado.

—Ya se le pasará.

—No mientras continúe persiguiéndote por todos los rincones del campus. Nunca había puesto un pie en esta biblioteca, ¿crees que es coincidencia?

—Sé que no lo es, pero prefiero ignorarlo.

—¿Quieres que le diga algo?

—¡Ni se te ocurra! —alcé la voz sin darme cuenta y una chica me chistó desde la mesa de al lado—. Disculpa.

Nara me dedicó una sonrisa traviesa. Se inclinó hacia delante y estiró los brazos sobre mis apuntes. Le di un manotazo para que tuviera cuidado y no los arrugara. Continué escribiendo en mi ordenador los últimos párrafos de un capítulo.

—Oye, aún no me has contado cómo fue la fiesta sorpresa de Jun, ¿le gustó? —me preguntó en susurros.

—Ni idea, yo solo ayudé a prepararla y después me largué. No pude verlo.

—¿Por qué no te quedaste? —Me encogí de hombros a modo de respuesta. Nara me dedicó una de sus miradas censoras—. Ya veo, te largaste para no encontrarte con Ren y Emily. ¿De verdad vas a apartarte de Ren para que esa tía supere sus inseguridades?

—Sí.

—Es absurdo.

—Se le llama sororidad.

—Consejo: vuelve a buscar la definición de esa palabra.

Dejé de teclear y la miré con la frente arrugada.

—Tampoco es que vayan a cambiar mucho las cosas entre Ren y yo. Ya estábamos algo distanciados, y en los meses que he pasado en Corea apenas he sabido nada de él.

—Vale, como quieras, pero no me parece justo. No has hecho nada malo, es ella la que tiene el problema porque está zumbadííííisima.

—*Chist*.

Me giré hacia la chica de al lado, que parecía a punto de atacarnos con un portaminas y un subrayador de un color pastel muy bonito.

—Lo sentimos.

—Ni una palabra más —le aseguró Nara.

Traté de seguir trabajando y Nara regresó a su juego. Sin embargo, solo podía pensar en la fiesta que me había perdido por mi empeño en querer ser una buena persona, que se preocupaba por su hermano e intentaba empatizar con la bruja de su novia. Y comencé a preguntarme cuántas cosas más tendría que dejar de hacer y evitar por el bien de su relación. Y por qué sentía que era yo la única que salía perdiendo con todo este plan.

¿Era tonta, por ser así de buena, o de lo buena que era me tomaban por tonta? Porque hay una diferencia, aunque no lo parezca.

—Estoy pensando en teñirme el pelo de verde y ponerme extensiones con flores y hojas, ahora que ha empezado la primavera —dijo Nara con aire distraído.

—Yo te regalo el nido de pájaros.

Nara me miró, y rompió a reír a carcajadas. Se llevó las manos a la boca, pero no había modo de contener ese sonido. Me acabé contagiando y me puse a reír con la frente pegada a la mesa, muerta de vergüenza. Por el rabillo del ojo vi a la chica de al lado recoger sus cosas y marcharse enfadada.

—No sabía que esta biblioteca era tan divertida los viernes por la noche.

Levanté la cabeza de golpe y me encontré con un rostro masculino que me resultaba familiar, pero que no terminaba de reconocer. De repente, me acordé.

—Ryan, ¿verdad? Pareces una persona distinta sin las gafas.

—El mismo; y si no recuerdo mal, tú eres Jisoo.

—Sí. ¿Qué haces por aquí?

—Podría decir que he venido a estudiar, pero lo cierto es que alguien me dijo que no me olvidara de seguir al Conejo Blanco y eso estoy haciendo. ¡Te encontré! —respondió sin apartar sus ojos de los míos.

Me fijé en que los tenía azules, enmarcados por unas pestañas rubias algo más oscuras que su pelo rizado, un poco más largo por delante que por detrás. Una barba rojiza de varios días le cubría la mandíbula. Era atractivo.

Apreté los labios para disimular una sonrisa. ¿Estaba coqueteando conmigo o me lo parecía?

—¿Qué tal te va?

—Preparándome para los exámenes, ¿y tú? —me preguntó.

—También, ya están a la vuelta de la esquina.

—¿Qué tal llevas tu estudio sobre la digestión intracelular?

Me reí con una mano en la boca.

—No puedo creer que te acuerdes de eso.

De repente, noté una patada en la espinilla y desde la garganta de Nara brotó un carraspeo con el que pretendía llamar mi atención. Como si la fractura en mi tibia no lo hubiera logrado ya.

—Ryan, te presento a Nara, mi mejor amiga.

—Olvida lo de mejor amiga —le dijo ella con una sonrisa—. Porque las mejores amigas son esas que lo saben todo sobre sus mejores amigas, ¿verdad, mejor amiga?

La asesiné con la mirada y forcé una sonrisa tan amplia como la suya.

—Encantado de conocerte, Nara. ¿Tú también estudias Odontología?

—¡Ni loca! Lo mío son las Artes Escénicas, aunque creo que acabaré enfocándome solo en la actuación.

—Interesante —comentó Ryan.

—Y tú, ¿en qué malgastas tu vida?

Ryan parpadeó confuso y yo quise esconderme bajo la mesa. Sonrió al darse cuenta de que solo era una forma de hablar.

—Estoy en cuarto de Medicina y quiero especializarme en Cirugía Ortopédica y Traumatología.

—Debes de ser muy listo, y también tocas la guitarra —lo alabó Nara. Luego me dedicó una sonrisita y arqueó las cejas—. ¡Chico perfecto en la sala!

Ryan me miró sonrojado y yo le pedí con un gesto que ignorara a mi amiga.

—Es un bajo —aclaró él, mientras se agachaba y cogía del suelo una funda alargada de la que yo no me había percatado antes. Se la colgó del hombro—. Solo es un *hobby*. Toco de vez en cuando con el grupo de un amigo, nada serio.

—¿Qué tipo de música hacéis? —me interesé.

—Nos movemos entre el rock alternativo y el *postpunk*.

Alguien nos chistó con fuerza desde el pasillo que había a mi espalda. No habíamos dejado de hablar en murmullos, pero la acústica de esa vieja iglesia reconvertida en biblioteca poseía una fuerte resonancia.

—Será mejor que me vaya —convino Ryan.

—Nos vemos —le susurré a modo de despedida.

Él se me quedó mirando un largo segundo y sus labios esbozaron una sonrisa ladeada.

—Eso espero.

Dio media vuelta y se dirigió a la salida. Lo seguí con la mirada, sin dejar de sonreír. Hasta que mis ojos tropezaron con los de Matt, que me vigilaba muy serio, y los aparté tan deprisa que sentí un pequeño mareo.

Me incliné sobre la mesa y agarré a Nara por la manga del jersey.

—¿Cómo has podido preguntarle en qué malgasta la vida?

Ella me observó como si no comprendiera mi apuro.

—Bueno, ¿no es lo que hacemos todos? Malgastamos la vida con horarios, obligaciones, responsabilidades y fines. Pasamos nuestro tiempo persiguiendo metas, siempre con la mirada puesta en el futuro, ¿y qué hay del presente? Porque, si lo piensas, te darás cuenta de que el futuro en realidad no existe. Siempre es algo que está por suceder. El futuro no es más que una secuencia de presentes. Un hoy tras otro.

Me hundí en la silla con un suspiro y mi cuerpo resbaló hasta el borde con los brazos colgando a ambos lados.

—Has conseguido que me deprima en un minuto.

—Lao Tzu decía que si estás deprimido es porque vives en el pasado. Si estás ansioso, estás viviendo en el futuro. Si te encuentras en paz, disfrutas del presente. ¡Presente, Jisoo, esa es la clave de una existencia feliz!

—En serio, esa técnica Stanislaki no te hace ningún bien.

—Método Stanislavski —me corrigió.

—*Chist.*

—Como se diga —mi voz no era más que un leve murmullo.

—Lo he dejado. Creo que mi actuación puede mejorar

mucho más si me inspiro en la filosofía como instrumento intrínseco de mi yo más profundo.

—¿Tu... qué?

—*Chist, chisssssst, chissssssssssst...*

Bajé la cabeza, avergonzada. A este paso, iban a prohibirme la entrada en la biblioteca por el resto de mi vida.

—Tienes toda la razón, y largarnos de aquí ahora mismo es nuestro presente inmediato —le dije mientras guardaba mis cosas en la mochila.

—¿Qué opina tu presente de una hamburguesa con patatas?

—Que podemos estar en Mooshies dentro de quince minutos.

—*Chisssssst.*

—*Arghhhh.* ¡Ya nos vamos! —le solté al chico que ocupaba la mesa situada a mi espalda—. Y para tu información, el futuro no existe. Puede que esta noche reviente el mundo y ese libro sobre... —Ladeé la cabeza para ver la tapa—. ¿Bio... qué? Sobre lo que sea, no va a salvarte. ¡Relájate!

Nara me agarró del brazo y tiró de mí hacia la salida.

—A veces me das miedo.

—Y a mí. Es como si otra mente me abdujera —gemí.

—Lo sé, lo sé.

21
Ren

Volví a comprobar la hora en mi reloj. La reunión del equipo casi había acabado y Jun seguía sin aparecer. Saqué mi teléfono del bolsillo y le eché un vistazo. Nada. Ni mensajes ni llamadas. Alcé la vista. Todos me estaban observando. Fruncí el ceño y paseé la mirada por sus caras.

—¿Qué?

Miku puso los ojos en blanco y señaló la pantalla.

—Decías que ya tenemos una idea bastante clara.

—¡Sí, perdonad! Me he distraído. —Me levanté de la mesa de reuniones y me coloqué junto a la pantalla. Pasé a la siguiente diapositiva—. Sí... ya que tenemos una idea bastante clara del juego y están decididos los lenguajes de programación y las metodologías que seguiremos, creo que ya podemos pasar a la planificación. —Señalé el gráfico que aparecía en la imagen—. En la primera columna están numeradas las tareas. Como siempre, se han distribuido por semanas y entre los distintos componentes de cada equipo. Cada uno de vosotros tiene asignado un color. Al final, el rosa lo hemos echado a suertes y le ha tocado a Bale.

—¡Bien! —exclamó este.

—Por favor, que sea la última vez que me obligáis a hacer

esto —supliqué. Luego continué—: Los plazos de entrega y las reuniones de seguimiento son inamovibles, salvo causas de fuerza mayor.

—¿Y qué se considera causa de fuerza mayor? —preguntó Noah.

—Que te trague un agujero negro y acabes en otra dimensión sin internet. En ese caso, podría entender que te retrasaras —le respondí con una sonrisa sarcástica.

—Vale, lo pillo. Agujero negro.

—Llevar a tu hijo al pediatra podría considerarse fuerza mayor. La ley lo ampara —dijo Erin.

—Tú no tienes hijos, y no vas a convencerme de que llevar a tu gato al veterinario es lo mismo. —Inspiré hondo por la nariz—. ¿Algún apunte más?

—¿Por qué siempre usamos el diagrama de Gantt para la planificación? —intervino Luke pensativo.

—¿Qué tiene de malo? —le pregunté.

—Nada, pero podríamos utilizar uno diferente esta vez. Por cambiar. El tablero de Kanban, por ejemplo. El sistema de tarjetas es más bonito.

—No vamos a cambiar el diagrama solo porque te parezca feo.

Lisa levantó la mano para pedir la palabra.

—Mi verde mostaza se parece mucho al amarillo pistacho de Liam. ¿Se puede cambiar, no sé, por un azul turquesa para...?

—Estoy seguro de que no quieres terminar esa pregunta, Lisa —le aconsejé muy serio.

Cerró la boca y se hundió en la silla con las mejillas rojas.

Inspiré hondo y me pellizqué el puente de la nariz. Agotaban mi paciencia con una habilidad pasmosa.

—De acuerdo, ya tenemos las tareas planificadas y el documento de diseño listo como guía. ¡Pues ya está! Podemos empezar la producción. Solo quedaría definir...

Jun entró en el estudio y, sin decir palabra ni mirarnos, se dirigió a nuestro despacho y cerró la puerta una vez dentro. Algo le ocurría, y no era bueno. Le pedí a Miku que finalizara la reunión y fui tras él. Lo encontré apoyado en su mesa, con los brazos cruzados sobre el pecho y los ojos clavados en el mural de fotos y mensajes que habíamos hecho para él, y que ahora colgaba de la pared.

—¿Qué tal los pisos que has ido a ver, te gusta alguno? —me interesé.

—No debí irme —dijo de repente. Señaló el mural—. No debí perderme ninguna de estas cosas.

—Tú mismo lo dijiste, antes o después tendrías que haber pasado por eso. Elegiste ese momento y ya estás aquí, de nuevo. Una cosa menos por la que preocuparte.

Soltó un suspiro entrecortado y se masajeó el pecho.

—Tiene un bebé —dijo con la voz ronca.

—¿Quién tiene un bebé?

—Dani... —Giró la cabeza y me miró. Solo vi dolor. Mucho dolor—. La he visto con ese tipo, Max, el hermano de su amiga. Estaban almorzando juntos y... tienen un bebé. ¿Sabes? Parecían una de esas familias perfectas y felices de los anuncios.

Me acerqué y también me apoyé en la mesa, a su lado.

—Lo siento mucho, Jun.

—Durante estos dos años he pensado bastante en esa posibilidad, en que hubiera rehecho su vida. Pero una cosa es imaginarlo y otra, verlo por ti mismo. No debí marcharme —repitió.

—¿Crees que habría cambiado algo? Te pidió que la dejaras en paz y tú estabas dispuesto a cumplirlo hasta las últimas consecuencias. No te habrías acercado a ella sin que te lo pidiera, aunque solo os hubiera separado una calle en lugar de medio planeta.

—¿Y si quiso pedírmelo, pero yo ya no estaba? —preguntó con un destello de esperanza.

—¿Saberlo te ayudaría?

—No lo sé —admitió. Se frotó los ojos y se sorbió la nariz—. Tampoco importa mucho a estas alturas, ¿no?

Me tragué un suspiro y le pasé el brazo por los hombros. A veces sentía que nos pasábamos la vida consolándonos el uno al otro, encadenando desengaños y malos momentos. Ni siquiera los veíamos venir, solo sentíamos el golpe, la caída. Ese dolor agudo por dentro, el de las heridas que crees que nunca sanarán. Y a pesar de todo, nos armábamos de paciencia y ayudábamos al otro a recoger sus pedazos. A juntarlos. A alejar los fantasmas.

Nacía de nosotros protegernos.

No importaban las discusiones ni las peleas, y las teníamos, porque éramos tan diferentes e iguales al mismo tiempo que era imposible no chocar. Éramos constantes en la vida del otro, mientras mirábamos al futuro preguntándonos cuándo llegaría lo bueno.

Tal vez lo hiciera.

Quizás no.

22
Jisoo

¿Has pensado alguna vez en el esfuerzo y tiempo que dedicamos a cosas que luego acaban sucediendo y pasando en segundos y sin ninguna trascendencia? Y no me refiero al esfuerzo físico del trabajo, ni al desgaste que supone no dormir el tiempo necesario, o el estrés por las dudas y las inseguridades al perder por momentos la confianza en ti mismo y tus capacidades.

Me refiero a ese proceso mental en el que nos dejamos llevar por el orgullo y la soberbia, la necesidad de sobresalir por encima de la persona que nos ha hecho sentir mal. Cuando consideramos que se nos ha tratado injustamente, y recuperar la dignidad que creemos perdida se convierte en la única motivación que nos hace seguir adelante.

Yo había pasado seis semanas obsesionada con el día en el que entregaría mis trabajos al señor Solanki. Cómo me regodearía en su expresión cuando comprobara que había sido capaz de terminarlos antes de que finalizase el plazo. Al demostrarle que podría superar cualquier prueba que quisiera ponerme, aunque fuese injusta, y la resolvería bien.

«Chúpate esa, Solanki. Pensabas que no lo conseguiría, ¿eh? Ahí tienes, el mejor trabajo que leerás en tu vida.»

Bien, ese día llegó.

—Buenos días, señor Solanki.

—Buenos días, señorita Kang.

—Aquí tiene mis trabajos, tal y como usted me indicó: impresos y encuadernados con gusanillo.

Los dejé sobre su mesa y esperé. El señor Solanki levantó la vista de su periódico al ver que yo no me movía.

—¿Algo más? —me preguntó.

—¿No va a revisarlos, profesor?

—En cuanto tenga la oportunidad, por supuesto. Le enviaré mis comentarios y calificación a su correo electrónico. Ahora, si no le importa, estoy un poco ocupado.

Parpadeé contrariada y me obligué a reaccionar.

—Claro, disculpe.

Di media vuelta y abandoné su despacho.

Y ya está, se acabó. Así fue el momento culmen que tanto había esperado y preparado. Seis semanas viviendo en un bucle infinito y agotador de pensamientos, resueltas en sesenta segundos.

Me dirigí a las escaleras y comencé a bajar sin ninguna prisa. Había consumido mis fuerzas y energía.

—¡Eh, Conejo Blanco!

Levanté la vista y me encontré con Ryan, que subía las escaleras con su mochila al hombro y una bata blanca colgando de su brazo. No fui capaz de sonreírle ni un poquito. Él frunció el ceño y subió otro escalón.

—¿Va todo bien?

—¿Conoces esa sensación que se queda en tu interior cuando alguien hace un comentario que te molesta y no encuentras las palabras para responderle o defenderte y solo guardas silencio? El momento pasa, pero tú sigues dándole vueltas en tu cabeza, pensando decenas de respuestas, recreándolas en tu mente mientras cambias unas palabras por otras hasta encontrar la frase perfecta. Sin embargo, no te alivia en nada; al contrario, porque el momento ha pasado y ha perdido el sentido.

—Creo que sí.

—Así me siento.

Ryan se me quedó mirando. Sus ojos reflejaban amabilidad y ternura mientras recorrían mi rostro sin parpadear. Esbozó una pequeña sonrisa, que formó arruguitas en su rostro.

—¿Cuál es tu postre favorito?

—El *jam roly-poly* con mermelada de fresa.

Su sonrisa se hizo más amplia.

—No sé por qué esperaba que respondieras pastel de zanahoria —bromeó. Solo levemente, pero sonreí—. De acuerdo, creo que puedo conseguirlo. ¿Vamos?

—¿Adónde?

—Te invito a un trozo de *jam roly-poly* con mermelada de fresa.

—Olvídalo, no hay ni un solo sitio en el campus que lo tenga en su menú.

—Lo hay.

—Seguro que yo lo sabría.

Arrugó la frente.

—¿Siempre eres tan difícil de convencer?

Me mordí el labio, algo avergonzada. Admito que a veces soy un poco difícil y suelo llevar la contraria por pura inercia. Como un hábito del que no soy consciente.

—De acuerdo, ¿adónde vamos?

—Es una sorpresa.

No sé qué me hizo acompañar a Ryan, pero fue la mejor decisión que tomé ese día. Era justo lo que necesitaba y, como dice la abuela Min, un mal día comiendo dulces siempre es mejor que un buen día comiendo ensalada.

Al final, resultó que ese lugar misterioso no se encontraba exactamente en el campus, pero sí muy cerca. Tampoco tenían *jam roly-poly* en el menú, pero su carta de helados y dulces era un sueño para cualquier adicto al azúcar como yo.

Pedí un gofre para llevar con plátano y frambuesa, acompañado de helado de vainilla; y Ryan, una porción de tarta *banoffee*.

—No lo entiendo, en serio. Quiero decir que... ¡Está ahí mismo! ¿Cómo no me he dado cuenta antes de que ese sitio existe? —exclamé entusiasmada. Me llevé otro trozo de gofre a la boca y gemí—: Está buenísimo.

Ryan no dejaba de mirarme. Ni de sonreír.

—¿Te encuentras mejor?

—Sí, gracias por arrastrarme hasta aquí.

Se le escapó una carcajada.

—Lo dices como si te hubiera sacado sobre mi hombro a la fuerza.

—Te doy permiso para hacerlo la próxima vez que me encuentres a punto de tirarme rodando por una escalera.

—¿Eso significa que habrá una próxima vez? —me preguntó en un tono bajo y seductor.

Ladeé la cabeza y lo miré.

Ryan estaba coqueteando conmigo y una parte de mí se sintió bien y halagada. ¿A quién no le gusta gustar? Sin embargo, por muy simpático y atractivo que pudiera parecerme, no estaba interesada. La sombra de Matt aún era larga y oscura. Pesada. Había acabado agotada.

Lo miré con un nudo en el estómago.

—Después de dos años saliendo con un chico algo difícil y una ruptura desagradable, estoy bastante escasa de amistades, Ryan. Si quieres ser mi amigo, me encantaría que hubiese más veces.

Ryan tragó saliva y apartó la mirada. Supe por su expresión que había entendido el significado real de mis palabras y lo que pretendía decirle con ellas. Definiendo lo que éramos, lo que podríamos ser y, sobre todo, lo que no. Tras un largo silencio, que apretó un poco más ese nudo sobre mi ombligo, Ryan sonrió y asintió con la cabeza.

—Pues tienes suerte, porque soy ese tipo de amigo genial que siempre está disponible para hablar, tomar un café o dar una vuelta. Y que tiene un montón de amigos igual de geniales, a los que les encanta que les presente gente nueva.

—¿En serio? —me reí.

—Muy en serio. ¿Te gustaría conocerlos?

—Me encantaría conocerlos.

—Eso está hecho, amiga —me dijo mientras me tendía la mano.

Me limpié los dedos en el pantalón y estreché su mano con un firme apretón. Una sonrisa de oreja a oreja me llenó la cara. Ryan me caía bien y me gustaba la idea de poder seguir conociéndolo sin la sombra de una expectativa romántica.

Continuamos paseando, disfrutando de un sol que había vuelto a adueñarse del cielo, después de muchos días de mal tiempo. Casi sin darme cuenta, le acabé contando mi drama con el señor Solanki. Le hablé sobre el semestre que había estudiado en Corea y el cambio de actitud de mi profesor a mi vuelta. Lo injustos que me habían parecido sus trabajos y la sensación tan horrible de vacío que me había dejado no haber logrado que reconociera mi esfuerzo.

Agradecí que Ryan me diera la razón y se pusiera de mi lado, aunque solo lo dijera por decir. ¿Qué podía entender él, cuando ni yo misma era capaz de comprender mis reacciones y pensamientos la mayor parte del tiempo?

Nos despedimos al llegar a la biblioteca. Él siguió hacia el hospital, donde debía asistir a un par de clases prácticas, y yo me dirigí a la parada del autobús para regresar a casa.

Me resguardé del aire bajo la marquesina.

De repente, un presentimiento me hizo ladear la cabeza. Lo vi acercarse, pero no a tiempo de poder marcharme sin que pareciera que huía. Tampoco quería hacerlo. Una parte de mí no perdía la esperanza de que Matt y yo pudiésemos ocupar el mismo espacio y comportarnos como personas civilizadas. Dos adultos que, tras romper su relación, siguen su propio camino, sin dramas innecesarios ni grandes rencores. Tampoco es que hubiésemos roto por una razón imperdonable.

—¡Qué rápido pasas página!

—Hola, Matt.

—¿Ese es tu nuevo novio?

¡Mis esperanzas, a un pozo! Todo apuntaba a que Matt no tenía intención de seguir su propio camino sin dramas ni resentimiento. Ya habían pasado casi tres semanas, y, aunque fingía no verlo, era muy consciente de su presencia en los mismos lugares que yo visitaba, y que no se trataba de una casualidad.

Ladeé la cabeza y lo miré.

—¿Me estás siguiendo?

—¿Te crees tan especial? No es tan difícil encontrarse en este campus.

—Sí cuando tú estudias en el otro extremo.

—¿Qué insinúas?

—No sé, dímelo tú. No soy yo la que te persigue hasta una parada de autobús para preguntarte si estás saliendo con alguien.

Matt soltó una risita mordaz.

—¿Sabes lo que creo? Que ya estabas con él antes de darme la patada. Y yo que te tenía por una mosquita muerta.

Me giré hacia él con brusquedad y el corazón latiéndome con tanta fuerza contra las costillas que notaba su eco en las sienes.

—Puedo entender que estés dolido conmigo; y enfadado; y también que necesites demostrármelo. Pero no te voy a permitir que me insultes o me ofendas, Matt. Sabes perfectamente la clase de persona que soy.

—Me parece que no —dijo burlón.

—Entonces supéralo y déjame en paz.

—¿Y si no quiero? —me retó con una mueca.

Su actitud dañina me estaba haciendo sentir amenazada; y jamás habría pensado que él sería capaz de despertar en mí esa emoción. O quizás la palabra correcta fuese miedo. Parpadeé para alejar las lágrimas y mi pecho se aflojó con una brusca exhalación cuando vi que el autobús doblaba la esquina y se detenía frente a mí.

Matt continuaba mirándome como si esperara algún tipo de explicación por mi parte, o una disculpa, qué se yo. Sin embargo, en ese momento tuve más claro que nunca que él no merecía ninguna de las dos.

La abuela Min decía que para saber qué camino elegir era bueno tomar unos cuantos equivocados. Matt acababa de convertirse en uno de esos caminos desacertados, que ojalá nunca hubiera encontrado, pero que me había enseñado lo que merecía y lo que no.

Desde luego, no merecía a alguien tan ruin como él.

23
Ren

Soledad, silencio, vacío...

Hacía mucho que no pensaba tanto en esas palabras.

Quizás porque desde un tiempo a esta parte solo veía armarios y cajones sin ropa. Espacios desnudos. Las fotos ya no adornaban los muebles ni las paredes, y en el baño solo había un cepillo de dientes.

Ya no había ruido de fondo, ni el eco de otros pasos, solo los míos.

Entre la marcha de Emily y la llegada de Jun, solo pasaron unos pocos días. No tuve tiempo de notar su ausencia. Los huecos que ya no llenaba su presencia. El peso que ya no hundía el otro lado del sofá. La falta de su plato y sus cubiertos en la mesa.

Habían pasado dos semanas desde que Jun se mudó al piso que había alquilado en Covent Garden y, desde entonces, en esa casa solo había silencio. Soledad. Vacío.

Tumbado en la cama, mientras contemplaba las pequeñas partículas que brillaban bajo los primeros rayos de sol, pensé en Emily. Llevábamos tres meses separados y no había vuelto a saber de ella. Cada semana le había reenviado el correo postal a la dirección de sus padres, tal y como me había pedido. Pero ni eso era ya necesario, porque su correspondencia había dejado de llegar al buzón.

Me coloqué de lado y observé el otro extremo de la cama, sin deshacer como cada mañana. La echaba de menos, la seguía queriendo, pero ahora notaba una paz que antes no tenía. Había silencio en vez de discusiones. Calma en lugar de tensión. Y aunque una parte de mí se avergonzaba por sentirme aliviado de ese modo, otra se convencía de que así estaba todo bien. Emily se merecía que la amaran como ella necesitaba, como yo siempre intenté hacerlo y no lo logré.

Mi teléfono sonó al entrarle un mensaje. Alargué el brazo y lo tomé de la mesita. Era de Jun, avisándome de que esa mañana tampoco iría al gimnasio. Probablemente habría pasado la noche en casa de Dani, o Dani en la suya. Ese detalle era el menos relevante.

Volvían a estar juntos. Eso sí era importante.

Nunca había creído en el destino. Sin embargo, hasta yo debía admitir que la historia de esos dos parecía escrita en uno de sus hilos.

Salté de la cama y fui a la cocina. Abrí el armario en busca del café y encontré el bote vacío. Tampoco había nada para comer, salvo un frasco de pepinillos y un plato de sushi pasado.

¡Apestaba!

Resoplé. Estaba famélico y no podía ir al gimnasio con el estómago vacío.

En fin, ya encontraría algo por el camino.

Me vestí, agarré mi bolsa de deporte y fui en busca del coche.

No sé en qué momento cambié de idea y dirección, pero, cuando quise darme cuenta, había aparcado frente al que aún consideraba mi hogar. Llamé a la puerta y esta se abrió poco después. Mamá asomó la cabeza.

—¡Ren!

—Hola, mamá —la saludé con una sonrisa.

—¿Qué haces aquí tan temprano, hijo?

—Tengo hambre.

Pasé por su lado y me dirigí a la cocina.

—¿Vienes desde Islington solo para desayunar?

—También te echaba de menos —le dije mientras sacaba una taza del armario y la llenaba de café recién hecho.

Se echó a reír.

—Eres un adulador.

—¡Eh, solo digo la verdad! —Le planté un beso en la frente—. Siempre te echo de menos.

Ella me palmeó la mejilla.

—Yo también te echo de menos, hijo.

Sobre la mesa había bollos de leche rellenos con crema y me metí uno entero en la boca.

—¿Dónde está Jungsuk? —balbuceé.

Me dio una colleja al sentarse a mi lado con una taza de té.

—No hables con la boca llena. —Se sacó un pañuelo del bolsillo y me limpió la comisura del labio—. Está en el mercado.

—¿No has ido con él?

—Hace días que no voy. Jungsuk se ha empeñado en que debo descansar más y ha contratado al hijo del vecino para que le ayude con las compras y los recados.

—Tiene razón, deberías descansar más.

Me zampé otro bollo de un solo bocado. No había probado nada tan rico en toda mi vida.

—¿Solo yo? Desde que Jun regresó, apenas te hemos visto por aquí. Siempre que te llamo estás encerrado en el estudio —me regañó.

—Tengo mucho trabajo, mamá. Y tú siempre insistes en lo mucho que dignifica.

Sacudió la cabeza con una sonrisa cansada.

—También hace que te duelan los huesos, y eso no es muy digno. —Recorrió mi rostro con la mirada y alargó el brazo para apartarme unos mechones de la frente—. ¿Cómo está Emily?

Dejé de masticar y tragué ese último bocado. Una sonrisa tensa curvó mis labios, mientras ella me observaba con curiosidad. Buscando el momento perfecto que nunca llegaba, aún no les había contado que Emily y yo nos habíamos separado.

—Está bien, o eso creo.

—¿Cómo, no lo sabes?

Dejé escapar el aliento.

—Hay algo que tengo que contarte, mamá.

De pronto, Jisoo irrumpió en la cocina cargada con un montón de libros. Al verme, frenó en seco y se me quedó mirando con los ojos muy abiertos. Después echó un vistazo a su alrededor, como si buscara a alguien más.

—¿Qué haces tú aquí? —me preguntó.

—Hola a ti también —repliqué.

—No le hagas caso —suspiró mamá—. Es la última semana de exámenes. Me sorprende que hoy se haya acordado de vestirse. Ayer la atrapé marchándose solo con el albornoz y el gorro de la ducha aún en la cabeza.

Miré a Jisoo y rompí a reír.

—No tiene gracia, ya me gustaría veros a vosotros —masculló.

Luego dio media vuelta y regresó por donde había venido. Bebí un sorbo de café y tuve un pálpito extraño. Desde hacía un tiempo, en las pocas ocasiones en las que había coincidido con Jisoo, tenía la sensación de que se sentía incómoda y me evitaba.

—¿Qué me ibas a contar sobre Emily? —me recordó mamá.

Media hora más tarde, me despedía de ella en la puerta y subía al coche para dirigirme al trabajo. Sentía que me había liberado de un gran peso al contárselo. También que el haberlo compartido con ella lo hacía todo mucho más real.

—Ren, esta solo es una fruta más que no ha madurado. Encontrarás a alguien que te ame por quién eres y sepa apreciarte por tu corazón —me había dicho.

No le había dado detalles sobre las razones por las que Emily y yo decidimos separarnos. Por ese mismo motivo, su comentario me había dejado fuera de juego. Cuando comenzaron los problemas serios con Emily, siempre pensé que mis dudas sobre sus sentimientos hacia mí eran culpa de mis inseguridades. Y me castigaba a mí mismo por tener esos pensamientos. Al fin y al cabo, quizás mis dudas no fueron solo un producto de mi mente.

Cuando entré en el estudio, me sorprendió que Jun no hubiera aparecido aún. De los dos, siempre era yo el que llegaba tarde.

Encendí el ordenador y saqué mis auriculares de trabajo del cajón. En cuanto me los coloqué, me aislé en mi burbuja. Con respecto a la planificación y producción, yo me encargaba prácticamente de todo lo relacionado con el audio de los juegos: sonidos, efectos, voces de los personajes, música... Elegía, creaba y componía, y después lo introducía y programaba en el motor del juego.

Amaba mi trabajo tanto como lo odiaba cuando se complicaba y nada parecía tener solución.

No sé cuántas horas llevaba allí, cuando sentí que la puerta se abría. No presté atención, concentrado en la pista de audio que no terminaba de sonar bien. De pronto, una mano apareció en mi campo de visión y alcé la vista. Me quedé helado al ver a Dani sonriéndome con la cara roja desde el otro lado de mi mesa. Tardé unos segundos en reaccionar y quitarme los auriculares.

—Hola —saludé sorprendido.

—Hola, Ren. ¡Cuánto tiempo sin vernos!

—Sí, ha pasado mucho. ¿Qué tal estás?

—Bien, ¿y tú?

—Como siempre —respondí, y luego añadí—: Jun no está aquí.

—Lo sé, hoy se gradúa Yu Ri en el instituto y quería asistir a la entrega de diplomas —me explicó. Hice una mueca, lo había olvidado por completo—. He venido a verte a ti. ¿Ya has comido?

Tragué saliva y negué con un gesto.

—No.

—¿Te parece bien que te invite a comer?

Pasados unos minutos, ocupábamos una mesa en la terraza de una taberna llamada Edinboro Castle, muy cerca de Regent's Park. Un camarero se acercó a tomarnos nota. Dani pidió una ensalada y vino tinto; y yo, verduras asadas y una cerveza. Miré a mi alrededor y me fijé con más atención en la terraza, escondida tras una valla de madera y cubierta por toldos y unos cuantos árboles. Nunca había estado allí, pero el ambiente me gustó como para querer regresar.

El verano estaba a la vuelta de la esquina y empezaba a notarse el calor. Me quité la sudadera y me quedé en manga corta, mientras evitaba a propósito la mirada de Dani. Entonces, ella carraspeó y no me quedó más remedio que levantar la vista de la mesa.

—Bueno, suéltalo —dije.

Ella me sonrió.

—Había olvidado lo directo que eres. —Dejó escapar un suspiro y volvió a llenar sus pulmones de aire, como si estuviera reuniendo el valor para hablar—. Ren, ahora que Jun y yo volvemos a estar juntos, y sé lo importantes que sois el uno para el otro, hay algunas cosas que necesito aclarar contigo.

—Tú dirás.

Tosió y bebió un sorbo de agua.

—Una de las razones que me llevaron a romper con Jun fue vuestra relación —comentó en voz baja. Yo fruncí el ceño, confundido—. Sentía que no podía competir contigo, que tú siempre ocuparías un escalón por encima de mí.

Sus palabras me desconcertaron, y mucho.

—Eso es absurdo, Dani.

—Ahora lo sé, pero entonces solo podía ver que Jun confiaba en ti como no lo hacía en mí. Conmigo siempre fingía que se encontraba bien, no me hablaba de sus preocupaciones ni de sus problemas. En cambio, contigo se desnudaba. Te mostraba sus sentimientos sin importar cuáles fuesen. Y admito que me hacía sentir insegura, e incluso celosa. —Hizo una pausa y sus labios se estiraron con una sonrisa nerviosa—. Yo era la fuente de problemas y tú, la persona a la que recurría buscando consuelo.

—Lo siento, no tenía ni idea.

Ella arrugó el rostro y sacudió la cabeza con vehemencia.

—No te disculpes, por favor. Tú nunca has hecho nada que pueda reprocharte, al contrario. Eres un chico estupendo y siempre te portaste bien conmigo. Fui yo la que se equivocó al no hacer esto antes. En aquel momento debí hablar con Jun, y también contigo. Explicaros mis sentimientos. Y como no quiero cometer el mismo error, he pensado que lo mejor que podía hacer era conversar contigo antes de que pasase más tiempo.

La observé un poco más relajado. Menos a la defensiva. Y traté de ponerme en su piel. Había dado un paso de humildad, y también de valentía, que solo confirmaba lo que yo ya sabía. Dani era una buena persona.

—Te lo agradezco.

—Ahora veo las cosas de otro modo y ya no me siento desplazada por vuestra amistad. La entiendo, porque es muy parecida a la que Amy y yo mantenemos. Sois importantes el uno para el otro y me parece maravilloso que Jun pueda contar con alguien como tú en su vida —confesó con la cara sonrojada—. Dicho todo esto, también me gustaría que tú y yo pudiéramos ser amigos. O serlo de nuevo. —Se rio nerviosa mientras estrujaba la servilleta entre los dedos—. No tengo muy claro qué fuimos y qué no, Ren.

Estiré la espalda en la silla y me froté los brazos sin dejar de mirarla. Si era completamente sincero, siempre había pensado en ella como la novia de mi amigo. Luego, como la exnovia que le rompió el corazón. Y ahora... Ahora aún no tenía una idea clara sobre nada.

Me tomé un momento para meditarlo. La situación lo merecía. Y llegué a la conclusión de que no podía seguir viéndola como parte de otra persona, sino como lo que era, solo ella. Daniela. Por Jun merecía la pena intentarlo.

24
Ren

—Este estudio es bastante nuevo y solo ha creado efectos Foley para cine y televisión. Sería su primera vez con un videojuego, ¿estás seguro de que quieres firmar un contrato con ellos? —me preguntó Jun mientras nos dirigíamos al lugar donde habíamos aparcado mi coche.

Acabábamos de reunirnos con el equipo de un estudio especializado en la posproducción de efectos y sonidos. Después de considerarlo y lograr el apoyo económico de Kenji, habíamos decidido que la calidad del juego sería mayor si recreábamos sonidos exclusivos y a medida para nosotros, en lugar de recurrir a las bibliotecas.

Iba a costar una fortuna, pero merecería la pena. Los jugadores cada vez le dan más importancia a lo que escuchan mientras juegan. Un pasillo oscuro no deja de ser eso, un pasillo oscuro. Pero dependiendo de lo que suene en esa imagen, conseguirás distintas reacciones. Ya sea una carcajada por un grito enlatado, o que la gente mire a su espalda muerta de miedo tras escuchar unos pasos y una respiración pesada.

—En cuanto a efectos, no hay diferencia entre una película y un videojuego —empecé a explicarle—. Y no es el estudio lo que me interesa, sino el artista que trabaja ahí. He visto vídeos suyos y son una pasada, Jun. Recreó la eclosión de un huevo con un cono de helado y le quedó genial.

Jun sacudió la cabeza sin dejar de sonreír.

—Ya veo que estás convencido.

—Y pretendo participar en todo el proceso.

Comenzó a sonarme el móvil. Lo saqué del bolsillo y vi el nombre de Nara en la pantalla. Fruncí el ceño, ni siquiera recordaba tenerlo guardado en la agenda. Contesté:

—¿Nara?

—Sí. Hola. Soy... soy Nara.

—¿Puedo ayudarte en algo?

—¿Tendrías un momento para hablar?

No me pasó por alto el tono nervioso y preocupado de su voz.

—Claro, cuéntame.

—¿Te importa si hablamos en persona?

Le eché un vistazo al reloj que llevaba en la muñeca e inspiré por la nariz.

—¿Dónde estás?

—En Birkbeck, en la universidad. Estudio aquí.

—De acuerdo. Ahora mismo me encuentro en Dalston, así que tardaré como unos cuarenta minutos en llegar hasta ahí.

—No importa, esperaré.

—Vale. Nos vemos en la entrada.

Colgué el teléfono y me pasé la mano por la nuca, confundido.

—¿Pasa algo? —se interesó Jun.

—No lo sé. ¿Te acuerdas de Nara, la amiga de Jisoo?

—¿Acaso es posible olvidarse de ella una vez que la conoces?

Sonreí. En eso tenía razón. Esa chica era todo un personaje.

—Quiere hablar conmigo sobre algo y... No sé, parece que le preocupa.

Alcanzamos el coche y subimos. Arranqué el motor, mientras le echaba un vistazo al navegador para encontrar la ruta más rápida a Camden. Luego puse el intermitente y me incorporé al tráfico.

—Volviendo a lo de esta noche... —comenzó a decir Jun.

—Ya te he dicho que no me apetece, estoy cansado. Además, tengo trabajo en el estudio de casa. Le estoy echando una mano a Alan con la mezcla de su maqueta.

—¿Aún sigue con el grupo?

—Y han mejorado mucho.

Sin dejar de mirarme, Jun soltó un suspiro impaciente.

—Vamos, Ren, solo es una cena, y como a ti te gustan: pub con buena música, pollo frito y cerveza.

Giré la cabeza y le sostuve la mirada.

—¿Dani, tú y yo?

—¡Sí! —exclamó contento. Después hizo una mueca extraña—. También estará su hermana, Sofía, y un tío con el que sale, y una chica que trabaja con Dani en el taller. Se llama Eva y es bastante guapa y simpática. También es española. Y le gusta la música y el cine en versión original, como a ti.

Pum. Flecha al estómago. ¡Qué sutil!

Tragué saliva y apreté los párpados un segundo.

—¿En serio? —le pregunté molesto.

—¿Qué?

—¿Precisamente tú me estás organizando una cita a ciegas? ¡Tú!

Se encogió de hombros, como si no supiera de qué le estaba hablando.

—¿Y qué tiene de malo?

Sujeté con ambas manos el volante y lo apreté fuerte.

—Que no me interesa, Jun. No quiero salir con nadie.

—Nadie está hablando de que debas salir, pero sí hacer amigas nuevas y pasarlo bien con ellas.

Sacudí la cabeza. No me apetecía hacer amigas nuevas, ni pasarlo bien con ellas. No estaba interesado en flirtear ni en intercambiar fluidos con nadie. La respuesta era no, y eso sí que no tenía nada de malo.

Dejé a Jun frente al estudio y me dirigí al lugar donde había quedado con Nara. Aparqué en Malet Street y rodeé el edificio de la universidad hasta la entrada principal. La busqué con la mirada.

—¡Ren!

Me giré hacia la voz que había gritado mi nombre y vi a Nara sentada en un banco bajo la sombra de un árbol. Se puso en pie y vino corriendo a mi encuentro.

—Hola.

—Hola —la saludé con una sonrisa—. Bueno, ¿de qué quieres hablar conmigo?

Nara tragó saliva. No paraba de pellizcarse la palma de la mano, nerviosa y colorada. Fuese lo que fuese, le costaba soltarlo y yo comencé a preocuparme.

—Escucha, Nara, puedes decirme cualquier cosa, tranquila. Nos conocemos desde que eras un renacuajo. Sea lo que sea, puedes confiar en mí y en que haré todo lo posible por ayudarte.

Soltó un suspiro entrecortado.

—Es que no se trata de mí, sino de Jisoo. Me hizo prometerle que no se lo contaría a nadie. Quería resolverlo ella sola, pero ya ha pasado mucho tiempo y la situación con ese tío no mejora. Jisoo no lo admite, pero sé que está asustada.

El corazón se me subió a la garganta, mientras intentaba comprender lo que Nara trataba de explicarme sin mucho éxito. ¿Había dicho asustada?

—Espera un momento, no entiendo nada. ¿Qué problema tiene Jisoo? ¿Y de qué tío hablas?

Nara inspiró hondo varias veces y soltó el aire despacio. Como si estuviera realizando ejercicios de respiración.

—Jisoo rompió con Matt a mediados de marzo. Desde entonces, él no ha dejado de molestarla.

—¿Le ha hecho algo?

—Nada, ese es el problema.

—¿Qué?

—Que no hace nada. Nunca se acerca a menos de dos metros y tampoco le habla, pero siempre está ahí, en los mismos sitios que ella. Dentro y fuera del campus. No son coincidencias, Ren, lo hace a propósito para molestarla. Ya han pasado tres meses y a mí toda esta situación comienza a ponerme los pelos de punta.

La observé con los ojos muy abiertos y una roca descendiendo por mi garganta hasta aplastarme el estómago.

—¿Y no se lo habéis contado a nadie en todo este tiempo?

—No, ella no quiere preocuparos y cree que puede resolverlo.

—¡¿Cómo?!

—Dentro de dos semanas vuelve a Corea con sus abuelos. Piensa que a Matt se le pasará el enfado mientras ella esté fuera.

Me llevé las manos a la cabeza y maldije en silencio. ¿Esa era su solución?

—Lo primero, si un tío lleva tres meses acosándote, aunque sea en la distancia, no está enfadado. ¡Tiene un puto problema mental, Nara! Lo segundo, no puedes callarte una cosa como esa, es peligroso.

—Lo sé, yo quería que te lo contara, como cuando tuvo problemas en el instituto, pero ella se niega. Siempre sale con la excusa de tu novia y que prometió mantenerse alejada.

—¿De qué estás hablando? ¿Qué tiene que ver Emily?

Nara apartó la mirada y volvió a pellizcarse la palma de la mano.

—Verás... ellas tuvieron una conversación un poco desagradable. Emily le dijo a Jisoo que se mantuviera alejada de vosotros. Y como Jisoo lo último que desea es causarte problemas...

Me reí sin ganas. Así que mis sospechas eran ciertas, me había estado evitando todo este tiempo. Pero ¿cómo podía ser tan lista para unas cosas y tan tonta para otras? Exigía que la tratásemos como una adulta, y sin embargo era muy difícil hacerlo cuando se comportaba como si tuviera diez años.

—Emily y yo ya no estamos juntos. Y aunque lo estuviéramos, Jisoo nunca debió asumir la responsabilidad de mi relación. ¡Dios, ¿por qué le resulta tan difícil a algunas personas hablar y preguntar, en lugar de hacer cosas sin sentido?! —estallé disgustado. Me tomé un momento para tranquilizarme—. De acuerdo, ¿dónde está Jisoo ahora?

—Pasado mañana tiene su último examen, así que estará en la biblioteca estudiando.

—¿Y dónde puedo encontrar a ese tío?

—No muy lejos de ella. —Esa respuesta me hizo apretar los dientes. Tic, tac, tic, tac... Di media vuelta, de regreso al coche. Nara me siguió—. ¿Adónde vas?

—¿Tú qué crees?

—Voy contigo.

Veinte minutos más tarde, cruzaba las puertas de la biblioteca. Enfilé la nave principal, recorriendo con la mirada cada pasillo y cada mesa. Vi a Jisoo con la cara metida en un libro, al lado de una chica que tecleaba en un portátil. Me detuve y giré sobre mis talones, buscando a mi alrededor. Y no tardé en descubrirlo, con los ojos fijos en Jisoo como si no hubiera nadie más allí.

Empezó a hervirme la sangre.

Fui hacia él. Estaba tan concentrado en lo suyo que no se percató de mi presencia hasta que me planté delante de sus narices. Levantó la vista y se puso pálido al verme. Agarré una silla, le di la vuelta y me senté a horcajadas con los brazos apoyados en el respaldo. Clavé mis pupilas en las suyas, mientras me decía a mí mismo que podía hacer aquello sin perder los nervios. Por mucho que me viera aplastándole la cabeza contra la mesa, hasta que crujiera como un pistacho.

—Imagino que sabes por qué estoy aquí.

—No sé lo que te habrá contado, pero yo no estoy haciendo nada —replicó.

Me incliné hacia delante.

—Podemos tener esta conversación aquí y que todo el mundo escuche lo que he venido a decirte. Cosa que, personalmente, me da igual. O conversar fuera. Tú eliges.

Se le aceleró la respiración, mientras con la vista recorría nervioso las otras mesas.

—No he hecho nada malo —insistió, hundiéndose en la silla.

—Vale, no has hecho nada —convine. Ladeé la cabeza y entorné los párpados—. Pero en mi opinión, que estés aquí sentado mirando a mi hermana sí es algo malo. Tan malo como que te dediques a seguirla a todas partes. Que aparezcas en los mismos lugares a los que ella va. Clases, cafeterías, paradas de autobús, incluso en nuestro barrio, cuando a ti no se te ha perdido nada allí, ¿verdad?

—Son sitios públicos, no infrinjo ninguna ley.

Me reí sin gracia.

—¡Bien por ti, chaval! A mí me ocurre justo lo contrario, suelo infringir algunas, y con más frecuencia de la que me gustaría. —Tragó saliva y contuvo el aliento. Continué—: Voy a decirte algo y lo haré una sola vez. Cuando termine, tú solo abrirás la boca para responder sí o no. Y mi consejo es que contestes lo que quiero oír.

—¡Ren! —susurró Jisoo a mi espalda.

La miré por encima del hombro. Nara estaba a su lado.

—Recoge tus cosas, por favor —le pedí.

—Ren, ¿qué haces?

—Por favor, Jisoo, recoge tus cosas y esperadme en el coche —le rogué en un susurro, mientras le ponía las llaves del vehículo en la mano.

Ella apretó los labios y dio media vuelta.

Esperé a que se alejara y me centré de nuevo en Matt y nuestra conversación interrumpida. Tamborileé sobre la mesa con los dedos y después me miré los nudillos, callosos por los deportes de contacto que practicaba.

—¿Listo para escuchar? —le pregunté. La nuez de su garganta se movió de forma exagerada al tragar—. Jisoo es lo mejor que le ha pasado a tu vida y si has sido tan imbécil como para no haberte dado cuenta y dejar que se fuera, te jodes y aceptas como una persona sensata y consecuente con sus actos que la has cagado. No actúes como un gilipollas que necesita acosar y asustar a la persona con la que ha salido durante dos años solo para curarse el orgullo. Eso solo te convierte en un mierda. Así que dime, Matt, ¿debo seguir preocupándome por Jisoo?

Se lamió los labios y su pecho se llenó a trompicones, como si sus pulmones no pudieran retener el aire.

—No.

—¿Qué?

—No —respondió con más firmeza.

—¿Estás seguro? Porque si vuelvo a verte a menos de quinientos metros de donde ella se encuentre, la próxima conversación que tú y yo mantengamos no será tan amable como esta —murmuré por lo bajo, con mis ojos clavados en los suyos. Él asintió, blanco como la pared—. ¿Sí... qué?

—Sí, estoy seguro de que no necesitas preocuparte por ella.

Sacudí la cabeza y me puse en pie. Lo miré fijamente desde arriba. No era más que un niño mimado y egoísta, acostumbrado a ser el centro de atención y a salirse siempre con la suya. Que no sabía perder ni soportar la frustración.

También era un cobarde, al que no se le pasaba por la cabeza que sus actos tenían consecuencias en los demás. Efectos y secuelas que podían cambiarte y anidar en tu interior para siempre. Como termitas en un mueble de madera. No te das cuenta de que están hasta que se desmorona convertido en serrín.

—No tienes ni idea de lo que es que otra persona te obligue a vivir mirando continuamente a tu espalda. Si lo supieras, no habrías hecho que Jisoo lo sufriera durante meses. Piensa en ello, Matt, no me gustaría tener que enseñarte lo que se siente.

Y sin más que decir, di media vuelta y me marché de allí.

25
Jisoo

—Si esperas que me disculpe, olvídalo. He hecho lo que debía contándoselo a Ren —dijo Nara desde el asiento trasero del coche.

Yo me encontraba en el asiento del copiloto y me giré para mirarla.

—¿Que has hecho lo que debías? —la cuestioné en tono sarcástico.

—Sí, y siento mucho que a ti te parezca lo contrario. Prefiero que estés enfadada conmigo a seguir viéndote cada día más asustada y paranoica —afirmó muy segura.

—No exageres, solo me pone algo nerviosa.

—¡Y un cuerno, Jisoo! —Coló la cabeza entre los dos asientos y me miró—. ¿Y si Matt llegara a hacerte daño? No podemos estar seguras de que no lo hará. ¿Cómo crees que me sentiría después por haberme quedado de brazos cruzados? Banderas rojas, Jisoo. No se ignoran las banderas rojas.

Suspiré y dejé caer la cabeza hacia atrás mientras cerraba los ojos. Sabía que mi amiga tenía razón, y si la situación hubiera sido a la inversa, yo habría actuado del mismo modo que ella y, probablemente, mucho antes. No estaba enfadada con Nara, aunque pudiera parecerlo.

Estaba preocupada porque, de todas las personas a las que podría haber recurrido, lo había buscado a él. Ren ya tenía muchos problemas como para meterse en más por mi culpa. Así que también tenía miedo. Estaba asustada por si la situación se le acababa yendo de las manos y volvía a meterse en otra pelea. Por las consecuencias que podría acarrearle si le hacía daño a alguien o se lo hacían a él. Por Emily.

Abrí los ojos y miré a través de la ventanilla. Pegué un respingo al ver a Ren cruzando la calle. Lo observé mientras rodeaba el coche y subía tras el volante. No me dijo nada, solo estiró el brazo con la palma de la mano hacia arriba y yo me limité a devolverle las llaves y esperar a que se manifestara de algún modo.

Miró a Nara a través del espejo retrovisor.

—¿Quieres que te lleve de vuelta a la facultad?

—A casa, si no te importa. Mi última clase estará a punto de terminar.

Ren asintió con la cabeza y se puso en marcha.

Nadie abrió la boca en lo que duró el trayecto a nuestro barrio, Brixton. La casa de Nara se encontraba muy cerca del ayuntamiento, sobre la tienda de velas, aceites y jabones aromáticos de la que era dueña su abuela. Desde la acera, Nara nos despidió con la mano y Ren se incorporó de nuevo al tráfico. Poco después, nos deteníamos en un semáforo. Lo observé mientras él revisaba algo en su teléfono y escribía un mensaje. Luego lo dejó en el salpicadero y reanudó la marcha.

Me mordisqueé el labio, nerviosa. Hasta que me arranqué un pellejito y noté el sabor de la sangre en la punta de la lengua. Nos dirigíamos hacia el este, así que supuse que me llevaba a casa. Volví a mirarlo. ¿De verdad no iba a decir nada?

Bajé un poco la ventanilla, y la subí deprisa cuando el

aire entró en el interior como un torbellino y me revolvió el pelo.

Ren suspiró y yo perdí la paciencia.

—¿No vas a regañarme?

—No —respondió tranquilo.

—¿No estás enfadado?

—No.

—¿Ni siquiera un poco?

—Contigo no.

Me costaba creerlo.

—¿De verdad?

Giró la cabeza y me miró por primera vez. Una pequeña sonrisa se insinuaba en sus labios.

—Si tan importante es para ti, puedo cabrearme.

Le sostuve la mirada y percibí diversión en sus ojos.

—No, estamos bien así.

—Aunque me gustaría que, cuando tuvieses un problema, vinieras a contármelo. —Hizo una pequeña pausa, mientras cambiaba de carril para girar en un cruce—. Y cuando alguien te pida que te alejes de mí, sea quien sea, me preguntes primero qué me parece.

El corazón me dio un vuelco y tragué saliva.

—¿Nara también te ha contado eso?

Susurró un sí y yo me hundí en el asiento.

Abrí la boca para rogarle que no discutiera con Emily por ese motivo, cuando vi que pasaba de largo nuestra calle y continuaba conduciendo.

—Oye, que te has pasado la calle.

—No vamos a casa.

—Entonces, ¿adónde?

—¿Cuándo fue la última vez que tú y yo hicimos algo juntos? —me preguntó a su vez.

—Hará cinco años. Me llevaste al Kimber Skatepark a

montar en monopatín. Ibas en plan maestro Jedi, pero resultó que se me daba mucho mejor que a ti —respondí sin necesidad de pensar en ello.

Ren ladeó la cabeza y me miró con una mezcla de sorpresa y culpabilidad.

—¿Tanto tiempo ha pasado?

—Sí —respondí un poco más seria, e insistí—: ¿Puedes decirme adónde vamos, Ren?

—No lo sé, solo quiero pasar un rato contigo.

Su respuesta me hizo cosquillas en la tripa y aparté mis ojos de los suyos para contemplar la calle.

—¿No tienes trabajo en el estudio?

Se le escapó una risita cansada.

—Tengo muchísimo, pero prefiero hacer esto.

Me miró de arriba abajo, fijándose en mi ropa y calzado: unos vaqueros anchos y rotos, una camisa azul con las mangas enrolladas hasta los codos y unas zapatillas negras con la puntera blanca. Después hizo un leve gesto de aprobación y aceleró para cambiar de sentido y dirigirse al oeste.

Me costaba entender qué estábamos haciendo exactamente, pero sí acertaba a vislumbrar las razones por las que Ren podía comportarse de ese modo. Me recogí el pelo tras las orejas y giré mi cuerpo hacia él.

—Escucha, Ren, tengo la sensación de que estás intentando compensarme por algo y desde ya te digo que no es necesario. De hecho, creo que lo mejor es que des media vuelta y me lleves a casa. No quiero que discutas con Emily por mi culpa, ni que ella me odie aún más si se entera de que estás aquí conmigo. Te prometo que, si vuelvo a tener un problema, serás el primero al que se lo cuente. Lo juro —lo solté todo casi sin respirar.

Ren suspiró y después murmuró:

—No puedo creer que ella te pidiera que te alejaras.

—No la culpes, ¿vale? En realidad, fui yo la que se ofreció a mantener las distancias —le confesé. Sus ojos se abrieron como platos mientras iban de la carretera a mí y regresaban a la carretera—. Es que ella tenía unas ideas un poco raras en la cabeza y pensé que sería lo mejor para todos, hasta que... Quiero decir que... Ella se imaginaba cosas, creía que yo...

—Que tú me gustabas —terminó de decir él. Bajé la ventanilla para aliviar el calor que se concentraba en mis mejillas. Entonces, añadió—: ¡Es tan absurdo que no sé cómo se atrevió a pensarlo! Pero ¿en qué cabeza cabe algo así? ¿Gustarme tú? ¡Por Dios!

Su vehemencia hirió un tanto mi orgullo. Tampoco era para que se pusiera de ese modo, ni que yo fuese un orco. Tragué saliva, convenciéndome a mí misma de que esa no era la razón, sino la relación que nos unía. Sin embargo, aunque nos hacíamos llamar hermanos y nos tratábamos como tales, ¡no lo éramos! Vamos, que podría pensar que era guapa sin estar cometiendo un delito o reaccionar como si hubiera encontrado un bicho asqueroso en su comida.

Aparté esas ideas de mi cabeza.

—Lo sé, intenté explicarle que era una locura. Los celos son irracionales, seguro que se le acaba pasando.

Ren giró la cabeza y me miró.

—Emily y yo ya no estamos juntos, Jisoo. Rompimos el mismo día que fuimos al parque temático.

Sentí como si un rayo me atravesara de arriba abajo. Me quedé tan perpleja que no era capaz de moverme.

—¡¿Y me lo dices ahora?!

—No es que hayamos tenido muchas ocasiones. Y no sabía lo que estaba pasando.

—Eso son excusas, Ren. Cuando rompes con tu novia, con la que llevas saliendo cuatro años, lo primero que haces es contárselo a tu familia.

—Buscaba el momento oportuno.

—¿Y has tardado tres meses en encontrarlo?

—Oye, ¡que cada uno tiene su ritmo!

Puse los ojos en blanco y me hundí en el asiento con los brazos alrededor de mi cintura.

—Me perdí la fiesta de Jun por tu culpa.

—Pensaba que no fuiste porque tenías clase —comentó sorprendido.

Le lancé cuchillos a través de los ojos.

—No quería respirar el mismo aire que Emily y tú, y al parecer ni siquiera vosotros lo compartíais entonces —murmuré enfurruñada.

Él se echó a reír, cosa que me molestó bastante, y le di un manotazo en el brazo.

Me miró alucinado.

—¡Eh, un respeto por los mayores!

—Pues no te comportes como un crío.

—Mira quién vino a hablar.

—¡Es tan difícil soportarte!

Ren me observó contento; y yo ladeé la cabeza para que no viera la sonrisa que tiraba de mis labios.

Atravesamos una zona residencial y, al llegar a una rotonda, giramos a la izquierda por una calle que discurría paralela a un río. Aparcamos en ese mismo lugar. Salí del coche y miré a mi alrededor.

—¿Dónde estamos? —pregunté.

—¿No te acuerdas?

—¡No! —me reí al ver el mohín travieso con el que arrugó la nariz.

—Ven, ya lo verás.

Caminamos en dirección a la rotonda que habíamos dejado atrás. Cruzamos el río y entonces pude divisar una gran zona verde. Pegado a la carretera, tras una valla de barrotes de metal pintados de muchos colores, atisbé un edificio cuadrado que reconocí de inmediato. La tienda del Kimber Skatepark, un parque de metal y hormigón donde la gente solía ir a patinar. Tenía rampas inclinadas, semicirculares y rieles. Si te gustaba deslizarte en patines y subirte a un monopatín, aquel era uno de los mejores sitios a los que podías acudir.

—¡¿En serio me has traído aquí?! —exclamé.

Ren me sonrió por encima de su hombro.

—Es que no recuerdo que fueses mejor que yo.

—Pues lo era.

Alzó las cejas y me guiñó un ojo.

—No me vale con que lo digas, quiero que me lo demuestres.

Me detuve a medio camino entre la valla y el edificio.

—No pienso hacerlo, Ren.

—Entonces di que no eres mejor que yo.

—Soy mejor que tú.

—Y si estás tan segura, ¿por qué tienes miedo?

—¿Perdona? Yo no tengo miedo, simplemente no necesito demostrarte nada.

Me miró de arriba abajo con suficiencia y me dedicó una sonrisita burlona.

Pasó por mi lado de vuelta a la carretera.

—Ya, seguro —me susurró al oído.

Su aliento me golpeó el cuello y me estremecí. Noté calor en el estómago y una chispa prendió en mi pecho. Apreté los dientes y los puños. ¡Me sacaba de mis casillas!

—Vale, hagámoslo.

—Ese es el espíritu.

26
Ren

—Vamos, Ren, sigo esperando —canturreó Jisoo.

Subida al monopatín con ambos pies, se deslizaba de un lado a otro de la rampa con las manos en los bolsillos delanteros del pantalón. En ese momento, era la viva imagen de la arrogancia. Tan presumida y altiva.

Frente a ella, yo me deslizaba en sentido contrario en otro monopatín y, cuando coincidíamos en el centro, nos retábamos con la mirada. Entorné los párpados y miré de reojo a los dos chavales que nos observaban sentados en el borde de la rampa. No tendrían más de doce o trece años y llevaban un buen rato allí, espectadores de nuestra competición.

—Ren, solo tienes que admitirlo —insistió ella.

—¿Porque lo dicen esos dos? Yo no me fío mucho de su criterio —resoplé.

—¡Eh! —saltó uno de los chicos—. Hasta un ciego vería que ella es buena y tú, un manta.

Eso me dolió.

—Si tuviera que elegir solo a uno de los dos, me quedaría con ella sin pensar —dijo el otro.

Le dediqué una sonrisita burlona y traté de picarlo.

—Eso lo dices porque es una chica y es guapa.

—Es guapa, y mucho mejor que tú. ¡Ha ganado ella!

Jisoo se echó a reír y yo puse los ojos en blanco antes de mirarla. Tenía el pelo revuelto y la cara roja por el sol y el ejercicio. Se había quitado la camisa, bajo la que llevaba un top de tirantes que dejaba a la vista su ombligo, con una ligera mancha de humedad en la zona del escote. No recordaba haberla visto nunca con tan poca ropa. Ni cuándo dejó de parecer un palo de escoba. Y yo actuaba raro cuando la miraba, porque la única parte de su cuerpo con la que no me sentía incómodo era de rodillas hacia abajo, y mirarle tanto los pies empezaba a ser extraño.

Arrugué el rostro, pero no pude evitar sonreír cuando nuestros ojos se encontraron. Me encogí de hombros y alcé los brazos con un gesto de derrota.

—De acuerdo, lo admito. Kang Jisoo, eres mucho mejor que yo en el *skate*.

—¡Sííííí! —saltó al suelo y comenzó a hacer un bailecito ridículo. La risa me salió sola. De pronto, se palpó los bolsillos traseros y sacó su teléfono—. Espera, necesito inmortalizar este momento.

—Venga ya, eso es regodearse —protesté.

Empecé a alejarme, pero ella me agarró por la muñeca. Clavó los pies en el suelo y trató de frenarme. Sin embargo, era una espiga y pesaba veinte kilos menos que yo, por lo que no me costó ningún esfuerzo continuar avanzando.

Me soltó, y lo siguiente que noté fue su cuerpo encaramándose a mi espalda como había hecho miles de veces cuando era pequeña. Se abrazó a mi cuello y me rodeó la cintura con las piernas. Tosí, me estaba ahogando.

—Vamos, Ren, me merezco esta foto —lloriqueó con su mejilla pegada a la mía.

Me detuve y suspiré mientras la miraba de reojo. Era imposible negarle nada.

—Vale, haz la maldita foto.

—¡Sí! —Pensé que se bajaría, pero se quedó allí, subida a caballito. Estiró el brazo y colocó el teléfono frente a mi nariz—. Espera un momento.

Con el pulgar abrió la cámara, la giró y su rostro y el mío aparecieron en la pantalla. Dibujó una gran sonrisa y apretó su cara contra la mía para caber en el encuadre. La piel le olía a algo cítrico y el pelo, a fresa. Y cuando ese olor penetró en mi nariz, mi estómago se agitó con una sacudida inesperada. Un tirón que me cortó el aliento.

Jisoo hizo la V de victoria con los dedos.

—¿Listo? —Asentí un poco nervioso y ella pulsó el temporizador—. Ahora di: ¡Jisoo es la mejor!

—Peekabooooo.

Rompió a reír a carcajadas y la foto se disparó.

—Eh, chicos —nos llamó el dueño de la tienda desde la puerta—. Siento mucho cortaros el rollo, pero hace una hora que debería haber cerrado.

—Ya nos vamos.

Le devolvimos los monopatines y las protecciones que habíamos alquilado. Después, tras despedirnos de los dos chavales, regresamos al coche. Contemplé el cielo rematadamente azul a través del parabrisas y bajé la ventanilla. Una brisa templada penetró en el interior.

Jisoo subió los pies al asiento y se abrazó las rodillas. Con la cabeza apoyada en el cristal, miraba las casas, perdida en sus pensamientos mientras unos rayos dorados le acariciaban el rostro y creaban sombras y destellos en su piel. La observé sin pensar que lo hacía y estudié el arco de su mandíbula, mucho más estilizado. Sus mejillas, que en algún momento habían pasado de ser dos mofletes rollizos a unos pómulos marcados, que transformaban sus rasgos en los de alguien diferente, a quien aún trataba de acostumbrarme. La curva de su nariz. La pequeña hendidura sobre sus labios.

—Tengo sed —dijo de repente.

Yo aparté la vista, inquieto. En el salpicadero, el testigo del carburante se había encendido.

—Voy a parar a poner combustible. Puedes comprar algo.

Me desvié hacia una gasolinera.

Mientras yo llenaba el depósito, ella entró en la tienda. A través del cristal, vi que conversaba con el dependiente unos segundos y después se echaba a reír. Era amable y extrovertida. Abierta y cercana hasta con los desconocidos, todo lo opuesto a mí. Éramos tan diferentes. Lo que yo no sabía aún es que los opuestos suelen ser interdependientes y precisan el uno del otro para existir. El día necesita de la noche y las sombras acentúan la luz. No valoraríamos la alegría sin conocer la aflicción. Energías duales que se generan y se consumen mutuamente, como el yin y el yang.

Todo está conectado.

Jisoo regresó con dos botellas de agua y me ofreció una.

Retomamos el viaje en silencio. Ella volvió a hacerse un ovillo en el asiento con los ojos cerrados. En el teléfono puse una lista de música al azar, y *Us* de Clara Mae comenzó a sonar a través de los altavoces del coche. Alargué al brazo para bajar el volumen, pero la mano de ella salió a mi encuentro y me detuvo. Sus dedos apresaron los míos.

—Déjala así, me encanta esta canción.

Tardó unos instantes en soltarme y mi mano se cerró en un puño por reflejo.

Clavé los ojos en la carretera. A mi lado, Jisoo cantaba la canción con los párpados cerrados:

—*I never knew it could feel like the room started spinning. I never knew it could feel like getting high on just feelings. Before*

I was numb, but... Don't know what you've done, no... I never knew it could feel like getting high on just feelings. Feelings of us...

Yo me limité a respirar. Su voz era lo único que había en mi cabeza. Y esa paz se extendió hasta mi pecho y mi estómago. Me relajé en el asiento con ambas manos en el volante. Y en ese instante, quietos dentro de un mundo que no paraba de moverse, me di cuenta del ambiente tan cómodo e íntimo que nos envolvía.

Apagué la música de golpe, tenso. Jisoo abrió los ojos y me observó.

—Ha sido divertido, ¿verdad? —Asentí en respuesta. Ella suspiró—. No me apetece volver a casa.

Y me sorprendí a mí mismo cuando dije:

—No tienes por qué volver, podemos ir a comer algo. Me muero de hambre.

—¿A comer?

—Sí.

—¿Tú y yo?

—Sí.

Su pecho se llenó con una inspiración y arrugó los labios al girarse en el asiento para mirarme.

—Sabes que soy tan pobre como una rata de alcantarilla, ¿verdad?

—¿En serio? Y yo que pensaba que vendías mis regalos por puro capitalismo.

—Y yo que pensaba que no eras nada rencoroso.

Le guiñé un ojo.

—No te preocupes por eso, yo invito —me reí.

—¡Genial! —exclamó. Entonces frunció el ceño otra vez—. ¿No crees que antes debería cambiarme? Tengo una pinta horrible.

—Estás guapa.

—No es cierto, voy toda sudada.

—Estarías guapa hasta con una bolsa en la cabeza.

—Porque así nadie me vería la cara, ¿verdad? —replicó con un tonito arisco.

Mis ojos volaron hasta los suyos.

—¿Qué? ¡No! No lo decía con ese sentido —me reí divertido. Ella me dedicó una mirada asesina y mi risa se transformó en una carcajada—. Quiero decir que estás guapa sin importar lo que hagas o lo que te pongas, en serio.

Jisoo se ruborizó.

—¿Y si me saliera una verruga?

—En ti se vería como un precioso lunar.

—¿Y si me quedara bizca?

—Esa mirada perdida te daría un aire profundo y distante muy atractivo.

Rompió a reír como una loca y sus carcajadas me retumbaron en los oídos. Siempre se expresaba sin ninguna medida. Enfado, curiosidad, llanto, risa... Era como si no pudiera contener las emociones en su interior más de unos pocos segundos y una fuerza invisible las lanzara fuera de su cuerpo.

Continuamos bromeando durante todo el trayecto hasta Kingly Court, en Carnaby Street, una pequeña galería comercial de tres pisos, con un patio abierto rodeado de restaurantes, bares y cafés. Hacía tiempo que quería volver a un restaurante peruano ubicado en el primer piso. Se llamaba Señor Ceviche y tenía la corazonada de que a Jisoo le gustaría.

No me equivoqué.

Sus ojos se abrieron como los de un pequeño búho en cuanto cruzamos la puerta. Sonaba música latina y en el aire flotaban aromas deliciosos que provenían de una cocina abierta, que te permitía ver a los cocineros preparando los platos. La decoración era una mezcla de estilo moderno combinado con grafitis y fotografías en blanco y negro de la vida peruana.

Un camarero nos recibió y nos acompañó a una mesa.

Pedimos un menú degustación y limonada casera.

—Ojalá llevara la cámara conmigo.

La miré, y tuve la impresión de que lo había dicho más para sí misma que para mí. La observé mientras ella recorría con la mirada todo aquel espacio con el anhelo del que ha perdido algo y no logra encontrarlo. Del que lo ha encontrado pero no sabe cómo alcanzarlo.

«Esto es lo único que quiero ser en la vida», fue lo que me dijo con el rostro bañado en lágrimas el día que descubrí su secreto.

De pronto sentí mucha curiosidad y ganas de adentrarme en ese mundo que escondía con tanto celo.

—¿Qué te gusta fotografiar?

Sus ojos se detuvieron en los míos. Una sombra de vulnerabilidad y temor los veló. Solo un instante antes de ver cómo caían sus muros.

—Depende, unos días me gusta fotografiar unas cosas y otros —hizo una pausa y se encogió de hombros—, otras.

—No entiendo ese pensamiento aleatorio.

Se llevó las manos a la cara y se palmeó las mejillas. Exhaló nerviosa.

—A ver cómo lo explico. No... no fotografío lo que tú entiendes por cosas, Ren. Ni siquiera sé lo que voy a fotografiar hasta que lo veo. Cuando salgo con mi cámara, lo que busco son historias, momentos, sentimientos..., y dejo que ellos me encuentren. A veces es una persona, o una parte de ella. Un lugar, un trozo de cielo, un rayo de sol que se cuela a través de una cortina. Lluvia. Una mirada triste. Un zapato abandonado. —Señaló mi frente y sonrió—. Un mechón de pelo que cae con descuido sobre una ceja.

Le devolví la sonrisa.

—¿Y qué ocurre cuando descubres esas cosas?

—Siento que debo capturar el instante y preservarlo. Como si cada uno fuese un trocito de un universo disperso que debo volver a juntar.

—Suena triste y mágico a la vez.

—¡Así es como lo siento, Ren! Triste y mágico, pero también siento amor, nostalgia, temor, calma, confusión, dolor, anhelo, asombro... Algunas ni siquiera las conozco y no sé ponerles nombres, solo... las vivo. —Un amago de risa brotó de su garganta—. Cuando miro a través de la lente, puedo percibir todas esas emociones. Escondidas en los detalles, en pequeñas realidades que solo ves cuando observas. Una fracción de tiempo que consigo detener, antes de que pase y desaparezca.

No podía apartar la vista de ella mientras hablaba. Mis ojos revoloteaban por su cara y, cuanto más me fijaba, menos la reconocía. Bajo esa capa de piel tan fina y familiar que la recubría, habitaba un ser complejo y diferente a todo lo que creía saber sobre ella. Y a esas alturas, de lo único que estaba seguro era de su nombre y poco más.

Crees conocer a alguien mejor que a ti mismo y, de un día para otro, descubres que esa persona no es más que un personaje que te has inventado para que encaje en tu historia según tus necesidades. Que nada es real.

Jisoo tenía vida propia en su propia historia. Y esa sí era de verdad.

Inspiré despacio, darme cuenta me descolocaba. Sus pensamientos lo hacían. Ese mundo que escondía en su interior me parecía fascinante y me intrigaba al mismo tiempo. Demasiado que asimilar.

—Así que haces visible lo invisible. Eso podría considerarse un superpoder —dije.

Ella me miró con ojos brillantes.

—No te burles. Tiene sentido para mí.

—No me burlo, Jisoo. Y aunque no lo creas, has hecho que también tenga sentido para mí. Muchas cosas empiezan a tenerlo.

—¿Como qué?

—Como tú —suspiré.

Parpadeó confundida y una pequeña sonrisa tiró de sus labios.

—¿Yo? ¿Qué significa eso?

El camarero apareció con una bandeja llena de platos, que fue dejando en la mesa.

Inspiré hondo, aliviado por la interrupción.

Expresarme a través de frases nunca había sido lo mío. Mi cabeza siempre estaba llena de ideas y pensamientos, de sueños y pesadillas. Recuerdos. Sonidos. Notas. Música. Y no siempre lograba transformar todo eso en palabras. Casi nunca lo hacía.

27
Jisoo

Era horrible, casi no podía respirar. Me ardía todo. Los ojos, las fosas nasales, la garganta... Hasta mis pulmones parecían respirar fuego.

—¿Seguro que estás bien? —me preguntó Ren.

Asentí, porque tenía la boca ocupada resoplando. Agarré el vaso de limonada y me lo bebí sin respirar. No debí ponerle picante extra al ceviche de pescado.

—¿Quieres que pida otra botella?

Sacudí la cabeza y me sequé el ácido que me escurría por la cara con la servilleta.

Muerto de risa, Ren levantó el brazo para llamar la atención del camarero y pedirle más limonada. Me froté la nariz y traté de recuperar el aliento con profundas inhalaciones.

—¿Por qué me has dejado añadirle más chili? —le reproché.

—Te he dicho que ese plato ya picaba bastante y no me has hecho caso.

—Pues habérmelo impedido.

—¡Como si eso fuese tan fácil! Siempre haces todo lo contrario a lo que te digo.

—Porque eres un mandón.

—Gracias.

—La próxima vez, dime lo contrario de lo que quieras que haga, y así haré justo lo que debo hacer. ¿No sabes nada sobre psicología inversa?

—¡¿Qué?!

Empezó a reír tan fuerte que los clientes que ocupaban las mesas de alrededor se giraron para mirarnos. Algunos comenzaron a sonreír, contagiándose de su ataque descontrolado.

El camarero dejó una jarra en la mesa y Ren se apresuró a llenarme el vaso. Bebí hasta acabarlo, mientras lo asesinaba con la mirada. Empujé mi plato sobre la mesa. Había ingerido tanto líquido que era imposible que pudiera tomar un bocado más de comida sin que me explotara el estómago.

Apreté las piernas bajo la mesa, lo que sí me iba a explotar era la vejiga.

Fui corriendo al baño y a mi vuelta encontré a Ren hablando por teléfono.

Me observó con una sonrisa mientras me sentaba. Colgó poco después y se inclinó hacia mí con los codos en la mesa.

—¿Quieres ir a un concierto? —me preguntó.

—¿Ahora?

—Sí. El grupo de un amigo toca esta noche en un pub en Camden. Hablaba con él. ¿Conoces el Camden Assembly?

—Sí, todo el mundo lo conoce. Aunque nunca lo he visitado.

—Está bien para pasar el rato.

—¿Tú quieres ir?

—Solo si tú quieres, Jisoo. Sé que mañana tienes clase y pasado mañana es tu último examen. Eso es más importante que cualquier otra cosa.

Lo medité. Una parte de mí, la responsable, pensaba que debía volver a casa y ponerme a estudiar, por muy preparada que estuviese ya. Otra, esa que solía reprimir demasiado, me rogaba que me olvidara de todo por una noche y aprovechara el momento. Casi con toda seguridad, algo así no se repetiría. No con Ren. Aun estando sentada a esa mesa con él, la situación me parecía irreal. Quizás por ese motivo la estaba viviendo como si fuese mi último día en la tierra, y no quería que terminara jamás.

—De acuerdo, vamos —acepté.

—¿De verdad?

Me hizo gracia que se mostrara incluso más emocionado que yo.

—¡Sí!

Mientras Ren pagaba la cuenta, yo no me pude resistir a hacer unas cuantas fotos del local con mi teléfono. Quería guardar todos los recuerdos posibles de ese día. La última se la hice a él, mientras esperaba distraído a que el camarero pasara su tarjeta. Giré la pantalla, buscando el encuadre perfecto. Lo acerqué con el zum y contuve el aliento al encontrar otro trocito perdido. Una emoción sin nombre. Una fracción de tiempo que necesitaba detener.

Era curioso, porque hasta ahora solo los había visto a través de mi cámara.

Tragué saliva y solté el aire muy despacio. Pero en ese segundo que tardé en pulsar el disparador, Ren giró la cabeza y me miró.

Clic.

Cuando llegamos al pub, había una cola de gente que rodeaba parte del edificio tras una valla. Sin embargo, Ren fue directamente a la entrada, donde un chico controlaba el acceso al interior del local.

—¡Eh, Andy!

El chico se giró y al toparse con Ren esbozó una sonrisa que le ocupó toda la cara.

—¡Ren, ¿cómo estás?! Han pasado mil años desde la última vez que te vi por aquí.

—Como siempre, hasta arriba de trabajo.

—¿Jun también ha venido?

—Esta noche no. Oye, ¿los chicos del grupo te han dejado un par de entradas?

—Sí, ¿son para ti? —Ren asintió y el tal Andy las sacó de su bolsillo—. Aquí tienes.

—Gracias, tío.

—Pasadlo bien —nos deseó mientras nos abría un pequeño hueco en la valla.

Ren pasó delante, pero se detuvo al cruzar la puerta. Vi que estiraba el cuello, como si buscara algo. Entonces noté su mano envolviendo la mía.

—Hay mucha gente.

Eso fue lo único que dijo antes de abrirse paso entre la marea de personas que abarrotaban la planta baja. Yo bajé la mirada y toda mi atención se centró en ese punto donde mi piel fría desaparecía bajo su piel caliente. En el roce de su pulgar y en mis nudillos. En el cosquilleo que se extendía por mi brazo.

Alcanzamos la barra y me soltó. ¿Puede una mano sentirse huérfana? Os aseguro que sí. La mía lo hizo.

—¿Qué quieres tomar? —me preguntó.

Miré la carta que colgaba en la pared.

—Una cerveza, pero no sé cuál.

—Te aconsejo una Fourpure de barril.

—¡Pues esa!

Mientras Ren hablaba con el camarero, yo me giré para echar un vistazo al local. Todo era muy oscuro, desde el techo al suelo, pasando por las paredes de ladrillo visto, los muebles antiguos y las cortinas verdes que cubrían las ventanas.

Bad Guy de Billie Eilish sonaba por los altavoces y los sonidos graves que salían de ellos rebotaban dentro de mi pecho. Pese a lo claustrofóbico que me parecía todo, había algo en ese ambiente decadente que me gustaba.

—Aquí tienes —dijo Ren por encima de la música.

Cogí la jarra de cerveza que me ofrecía y le di un sorbo. Luego me lamí la espuma de los labios. Levanté la vista y mis ojos tropezaron con los de Ren. Le sonreí, aunque no fue más que un gesto tenso con el que traté de disimular lo nerviosa que me ponía que me mirara con esa fijeza.

No había dejado de hacerlo desde el restaurante y no tenía ni idea de cuál era el motivo. Solo sabía que sus ojos se habían posado en mi cara más veces en la última hora que en los últimos cinco años.

—¿Es cierto que vuelves a Corea dentro de dos semanas? —me preguntó.

—Sí. ¿No lo sabías? —Él negó con la cabeza, muy serio—. En realidad, me voy dentro de cinco días. Ayer cambié el billete de ida.

—¿Por qué has adelantado el viaje?

Abrí la boca un par de veces, sin saber muy bien cómo explicarle todas las fases por las que mi mente pasó hasta que tomé esa decisión. Habían sido muchas. La expresión de Ren cambió a la vez que me observaba, y frunció el ceño.

—Tu plan para librarte de Cara Besugo.

—Te aseguro que dentro de mi cabeza parecía infalible —me justifiqué.

Una sonrisa ladeada tiró de sus labios.

—¿Y cuándo regresarás?

—A finales de agosto, antes de que comience el nuevo curso.

Ren asintió varias veces y paseó la mirada por el local sin fijarse en nada concreto.

Noté una vibración en el bolsillo trasero del pantalón. Saqué el teléfono y vi que tenía un mensaje de Nara. Quería saber si me apetecía salir a tomar un helado. Sabía que era su forma de volver a disculparse por haber llamado a Ren. Grabé un vídeo de diez segundos mostrándole dónde me encontraba y se lo envié con un mensaje:

Jisoo: Estoy en el Camden Assembly. ¿Te lo puedes creer? Mañana te lo cuento todo. Y deja de preocuparte, no estoy enfadada. Te quiero.

—Ya han abierto la puerta, parece que el concierto va a empezar, ¿subimos? —propuso Ren.

Sus dedos rozaron los míos antes de volver a cogerme de la mano con decisión. Me estremecí y estuve segura de que él lo notó, porque su agarre se aflojó un poco. Contuve el aliento mientras subíamos unas escaleras y nos abríamos paso entre la gente para acercarnos al escenario.

Saqué el teléfono e hice unas cuantas fotos. Las estaba revisando cuando la mano de Ren señaló una de las miniaturas en la pantalla.

—¿Puedo ver esa?

La abrí, y aparecieron nuestros rostros sonrientes y muy juntos. Noté que Ren se reía y lo miré de reojo. Después volví a contemplar la foto, fijándome en los detalles, haciendo lo que mejor se me daba: observar. Así fue cómo descubrí que sus ojos no miraban a la cámara, sino a los míos. Que los dedos de mi mano a la altura de su pecho parecían sostener su corazón, en tanto que los suyos rodeaban mi muñeca.

—¿Me dejas que la publique? —le pregunté sin pensar.

—¿Publicarla?

—En mi cuenta de Instagram.

—Como quieras. —Me obligué a ignorar que volvía a observarme fijamente. Él agregó—: ¿Ahí publicas esas fotos de las que me has hablado?

—¡No se me ocurriría! Si mamá llegara a verlas... —Hice un mohín triste con los labios—. Estas no son importantes. Todo el mundo tiene redes sociales, hasta mi hermana, y ella lo sabe.

—No todo el mundo —apuntó él.

Me reí y levanté la barbilla para mirarlo a los ojos.

—Tú eres una falla anómala en Matrix; lo sabes, ¿verdad?

Arrugó la nariz con un gesto muy mono.

—Alguien debe luchar contra las máquinas.

Agité mi teléfono frente a su cara.

—No son el enemigo, Ren.

Acercó su rostro al mío, tan cerca que sentí su aliento en la cara. Tragué saliva, incapaz de apartar mis ojos de los suyos.

—Eso es lo que quieren que pienses.

De repente, las luces se apagaron y la gente comenzó a aplaudir y silbar. Una proyección inició una cuenta atrás desde diez en la pared. Cuando llegó a cero, todos los focos se encendieron de golpe y me cegaron durante unos segundos. Parpadeé hasta aclarar la vista y pude ver a los músicos, que empezaron a tocar un tema pegadizo con mucho ritmo.

Pegué un bote al reconocer a Ryan bajo un gorrito de lana rojo.

Me puse a saltar con los brazos en alto. Pensé que no me vería entre toda aquella gente, pero lo hizo. Abrió mucho los ojos y movió los labios, articulando unas palabras. Me fue imposible entender lo que decía. Estaba demasiado lejos.

Ladeé la cabeza al notar un roce en el lóbulo de la oreja.

—¿Lo conoces? —me preguntó Ren al oído.

Con la música tan alta, era imposible hablarse de otro modo y poder escuchar algo.

—¿Te refieres a Ryan? —Asintió en respuesta—. Nos conocimos en la universidad. Estudia Medicina en Queen Mary. ¿Tú también lo conoces?

—No mucho, pero parece un buen tipo.

Sonreí.

—Lo es. Ryan es un tipo genial, te lo aseguro.

Ren se apartó para mirarme, menos impasible que de costumbre.

Me concentré en el escenario y dejé que me envolvieran la música y el ambiente. Bailé, salté y reí como nunca sin importarme que pudiera parecer ridícula, contagiándome de la atmósfera que creaban las luces y las notas graves que hacían temblar el suelo. Deshaciéndome de la ansiedad y la contención con la que vivía, a través del sudor que se filtraba por los poros de mi piel.

No recordaba cuándo fue la última vez que me divertí tanto, si es que alguna vez lo había hecho, y deseé que esa sensación no desapareciera nunca.

28
Ren

La alarma del teléfono sonó por tercera vez. Abrí los ojos y volví a apagarla, pero en esta ocasión hice el gran esfuerzo de arrastrarme fuera de la cama. Con los ojos medio cerrados, fui a la cocina mientras encadenaba un bostezo con otro. Apenas había dormido tres horas y estaba muerto.

Después de que el concierto acabara, Alan y su grupo habían organizado una fiesta a puerta cerrada en el Camden Assembly para una treintena de personas. No entraba en mis planes quedarme allí hasta tan tarde. Entre el exceso de trabajo y lo mal que solía dormir, a medianoche siempre me transformaba en una cenicienta que solo buscaba perderse entre sábanas limpias y silencio.

Sin embargo, no fui capaz de marcharme al ver el puchero que Jisoo hizo cuando le propuse llevarla a casa. Así que me acomodé paciente en una esquina y dejé que el tiempo transcurriera, bebiendo agua con gas. Mientras tanto, la observé ir de un lado a otro, hablando con todo el mundo, riendo a carcajadas. Perdiéndome poco a poco en la locura contagiosa que desprendía. En las ganas con las que parecía vivir cada segundo. Sintiéndome raro cada vez que la descubría conversando con ese amigo suyo; Ryan, se llamaba.

No soy la persona más avispada ni perceptiva del mundo, pero hasta un ciego se habría dado cuenta de que a ese chico le gustaba Jisoo. La miraba como si no hubiera nadie más en la sala. Se perdía en ella sin darse cuenta de que lo hacía. De un modo inocente, que incluso a mí me resultaba tierno.

Apenas había visto a ese chico tres o cuatro veces antes, por lo que no sabía mucho sobre él. Solo lo que Alan y el resto del grupo contaban, y todo apuntaba a que era un gran tipo. Buen estudiante, amable y responsable. Además, tenía algo que hacía que te cayera bien de inmediato. A mí me había pasado. Por eso no entendía qué había cambiado para que, al pensar en él, me pusiera de mal humor.

Preparé café y me metí en la ducha. Cuando salí con una toalla alrededor de la cintura, toda la casa olía a cafeína como para mantenerme despierto una semana. Entré en el dormitorio y abrí el armario. Me puse unos vaqueros holgados, una camiseta a rayas y unas botas de lona. Siempre he preferido la comodidad a verme bien delante de un espejo.

Llené de café un vaso con tapa y salí de casa para dirigirme al estudio de sonido que iba a colaborar en nuestro juego, donde tenía una reunión.

Esa mañana, el tráfico era más lento de lo habitual y enseguida me arrepentí de haber cogido el coche en lugar de la moto. Encendí la radio para distraerme. Sonaba *Levitating* de Dua Lipa y comencé a tararearla mientras daba golpecitos con los dedos en el volante marcando el ritmo.

Al girar en una esquina, un destello en el asiento del copiloto me llamó la atención. Era un anillo plateado con un corazón diminuto engarzado. Supuse que se le debió de caer a Jisoo. Excepto Jun, nadie más había subido a mi coche en meses salvo ella. Me lo puse en el meñique de la mano izquierda para no perderlo.

Dos horas más tarde, ya de camino a mi oficina, el tráfico no había mejorado nada. Al contrario. Parado ante un semáforo, abrí la guantera y saqué mi gorra y las gafas de sol. Al levantar la vista, mis ojos tropezaron con el escaparate de una tienda de cámaras fotográficas.

Noté un tirón.

Un impulso por el que me dejé llevar sin pensar demasiado en lo que hacía.

Y acabé con una Canon EOS 5D y un par de objetivos en el maletero del coche, envuelto todo para regalo.

Nada más llegar al estudio, me derrumbé en mi silla y encendí el ordenador. Jun me miró desde su mesa y se quitó los auriculares.

—Ayer no viniste a la cena.

—Ya te avisé de que tenía trabajo en el estudio de casa.

—Cierto, dijiste algo sobre una maqueta musical —convino.

—Estoy ayudando a Alan con la producción de unos temas.

Jun se puso de pie y vino hasta mi mesa. Se sentó en la esquina con su teléfono en la mano, al que no dejaba de dar vueltas.

—¿Y qué, avanzaste mucho en esos temas?

—Bastante, la verdad —respondí mientras abrí el programa de audio para empezar a trabajar—. La cena me habría retrasado.

De pronto, la mano de Jun apareció delante de mi cara y me mostró la pantalla de su teléfono. Me quedé de piedra al ver la foto que Jisoo había tomado de nosotros dos. Deslizó el dedo y mostró otra en la que se me veía en el restaurante donde cenamos. Y otra más en la fiesta tras el concierto. Ni siquiera me percaté de que hiciera esas dos.

—Serás mentiroso —farfulló Jun.

—¿Cómo tienes eso? —exclamé.

—Jisoo y yo nos seguimos en Instagram. Las publicó anoche.

—¿Y por qué demonios la sigues tú en sus redes sociales? —le pregunté muy serio.

—¿Acaso no puedo?

—No he dicho eso.

—Pues a mí me lo ha parecido.

Puse los ojos en blanco y le arrebaté el teléfono. Le eché un vistazo sin tener muy claro lo que estaba viendo.

—¿Cómo funciona esto?

—¿De verdad no lo sabes? —me preguntó.

—Te pregunto porque me encanta hablar contigo —le solté en tono mordaz.

Jun sonrió y se agachó a mi lado.

—Es muy sencillo. Cada usuario tiene una cuenta. Esta es la mía, ¿ves?

—No es tu cuenta la que me interesa, Jun.

Me miró con los ojos muy abiertos, y después esbozó una sonrisita condescendiente, que me dieron ganas de borrarle.

—Vale... Esta es la de Jisoo —me indicó—. Aquí están las fotos que ha ido publicando y, si tocas aquí arriba, se abrirán las historias. Estas son las que subió anoche, y sales en casi todas.

Sonreí por el comentario y me mordisqueé el labio. Miré las fotos con detenimiento. Poco a poco, la sonrisa se me fue desdibujando, mientras una sensación extraña se asentaba en mi estómago. Me costaba reconocerme en esas imágenes. Era yo y, al mismo tiempo, no lo era. Tenía la impresión de estar viendo a un extraño con mi cara. Cuando me miraba al espejo, no veía ese brillo en los ojos. Ni mi rostro relajado. Tampoco esa sonrisa, que casi parecía satisfecha.

¿Así me veía ella?

En la última historia aparecía Ryan y la cerré de inmediato.

Le devolví el teléfono a Jun y traté de concentrarme en el trabajo que debía hacer. Algo difícil de conseguir, cuando mi mejor amigo me estudiaba como si intentara descubrir el origen del universo en mi semblante.

—¿Qué? —le pregunté.

Al ver que no respondía, alcé la vista y tropecé con sus ojos. Había cautela en ellos. Se humedeció los labios e inspiró por la nariz. Apartó la mirada un momento, como si tuviera algún dilema interno que no era capaz de resolver.

—Oye, Ren... —empezó a decir, y algo en el tono de su voz me hizo envararme. Un acto reflejo—. Tú y Jisoo... —Tragó saliva. Bajó la vista a su teléfono un segundo y la posó de nuevo en mí—. Lo de anoche... Vosotros... —Entorné los párpados y él sacudió la cabeza. Dejó escapar una risita incómoda, como si se reprendiera a sí mismo—. Olvídalo.

Regresó a su mesa como si nada.

Yo clavé los ojos en mis dedos, tensos sobre el teclado. Me temblaban, y ese estremecimiento se extendía por mis brazos. A través de la mirada de Jun, había percibido un asomo de sus pensamientos. O más bien de sus dudas. Solo permanecieron un momento antes de desvanecerse, pero habían estado ahí.

Y no entendía la razón.

Qué podría haberlas provocado.

¿Jisoo y yo...? ¿Acaso había perdido el juicio?

Si todo se debía a las estúpidas fotos, tenía un problema con su imaginación y veía cosas que no existían. Tampoco había nada de raro en que hubiésemos pasado la tarde juntos. O en cenar en un restaurante. O en asistir a un concierto. Tenía la misma trascendencia que si hubiese hecho todas esas cosas con él.

Resoplé disgustado.

Me negaba a dedicarle un solo ápice de mi energía a ese disparate.

Nunca había mirado a Jisoo de ese modo, y jamás lo haría.

29
Ren

¿Habéis oído hablar de la sugestión? Dicen que es el estado psíquico en el cual una persona experimenta sensaciones o ideas que alguien le sugiere o induce, y se implantan en su mente sin que sea consciente de ello, condicionándolo.

Imagina que alguien se sienta a tu lado y comienza a repetir en voz baja la palabra chocolate.

Chocolate, chocolate, chocolate, chocolate...

Es muy probable que al cabo de un rato tu mente solo piense en bombones, barritas y tabletas de cacao. Blanco, negro o con leche. Y un minuto más tarde, te estás atiborrando de helado de chocolate.

Entonces te preguntas si te lo has comido porque realmente te apetecía o porque esa persona ha sembrado la idea en tu cabeza.

¡No puedes saberlo!

Primero, Emily.

Luego, Jun.

¿Empecé a pensar mucho más en Jisoo influenciado por los comentarios?

¿Fui yo el que comenzó a verla de un modo diferente sin darme cuenta de cómo ocurría?

¿Qué provocó el cambio de rumbo?

Perdí el tiempo tratando de averiguarlo.

Cuando tus pies se separan del suelo y vas a caer, deja de ser importante si has saltado o te han empujado. Se convierte en un detalle sin relevancia.

No cambia la realidad.

Estás cayendo.

No evita el golpe.

Era lunes por la noche y llevaba dos horas tirado en el sofá de casa, mirando fijamente la bolsa que contenía el regalo que le había comprado a Jisoo. Un tic nervioso me hacía sacudir las piernas y revolverme el pelo todo el rato, ansioso.

Había comprado la cámara fotográfica el jueves, con la intención de regalársela a Jisoo al día siguiente, tras su último examen. Me había impresionado tanto oírla hablar sobre lo que sentía cuando hacía fotos, de lo que significaban para ella, que necesitaba demostrarle que la entendía y la apoyaba. Ese regalo era el abrazo que no supe darle aquel día en su habitación.

Sin embargo, el incidente con Jun había hecho que me replanteara si era lo adecuado. Que analizara mi motivación. Lo que podría parecer. Lo que ella pensaría y mil tonterías más que cada vez tenían menos sentido.

Al final, me convencí de que lo mejor era olvidarlo y devolver el regalo.

Que todo continuara como hasta ahora.

Cuatro días después, la cámara seguía en casa y yo solo quería golpearme la cabeza contra la pared para dejar de pensar. No dársela a Jisoo empezaba a parecerme un pensamiento infantil. Ni que fuese el primer regalo que le hacía. Cumpleaños, Navidades, graduaciones... Si lo sumaba todo, podría comprarme una motocicleta nueva. Este solo era uno más, no había nada que lo hiciera diferente.

¿O sí?

Me incliné hacia delante con los codos en las rodillas y me froté la cara con ambas manos. Hice un gesto de dolor al arañarme la mejilla y miré el anillo que había encontrado en el coche. Le di vueltas en mi dedo, cada vez más consciente de que en pocas horas ella tomaría un vuelo a Corea del Sur y no regresaría en dos meses.

No lo pensé más antes de ponerme en pie, meter la bolsa en una mochila y salir de casa como si esta estuviera en llamas.

A esas horas de la noche, el aire se había vuelto más frío y me erizaba la piel. A ambos lados de la carretera, los edificios no eran más que un borrón, envueltos en luces y destellos que iba dejando atrás bajo la visera del casco. Sobre mi cabeza, la luna llena brillaba con tanta intensidad que costaba apartar la mirada.

Me dirigí hacia Farringdon y crucé el río por el puente de Blackfriars en dirección a Lambeth, la ruta más corta a Brixton. Presentarme en casa sin más conllevaba algunos riesgos, por lo que me detuve al final de la calle y le escribí un mensaje a Jisoo.

REN: ¿Puedes salir fuera un momento?

Contestó a los pocos segundos.

JISOO: ¿Fuera? ¿Dónde estás?

REN: Al final de la calle, en dirección al parque.

JISOO: ¿Por qué no vienes a casa?

REN: Mamá no puede enterarse de esto.

Jisoo: Dame un par de minutos.

Inspiré hondo y contemplé el cielo mientras esperaba. Me dediqué a tararear una melodía en mi cabeza para evitar pensar en otras cosas. Poco después, escuché unos pasos rápidos. Bajé la cabeza y vi a Jisoo corriendo hacia mí, envuelta en una chaqueta de punto azul sobre un vestido rojo y blanco.

—¿Qué pasa? —me preguntó sin aliento, mientras sus ojos me recorrían de arriba abajo como si buscaran algo.

—Nada.

—Entonces, ¿a qué viene tanto misterio?

Sonreí al ver su ceño fruncido. Abrí la maleta y saqué el casco.

—Ten, póntelo.

—¿Por qué, adónde vamos?

—Es una sorpresa. Y deja de perder el tiempo, te aseguro que no querrás que mamá se entere de esto. —Resopló, aún sin fiarse, y yo puse los ojos en blanco—. ¡De acuerdo, no te lo pongas! Mejor me voy a casa.

Hice el ademán de volver a guardarlo, pero Jisoo me lo arrebató de la mano. Me mordí el labio para no reírme y me puse mi casco. Después me quité la mochila de la espalda y me la colgué delante. Jisoo me miraba fijamente.

—Agárrate —le pedí cuando subió detrás.

Noté sus manos en mis caderas, vacilantes y algo flojas. Como si no estuviera muy segura de cómo y dónde colocarlas. Le cogí las muñecas y me rodeé con sus brazos la cintura.

Ignoré el estremecimiento que me recorrió.

—Pues funciona —dije.

—¿El qué?

—Pedirte lo contrario a lo que quiero que hagas.

Me pegó un pellizco y vi las estrellas.

—Ya puedes decirme adónde vamos o te daré otro.

—¡Vale! He pensado ir a Pop Brixton.

—¿Desde cuándo te gusta el ambiente hípster? —se burló.

—No lo he elegido por mí.

Me dio otro pellizco, más fuerte que el anterior.

Pop Brixton era un espacio comunitario que se encontraba a menos de una milla de nuestra casa, donde había puestos de comida con terrazas, pequeños restaurantes, cafeterías y tiendas. Era un lugar ideal para las noches de verano.

Compramos unos helados y buscamos un sitio tranquilo donde sentarnos. Descubrimos una mesa al aire libre, entre unas palmeras plantadas en bidones de metal, de las que colgaban guirnaldas de luces.

Jisoo y yo nos miramos, algo tensos, y sonreímos a la vez.

—¿Qué tal te fue el examen? —me interesé.

—Bien —respondió. Ladeó un poco la cabeza—. ¿Por qué no viniste ayer a la comida? Todos te echamos en falta.

—El trabajo, ya sabes... —mentí.

—Por supuesto, el trabajo. —Me regaló una sonrisa y puso las manos sobre la mesa. Llevaba las mangas tan largas que solo se le veían las puntas de los dedos—. ¿Puedes contarme ya qué hacemos aquí y por qué mamá no debe saberlo? Sé que puedo parecer tranquila, pero te aseguro que estoy a punto de sufrir un ataque.

Me reí, no pude evitarlo. Jisoo nunca había sido muy paciente y sí muy curiosa. Cogí mi mochila y saqué la bolsa de su interior. La puse sobre la mesa y la empujé hacia ella.

—Es para ti.

Me miró con los ojos muy abiertos.

—¿Qué es?

—Averígualo.

La vi contener el aliento mientras se asomaba a la bolsa y

sacaba un paquete con un lazo. Se le dilataron las pupilas al levantar la vista hacia mí. Con un gesto, la animé a que lo abriera. No tuve que insistirle. Arrancó el lazo y con ambas manos rasgó el papel de un tirón, dejando a la vista una mochila fotográfica, pequeña y compacta.

Se le escapó un suspiro entrecortado. Tiró de la cremallera y levantó la tapa.

—¿Estás de broma?

—No —respondí.

Me miró completamente pálida y sacudió la cabeza, como si algo le molestara. De repente, empujó la mochila hacia mí.

—¡No puedo aceptarla!

—¿Cómo que no puedes aceptarla?

—Ren, es demasiado.

—Es justo lo que necesitas. El tipo de la tienda me dijo que vas a poder hacer cosas increíbles con ella.

—Lo sé, es maravillosa, pero... no.

Alcé las cejas, sorprendido a la par que contrariado.

—¡No puedes rechazarla! Si supieras por todo lo que he pasado estos días hasta venir aquí y darte esto —mascullé mientras volvía a empujar la mochila hacia ella.

Jisoo parpadeó confusa.

—¿Qué quieres decir con eso?

—Nada. Cosas mías.

—Ren...

Me incliné hacia delante y la miré a los ojos. Hice un puchero.

—Por favor, por favor, por favor... —gimoteé. Alargué la mano izquierda hacia ella y rocé sus dedos con los míos—. Acéptala. ¡Un regalo de cumpleaños adelantado!

Ella bajó la mirada y guardó silencio durante lo que me pareció una eternidad. Poco a poco, sus labios se curvaron en una sonrisita tímida.

—Vale, si me lo pides así.

Le devolví la sonrisa.

—Vamos, échale un vistazo.

Ella se apresuró a sacar la cámara y la revisó desde todos los ángulos posibles. En ningún momento dejó de sonreír, ni de parlotear sobre cada una de las cualidades que poseía ese trasto. Me contó que seguía el blog de un fotógrafo muy famoso, que tenía una cámara igual que esa, y que podría aprender mucho con sus tutoriales. Yo la escuchaba en silencio, asintiendo de vez en cuando o dándole la razón con algún sonido, mientras se me pasaban por la cabeza cosas como que su sonrisa era tan grande y luminosa que podría verse desde la luna.

Cerca de las once, la llevé de vuelta a casa. Me detuve en el mismo lugar donde la había recogido. Sostuve su mano y la ayudé a bajar. Nos quedamos inmóviles el uno frente al otro, como si de repente ninguno supiera qué decir. A nuestro alrededor solo se oía el rumor de los árboles del parque agitados por la brisa, y unos perros que ladraban en algún patio cercano.

—¿A qué hora sale tu vuelo? —pregunté.

—A las nueve.

Asentí y me mordisqueé el labio inferior. Entonces, me acordé de algo. Alcé la mano para que pudiera verla y señalé el anillo.

—Lo encontré en el asiento. Ten.

Hice el ademán de quitármelo, pero ella me detuvo sujetando mi muñeca.

—Guárdamelo, ¿vale? Me está un poco grande y no dejo de perderlo.

—Vale.

—Así cabe la posibilidad de que te acuerdes de mí y decidas llamarme o escribirme mientras estoy fuera.

Sonreí y aparté la vista un segundo.

—¿Eso ha sido un reproche?

—Estuve ocho meses en Corea y no me llamaste ni una sola vez, Ren. Un mensaje el día de mi cumpleaños y otro en Año Nuevo, eso fue todo.

La sonrisa se borró poco a poco de mis labios mientras recorría su cara. Me sorprendió, y no para bien, darme cuenta del escaso contacto que habíamos tenido todo ese tiempo atrás.

—Le preguntaba a mamá, ella me lo contaba todo —comenté. Fruncí el ceño y añadí—: Fue bastante explícita con los síntomas de la gastroenteritis que pasaste en Navidad.

—No es lo mismo.

Tragué saliva.

—Tú también podrías haberme llamado.

—Supongo que sí, pero siempre parece que estás muy ocupado.

—No para ti.

Jisoo sacudió la cabeza con una risita y se fijó en sus zapatillas. A mí se me aceleró el corazón. ¿Eso también era por la sugestión? Me pasé la mano por la nuca y nos miramos a los ojos. El instante se alargó, hasta que ella dio un paso atrás y comenzó a alejarse de espaldas.

—Debería volver.

—Vale. —Señalé la mochila que colgaba de su mano—. Asegúrate de que mamá no descubra eso por ahora.

—Tendré cuidado. Se disgustaría si cree que he vuelto a las andadas.

Alcé la mano a modo de despedida y ella me imitó. Luego giró sobre sus talones y echó a andar. Yo no me moví. De repente, Jisoo se dio la vuelta y vino corriendo hacia mí. Su cuerpo chocó contra el mío y me rodeó el torso con los brazos. Hundió la mejilla en mi pecho.

—Cuídate mucho, ¿vale? Y no te metas en líos.

Me temblaban la respiración y las manos cuando las levanté despacio y las puse en su espalda. La abracé, al tiempo que apoyaba la barbilla en su cabeza y miraba al cielo, pensando que aquel abrazo era tan natural como respirar. Un gesto íntimo. Un momento que podría transformarse en algo más. Lo sentí en sus latidos, que parecían fundirse con los míos.

Y con toda mi alma, me alegré de que fuera a marcharse.

30
Jisoo

Mis abuelos vivían en un pueblo de pescadores, a los pies de una colina rodeada de bosque en el distrito de Gijang, en Busan. Siempre había sido un sitio tranquilo, incluso aburrido, en el que nunca pasaba nada. El evento más importante que se celebraba en sus calles era el Festival de la Anchoa, que se llevaba a cabo todos los años a finales de abril.

La economía de las familias del lugar, incluida la del abuelo Dong, se sustentaba en la pesca de estos peces, junto con la de marisco. Sin embargo, eso había cambiado unos años atrás. El turismo había irrumpido como un tsunami en sus vidas, después de que el pueblo se transformara en el escenario del rodaje de una serie de televisión, que acabó convirtiéndose en un éxito en Corea del Sur y Japón.

Ahora venía gente de todas partes para visitar las localizaciones y ver de primera mano los lugares en que se filmó. La afluencia de fans había hecho que proliferaran las tiendas y los cafés, los restaurantes y los hoteles. Los puestos de pescado se habían multiplicado en el puerto y en verano era casi imposible moverse por el mercado.

Uno de esos escenarios había sido la tienda de ultramarinos de mis abuelos. La productora la transformó en una tienda de conveniencia con un pequeño café, donde trabajaba el protagonista y se desarrollaban gran parte de las escenas. Y así permaneció cuando la serie finalizó, hecho que cambió la vida de mis abuelos. Él pudo dejar la pesca y cuidar de su artritis; y ella, pasar más tiempo en casa, al contratar a un par de empleados para que se ocuparan de todo.

Ahora disfrutaban de un merecido descanso y podían realizar esas actividades que siempre habían deseado, como cultivar un huerto, cocinar, pasear sin prisas. Estar juntos.

Mis veranos en el pueblo también habían mejorado mucho desde entonces. Salvo por las mañanas en las que la abuela Min me hacía madrugar para que la acompañara al puerto a comprar pescado fresco.

Mientras ella recorría los puestos, yo me dedicaba a hacer fotos. Me gustaba ver arribar a los barcos y cómo descargaban el pescado. Cotillear en la subasta que tenía lugar después. Observar a la gente que iba y venía. Los regateos entre vendedores y clientes en los puestos del mercado.

—Jisoo.

Me giré al escuchar la voz de la abuela. Venía hacia mí con un montón de bolsas y me apresuré a guardar la cámara para ayudarla.

—Deja, yo las llevaré. —Ella me dedicó una sonrisa de agradecimiento—. ¡Vaya, pesan mucho! ¿Qué has comprado?

—Hoy he conseguido abulón a muy buen precio, para cocinar *jeonbokjuk*.

—Me encanta el *jeonbokjuk*.

—Lo sé, ¿para quién crees que voy a prepararlo? También he comprado calamares y anchoas. ¡Ah, y un rape! Quiero dárselo a Seon Ah para agradecerle las sandías que nos regaló la semana pasada.

—Por cómo pesa, yo diría que es un tiburón.

La abuela se echó a reír y me miró con afecto.

Sin prisa, dejamos atrás el puerto y el mercado, y nos dirigimos a casa.

—¿Qué vas a hacer hoy? —me preguntó.

—Creo que cogeré el autobús hasta Orangdae.

—No me gusta que viajes sola.

—No me pasará nada.

La abuela suspiró y se apoyó en mi brazo para subir una calle algo empinada.

—¿Vas a hacer fotos?

—Sí —respondí, y la miré con una sonrisa.

—Las que me enseñaste ayer eran muy bonitas. Tienes corazón de artista, como tu madre.

—Hasta que se lo arrancó —murmuré para mí con un atisbo de resentimiento.

—Eso ha sido muy cruel, Jisoo —me reprendió.

Bajé la mirada, avergonzada.

—Lo siento.

—Trata de comprenderla y confía en que algún día ella te entenderá a ti.

—¿Y cuándo será eso, abuela? Sabes que nunca lo hará. No lo acepta ni como un pasatiempo. Se moriría del disgusto si supiera que sigo haciendo fotos.

—Se relajará cuando te gradúes y comiences a trabajar.

—Ni siquiera entonces lo hará, abuela. Siempre temerá que pueda abandonarlo todo para seguir este sueño y está convencida de que no ocurrirá si me lo quita. Sin tentación, no hay tropiezo. Es lo que dice ella.

—Pensaba que con el tiempo lo superaría, pero ya veo que no.

—Es injusto que yo deba pagar por sus sueños rotos.

—Sufrió tanto en aquel momento —repuso triste mi abuela, y señaló mi cámara con un gesto— que en su mente cree que apartándote de ese mundo te está ayudando a evitar justo eso, sufrimiento y desilusión.

—Pero es que no está evitando nada; al contrario, es ella misma la que me hace infeliz.

La abuela sacudió la cabeza y dejó escapar un suspiro de pesar.

—Esta vida está llena de contradicciones, ¿verdad?

Asentí y pensé en mi madre. En su historia. Esa que ella misma había enterrado mucho antes de que yo naciera, pero que desde su agujero continuaba atormentándola y controlando por ende mi vida.

Desde muy pequeña, mi madre había demostrado tener un talento innato para la pintura. En un pueblo donde las familias soñaban con que sus hijos pudieran aspirar a algo mejor que toda una vida pescando, el éxito radicaba en poder entrar en una buena universidad y encontrar un trabajo bien pagado y con futuro en las grandes ciudades. Mis abuelos nunca estuvieron de acuerdo con ese pensamiento, y desde el primer momento apoyaron a mi madre para que desarrollara sus aptitudes.

Con mucho esfuerzo por parte de todos, mamá pudo ingresar en la Facultad de Artes de Busan. Durante su tercer año allí, se organizó una exposición con las obras de varios estudiantes y mi madre fue una de las elegidas. Ya fuera por el destino, o la vida misma que no deja de ser un cúmulo de casualidades, un galerista y mecenas inglés, que visitaba la ciudad, se fijó en sus cuadros. La convenció para que firmara con él un contrato de representación y lo acompañara a Londres.

No salió bien.

Tantas expectativas. Y no se cumplió ninguna.

Así es el arte. Solo unos pocos pueden vivir de lo que crean.

Solo los afortunados brillan y se convierten en estrellas.

Cuando el contrato finalizó, mi madre se encontró sola y sin dinero en una ciudad extraña. Podría haber vuelto a casa, pero la vergüenza por el fracaso no se lo permitió y permaneció en Londres. Hizo de todo para sobrevivir. Fregó platos en restaurantes; cuidó niños; paseó perros. Nunca logró un trabajo de los que se consideran «de verdad», porque nadie quería contratar a una joven inmigrante que solo había estudiado Arte.

Al conocer a mi padre, las cosas comenzaron a mejorar para ella. Juntos montaron un pequeño puesto de comida, que, con el paso del tiempo, trabajo y mucho esfuerzo, pudieron transformar en un restaurante.

Para entonces, el pensamiento de mi madre había cambiado de forma radical. Ahora se asemejaba al de esos padres pescadores de su pueblo natal que soñaban con sacar a sus hijos del mar. Y de acuerdo a esas ideas, planificó mi futuro y el de mi hermana como si de un trabajo de investigación se tratara.

Paso a paso y sin posibilidad de cambios.

Día tras día. Año tras año. Se dejó la piel en el restaurante para allanarnos el camino hacia ese futuro.

Yo supe todo esto más tarde. El día que mi vieja cámara desapareció de mi habitación y fui a pedirle explicaciones. Me lo contó todo. Las cosas que vivió, cómo se sintió. El desengaño y la soledad. Su corazón roto. El hambre y la necesidad.

La pintura no solucionó nada de eso.

Y la fotografía tampoco haría nada por mí, eso fue lo que dijo.

Aquel día, mirándola a los ojos, decidí anteponer sus sueños y acallé los míos, porque mi madre era la persona más importante en mi vida y la quería con locura.

Lo logré durante un tiempo.

Pero hay sueños que son imposibles de silenciar.

Que se niegan a desaparecer y se transforman en secretos.

Secretos que necesitan saciarse.

Y muerden hasta que lo consiguen.

31
Ren

Los días se sucedieron unos detrás de otros envueltos en una tranquila monotonía. Cada mañana iba al gimnasio y después me dirigía al estudio. Trabajaba allí hasta tarde y, al terminar, regresaba directo a casa. Me impuse cierto orden, como ir a comprar a menudo para tener siempre comida en casa. Eso me animó a cocinar y llegó a ser un pasatiempo que me relajaba.

Comencé a dormir mejor.

Dejó de costarme respirar.

Mi mente se tranquilizó.

También ese sentimiento de ira constante.

La irritación que me hacía perder los nervios ante cualquier detalle insignificante.

El tictac.

Un día, mientras rebuscaba en un armario, apareció una foto de Emily. La contemplé durante un rato y me di cuenta de que ya no sentía ansiedad. Se había convertido en una cicatriz.

Inmerso en esa rutina, julio pasó de largo y llegó agosto.

El domingo me desperté tarde. Salté de la cama en cuanto me percaté de la hora y corrí a la ducha. Poco después, volaba en moto en dirección a Brixton. Mamá me recibió pellizcándome las mejillas y preguntándome si había perdido peso desde el domingo anterior.

—¿Te has comido todo el *kimbap* y los *mandu* que te preparé? —se interesó.

—Y el pastel.

—Te cocinaré más para que puedas llevarte a casa. —Asentí agradecido. Se hizo a un lado—. Pasa, Soomin y Yunho ya están aquí. Comeremos enseguida.

Entré en el salón y saludé a Yunho con un gesto vago. Jungsuk apareció a mi espalda y me dio un abrazo.

—¿Cómo ha ido la semana? —me preguntó.

—Lo mismo de siempre.

Me dio unas palmaditas afectuosas en el rostro. Soomin apareció sosteniendo una bandeja con cuencos de arroz y *japchae*, que dejó en la mesa.

—Ren, necesito que mañana vengas a casa sin falta y revises mi ordenador. Cuando trato de abrir el historial de un paciente, se bloquea.

Alcé una ceja y la miré.

—Hola, Soomin, ¿que cómo estoy? ¡Bien!, gracias por preguntar. Y, por favor, no hace falta que te arrodilles para pedir mi ayuda, iré a tu casa encantado —comenté en tono burlón.

Me soltó un manotazo, que esquivé por los pelos.

—Pero ¡mira que eres tonto!

—Y tú, una mandona. ¿Sabes que las cosas se piden por favor?

—No tengo por qué, soy mayor que tú.

—¡Solo dos meses!

—Sigue siendo tu obligación obedecer a tu hermana mayor.

—Creo que renuncio a este parentesco.

—Ah, pero ¿eso se puede hacer? —inquirió Yunho con exagerado interés.

Soomin lo fulminó con la mirada y yo rompí a reír mientras chocaba mi puño con el de su marido.

Todos nos sentamos a la mesa y comimos sin dejar de hablar de esto y aquello; del trabajo de Yunho en el bufete, de las situaciones que vivía Soomin en el hospital, del restaurante de la familia.

—¿Ya lo tenéis todo arreglado para el viaje? —le preguntó mamá a Soomin.

—Sí, volamos pasado mañana.

—¿Se lo has dicho a Jisoo?

Como cada vez que oía su nombre desde que se marchó, mi corazón se saltó un latido.

—¡No! Llegaremos el día de su cumpleaños y queremos que sea una sorpresa. Así que no le digas nada si hablas con ella.

Mamá se cubrió las mejillas con las palmas de las manos.

—Es cierto, he vuelto a olvidarlo.

Yo me metí otro trozo de tarta en la boca y mastiqué despacio. Habían transcurrido seis semanas desde que Jisoo se marchó y, en todo ese tiempo, no había pasado un solo día en el que no pensara en ella, si bien me esforzaba mucho en fingir que no lo hacía. Era más fácil simular que nada ocurría que intentar comprender lo que había cambiado. Y mucho más sencillo reprimir las ganas de hablar con ella que aceptar que la echaba de menos.

—¿Cómo le va? —pregunté como si nada.

—Ayer hablé con ella y parecía muy contenta —respondió mamá.

—Es por ese chico nuevo —apuntó Soomin.

—¡¿Qué chico?! —saltamos mamá y yo a la vez.

Ella nos miró a los dos con los ojos muy abiertos, un tanto perpleja.

—El nuevo empleado que han contratado los abuelos en la tienda. Es del mismo año que Jisoo y se han hecho amigos.

Mamá frunció el ceño, recelosa. Yo también lo estaba.

—¿Cómo de amigos?

Soomin puso los ojos en blanco.

—Mamá, ¡deja de pensar mal! Ni siquiera son cercanos.

—Me preocupo, nada más.

—Deberías confiar en ella.

—¡Confío en ella, hija! —exclamó. Después forzó una sonrisa y añadió—: Aun así, vigílala mientras estéis allí.

Asentí para mí mismo, de acuerdo con esa sugerencia, y corté otro trozo de tarta con el tenedor. Tragué el bocado, pero no así el extraño nudo que se me había formado en la garganta. No sabía qué era esa incomodidad, ni el desasosiego que sentía en el pecho.

Regresé a casa a media tarde.

Tras colocar en la nevera toda la comida que mamá me había preparado, me puse ropa más cómoda y me encerré en el estudio para continuar trabajando en las partituras de la pieza orquestal que estaba componiendo para el nuevo juego.

Al cabo de dos horas, seguía teniendo solo una partitura vacía.

Entrelacé las manos sobre mi cabeza y comencé a dar vueltas en la silla mientras miraba mi teléfono en la mesa. Giré. Y giré. Y continué girando con un único pensamiento en mi mente. Frené en seco y agarré el teléfono. Dos minutos después, había creado una cuenta en Instagram. Solo quería echar un vistazo a la cuenta de Jisoo. Comprobar si publicaba fotos de ese nuevo amigo. Calmar mi curiosidad. Asegurarme de que no era otro besugo. Que ella estaba bien.

Vamos, lo normal.

No recordaba cuál era su nombre de usuario, así que busqué la cuenta de Imugi Games Studios. Desde ahí fue fácil localizar la de Jun y encontrarla a ella entre las personas a las que seguía. El corazón me latía desbocado cuando su perfil se abrió en la pantalla de mi teléfono: Kookie_Ji191310. Bajo su nombre solo había una pequeña descripción, que necesité leer dos veces: «No soy rara. Estoy segura de que existe un mundo donde todo lo que hago es normal».

Rompí a reír.

Le eché un vistazo a su *feed*. Publicaba a menudo. Instantes cotidianos. Momentos con sus abuelos. Amigos a los que yo no conocía. Frente a un espejo. Sacando la lengua. Vestida para una fiesta. Fui bajando en el *feed* y me topé con nuestra foto en Kimber Skatepark. Noté un leve pellizco en el estómago. La abrí y observé nuestros rostros muy juntos. Me zambullí en sus rasgos. En los que podía ver y en esos otros bajo su piel, que comenzaba a percibir. Me fijé en su sonrisa y mis labios imitaron su gesto.

No sé cuánto tiempo estuve perdido entre todas esas imágenes. Conociéndola un poco más. Hasta que encontré una foto en la que se la veía en una playa con un bikini turquesa minúsculo. Una sacudida me recorrió la espalda de arriba abajo y mi cuerpo despertó de sopetón. Un golpe seco bajo las costillas que me dejó sin aire. Caos en mi corazón. Tensión donde no debería haberla. Por ella no.

Aparté la mirada con brusquedad, ya había visto suficiente.

Dejé el teléfono sobre la mesa e inspiré hondo por la nariz.

Me puse de pie, incapaz de permanecer quieto. Fui al salón y abrí la ventana que daba al canal. Asomé medio cuerpo fuera, en busca de un aire que parecía rehuirme.

—Ren, ¿qué demonios estás haciendo? —pensé en voz alta.

32
Jisoo

En cuanto el último cliente abandonó la tienda, corrí de nuevo a sentarme al lado de Namsoo, el chico que mis abuelos habían contratado como refuerzo para ese verano. Apoyé los codos en la mesa y me incliné hacia delante para ver mejor la pantalla de mi portátil.

El estómago se me agitó con un millón de mariposas al ver los avances.

Llevaba un tiempo con la idea de abrir una página web o un blog, y mostrar mis fotos de forma anónima. Ya no me bastaba con capturar todos esos momentos y guardarlos como un tesoro. Un secreto. Una parte de mí necesitaba compartirlos y averiguar qué pensaban otras personas al contemplarlos. Qué sentían.

También quería ponerme a prueba a mí misma. Enfrentarme a las críticas y al hecho de que, quizás, no tenía talento. Después de todo, en la entrevista que hice para la Universidad de Artes de Bournemouth solo vieron mi potencial. Lo que podría hacer en un futuro si me formaba. Sin embargo, había abandonado mucho antes de empezar.

El problema era que no tenía ni idea de cómo crear una página web. Ni dinero para pagarle a otra persona y que la hiciera para mí. Por lo que, deprimida una vez más porque mi vida daba asco, acabé ahogando mis penas con Namsoo en un bar junto a la playa. Allí, entre botellas de soju y cerveza, me contó que existían páginas que proporcionaban plantillas gratis para crear webs y se ofreció a ayudarme.

Esa noche se convirtió en mi nuevo mejor amigo.

—¿Cómo lo llevas? —le pregunté.

—Ya casi está, solo falta que le pongas un nombre a la página para poder publicarla y que comiences a subir fotos —respondió.

—¿Y cómo hago eso?

—Es muy fácil. Pinchas aquí y te desplazas por las opciones hasta «Subir archivos». En esta ventana que se ha abierto buscas la carpeta con tus fotos y dentro solo tienes que elegir una.

—Esa de ahí —señalé con un dedo una de las miniaturas.

—Vale, pues ahora seleccionamos calidad y tamaño, y... aceptamos. ¡Ahí la tienes!

Me quedé embobada mirando la pantalla. No me lo podía creer. Tenía una web y se veía genial.

—Parece de verdad —gimoteé.

Namsoo puso los ojos en blanco.

—Porque es de verdad, boba. Bueno, aún no, primero hay que publicarla. ¿Cómo quieres llamarla?

Me rasqué la nariz, pensativa. No quería apresurarme. Un nombre era algo importante. De pronto, una bombillita se encendió en mi cabeza y me ruboricé sin que pudiera evitarlo. Era tan perfecto. Al menos, lo era para mí. Tenía sentido. Un significado especial.

—Peekaboo. Quiero que se llame Peekaboo.

Namsoo alzó las cejas, un tanto perplejo, y en un tono muy prudente me preguntó:

—¿Estás segura? No parece que tenga mucho que ver con

el contenido de tu página, y la regla número uno del marketing dice...

—No trato de vender nada, Namsoo —lo interrumpí—. Hay una persona a la que quiero mucho, que me llama de ese modo desde que puedo recordar, y tengo el presentimiento de que me va a dar buena suerte.

—De acuerdo, tú mandas. —Sus dedos volaron por el teclado. Se detuvo y, de un modo muy teatral, pulsó la tecla «Enter»—. Pee. Ka. Boo... ¡Hecho! Tú página ya está en la red.

Estaba tan contenta que lo abracé muy fuerte.

—¡Gracias!

—¡Hola! ¿Hay alguien por aquí? ¿Jisoo?

Di un bote en la silla y me giré hacia la entrada. Me puse en pie de un salto. ¡No podía ser! Entonces los vi cruzar la puerta de la tienda.

—¡Soomin, Yunho, ¿qué hacéis aquí?!

—¡Feliz cumpleaños! —corearon al unísono.

Estaba tan sorprendida y emocionada que no pude reprimirme y me eché a llorar. Los abracé con todas mis fuerzas.

—No imagináis lo mucho que me alegro de que hayáis venido.

—Y hemos traído regalos —celebró mi hermana.

Miré las velas un instante. Cerré los ojos y soplé al tiempo que pedía un deseo con los puños apretados. Luego, la abuela se apresuró a cortar y servir la tarta. Mientras, Soomin salía de la habitación para regresar poco después con varios obsequios. Nerviosa y emocionada, los fui abriendo uno a uno.

Mis abuelos me regalaron un sello tallado en piedra con mi nombre en coreano y un nuevo *hanbok*.

—Abuela, es precioso. Gracias.

—Ten, este es de papá y mamá —dijo Soomin.

Colocó sobre la mesa una caja blanca con un lazo rojo. Quité la tapa y dentro encontré un maletín marrón, con una chapita encima del cierre con mi nombre grabado.

—Vaya, es bonito. Un poco serio, pero bonito —apunté mientras lo miraba desde todos los ángulos.

Soomin dejó escapar un suspiro de resignación.

—¡Oh, Dios, puedes decirlo! ¡Es horrible! Yo tengo uno igual y solo lo saco del armario los días que mamá viene de visita.

La abuela y yo nos miramos, y rompimos a reír.

—Este es el nuestro. Esperamos que te guste —me dijo Yunho.

Se me escapó un grito cuando vi que se trataba de un teléfono nuevo. El mío aún tenía la pantalla rota.

—Gracias, gracias, gracias... Os quiero.

—Y este es el último. Te lo envía Ren —indicó mi hermana.

El corazón me dio un vuelco. No esperaba nada de su parte y me cogió por sorpresa. Soomin me entregó una bolsita plateada con el logo de una joyería de Londres. Dentro había una caja blanca. Me temblaban las manos y la abrí muy despacio. Noté que se me formaba un nudo de emoción en la garganta y forcé una sonrisa para disimular. Contemplé el colgante que había dentro: una cadena plateada de la que colgaban un sol y una luna.

En la base de la caja descubrí que había una nota pegada escrita a mano:

¡Feliz cumpleaños, Peekaboo! Espero que algún día me cuentes el final de esa historia.

—¡Qué bonito! —exclamó mi hermana. Arrugó los labios con un mohín—. Por mi cumpleaños me regaló un robot de cocina.

—Admite que te encanta, no se lo diré —le susurró Yunho.

Soomin sacudió la cabeza y reprimió una sonrisa.

—¿Quieres que te lo ponga?

Asentí con la cabeza y me aparté el pelo del cuello. Poco después, el colgante pendía de mi garganta. Era precioso, pero mucho más su significado y los recuerdos que despertaba en mí. ¿Aún guardaría Ren esa escayola? Probablemente no, pero se acordaba de ese momento. Yo también. Ese día le prometí que yo lo querría por todo el mundo que no lo hacía.

—Enseguida vuelvo —me disculpé.

Luego salí de la casa, crucé el patio y empujé el portón que daba a la calle. Caminé durante unos metros hasta detenerme en una curva del camino, donde había un pequeño mirador con unas vistas asombrosas del pueblo con el mar de fondo.

Saqué mi teléfono del bolsillo del pantalón y marqué su número. El corazón me iba a mil por hora mientras se sucedían los tonos. Descolgó.

—Gracias, es precioso —dije con la voz ronca.

—¡Feliz cumpleaños!

Su voz llenó todos mis huecos.

—No sabía que aún te acordabas de eso.

—No sabía si tú lo harías.

Sonreí como una idiota y los ojos se me llenaron de lágrimas. De repente, estaba sintiendo muchas cosas. Emociones que me costaba ordenar. Nombrar. La mayoría ni siquiera las conocía y rebotaban dentro de mi pecho como canicas buscando un lugar en el que detenerse. Sin embargo, intuía de qué estaban hechas, como cuando te comes un pastel y no terminas de reconocer el sabor del relleno, pero sabes con toda seguridad que la base es un bizcocho.

Esas emociones llevaban meses horneándose en mi interior. Creciendo y tomando forma por más que yo intentaba ignorarlas y fingir que no existían. Y no había nada fraternal en ellas. Por ese motivo, estaba segura de que, cuando alcanzaran mi boca, sabrían a dolor.

Como el que empapa un sentimiento no correspondido.

Y escondes bajo indiferencia y sonrisas.

Porque te hace sentir la persona más patética del mundo, al darte cuenta de que te estás enamorando de la última persona que deberías.

Me llevé una mano al pecho y sostuve el colgante. Me entró una risa floja y ridícula, que se mezclaba con los sollozos que trataba de reprimir.

Mi vida era un desastre. Yo lo era.

—¿Qué te hace tanta gracia? —me preguntó Ren al otro lado del teléfono.

Sorbí por la nariz y me sequé las mejillas con la vista puesta en el mar picado. Las olas se alzaban, empujando sus crestas de espuma hasta la orilla, donde rompían con fuerza.

—Nada, un chiste que se me acaba de ocurrir.

—Cuéntamelo —me pidió.

Apreté los párpados.

—¿Qué le dijo la luna al sol cuando se cruzaron en el cielo?

—¿Qué?

—Eclipseee...

Me llegó su risa ronca y yo reí con él.

—Es horrible.

—¡Qué va, es buenísimo!

—Ya te digo yo que no —me contradijo entre risas.

—Vale, es malo. Los tengo mejores.

—Pues cuéntame otro que consiga borrar este de mis orejas.

Me ruboricé sin poder evitarlo y sacudí la cabeza.

—Otro día. Me esperan para comer la tarta —suspiré.

Hice una pausa y llené mis pulmones de aire—. Gracias por el colgante, Ren.

Guardé el teléfono en mi bolsillo y le eché un último vistazo al mar.

Me di la vuelta con intención de regresar a casa y me topé con mi hermana, que me observaba muy seria a solo un par de metros de distancia. Le sostuve la mirada, preguntándome cuánto habría oído y por qué me observaba de ese modo tan extraño.

—¿Desde cuándo, Jisoo?

Parpadeé inocente.

—¿A qué te refieres?

—No disimules conmigo.

De algún modo, se había dado cuenta. Aparté la vista avergonzada y me encogí de hombros. Volvían a escocerme los ojos.

—No sé desde cuándo, Soomin. Y tampoco sé qué hacer —confesé.

Soomin soltó un suspiro sonoro y vino a mi encuentro con los brazos abiertos. Me dejé envolver por su abrazo.

—Tranquila, se te pasará. Solo estás confundida.

—¿De verdad?

—Claro, ¿quién no ha creído estar enamorada de ese idiota en algún momento? Es demasiado guapo.

Me reí entre lágrimas.

—¿Tú también?

Se le escapó una risita.

—Tendría unos quince... No, dieciséis. Tenía dieciséis años. Fue el verano que se puso aquel arito en el labio inferior. Solo fue una tontería que duró un suspiro.

—Lo siento mucho, Soomin. Sé que está mal y no es correcto, y voy a hacer todo lo posible por olvidarlo —le aseguré en tono vehemente.

—¡Eh, un momento! —Me tomó el rostro entre las manos y me obligó a mirarla a la cara. Tenía el ceño fruncido con un gesto de preocupación—. Escúchame atentamente, me parece bien que hagas todo lo posible para olvidarlo, pero porque el amor unilateral es un rollo y no deseo que sufras por culpa de ese sentimiento. No porque esté mal o no sea correcto. Lo que sientes no es malo, y tampoco por quién lo sientes, ¿de acuerdo?

—Pero él es...

—Nada, Jisoo. Ni que mamá lo hubiese parido de verdad.

Hice una mueca e inspiré. La ansiedad que sentía apenas me dejaba respirar.

Soomin añadió:

—Aun así, mejor que ella ni lo sospeche, ¿entendido? —Asentí con la cabeza y hundí el rostro en su cuello. Ella me apretujó muy fuerte—. Mi niña tonta, tan pequeña ella.

Tonta y pequeña, así me sentía.

33
Ren

Tendemos a confiar en la mente, en lo racional, y dejar a un lado el corazón y sus emociones, por esa creencia de que los sentimientos son como el tiempo o el clima, cambian y varían. No duran.

Y es cierto.

Sin embargo, el corazón es sincero mientras siente y no es capaz de disimular. Se acelera o se detiene. Grita, llora y se rompe, y lo hace por su cuenta. Sin pedirte permiso ni preguntarte qué te parece. Sin darte tiempo a reflexiones ni a deshojar margaritas. Es libre y escapa a cualquier control, y por ese motivo puedes confiar en lo que te dice.

En cambio, la mente es más voluble de lo que imaginas. Fácil de manipular. Y a veces miente. Su perspectiva es sesgada y puede persuadirte de que todo aquello que quieres creer es verdad.

Yo convencí a la mía de que todos aquellos mensajes y llamadas no tenían un trasfondo y no debía preocuparse. Ella me mintió, dándome la razón, y la creí sin saber que la lluvia no se detiene porque le digas que lo haga. Ni el corazón deja de sentir.

Que es más fácil enfrentarse a la verdad empapado y vivo que negarte a verla venir y estamparte contra ella.

Llevábamos casi una hora de reunión y todo apuntaba a que iba a alargarse bastante. Me repantigué en la silla y le eché un vistazo a mi teléfono bajo la mesa. Arrugué el ceño, desilusionado al no encontrar la notificación que esperaba en la pantalla. Al levantar la vista, me topé con la mirada reprobatoria de Jun. Era la cuarta vez que me pillaba distraído. Me hizo un gesto para que me centrara y yo forcé una sonrisita.

—¿Qué pasa con la retopología? Llevamos mucho retraso con los personajes —preguntó Jun al equipo de modelado.

—Esta vez tenemos el doble de secundarios —empezó a decir Lisa—. El equipo no ha aumentado y no deja de ser un trabajo manual, que ya de por sí es muy lento.

—¿Tienes idea de cuándo se podrá empezar a texturizar?

—Si nos consigues ayuda extra, en una semana.

—Si no recuerdo mal sus currículos, hay dos chicas en el equipo de actualizaciones que controlan el esculpido digital. Podríamos probar —sugirió Luke.

—De acuerdo. No perdemos nada.

Noté que mi teléfono se iluminaba bajo la mesa y el corazón me dio un vuelco. Ladeé la cabeza para echarle un vistazo. Empecé a sonreír como un idiota. Lo desbloqueé y abrí el mensaje.

Jisoo: ¿Qué le dice una gallina deprimida a otra gallina?

Ren: ¿Qué le dice?

Jisoo: Necesitamos apoyo.

Tuve que morderme la lengua para no echarme a reír. Cerré los ojos un momento y traté de serenarme. Lo había pillado, pero pincharla era demasiado tentador.

REN: ¿...?

JISOO: A Poyo.

Un gruñido contenido trepó por mi garganta. Iba a darme un ataque.

REN: Nop. Prueba con otro.

—¿Ren?

Levanté la cabeza de golpe y miré a Jun.

—¿Eh?

—¿Va todo bien?

—Sí, perfectamente.

—Entonces, ¿te encargas tú?

—Por supuesto —respondí sin tener la menor idea de a qué se refería.

—Vale —repuso él en tono desconfiado.

La pantalla se iluminó de nuevo y la desbloqueé deprisa.

JISOO: ¿Por qué las focas del circo miran siempre hacia arriba?

REN: ¿Por qué?

JISOO: Porque es donde están los focos.

Una carcajada rota y profunda brotó de mi pecho como un torrente. Me fue imposible detenerla y ya no pude parar. Se me saltaron las lágrimas y tuve que levantarme cuando comenzó a faltarme el aire. Que todos me miraran como si me hubiera vuelto loco no me ayudaba. Y no me quedó más remedio que abandonar la reunión y encerrarme en la oficina.

Me apoyé con ambas manos en mi mesa, mientras mi cuerpo continuaba sacudiéndose.

—Focos —resollé con dolor en las costillas.

La puerta se abrió y Jun volvió a cerrarla una vez dentro.

—¿Vas a contarme qué te pasa?

Me giré hacia él y le sostuve la mirada.

—Nada.

Él sacudió la cabeza y sonrió.

—¿Cómo se llama?

—¿Quién? —inquirí confuso.

—La chica por la que llevas tantos días distraído. ¿Crees que no me he dado cuenta?

La sonrisa se borró poco a poco de mi cara.

—¿No vas a contárselo a tu mejor amigo? —insistió.

—¿Cuándo dijiste que era la mudanza? —cambié de tema.

—El jueves de la próxima semana, ¿por?

—No lo recordaba.

Y salí de la oficina sin darle la oportunidad de decir nada más.

Aún convencido de que bastaba con ignorarlo o negarlo para que no fuese real.

34
Jisoo

Vi a mis padres nada más cruzar la puerta de llegadas y corrí hacia ellos arrastrando las maletas. Tenía la sensación de que había pasado una eternidad desde la última vez que nos vimos, cuando solo habían pasado un par de meses y hablábamos cada pocos días por teléfono.

Mamá me besó y me pellizcó las mejillas varias veces, empeñada en que había adelgazado. Papá me dio un abrazo y me dijo al oído que estaba preciosa y que no debía hacerle caso. Cuando me soltó, mis ojos se encontraron con los de Ren. Aguardaba a unos pocos pasos de distancia, con las manos embutidas en los bolsillos de su pantalón.

Inspiré preocupada. Desde hacía unos días, apenas me contestaba a los mensajes y parecía más serio que de costumbre. Le sonreí y él hizo un leve gesto de asentimiento. Di el primer paso para acercarme, pero me quedé parada en el instante que él se alejó para saludar con un abrazo a Yunho y Soomin.

Se me encogió el estómago cuando logré reaccionar. ¿Acababa de evitarme a propósito?

Todos juntos, nos dirigimos al aparcamiento. Yo subí al coche de mis padres mientras que mi hermana y Yunho seguían a Ren hasta su todoterreno. En un principio, la idea era que él los llevaría a su piso. Sin embargo, aunque ya era algo tarde, mi madre propuso que primero cenáramos en familia.

Apoyé la cabeza en la ventanilla y contemplé las luces de la ciudad, el cielo en el que apenas se distinguían estrellas. Mis padres no dejaban de hacerme preguntas sobre el tiempo que había pasado con mis abuelos, y me di cuenta de que tenía que hacer un gran esfuerzo para no perder el hilo de la conversación y contestar.

No podía dejar de pensar en Ren y su extraña actitud. No entendía nada. Habíamos pasado tres semanas intercambiando mensajes y algunas llamadas. Tenía la impresión de que nuestra relación se había vuelto más estrecha y cercana. Por ese motivo, no comprendía qué había cambiado en los últimos días. Por más vueltas que le daba, no encontraba una razón. Al menos, no una lógica.

Una vez en casa, logramos convencer a mamá de que cocinar a esas horas no tenía ningún sentido, cuando se trataba de pasar un rato todos juntos, después de tanto tiempo sin vernos. Pedimos pizzas y nos acomodamos en el patio. Las conversaciones se centraron en las mismas cosas de siempre. El restaurante, la universidad y el trabajo. En planear viajes en familia que nunca hacíamos y vacaciones que nunca tomábamos.

Yo apenas abrí la boca. Me pasé toda la noche observando a Ren con disimulo y deseando en silencio que me mirara, aunque solo fuese una vez, para que pudiera deshacerme de esa incómoda sensación que me encogía el estómago y convencerme a mí misma de que entre nosotros no ocurría nada raro.

No lo hizo. Parecía mucho más interesado en sus propios pies y en contemplar el fondo de la lata de cerveza que acunaba entre sus manos. En un momento dado, se excusó para ir al baño. Lo seguí poco después, aprovechando que todos estaban distraídos viendo unas fotos del viaje.

Aguardé en la cocina y noté que el corazón empezaba a latirme más rápido al escuchar sus pasos en la escalera. Pasó por mi lado sin verme y se encaminó a la puerta que daba al patio.

—Toc, toc... —dije a su espalda.

Se detuvo, y muy despacio giró la cabeza hasta que sus ojos se toparon con los míos. Le sonreí como si no pasara nada.

—Toc, toc... —insistí. Habíamos jugado a ese juego decenas de veces y siempre lograba hacerlo reír.

El aire pareció volverse más denso y las paredes estrecharse a mi alrededor mientras me miraba fijamente. Tragué saliva, nerviosa. Y añadí:

—Y tú debes decir «¿Quién es?».

—Ahora no, Jisoo —me cortó.

Continuó andando.

—¿He hecho algo malo?

—No.

—¿Y por qué me estás ignorando?

—No lo hago.

Reí sin ninguna gracia.

—Entonces, mírame. —Sus hombros se tensaron. Creí que no lo haría, pero acabó dándose la vuelta. Clavó sus ojos en los míos—. Más cerca —le pedí.

Inspiró hondo y vino hacia mí. Se detuvo a solo unos centímetros y bajó la barbilla. Le sostuve la mirada y vi cómo sus pupilas se dilataban. Si no lo conociera tan bien, me habría bastado con eso, pero no era el caso. Le estaba costando un mundo mirarme, podía notarlo en la tensión que envaraba su cuerpo, en el tic que contraía su mandíbula y en la palidez que se iba extendiendo por su rostro.

Entornó los ojos y se pasó la lengua por los labios.

—¿Contenta?

La ansiedad se apoderó de mí. Un pálpito que terminó por descolocarme al verme reflejada en sus iris, oscuros y brillantes.

—¿Por qué me miras como si me tuvieras miedo?

Durante un segundo, pude sentir cómo caía la máscara de indiferencia tras la que solía esconderse. Un instante en el que solo vi una gran vulnerabilidad, antes de que se recompusiera con mucha más firmeza.

—¿Por qué iba a tenerte miedo?

—Dímelo tú.

Sofocada, me aparté el pelo del cuello y sus ojos resbalaron hasta mi garganta. Se quedó mirando el colgante y se le escapó un suspiro de pesar.

—Jisoo...

Sacudí la cabeza, enfadada.

—Odio que hagas esto. Apareces y desapareces a capricho. Te acercas y te alejas cuando se te antoja. Me ignoras durante meses, incluso años, y luego regresas como si creyeras que de verdad te necesito, con tus consejos y tus regalos y esa actitud sobreprotectora que ya no te pega. Hoy eres dulce y al día siguiente te comportas como si fuese un incordio para ti. ¿Alguna vez piensas en cómo me haces sentir?

—Jisoo... —repitió mi nombre como si fuese un ruego.

—¿Sabes qué? No tengo ni idea de qué pasa, pero tampoco me importa. Me da igual.

—Jisoo.

—¡Por Dios, deja de decir mi nombre de ese modo! —exclamé.

Salí de la cocina y subí la escalera. No esperaba que Ren me siguiera. Me alcanzó en el pasillo y se plantó frente a mí, cortándome el paso. Resoplé exasperada. Me hice a un lado y me colé en la penumbra de mi cuarto.

—Lo siento, ¿de acuerdo? Tienes razón —dijo él a mi espalda.

—¿Sobre qué?

—Imagino que... sobre todo.

Me volví como si algo me hubiera picado y lo fulminé con la mirada.

—¿Imaginas?

Se pasó la mano por la nuca con un gesto de frustración. O eso me pareció, porque solo podía distinguir el lado de su rostro que iluminaba la luz de los faroles que entraba por la ventana. Las sombras envolvían todo lo demás.

—Me he estado comportando como un idiota, y lo siento. No era mi intención hacerte sentir mal.

—¿Y qué ha hecho que te comportes de este modo solo conmigo?

—No eres solo tú —exhaló.

Resoplé disgustada y señalé la ventana. Fuera se escuchaban las voces de nuestra familia.

—No estoy ciega, Ren.

Bajó la cabeza y negó varias veces. Me desesperé al ver que no era capaz de decir nada. Odiaba esos silencios con toda mi alma.

—Sal de mi cuarto, por favor —le rogué.

Reaccionó dando un paso adelante.

—Vale... Es solo que tengo la mente hecha un lío. Eso es lo que me pasa.

—¿Por qué? ¿Y qué tiene que ver conmigo? —presioné. Necesitaba que, por una vez, me explicara qué le pasaba por la cabeza. Necesitaba motivos, razones que pudiera comprender, y no pensaba dejarlo correr. Siempre se lo permitía todo. Sus cambios de humor. Sus idas y venidas. Las ausencias. No podía seguir así, por mi propio bien.

—No estoy seguro.

—Así que me haces de menos, sin ni siquiera tener claro el motivo. ¡Genial! —me reí sin ganas.

Suspiré. Estaba cansada por el viaje, y harta de malgastar mi energía con él.

—Ahora lo digo muy en serio, Ren, vete.

Me di la vuelta para encender la luz de la lamparita que había sobre la cómoda, pero él me detuvo por la muñeca.

—Espera. Espera. Dame al menos la oportunidad.

—¿De qué? —Lo miré a los ojos y esta vez no apartó la mirada—. Al final no dirás nada, como siempre. Divagarás sin sentido para evitar lo que piensas o sientes. O soltarás el habitual «No pasa nada. Estoy bien», cuando no es verdad. —Me lamí los labios resecos y sus ojos se posaron en ese punto—. Y yo... yo estoy cansada de ser constante y paciente, hagas lo que hagas. De defenderte a toda costa y sin dudar. De ser siempre tu incondicional y conformarme con esos pequeños momentos en los que me dedicas tu atención, mientras finjo que no me importa ser invisible para ti la mayor parte del tiempo.

Su mano se tensó en torno a mi muñeca. Y yo no podía dejar de hablar ni quería frenar todo eso que me quemaba por dentro. La tristeza y la rabia que se me acumulaban en la garganta.

—Estoy harta de que me sigas viendo como a una niña y creas que eso te da derecho a tratarme como te dé la gana. Sobre todo, cuando es evidente que aquí solo hay un adulto, Ren, y no eres tú. ¡Sorpresa! —exclamé mordaz.

Sus dedos me sujetaban con fuerza, mientras su respiración se transformaba en bocanadas de aire y exhalaciones bruscas. Estábamos tan cerca que las notaba en el rostro. Le dediqué una mirada de desdén y añadí:

—No sé qué demonios te pasa. Ni sé por qué hace unos días estábamos genial y hoy te comportas como un imbécil.

Pero puedo asegurarte que, a partir de este mismo instante, dejas de preocuparme. Se acabó, Ren. Se aca...

Me besó.

Sentí sus labios contra los míos.

Su mano rodeando mi nuca.

El sabor de su boca.

La tensión de su cuerpo.

La desesperación con la que me sostenía.

Y mis labios respondieron a los suyos. Los buscaban hasta encontrarlos. Con miedo y con ansia. Le rodeé el cuello con los brazos y mis dedos rozaron su nuca. Los suyos se hundieron en mi pelo. Me apreté contra él y noté que mis pies se despegaban del suelo.

Le rodeé las caderas con las piernas. Temblando. Los dos lo hacíamos.

Le mordí con suavidad y un gemido escapó de su boca al dejarme entrar.

Memoricé su sabor. El roce de sus dientes. El tacto de su lengua danzando con la mía.

El corazón me latía con tanta fuerza que tuve miedo de que no pudiera soportar el momento. Aunque me daba más miedo que nuestros labios se separaran, así que los atrapé entre mis dientes. Exhaló impaciente y yo absorbí ese soplo.

Me olvidé de dónde estaba. Me olvidé de todo.

Solo podía pensar en él. En lo bien que olía. En que su piel era mucho más suave de lo que había imaginado. Que me encantaba sentir su cuerpo contra el mío y no quería soltarlo nunca. No quería que ese beso terminara ni que ese momento llegara a su fin.

De repente, la casa se llenó de voces.

Ren y yo nos separamos como si alguien nos hubiera arrancado de un tirón de los brazos del otro. Nos contemplamos con la respiración fuera de control y una mezcla de sorpresa y confusión pintada en la cara. La mirada de Ren voló a la puerta un segundo, antes de volver a posarla en mí, mucho más insegura.

Negué con la cabeza, suplicándole en silencio que no se arrepintiera de lo que acababa de pasar. Yo no lo hacía. «Tú has dado el primer paso. Has sido tú», quise decirle.

—Chicos, ¿dónde estáis? —nos llamó mi madre desde algún punto de la planta baja.

Ren abandonó mi dormitorio como una exhalación.

—En el baño —respondió desde el pasillo.

—En mi cuarto. Voy... a acostarme, estoy cansada —contesté.

Me apresuré a cerrar la puerta. Luego me apoyé en la madera, temblando de arriba abajo. Tomé una respiración profunda y la dejé salir en un suspiro, que no logró calmar mis latidos. Mi espalda resbaló por la madera y acabé sentada en el suelo, abrazada a mis rodillas.

Muy despacio, alcé la mano y rocé mis labios con los dedos. Los notaba hinchados y sensibles, calientes. Y ese sabor que aún podía paladear.

Esa noche aprendí que hay cosas imposibles que pasan sin querer.

Que el universo cabe en un beso.

El amor no comienza siendo amor del todo.

Primero tienes que dejarle paso al miedo.

Y solo un corazón puede abrir otro corazón.

35
Ren

Ni siquiera sabía en qué estaba pensando cuando me dejé llevar por ese impulso que tiró de mí hasta besarla. Qué fue lo que lo inició. Si el enfado que impregnaba su voz, la decepción en sus ojos al mirarme, o el rechazo y la derrota que percibí en esa sentencia que dejó caer entre nosotros tan segura.

«A partir de este mismo instante, dejas de preocuparme», esas palabras salieron disparadas de su boca como esquirlas de hielo y fueron a clavarse directas en mi pecho.

O quizás solo fueron sus labios en forma de corazón y la punta de su lengua lamiéndolos. El olor a fresa de su pelo en cada molécula de aire. Las partes de su cuerpo que se habían grabado a fuego en mi mente y se colaban en mis sueños. Toda ella que, por momentos, me hacía perder la cabeza sin que me diera cuenta.

Solo sabía que había ocurrido y ahora no tenía ni idea de cómo enfrentarme a esa certeza.

Apoyé la frente en la ventana de mi cuarto y contemplé el patio. El sol comenzaba a despuntar por encima de los tejados y yo continuaba despierto.

Si al menos hubiera podido regresar a mi casa, pero mamá

me había obligado a pasar la noche allí por culpa de las dos cervezas que me había tomado. O puede que fuesen tres, no lo recordaba. El caso es que seguía dentro de aquella casa, con ella al otro lado de la pared, y solo podía pensar en ese beso. En cómo Jisoo me lo había devuelto con las mismas ganas y mi mente desconectó después.

Menudo desastre, y todo porque unos días atrás volví a caer en la tentación de ver sus fotos. Leí los comentarios que algunas personas habían dejado en la nuestra, confundiéndonos con una pareja, y, durante un instante, se me calentó el pecho con la idea. Un solo segundo que me hizo levantar de inmediato, y de un modo irracional, un muro entre Jisoo y yo.

Y lejos de solucionar algo, todo había empeorado.

Ahora necesitaba encontrar el modo de arreglarlo, si es que aún estaba a tiempo, y que cada cosa volviera a ocupar su lugar. ¿Cómo? Ni idea. Hasta yo sabía que no bastaría con un olvídalo, había bebido o hagamos como que no ha pasado. Iba a ser mucho más complicado.

Por de pronto, salir de aquella casa era el primer paso.

Dejé una nota en la cocina y me escabullí sin hacer ruido.

Me fui directo a casa, preparé mi bolsa con las cosas del gimnasio y me dirigí allí. Me concentré en el ejercicio y en las órdenes que Benny me daba sin descanso: más arriba, más fuerte, más rápido. Como si supiera que era lo que necesitaba, me espoleó hasta que solo fui capaz de pensar en el ritmo de mi respiración para no desmayarme.

Llegué al estudio más muerto que vivo. Me preparé un café y traté de centrarme en el trabajo. A ratos lo lograba. Otros, regresaba sin remedio al momento exacto en el que mi boca se posaba en unos labios suaves que sabían a algodón de azúcar.

—Ren, yo ya me marcho. El camión llega a las cuatro

—me dijo Jun mientras recogía su mesa. Asentí distraído—. Nos vemos después, ¿no?

—Claro.

—Gracias por echarnos una mano.

—Sin problema.

Salió de la oficina y yo repasé por cuarta vez todo el código que debía programar. De pronto, levanté la vista y la clavé en la puerta. ¿Qué me había dicho? Sacudí la cabeza, no había prestado atención.

Me llegó un mensaje al teléfono y mi corazón se saltó un latido al ver que era de Jisoo. Me pedía que nos viéramos para hablar. Me froté la cara con ambas manos y suspiré. Una pequeña parte de mí albergaba la esperanza de que lo dejara pasar. No iba a ser así, y yo no podía afrontar esa conversación sin aclarar antes mis ideas. Nunca he evitado los conflictos, ni los temas que duelen, siempre he creído que los problemas deben hablarse. Sin embargo, esta situación me sobrepasaba en todos los sentidos.

Apagué el teléfono. Cerré los ojos y me eché hacia atrás en la silla. Estaba hecho un lío.

En algún momento, debí de quedarme dormido. Y cuando desperté, lo hice de golpe y con el corazón a mil. Miku entró en ese instante.

—Ren, nos vamos a casa, son más de las ocho. —Frunció el ceño al mirarme—. ¿Qué te pasa? Parece que has visto un fantasma.

—¿Cómo te diste cuenta de que Lisa te gustaba? —le pregunté ansioso.

Una sonrisa tonta apareció en su cara.

—Soñaba que dormíamos haciendo la cucharita. Pero ¿por qué te interesa eso?

Apreté los párpados con fuerza. «Joder, joder, joder...», maldije en silencio.

Ladeé la cabeza.

—¿Dónde está Jun?

—Hoy se mudaba. Oye, ¿estás bien?

Maldije de nuevo, había olvidado la mudanza.

Recogí mis cosas y abandoné el estudio a toda prisa. Por la hora que era, ya habrían hecho el traslado. Mientras corría al coche, encendí el teléfono para buscar su nueva dirección. En la pantalla aparecieron una decena de notificaciones, entre llamadas y mensajes. Casi todos de Jun. Solo uno de Jisoo, que no fui capaz de abrir.

La casa se encontraba muy cerca, en Primrose Hill.

Llamé a la puerta y esperé. Una parte de mi cerebro intentaba pensar una disculpa sincera, en tanto que otra solo repetía: cucharita, cucharita, cucharita... ¡Dios, me lo estaba tomando como si fuese el resultado de un estudio científico!

La puerta se abrió y al otro lado apareció Jun. Me miró y algo se encogió en mi pecho.

—¿Ahora apareces? Dijiste que me echarías una mano.

Le cambió el gesto, mientras le sostenía la mirada y trataba de mantenerme entero. No lo conseguí. Me revolví el pelo y pasé por su lado.

—¿Qué ocurre? —me preguntó.

—Mátame.

—¿Qué has hecho?

No sabía ni por dónde empezar. Me senté en el suelo, con la espalda contra la pared y la cabeza entre las rodillas.

—Ren, del uno al diez, ¿cuánto debo preocuparme? ¿Debo llamar a un abogado?

Lo atravesé con la mirada y él alzó las manos a modo de disculpa.

Tragué saliva.

—La he besado.

—¿No te habrás liado con una menor? —inquirió asustado.

Hice una mueca y pensé: «¡¿Qué?!». Agarré lo primero que encontré a mano y se lo lancé. Le acerté de lleno en el estómago con el comedero del gato.

Se dobló hacia delante con un gruñido de dolor.

—Entonces, ¿a quién has besado para estar tan jodido?

Clavé mis ojos en los suyos, incapaz de decirlo en voz alta. No hizo falta. Ese era el superpoder de Jun. Él siempre podía verme.

—Joder, Ren —suspiró.

Asentí derrotado.

—Y eso no es lo peor. Creo que lo he hecho porque ella me gusta. —Tragué saliva, haciendo a un lado la duda, y añadí—: Jun, ella me gusta.

Mi amigo se acercó y se sentó a mi lado en silencio. Puso su mano en mi pierna y me dio una palmadita.

—Lo siento.

—¿Que lo sientes? —salté.

¿Y las palabras sabias que siempre tenía a mano, los consejos? Necesitaba una solución, no que me diera el pésame.

Jun alzó las cejas, confundido.

—Vale, entonces, ¿me alegro?

Rompí a reír, no pude evitarlo.

Me levanté y busqué la cocina. Al entrar, me encontré a Dani y Hae In sentados a la mesa. Forzaron una sonrisa y supe que nos habían oído. Vi una botella de vino intacta entre ellos y unos vasos de plástico. Justo lo que me hacía falta.

Con una mano agarré la botella y con la otra, un vaso. Lo llené hasta arriba.

—¡No, no, no...! —exclamó Hae In como si le estuviera pinchando con un palillo en un ojo.

Le di un sorbo.

—Está bueno.

—Lo sabe, le ha costado cincuenta libras y verte beberlo en un vaso de plástico le está provocando una úlcera —comentó Dani.

—¿Cincuenta, en serio? —No era barato.

—En serio, mira cómo suda.

Hae In la fulminó con la mirada. Lejos de molestarse, Dani cogió otro vaso y me pidió con un gesto que se lo llenara.

—¡Chinchín!

36
Ren

Arrugué la nariz con una mueca de disgusto y miré las dos pizzas que había sobre la mesa. Ambas tenían pimientos, de tres colores distintos.

—Ren, ¿todo bien? —me preguntó Dani.

—No me van mucho los pimientos.

—Lo siento, no lo sabía. He dado por sentado que nos gustaban a todos. Debería haber preguntado.

—No pasa nada —exhalé, mientras le echaba una larga mirada a Jun—. Y a ti, ¿desde cuándo te gustan?

Él forzó una sonrisa y me dio un rodillazo bajo la mesa.

—Desde siempre.

Entorné los ojos con malicia y cogí una porción de pizza. La que más tiras verdes tenía. Jun no soportaba los pimientos y le había mentido a Dani a ese respecto. La de cosas que es capaz de hacer uno por amor. Comencé a poner los pimientos de mi pizza sobre la suya.

—Entonces, puedes comerte también los míos.

—No hace falta, gracias. Tengo suficientes.

—Pero te gustan, y a mí me encanta cuidar de mi mejor amigo.

—¡Gracias, mejor amigo! —gruñó.

Le lancé un besito.

—Nada. Avísame si quieres más.

Hae In, que conocía el doble sentido de nuestra conversación, sacudió la cabeza entre risas. Bebió un sorbo de vino y me miró.

—Bueno, qué, ¿vas a contarnos de una vez a quién has besado?

—¿A ti qué te impor...?

—Pues a Jisoo —intervino Dani como si nada.

Empecé a toser.

—¡¿Quién te ha dicho eso?!

Ella parpadeó sorprendida al ver mi reacción exagerada y se ruborizó.

—Es el primer nombre que me ha venido a la cabeza y lo he soltado sin pensar.

—Pero ¿por qué?

Tardó dos segundos en confesar y delatarlo.

—La verdad es que Jun lo insinuó hace unos meses.

Mi amigo dio un respingo y se giró hacia mí con las manos en alto.

—Puede que lo pensara durante un segundo, y que se lo insinuara a ella, pero descarté esa idea igual de rápido, porque me parecía un disparate.

—No entiendo por qué es un disparate —señaló Dani.

—Entonces, ¿has besado a Jisoo? ¿La Jisoo que todos conocemos? —inquirió Hae In.

Jun asintió.

—Eso ha hecho.

—¿Por qué?

Giré la cabeza y miré a Hae In perplejo.

—Porque quería practicar la reanimación —repliqué mordaz.

Jun y Dani rompieron a reír.

Hae In sacudió la cabeza y resopló.

—No es una pregunta estúpida, se puede besar a alguien por muchas razones. —Me guiñó un ojo—. ¿Cuál es la tuya?

Bajé la cabeza y empujé el plato de cartón sobre la mesa.

Sentí sus miradas en mí, y la incomodidad que se iba apoderando de Jun. Vi de soslayo que le hacía gestos a su hermano para que dejara el tema y lo reprendía. Mis labios se curvaron en una mueca. Jun siempre hacía eso, me anteponía incluso a su propio hermano. Vivía con un ojo puesto en mí por esa necesidad visceral que le hacía querer protegerme de todo, incluso de mí mismo. Ser mi amigo debía de ser agotador.

«Él también pasará de ti.» Apreté los párpados y reprimí la necesidad de presionarme las sienes y deshacerme de ese susurro. Me giré hacia Hae In y apoyé los codos en la mesa.

—¿Y si te dijera que me gusta? —soné a la defensiva y no era mi intención.

—¿Qué esperas que diga?

—¿Que he perdido la cabeza? —temblé.

—Yo no creo que la hayas perdido —objetó Dani.

Suspiré con aprensión.

—Dani, ella es como mi hermana.

—Pero no lo es, Ren. —Se limpió la boca con la servilleta y bebió un sorbo de vino sin apartar su mirada de la mía—. Además, nadie puede elegir quién le gusta y quién no. De quién se enamora y de quién no. No se pueden controlar las emociones, solo fingir que lo haces. Culparse por tener sentimientos es un poco masoquista, ¿no crees?

—Entiendo lo que dices, y no te quito la razón. Pero no se trata de alguien a quien he conocido en el trabajo, en un bar o en la calle. A Jisoo la conozco desde siempre. Somos... somos familia.

—¿Y no te parece bonito? —volvió a rebatirme.

Dios, esa mujer tenía respuestas para todo. Empezaba a pensar que diseñar ropa era una de «esas cosas que pasan» y su verdadera vocación era escribir libros de autoayuda o convertirse en psicóloga. Y para más irritación, lo que decía tenía sentido. Sus consejos no eran malos.

Continuó al ver que yo guardaba silencio:

—Conocer a alguien desde siempre; saberlo todo sobre esa persona, lo bueno y lo malo; los momentos compartidos; la confianza, el afecto... Y que después de todo eso aún haya podido despertar esos sentimientos en ti. No sé a ti, Ren, pero a mí me parece algo bueno.

—¿Y la diferencia de edad? Soy mucho mayor que Jisoo.

—¿Cuánto?

—Ella acaba de cumplir veintiuno y yo hago los veintinueve dentro de un mes.

Dani miró a Jun y se ruborizó mientras le sonreía.

—Yo soy seis años mayor que él.

—Si Jisoo tuviera mi edad o fuese mayor, entonces no me preocuparía —aseveré.

—Me haces pensar que no está bien que me haya enamorado de Jun.

—¡Joder, Dani, no es lo mismo! —exclamé.

—Sí lo es —me corrigieron los tres a la vez.

Sacudí la cabeza, intranquilo y suspicaz. No sabía si trataban de convencerme con tanto ahínco porque de verdad pensaban que su edad no importaba, o para que yo me sintiera mejor con mis emociones y el jodido beso. Me daba igual la razón. Yo veía las cosas de otro modo. Jun tenía veintiséis cuando conoció a Dani, cinco años más de los que ahora tenía Jisoo. ¿Cuántas experiencias puede vivir una persona en todo ese tiempo? ¿Cuántos momentos importantes? ¿Cuánto puede madurar hasta estar realmente segura de lo que quiere y con quién?

Jun se inclinó sobre la mesa y me buscó con la mirada. Suspiré y clavé los ojos en los suyos. Sonreímos a la vez. Él, divertido; yo, frustrado.

—Me vendría bien tomar un poco de aire, ¿me acompañas?

Asentí con la cabeza, agradecido, porque me subía por las paredes y él lo había notado.

Salimos a la calle y nos adentramos en el parque con las manos en los bolsillos. Aún quedaban algunas personas haciendo ejercicio, sacando a su perro o paseando sin más. El ambiente era agradable. Alcé la vista y contemplé la luna recortada sobre los árboles.

—Ren...

—¿Sí?

—Sobre Jisoo... —Lo miré y deslizó su brazo por mi hombro—. ¿Ella cómo reaccionó cuando tú, ya sabes?

Se me encogió el estómago al recordarlo y noté que me ardían las mejillas.

—No pienso darte detalles.

Jun sonrió de oreja a oreja.

—Imagino que no salió corriendo.

—No lo hizo, más bien todo lo contrario.

A mi amigo se le escapó la risa y después me zarandeó con su mano en mi nuca.

—¿Qué te preocupa realmente?

—¡Todo! Su edad, la relación que tenemos, su familia, cómo serán las cosas ahora... Y que no tengo ni idea de cómo he llegado a esta situación. Me... me gustaría poder dar marcha atrás en el tiempo y cambiarlo todo.

—Eso no es posible y lo sabes.

—Lo único que sé es que ya nada es igual.

—Ha pasado y solo puedes afrontarlo.

—No sé cómo.

—Empieza por hablar con Jisoo. Averigua en qué punto estáis y qué queréis que pase entre vosotros después.

—Si intentas que me parezca fácil, no lo estás consiguiendo —le advertí.

—Si fuese fácil, no estarías aquí lloriqueando.

—Yo no lloriqueo.

—Sí que lo haces. Oh, me gusta Jisoo. He besado a Jisoo... —Le di un empujón que le hizo trastabillar. Se puso a hacer muecas divertidas—. No me quiero imaginar el drama si comenzáis a salir.

Los latidos de mi corazón se dispararon.

—¿Salir?

Jun me miró como si me hubiera aparecido un tercer ojo en la frente.

—Ahora se trata de eso, ¿no? Si vais a iniciar una relación o no.

Aparté la mirada. Mi mente no estaba siendo tan rápida como la suya y seguía atascada unos cuantos pasos más atrás. Para mí, se trataba de cómo serían de raras e incómodas las cosas entre nosotros a partir de ahora. En todo momento había hablado solo de sentimientos, no de posibilidades. Sin embargo, existían.

De repente, Jun salió trotando, se agachó en la penumbra y se enderezó con una pelota en las manos. Alguien debía de haberla perdido u olvidado. Me la lanzó y yo la atrapé. Le devolví el pase y continuamos jugando. Él tiró muy alto y tuve que retroceder de espaldas y saltar para no perderla. Al tocar de nuevo el suelo, me quedé inmóvil.

—¿De verdad piensas que no estoy haciendo nada malo? —le pregunté sin disimular el miedo que me causaba ese riesgo.

—Ren, tú no eres capaz de hacerle daño a una mosca y no entiendo por qué sigues pensando lo contrario. —Suspiró y dejó caer los brazos a ambos lados de su cuerpo—. No estás haciendo nada malo. Ni feo. Ni sucio. Nada, absolutamente nada por lo que debas sentirte culpable o responsable. Confía en mí, ¿vale?

—Vale —susurré con el deseo de conseguirlo.

Porque unas veces lo lograba, pero otras no.

Porque somos quienes somos por todo lo vivido.

Nos creemos las mentiras de otros y las convertimos en nuestras verdades.

Y lo que se graba en los huesos, en las distintas capas de tu cerebro, no es fácil de borrar. Ni con todas las ganas ni la fe del mundo.

Yo había tropezado tantas veces que creía que mi lugar se encontraba a ras del suelo.

Que levantarse era un esfuerzo sin sentido.

Siempre en el hoy, porque el mañana sonaba demasiado a esperanza.

37
Jisoo

Me levanté del suelo en cuanto lo vi aparecer, con las piernas temblorosas después de haber pasado tanto tiempo sentada. Notaba la humedad fría del canal pegada a la ropa y me froté los brazos para deshacerme de la piel de gallina. Luego, con decisión, di un paso bajo la luz de la farola.

Ren se detuvo al descubrirme y me miró con los ojos muy abiertos. Su pecho se llenó con una brusca inspiración y yo tragué saliva. Menos segura. Menos decidida. Con timidez, alcé la mano a modo de saludo y después restregué las palmas sudadas contra el pantalón.

Él se acercó sin dejar de mirarme y se frotó la nuca cuando se detuvo a solo unos pasos de mí.

—¿Qué haces aquí tan tarde y sola, Jisoo?

—Esperarte.

—¿Cuánto llevas esperando? —¿Cuatro, cinco horas? Me encogí de hombros—. ¿Y si no llego a aparecer esta noche?

—Me habría quedado aquí hasta mañana.

Suspiró cansado.

—Deberías estar en casa.

—Y lo estaría si hubieras respondido mis mensajes.

—Pensaba hacerlo mañana.

—Nunca he sido muy paciente, Ren.

Una pequeña sonrisa se insinuó en sus labios.

—Lo sé.

—Tenemos que hablar de lo que pasó ayer.

Asintió con la cabeza y dejó escapar un profundo suspiro. A continuación, sacó unas llaves de su bolsillo. Empujó la puerta del edificio y la sostuvo para mí. En silencio, entramos en el ascensor y subimos hasta la última planta. Después giró una llave en la cerradura de su casa, encendió las luces y me invitó a pasar con un gesto. Lo seguí hasta el salón y me quedé parada en el umbral, mientras él dejaba su mochila en una silla y se quitaba la sudadera.

—Enseguida vuelvo —dijo en un susurro, y añadió al pasar por mi lado—: Estás en tu casa.

Me adentré en la sala y miré a mi alrededor con ojos curiosos. Había pasado más de un año desde la última vez que estuve allí. Se me hizo raro no ver las cosas de Emily, lo que también le dio una nueva dimensión a toda aquella situación. No es lo mismo saber que algo ha ocurrido que palpar con tus manos la realidad.

—¿Quieres tomar algo?

Me giré y vi a Ren en la puerta; se había cambiado la camiseta y las puntas de su pelo estaban húmedas en torno a su rostro, como si acabara de lavarse la cara.

—¿Tienes té?

—Sí.

—¿Con menta y limón?

Otro pequeño tirón en sus labios.

—Sí.

Dio media vuelta y yo seguí sus pasos hasta la cocina. No podía apartar los ojos de él mientras llenaba de agua una tetera y la ponía a calentar. Luego sacó dos tazas de un armario y puso dentro unas bolsitas de té. Se movía sin prisa, con una tranquilidad que yo era incapaz de sentir. Entonces, se apoyó en la encimera y me miró con tanta intensidad que tuve que obligarme a no bajar la vista. Permanecimos un largo minuto en silencio, observándonos, nada más.

Sacudí la cabeza, tan alterada que acabaría vomitando si no hacía algo.

—Ren, sobre lo de anoche...

—Nos besamos.

Asentí.

—Sí, eso...

—¿Y quieres saber por qué ocurrió y qué significó?

—Sí —musité, sorprendida de que no me rehuyera.

—No sé por qué ocurrió. Sentí el impulso y te besé sin pensar. ¿Qué significó? —Inspiró por la nariz, nervioso—. Mucho más de lo que podría admitir en este momento.

La tetera comenzó a silbar y él la apartó del fuego. Después vertió el agua caliente en las tazas. Yo me moví hasta su espalda y, cuando se dio la vuelta, tropezó conmigo. Dio un pequeño respingo al tenerme tan cerca y se apoyó con ambas manos en la encimera.

Alcé la barbilla.

—¿Cuánto?

Me estudió con atención y sus ojos se posaron en mi boca.

—Mucho.

—Para mí lo significó todo —me atreví a confesar.

Contuvo el aliento y vi que sus dedos se sujetaban con más fuerza al mármol. A nuestro alrededor, el aire se había vuelto tan denso que habría podido dibujar en él con la punta del dedo y ver los trazos. Dentro de mi pecho, la adrenalina se peleaba con mis nervios.

—Esa palabra es demasiado grande —susurró.

—Es lo que siento.

—¿Y qué sientes?

«Que me gustas, que te quiero, que podría explotarme el corazón con solo pensar en volver a besarte», pensé, mientras nuestras miradas seguían enredadas.

—No quiero asustarte —dije muy bajito.

El negro de los ojos de Ren pareció oscurecerse aún más. Estábamos tan cerca que respirábamos el aliento del otro. Alcé un poco más la cabeza y esperé, esperé, esperé a que dijera o hiciera algo. Cualquier cosa que me permitiera aflojar esa desazón que se extendía a toda velocidad por mi cuerpo.

Suspiró.

—¿Qué esperas ahora de mí, Jisoo?

—Que creas que esto que ha comenzado entre nosotros puede funcionar y saltes conmigo sin miedo.

—Estoy muerto de miedo.

—Yo también —admití. Me recogí un mechón de pelo tras la oreja—. Quiero hacerlo. Quiero intentarlo.

Ren tomó una bocanada de aire.

—¿Y si no funciona?

—Lo hará.

—¿Y si no lo hace?

—Lo hará, lo hará, lo hará... —insistí con esa intensidad que nunca podía disimular cuando se apoderaban de mí las ganas. Apoyé mis manos en su estómago y él las cubrió con las suyas para retenerlas en ese punto—. Lo hará —repetí una última vez.

Una pequeña sonrisa se dibujó en sus labios. Sin dejar de mirarme, alargó la mano y me acarició la mejilla con un gesto de ternura que me sobrecogió. Sus dedos resbalaron por mi piel hasta que su pulgar trazó el contorno de mi labio inferior. Dejé de respirar durante unos instantes llenos de electricidad.

Ren se tensó cuando moví mi mano libre hacia su cintura. La atrapó y tragó saliva, turbado.

—Voy a llevarte a casa antes de que se haga más tarde.

—¡Ya es muy tarde! Puedo dormir aquí.

Negó resuelto.

—No vas a dormir aquí.

—¿Por qué?

—Porque no es el momento.

Su rechazo me sacudió un poco.

—¿Por qué? —insistí dando un paso hacia atrás.

Ren enmarcó mi rostro con sus manos y me miró a los ojos con una intimidad que me hizo sonrojar.

—Porque necesito tiempo para acostumbrarme a esto que está sucediendo. A ti. A mí. A nosotros. Necesito ir despacio, ¿lo entiendes? —Dije que sí con la cabeza, aunque no era cierto. Yo no quería ir despacio, sino todo lo contrario. Quería volar. Ren me regaló una sonrisa preciosa y añadió—: Gracias.

—Pero ¿a qué llamas tú ir despacio? Quiero decir que... Despacio no deja de ser un concepto. No se puede medir realmente. No como se contabilizan los días o las semanas. Y no tiene por qué significar lo mismo para todo el mundo. Quizás para ti sea algo así como caminar sin prisa y para mí signifique ir a velocidad de tortuga marcha atrás, ¿comprendes?

Ren asintió y apretó los labios para reprimir una sonrisa. Le brillaban los ojos, divertido, mirando mi cara como si fuera algo especial.

—¿Tortuga marcha atrás?

—Ajá, ¿has visto alguna vez a una tortuga andando hacia atrás? Es desesperante. Son mucho más torpes y lentas, tanto que podrían detener el tiempo y rebobinarlo.

Él inclinó la cabeza y empezó a reír por lo bajo. Parpadeé molesta.

—¿Te estás riendo?

—No.

—¡Sí lo haces! Te estás riendo de mí. —Negó otra vez, incapaz de mirarme—. Solo es una metáfora, ¿sabes? Para intentar entender qué significa despacio en tu...

Sus labios silenciaron los míos. Los atraparon con dulzura y permanecieron allí. Entreabrí la boca y mi lengua los acarició. Eran tan suaves y perfectos. Apoyé la mano en su nuca y me puse de puntillas para acercarme más a él. Me rodeó la cintura con los brazos, estrechándome fuerte y al mismo tiempo con delicadeza. Temblé. No reconocía las sensaciones que chisporroteaban bajo mi piel, y aun así solo ansiaba perderme en ellas una y otra vez. Jadeé sobre su boca, derritiéndome por dentro. Preguntándome cómo podía concentrarse el universo y desaparecer bajo mis pies solo con un beso.

Lentamente, Ren se separó de mí. Me miró a los ojos y nos envolvió algo muy intenso. Era cálido. Íntimo. Casi podía respirarlo. Me observó sin prisas y sonrió.

—Solo significa poco a poco —susurró con la voz áspera.

Alcé la mano y le aparté un mechón de pelo de la frente. Llevaba meses muriéndome por hacerlo y en ese instante fui consciente de que podría tocarlo cuando quisiera sin contenerme. Le rocé los labios con el pulgar, solo para sentir de nuevo esa certeza. Y porque me apetecía.

—Poco a poco —exhalé, lánguida entre sus brazos.

—¿Ahora ya puedo llevarte a casa?

—¿Puedo beberme el té antes?

—Estará frío.

Hice un mohín travieso y alcé las cejas.

—Podemos calentarlo. —Ren parpadeó sorprendido y se puso rojo. Le apunté con el dedo—. ¿Te has sonrojado?

—Nop.

—Sí que lo has hecho —me burlé mientras le tocaba la mejilla.

Me sujetó la muñeca y negó con la cabeza.

—No es cierto.

—¡Sí, y es adorable!

Me dio la vuelta y empujó mi cuerpo con el suyo hacia la puerta.

Sentí que sonreía, y después me abrazó desde atrás sin dejar de caminar.

Yo solo contaba los segundos hasta volver a besarlo.

38
Ren

Mientras conversaba con Jun en aquel parque la noche anterior, algo hizo clic dentro de mi cabeza. Un chasquido, el de una llave girando en una cerradura. Un chirrido, el de una puerta que se abrió hacia dentro y me obligó a enfrentarme al hecho de que el tiempo pasa y altera todo lo que toca. Hace crecer a las personas, cambia sus emociones y transforma las relaciones.

No sé cuándo ni cómo ocurrió. Qué lo provocó. Si fue aquella noche de febrero cuando nos encontramos de madrugada frente a nuestra casa y, sin ella saberlo, me arrastró fuera del peligroso agujero en el que había comenzado a caer. O si sucedió el día que la descubrí llorando en su habitación por un sueño perdido, que yo entonces no supe entender.

Quizás pasó aquel domingo en el parque de atracciones, cuando me amenazó con pegarme si se me ocurría acercarme a la familia de mi madre y los demás me empujaban a hacerlo. O en el momento que la vi subida en el monopatín y no la reconocí. O cuando me confió lo que sentía al buscar historias a través de su cámara.

Tal vez fue después de que se fuese y yo me descubriera

echándola de menos. En el aeropuerto a su regreso, mientras la miraba a los ojos y los pequeños temblores se transformaron en un terremoto.

No lo sé, pero ese nuevo sentimiento estaba ahí, y no se puede ignorar lo que existe.

Había hecho todo lo posible por silenciarlo, convencido de que era algo malo e inapropiado. Intentando entender el cómo y el porqué en lugar de aceptar que la vida es imprevisible. Que no todo es blanco o negro. Hay matices, luces y sombras. Que los cambios no siempre suponen el fin de algo y el comienzo de otra cosa. A veces, solo son un capítulo más que suma y enriquece una misma historia.

Acepté esa realidad en el mismo instante que doblé la esquina de mi edificio y la vi allí de pie, esperándome. Nada de todo lo que sentí en ese momento podía ser malo.

39
Jisoo

Sonreí como una idiota frente al espejo. No había dejado de hacerlo desde que Ren me acompañó a casa el viernes por la noche y se despidió de mí con un beso suave en los labios. Volví a contar el tiempo que había pasado desde entonces. Un día, trece horas y siete minutos, para ser exactos. Un día, trece horas y siete minutos desde que Ren y yo habíamos decidido intentarlo y apostar por lo nuestro.

Me sentía feliz, emocionada, impaciente y mil cosas más. Era domingo, día de comida familiar, y por fin volvería a verlo. Mi hermana me llamó desde el salón y bajé apresurada las escaleras. Los padres de Yunho acababan de llegar. Me acerqué a saludarlos. Después fui a la cocina para ver si mamá necesitaba mi ayuda.

—Asegúrate de que no falta nada en la mesa —me pidió. En ese momento, llamaron a la puerta. El corazón me dio un vuelco y me giré con brusquedad—. ¿Podrías abrir?

—Ya voy.

Corrí hasta la entrada y abrí de golpe. Clavé mis ojos en Ren y me quedé mirándolo sin parpadear. Él me sostuvo la mirada y sus labios me regalaron una sonrisa cómplice. Me costó un mundo no saltar a sus brazos y llenarle la cara de besos. Era demasiado guapo para mi débil corazón. Vestía una camiseta gris bajo una camisa arrugada a cuadros blancos y negros, y unos vaqueros desgastados llenos de agujeros, que iban a provocarle un ataque a mi madre, pero que a mí me derretían los huesos.

—Hola —saludó.

—Hola.

—¿Puedo pasar?

—¿Eh? —Me señaló con un gesto y entonces caí en la cuenta de que seguía plantada en medio de la entrada. Di un saltito hacia un lado y moví mi brazo de forma exagerada, invitándolo a entrar, lo que le arrancó una risita—. Adelante.

Mi madre no tardó en pedirnos a todos que no sentásemos a la mesa y sirvió el almuerzo poco después. Mi sitio y el de Ren se encontraban en extremos opuestos, y me pasé toda la comida mirándolo mientras fingía que no lo hacía. Reprimiendo sonrisas cada vez que nuestros ojos tropezaban. Ocultando bajo mi melena que me sonrojaba con solo escuchar su voz. Que todo mi cuerpo se estremecía cuando nuestras manos se rozaban al lavar más tarde los platos.

—¿Puedes pasarme ese bol, por favor? —le pedí.

—¿Cuál, este?

—Sí.

Lo puso en mi mano y yo comencé a secarlo. Estábamos tan cerca el uno del otro que nuestros brazos se rozaban por el simple hecho de respirar. Ren tomó aliento y mi pecho lo imitó. Nos miramos y nuestros ojos se enredaron. Me recreé en el brillo que iluminaba los suyos; y la sonrisa que no lograba borrar de mi cara se hizo más amplia.

Tragué saliva. El corazón me volaba dentro del pecho, enviando adrenalina a todo mi cuerpo. Nunca me habían gustado los secretos. En mi vida siempre habían tenido una connotación negativa. Estaban llenos de mentiras, de heridas. De sueños rotos y deseos frustrados. Podían lastimar.

En mis secretos se ahogaba mi verdadero yo.

Sin embargo, estaba descubriendo que no todos eran así. Los había buenos y divertidos. Felices y adictivos. Fascinantes. Incitantes. Sugerentes. Ren y yo compartíamos uno de esos secretos. Una relación que comenzaba. Que debíamos proteger hasta que fuese fuerte y segura. Hasta que las personas que nos importaban pudieran entenderla.

—¿Puedes pasarme ese otro?

Ren cogió el bol que escurría sobre un paño. Lo puso en mi mano y nuestros dedos se rozaron. No los apartó. Tampoco yo. Mis yemas acariciaron las suyas. Se entrelazaron mientras nuestros ojos se sonreían nerviosos, creando a su alrededor un campo magnético, y nosotros éramos dos imanes. Polo norte y polo sur, atrayéndose. Acercándose poco a poco en un impulso lento. Contemplé sus labios. Estaban tan cerca.

Soomin irrumpió sin previo aviso en la cocina y Ren y yo nos separamos de golpe.

—¿Aún no habéis... terminado?

—Casi hemos acabado —respondí sin aliento.

La miré por encima del hombro y le sonreí. Ella me devolvió el gesto.

—Nosotros nos marchamos ya, vamos a llevar a mis suegros a su casa —comentó.

—Vale. Cuidaos —respondí.

—Nos vemos —se despidió Ren.

Soomin salió de la cocina y yo volví a centrarme en secar la vajilla, aún aturdida por la facilidad con la que nos habíamos dejado llevar sin pensar en absolutamente nada.

—¿Crees que se ha dado cuenta? —me preguntó Ren en voz baja.

—Creo que no —respondí.

—Deberíamos tener cuidado e intentar comportarnos como siempre.

—Vale —musité. Ladeé la cabeza y lo miré—. He oído que esta noche proyectan *El gran showman* en el cine de verano de Victoria Embankment Gardens. ¿Te apetece ir a verla conmigo?

Asintió y sus labios dibujaron una sonrisa cómplice.

—Me gusta esa película.

—Lo sé, te encantan los musicales. Y como yo me muero por Zac Efron, es un plan perfecto para una primera cita.

Ren se echó a reír y sacudió la cabeza.

—Primera cita, ¿eh?

—Ajá.

—Y debo compartirte con Zac Efron.

Me ruboricé.

—Es mi plan B por si... Ya sabes, la tortuga no avanza. O peor aún, se pliega a sí misma en el espacio-tiempo y acaba viajando al pasado. Soy paciente, pero hasta cierto punto.

El cuerpo de Ren se sacudió con una risa ahogada. Alzó las cejas mientras me buscaba con la mirada y me empujó con su cadera. Le devolví el empujón. En respuesta, él me salpicó con el agua de la pila.

—¡Ay! —protesté.

Llené mis manos de espuma y traté de frotárselas por la cara. Salió huyendo y yo lo perseguí. Mamá apareció en el pasillo y puso los ojos en blanco al vernos.

—Siempre estáis igual —resopló.

—Ha empezado él —gruñí.

—No es verdad.

—Date por muerto.

—Jisoo, no se amenaza a nadie, hija, y menos a la familia.

Ren me dedicó una mueca burlona. Yo le saqué la lengua.

—¿Por qué no dejáis de comportaros como niños y dais una vuelta por ahí? —nos sugirió ella.

No tuvo que repetirlo. Agarramos nuestras cosas y salimos a toda prisa de la casa.

Al doblar la esquina, nuestras manos se buscaron.

En el pasado lo habían hecho muchas veces, pero nunca como ahora.

Con mariposas en el estómago y sonrisas que salen solas.

Con el corazón en llamas y besos que queman.

40
Ren

Es fácil mentir una vez que empiezas. Y se vuelve mucho más sencillo según avanzan los días. Los actos que repites se convierten en costumbres, como comer con palillos. Al principio es complicado y debes concentrarte en cómo los sujetas, la presión de los dedos. Los recolocas constantemente para que queden simétricos, porque la perfección no da lugar a errores. Con el paso del tiempo, simplemente, agarras esos palillos y comes.

Cuando repites muchas veces una mentira, cada vez cuesta menos decirla y parece más cierta. Puede que hasta te la creas.

Llegó septiembre y con él, «el día». Todos los años me decía a mí mismo que al siguiente no volvería. Nunca lograba cumplirlo. Cada aniversario de su muerte regresaba a ese cementerio, me plantaba frente a la lápida y miraba la foto de mi madre durante horas. Yo no conservaba ninguna. Mi padre se deshizo de todas, el mismo día del funeral. Aunque, de haber podido guardar alguna, no estoy seguro de si lo habría hecho.

¿Se puede querer y odiar a una persona al mismo tiempo? Se puede, aunque siempre hay un sentimiento que predomina más que otro. En mi caso, el resentimiento pesaba más, porque pudo hacerlo de muchas formas y eligió la más dolorosa para los que dejaba atrás.

Había olvidado muchas cosas, pero no ese día. Recordaba el clima lluvioso, los olores que flotaban en la casa, los ladridos del perro del vecino, a mi hermano masticando un bollo mientras miraba la televisión.

Recordaba la cara de mi madre, el golpe en la mejilla con el que había amanecido. La sonrisa en sus labios, tras depositar un beso en mi cabeza y otro en la de mi hermano, y que no llegó a sus ojos, brillantes por unas lágrimas que le costaba retener.

—Termínate el desayuno, Ren.

La vi encaminarse a la puerta.

—¿Adónde vas? —le pregunté.

—Solo a un sitio. Come, enseguida vuelvo.

—¿Vas a tardar mucho?

—No, te lo prometo —respondió.

Segundos después, oí que se cerraba la puerta. Entonces me fijé en que sus llaves continuaban sobre la mesa; su abrigo y el bolso, en la silla. Tampoco había cogido el paraguas, y fuera llovía. Aun así, me dijo que enseguida volvería. Prometió que no tardaría mucho, cuando sabía que no era cierto.

Y solo tomé conciencia de esa realidad con el paso del tiempo.

Me abandonó sabiendo que lo hacía, y con ese acto premeditado me jodió la vida no solo una vez, sino dos. La primera, al dejarme solo. La segunda, cuando empecé a darme cuenta de que, desde ese día, algo comenzó a funcionar mal en mí, algo muy roto que no se podía arreglar. Pero como aparecía y desaparecía, y nadie más lo veía, decidí fingir que no estaba ahí. Que no era importante.

Y comencé a mentir. Sobre todo, a mí mismo.

Nunca le hablé a nadie del ruido y los susurros. De los pensamientos que me azotaban en ocasiones. Solo a la doctora Morton, y, en cuanto lo hice, abandoné la terapia por el miedo que me daba profundizar en ese agujero.

Me distrajo el sonido de un mensaje en el teléfono.

Era de Jisoo y lo abrí. Apareció una foto con dos vasos de café, con nuestros respectivos nombres escritos en el envase, y en una esquina de la imagen, su rostro arrugado por una mueca.

Rompí a reír y me puse en pie sin dejar de mirarla. Me llegó otra foto; su cara estaba pegada a la de Miku y ambas posaban bizcas. Se encontraba en el estudio y di media vuelta para dirigirme a la salida. Poco después conducía en dirección a Camden Town, sin pensar en mi madre ni en lo que se escondía dentro de mi mente. Porque ese era el superpoder de Jisoo: me llenaba por completo y no dejaba espacio a nada más.

Crucé las puertas de Imugi Games con una sonrisa pintada en la cara. Ella seguía allí, sentada al estilo indio en el sofá, mientras tecleaba en un ordenador portátil como había hecho otras veces tiempo atrás. Estaba tan distraída que no me vio hasta que me senté a su lado.

Giró la cabeza y me miró. Vi cómo se sonrojaba, de repente, tímida e indecisa, e imaginé el motivo. No tenía ni idea de cómo comportarse conmigo cuando estábamos con otras personas. Tampoco yo. Sin embargo, una cosa era ser cautelosos en el entorno familiar y otra muy distinta, escondernos de todo el mundo, y yo no quería hacer eso.

Alargué la mano y la tomé por la barbilla. Después me incliné y mi boca rozó la suya con un beso, frente a todo el mundo. Se elevaron algunas risitas y sonidos raros que preferí ignorar. Jisoo me miraba con los ojos muy abiertos y el rostro del color de una frambuesa. Le sonreí y deslicé mi brazo por sus hombros. Hice un gesto hacia el ordenador, que sostenía en el regazo.

—¿Qué estás haciendo? —le pregunté.

Alzó una ceja, haciéndose la interesante.

—¿Quieres saberlo?

—Por supuesto.

Se giró para que yo pudiera verlo mejor.

—Mira, he creado una web, una especie de blog donde estoy publicando mis fotos.

—¿Te refieres a...?

Asintió y se mordió la sonrisa.

—Sí, esas. Quiero que la gente las vea y opine y... No sé, sobre todo, que las vea.

Alargué el brazo y deslicé los dedos en el ratón táctil para moverme por la página. Era la primera vez que veía sus fotografías y no sabía muy bien qué esperar. Quizás por ese motivo, el impacto fue mayor. Cada imagen era un roce en la piel. Un latido. Un estremecimiento. Un soplo en la nuca. No sabía que unas pompas de jabón podían hacer que contuviera el aliento. Ni que un diente de león al trasluz pudiera parecer un copo de nieve. O sentir pena por un dibujo de tiza que comienza a borrar la lluvia.

—¡Son alucinantes! ¿Cómo consigues ver todo esto?

—¿De verdad lo crees?

La miré a los ojos.

—¡Sí! Es como si estuvieran vivas.

Se le humedecieron los ojos, mientras me sostenía la mirada. Una sonrisa feliz tiró de sus labios. Contempló su propio trabajo y suspiró.

—Porque lo están —susurró. De repente, metió el ordenador en su mochila y se puso de pie—. Debo irme.

—¿Y ese café?

—Me los he bebido.

—¿Los dos? —pregunté sorprendido.

Se inclinó y me dio un besito.

—Has tardado demasiado. —Otro beso, un poco más largo—. Te llamo.

Sin más, escapó corriendo del estudio.

Sacudí la cabeza, sonriendo como un idiota.

Porque así era ella, impulsiva, impredecible y nunca sabías lo que iba a hacer al minuto siguiente. Y, por primera vez, la idea de no saber qué esperar ya no me angustiaba.

41
Jisoo

Primer día de clase y solo sentía ganas de llorar cuando abandoné el edificio de la universidad a media tarde. No tenía ni idea de cómo iba a soportar otro año en Barts. Cada nuevo curso me lo tomaba peor que el anterior. Por más que lo intentaba, no era capaz de sacudirme de encima esa sensación de apatía y tristeza, ni la desmotivación y la desgana que se adherían a mí como una telaraña pegajosa.

O quizás solo fuese la humedad del ambiente, y que yo demasiado dramática.

El cielo era de un color gris acero y empezó a lloviznar.

Corrí hasta el metro, con intención de regresar a casa.

Me dejé caer en el primer asiento libre que vi y cerré los ojos con una sensación extraña que atenazaba mi garganta. Un regusto a resistencia en contraposición al conformismo y la resignación que solía respirar.

Mi teléfono sonó con un mensaje y le eché un vistazo. Era de Soomin, pidiéndome que me pasara por el restaurante para ayudar en el turno de la cena. Al parecer, mamá había cogido un resfriado y la habían obligado a irse a casa a descansar. Me desperecé y rebusqué en mi mochila hasta encontrar los caramelos de café. Me metí uno en la boca y lo saboreé mientras las paradas se sucedían.

Cuando salí del metro, continuaba lloviendo. Corrí hacia el restaurante, pegada a los edificios para evitar mojarme. Empujé la puerta y una vez dentro comencé a sacudirme como un gato enfurruñado, al tiempo que maldecía por el simple hecho de estar enfadada.

Alcé la vista y el corazón me dio tal vuelco que casi me caigo de culo al descubrir a Ren sentado con Yunho en una de las mesas, rodeados de un montón de papeles y carpetas. Su efecto en mí era fulminante. Un chispazo que detenía el órgano que albergaba mi pecho y luego lo lanzaba a una carrera frenética.

Su mirada se enredó con la mía y me sonrió. Yo me olvidé de respirar.

Me acerqué.

—¿Qué hacéis? —pregunté, sin apartar mis ojos de los suyos.

—Tu padre ha recibido una notificación, parece que hay un problema fiscal con el restaurante. Así que estamos revisando todas las cuentas y facturas del año pasado —respondió Yunho.

Me cambió el semblante.

—¿Es grave? —me preocupé.

Yunho alzó la vista y negó con un gesto tranquilizador.

—Estoy convencido de que es un error, pero quiero asegurarme y reunir toda la documentación antes de presentar la reclamación.

—Y yo le estoy ayudando —apuntó Ren.

Llevaba una gorra, de la que sobresalían unos mechones ondulados. Hice el ademán de levantar la mano y colocárselos detrás de la oreja, pero reprimí el deseo y la cerré en un puño.

Soomin apareció con un delantal atado a la cintura y una redecilla en la cabeza. Suspiró al verme.

—Bien, ya estás aquí. Papá también se ha ido a casa, no quiere que mamá esté sola.

—¿Ella se encuentra bien?

—Sí, solo es un resfriado, pero necesita descansar para recuperarse.

—Entonces, ¿cerramos? —pregunté.

—¡No! —exclamó mi hermana—. Nos encargaremos nosotros.

—¿Nosotros? —saltó Yunho—. Tienes que estar de broma.

Sin embargo, no lo estaba.

Soomin poseía un don para cocinar, pero no solo eso. También tenía las cualidades necesarias para dirigir cualquier cosa, y en la cocina del restaurante siempre se había desenvuelto como pez en el agua. Su capacidad para organizarse y no sucumbir a la presión de los servicios era de otro mundo. Además, disfrutaba. Pocas veces podías verla tan feliz como en esos ratos que mamá la dejaba trabajar en el restaurante.

Cuando por fin se marchó el último cliente, me apresuré a colgar el cartel de CERRADO.

Con la ayuda de Becky, Soomin y Yunho comenzaron a limpiar y recoger la cocina. Henry, el otro camarero, Ren y yo ordenamos el comedor. Una hora después, nos preparábamos para irnos a casa.

—Revisaré una última vez la cámara frigorífica, quiero asegurarme de que no he olvidado anotar nada en la lista de la compra para mañana —anunció Soomin.

Yunho se derrumbó en una de las sillas.

—Estoy muerto y las manos me huelen a pescado.

—Yo sacaré la basura —me ofrecí.

—Te acompaño —dijo Ren a mi espalda.

Reprimí una sonrisa y me encaminé a la cocina. Él me seguía de cerca. Evité pensar en lo nerviosa que me ponía tenerlo a solo un paso de distancia y fingir que no me descolocaba. Que no me moría por darme la vuelta y abrazarlo muy fuerte.

Ren se adelantó para coger el cubo más grande y me dejó a mí el pequeño. Luego salimos a la calle por la puerta lateral, que daba al callejón, y los empujamos hasta la acera.

—¿Cómo ha ido el primer día de clase? —me preguntó.

Fruncí los labios y lo miré con carita de pena mientras nos adentrábamos de nuevo en el callejón. Nuestras manos se rozaban al caminar. Tomó mis dedos entre los suyos y los entrelazó. Me miró con dulzura.

—¿Quieres un abrazo?

—Lo necesito —respondí en un susurro.

Ren dejó escapar una risita y me rodeó con sus brazos. Escondidos en la penumbra, alcé la vista y lo contemplé. Todos tenemos un centro de gravedad, y Ren se había convertido en el mío. No había nada que su presencia no pudiera mejorar.

—¿No sería genial poder coger la felicidad de este momento y meterla en un botecito, como si fuesen caramelos? Podría llevarlo en un bolsillo a todas partes y comerme uno cada vez que me sintiera triste.

—Creo que eso ya lo han inventado —apuntó él sin dejar de sonreír.

—Ah, ¿sí?

—Ajá, creo que se llama Prozac.

Le di un golpecito en el pecho.

—No te burles, es una reflexión sincera.

Sus brazos me ciñeron con más fuerza.

—Entonces, ¿en este momento eres feliz?

—A ver, deja que piense... —Apoyé mis manos en sus hombros y fruncí los labios en una mueca—. Entre la universidad y el restaurante, no he podido descansar ni cinco minutos. Me duelen los pies y el pelo me huele a fideos de marisco picantes. ¡Creo que acabo de ver una rata! —Me estremecí y casi me subo a sus caderas como un koala. Inspiré—. No obstante, soy feliz porque tú estás aquí y te echaba mucho de menos.

Ren acercó su cara a la mía.

—Yo también te echaba de menos. Siento no tener más tiempo libre.

—No pasa nada. Lo entiendo.

—¿Sabes? Podrías usar mi oficina para estudiar. Es un sitio tranquilo y nadie te molestaría. De paso...

—¿De paso?

—Podríamos vernos —susurró, y el aire que escapó de su boca rozó mis labios.

Una ola de calor me atravesó todo el cuerpo. Levanté las cejas con un gesto travieso.

—No creo que funcione, me pasaría todo el tiempo mirándote y no estudiaría nada. ¿Por qué no eres un poco más feo?

—Puedo intentarlo.

Hice un puchero.

—Mejor quédate así. Seré yo la que se sacrifique.

Él recorrió mi rostro con la mirada y mi corazón comenzó a latir con fuerza. Inspiró como si fuese a decir algo, pero se quedó callado y me contempló con más intensidad. No necesitaba que dijera nada, yo también lo sentía. Ese hilo que nacía en mi esternón y se anudaba al suyo. Tensándose. Acercándonos. Vibrando. Bajé la vista a sus labios entreabiertos y los míos se separaron. Noté las yemas de sus dedos a través de la ropa, hundiéndose en mi cintura.

—¿Lo estás viendo? Te lo dije, que entre estos dos pasaba algo —exclamó una voz.

Me aparté de Ren con un susto de muerte y me giré. Descubrí a mi hermana y mi cuñado a solo unos pasos de distancia. Nos miraban como si acabáramos de pulsar el detonador de una bomba y la Tierra amenazara con salirse de su órbita. Quizás lo habíamos hecho y el desastre era inevitable.

—No me lo puedo creer —repuso Yunho.

—Ella no tiene la culpa, el único responsable soy... —empezó a explicar Ren.

Soomin levantó las manos para pedir silencio. Luego señaló la puerta.

—Adentro. Los dos. Ya.

Obedecimos. Ambos conocíamos a Soomin y sabíamos que no era muy prudente enfadarla.

Nos condujo hasta una mesa en el comedor y nos sentamos los cuatro. Ren y yo, a un lado; ellos dos, al otro. Mi hermana nos miraba conmocionada y en silencio, y supe que estaba tratando de poner en orden sus pensamientos.

Resopló incómoda.

—¿Desde cuándo vosotros... vosotros dos... estáis juntos?

—Unas semanas —respondió Ren muy tranquilo.

Lo miré de reojo. No parecía ni un poquito nervioso, y su actitud me llenó de confianza. Alcé la barbilla e insté a mi corazón a calmarse.

—¿Vais en serio?

Abrí la boca para contestar, pero Ren se me adelantó.

—¿Crees que si no fuese en serio con ella habría dado este paso? Vamos, Soomin, me conoces. —Apoyó los brazos en la mesa y miró a Yunho—. Tú también me conoces.

Yunho asintió.

Mi hermana me observó mientras se repantigaba en la silla y se cruzaba de brazos.

—¿Estás segura de esto?

—Muy segura —afirmé.

De pronto, ella le dio un codazo a su marido.

—¿Y tú no tienes nada que decir?

Yunho masculló.

—¿Y qué esperas que diga? Prefiero que estén juntos y controlados a tener que preocuparme de ellos por separado.

Incliné la cabeza y sonreí.

—¿Qué significa eso? Yo no necesito que tú me controles —saltó Ren.

—Ah, ¿no? ¿Quieres que saque mi lista de motivos? La guardo en una carpeta, junto con la de los problemas que te he resuelto.

Ren bufó y puso los ojos en blanco. Con disimulo, moví mi mano hasta su pierna y le di un ligero apretón. Él me miró y relajó su cuerpo.

Soomin se frotó las mejillas y soltó un suspiro entrecortado.

—De acuerdo, ambos sois adultos y espero de verdad que sepáis lo que estáis haciendo. Porque no se trata solo de vosotros dos, esta relación afecta a toda la familia.

—Soy muy consciente —alegó Ren.

—Y yo —susurré.

—Quien de verdad me preocupa es mamá. Todos sabemos cómo es y cómo piensa. Si se entera de lo vuestro ahora, le dará un ataque. Ella tiene su plan organizado. Primer punto, que te gradúes. Segundo, trabajo. Tercero, ya puedes pensar en chicos.

—¡Aún me quedan dos años para graduarme! —exclamé.

—No estoy diciendo que esperéis tanto.

—No sería nada justo —mascullé apenada—. Tampoco estamos cometiendo un crimen como para escondernos de por vida.

Ella resopló de forma casi inaudible.

—Lo sé. Pero no estamos hablando de un chico cualquiera, sino de Ren. Mamá lo adora.

—Más razón para que consienta esta relación.

—O no. ¿Quieres arriesgarte y jugártela? En tu lugar, yo sería paciente —me aconsejó mi hermana.

—Y lo seremos —susurró Ren preocupado.

Soomin le dedicó una pequeña sonrisa y asintió.

—Pues de forma sutil, la iremos preparando para que, cuando llegue el momento, ella lo haya interiorizado y le sea más fácil asimilarlo. Lo haremos poco a poco.

—¿Cómo? —quise saber, porque sentía mi cerebro sobrecargado e incapaz de pensar por mí misma una solución.

—Deja que lo piense, se me ocurrirán ideas. De momento, vosotros no seáis muy evidentes, ¿entendido? Yo solo necesité dos domingos para darme cuenta.

No pude evitar reírme. Miré a Ren con disimulo y él también sonreía. Soomin continuó:

—Aunque tampoco os dediquéis a ignoraros cuando estéis con ella. Que os vea bien y unidos puede ayudar. ¿Conforme?

Inhalé profundamente y asentí tras soltar el aire.

Sin embargo, mi corazón se agitó con una sacudida rara. Otro tirón de rebeldía, que me hizo apretar los dientes y preguntarme cuándo el sacrificio dejaba de ser un acto de amor y se convertía en opresión. Dónde se encontraba el punto de inflexión que obliga a anteponer tus propios sentimientos a los de las personas que quieres, para no perderlo todo.

42
Ren

Le eché un vistazo al reloj y di un bote al ser consciente de lo tarde que era. Dejé a un lado las partituras y me dirigí al baño. Me metí en la ducha. Acababa de aclararme el pelo cuando me pareció oír el timbre de mi teléfono. No le di importancia. Sin embargo, al sonar por segunda vez, y también una tercera, salí a buscarlo con una toalla en las caderas y escurriendo agua.

Se trataba de Kenji, y nunca llamaba por llamar. Al menos, no a mí.

Descolgué preocupado.

—Debe de ser importante para que me llames un sábado por la tarde.

—Tengo que hablar contigo. Ha surgido un problema con el presupuesto para el estudio que subcontrataste.

—¿Qué problema?

—Quiero hablarlo en persona.

—¿Ahora? He quedado con mi novia. Esta noche cenamos en casa de su hermana y no puedo faltar.

—No nos llevará mucho y necesito discutirlo contigo.

Me pasé la mano por el pelo mojado y apreté los dientes.

—Vale, ¿dónde nos vemos?

—Voy conduciendo por King Cross; tú vives cerca, ¿no?

—Más o menos.

—Te paso la ubicación de un local que acabo de ver, parece tranquilo.

—Envíamela.

Colgué y corrí a vestirme.

Antes de salir, le envié un mensaje a Jisoo para avisarla de mi retraso.

La dirección que Kenji me pasó correspondía a la del Flat Iron, un restaurante que se encontraba a una milla y media de mi casa, por lo que decidí ir hasta allí a pie. Tardaría menos que buscando aparcamiento para el coche.

Mientras caminaba deprisa, no dejaba de pensar en cuál sería el problema que había surgido con el presupuesto. Lo único que se me ocurría era que el otro estudio quisiera renegociar, pero había un contrato firmado, con una serie de condiciones que ambas partes habíamos aceptado.

Todo era muy raro.

Llegué al restaurante y empujé la puerta del local.

—¡FELIZ CUMPLEAÑOS! —gritó un coro de voces.

Casi me da un infarto. Me llevé las manos al pecho, y después a la cabeza, mientras paseaba la vista por todas aquellas caras sonrientes que me miraban. Jisoo, Jun, Dani, Hae In, Benny, Soomin, Yunho... La gente del estudio. Amigos de la universidad, como Eddy. Y Kenji. Lo señalé con el dedo y rompió a reír.

—Me lo he tragado —le dije.

—Era el único que podía traerte hasta aquí sin que sospecharas —rio Jun a mi lado.

Jisoo apareció frente a mí, preciosa con un vestido estampado bajo una chaqueta de mezclilla y unas zapatillas blancas. Me rodeó el cuello con sus brazos y una sonrisa enorme en la cara.

—¡Felicidades!

Bajé la cabeza y le di un beso con el corazón encogido y la piel de gallina. Lo que sentía por ella no dejaba de multiplicarse. De transformarse. El cariño, en un amor puro y transparente. La atracción, en un deseo que ya no me avergonzaba sentir. Me gustaba en todos los sentidos posibles. Era inteligente. Era divertida. Guapa. Intrigante. Un ángel. Y yo había tenido la suerte de que me eligiera a mí.

—¿Tú también has participado en esto? —le pregunté.

—Casi todo ha sido idea suya. Y yo, su ayudante secuaz —confesó Jun.

Jisoo me miró un poco insegura.

—¿Te gusta?

—Es genial, gracias.

—Te lo mereces.

Alguien puso música y los camareros comenzaron a servir comida y bebida. Mis amigos se acercaron a felicitarme. A algunos hacía bastante que no los veía, y el tiempo voló mientras nos poníamos al día. Era agradable ver a tantas personas importantes para mí reunidas en un mismo sitio. Y divertido.

En algún momento de la noche, Soomin sacó una tarta enorme con veintinueve velas. Tuve que soplar varias veces para apagarlas todas.

Jun apareció con un par de copas y me ofreció una. Bebimos y conversamos durante un rato con nuestros antiguos compañeros de universidad, recordando viejos tiempos. Tenía la impresión de que había pasado una eternidad desde entonces.

Miré a mi alrededor, todo el mundo parecía estar pasándolo bien.

Divisé a Jisoo junto a la barra, con Miku, Lisa y Dani. Se reían a carcajadas. Sonreí. Me encantaba verla tan feliz. Lo bonita que estaba cada día. Cómo se movía, cómo caminaba, cómo respiraba.

Jisoo giró la cabeza y nuestras miradas se encontraron. Sus labios formaron una media sonrisa y los míos la imitaron. Nos contemplamos en la distancia. Levanté una ceja. Un gesto travieso, cuyo significado ella comprendió como si se lo hubiera susurrado al oído.

Un minuto después, nos escabullíamos del restaurante tomados de la mano.

Nos alejamos de allí entre risas achispadas y miradas divertidas. Sobre nuestras cabezas, un relámpago iluminó la noche.

—¿Has visto eso? —preguntó Jisoo. Asentí con la vista puesta en el cielo—. Me gustan las tormentas.

Entrelacé mis dedos con los suyos e inspiré hondo. A mí también me gustaban. En especial, las que tenían lugar durante la noche. Me resultaba fascinante ver cómo los rayos resquebrajaban el cielo, el brillo cegador de los relámpagos. Contar los segundos hasta que crujían los truenos.

—Astrafilia —susurró ella.

—¿Qué?

—Así se llama la atracción que siente una persona por las tormentas, astrafilia —me explicó. Se volvió hacia mí con una expresión pícara y las mejillas rojas—. Suena a algo muy guarro y picante.

La observé durante unos instantes con los ojos muy abiertos. A continuación, estallé en carcajadas. Locas e incontrolables. Ella me dio un manotazo. Me aparté de un salto para evitar otro y me reí con más ganas cuando empezó a perseguirme. Nos adentramos en un parque sin dejar de correr. Me giré de golpe y ella se estampó contra mi pecho.

—¡Te pillé! —exclamé.

La abracé muy fuerte y solté un suspiro. Ella alzó la barbilla para mirarme. Recorrió mi rostro durante unos segundos y la sonrisa se borró de sus labios. Un sentimiento de congoja veló sus ojos.

—Mis padres van a entender lo nuestro, ¿verdad?

—Eso espero.

—¿Y si no lo hacen?

Su desasosiego me rompió en muchos trocitos. Le acaricié la espalda con la palma de la mano, mientras me inclinaba y presionaba mis labios contra su frente.

«No lo harán. Te darán la patada.»

Me mordí la lengua para que el dolor mitigara esa falsa frecuencia dentro de mi cabeza.

—Nos preocuparemos cuando eso ocurra —murmuré contra su piel.

—¿No te inquieta?

—Por supuesto que sí. Vosotros sois todo lo que tengo. Y tú... Tú eres todo lo que quiero —le aseguré en tono áspero, por el nudo que me oprimía la garganta.

Prefería no pensar en nada de eso. Ni preocuparme antes de tener una razón para hacerlo. No quería que nada empañara los días que estaba viviendo con ella, los mejores de mi vida desde que podía recordar. Las cosas malas ya tienen la fea costumbre de presentarse sin pedir permiso ni avisar como para perder nuestro tiempo esperando a que lleguen. Si es que lo hacen.

La sujeté por la nuca y cubrí su boca con la mía. El mundo entero quedó en silencio. También lo hizo mi mente.

El cielo volvió a iluminarse y un rayo lo partió en dos. Un instante después, un trueno restallaba sobre nosotros y reverberaba en mis tímpanos. De pronto, comenzó a caer una llovizna tan fina que parecía neblina, pero que nos caló enseguida.

43
Jisoo

No podía dejar de reír mientras corría sobre los charcos aferrada a la mano de Ren. La lluvia, fina y suave al principio, comenzó a caer con violencia y se transformó en una cortina borrosa, a través de la que no se podía ver nada. El cielo no dejaba de iluminarse, mostrando una capa compacta de nubes gruesas. La tormenta crecía, cada vez más ruidosa y turbulenta.

Alcanzamos el edificio donde vivía Ren. Él empujó la puerta y entramos a trompicones. Nos detuvimos en el vestíbulo y yo me derrumbé contra la pared sin aliento. Me ardían los pulmones y me temblaban las piernas.

—¿Estás bien? —me preguntó Ren.

Asentí y se me escapó una risita divertida. A nuestros pies, empezó a formarse un charco.

Ren se pasó una mano por la cara y se apartó el pelo que se le había pegado a la frente. Fuera, estalló un trueno y su eco reverberó en las paredes.

—Subiremos por la escalera. Nada de ascensor con este tiempo.

—Vale.

De repente, sonó un chasquido y todo quedó a oscuras.

—Mierda —oí mascullar a Ren. Sentí que palpaba su ropa mojada y un instante después iluminó nuestros pies con su teléfono—. Dame la mano y ten cuidado con dónde pisas.

Comenzamos a subir.

—En las películas, ahora es cuando aparece el asesino —bromeé.

—¿Y quién te dice que no estás ya con él?

—Ja, ja... Muy gracioso.

Me estremecí y se me puso la piel de gallina. La temperatura había descendido muy rápido.

—¿Tienes frío? —inquirió Ren.

—Un poco.

—Otro piso más y habremos llegado. Nos pondremos ropa seca y prepararemos un té caliente.

—Suena bien —musité, más consciente que nunca de la situación en la que nos hallábamos.

Él y yo.

Solos.

En su casa.

Se me atascó la respiración y un calambre me recorrió la tripa. Mentiría si dijera que no llevaba esperando un momento así desde que la palabra nosotros comenzó a definirnos. Desde que todos los quizás se transformaron en certezas. Pese a ello, el simple hecho de imaginarnos juntos provocaba un terremoto bajo mis costillas y una oleada de calor que se iniciaba en el ombligo y descendía hasta colarse entre mis piernas.

Llegamos arriba y Ren abrió la puerta. Se quitó las zapatillas al entrar y yo lo imité. Me pidió que esperara, mientras encendía unas velas que fue colocando en el salón, la cocina y el baño. Después buscó en su armario algo de ropa que me pudiera servir.

Volvió con una camiseta y un pantalón de pijama con cordones.

—No tengo nada más pequeño —dijo en tono de disculpa.

—Me las arreglaré.

—Hay toallas limpias en el armario. Puedes ducharte, si quieres, pero la caldera es eléctrica y el agua saldrá fría.

—Estoy bien así.

Me quité la ropa mojada y me sequé el pelo lo mejor que pude. Luego lo desenredé con los dedos. Me vestí y salí del baño con las prendas que me había quitado empapadas. Oí ruidos en la cocina. Fui hasta allí y vi a Ren prendiendo uno de los fogones de gas y poniendo a hervir agua.

—¿Dónde coloco la ropa mojada?

—Yo la he colgado en la silla, tú puedes hacer lo mismo. Cuando vuelva a haber luz, pondremos la secadora.

—¿Es normal que sigamos a oscuras?

—Parece que el apagón es en todo el barrio, debe de haber una avería bastante grande.

Mientras él terminaba de preparar té, yo regresé al salón, iluminado por un par de velas aromáticas que permitían ver lo justo para no tropezar con los muebles. De todas formas, no servían de mucho. Teníamos la tormenta justo encima y los relámpagos se sucedían unos tras otros, convirtiendo la noche en día cada pocos segundos. Me acerqué a la ventana y contemplé la lluvia y las rachas de aire que sacudían los árboles que bordeaban el canal.

—Pluviofilia —dijo Ren a mi espalda.

Sonreí para mí misma y me giré. Me ofreció una taza, que olía a menta y limón. La acuné entre mis manos y aspiré el vapor.

—¿Pluviofilia?

—Es la fascinación que sienten las personas por la lluvia y todo lo relacionado con ella.

—También suena un poco guarro.

Ren rompió a reír. Se colocó a mi espalda y me rodeó con sus brazos. Nos quedamos callados. La lluvia caía incesante y golpeaba la ventana. Su sonido nos envolvió y deseé que el tiempo se detuviera. Era tan consciente del delicioso aroma del perfume de Ren, mezclado con el olor a suavizante de su ropa. De las palmas de sus manos sobre mi vientre. Su aliento tan cerca de mi oído.

Me bebí el té y Ren tomó la taza de mis manos con el propósito de dejarla en el escritorio que había junto a la pared. Me abrazó de nuevo y pude sentir el calor que emanaba de su cuerpo. Pude oír su respiración algo irregular. Me estremecí al notar sus dedos deslizándose despacio por mi brazo. Uno de esos gestos que repetimos por inercia cuando estamos distraídos y nuestros pensamientos vuelan.

Me pregunté adónde habrían ido los suyos.

En cambio, los míos permanecían allí, en ese instante, memorizando cada detalle. El calor de sus dedos. La presión de sus brazos a mi alrededor. Los latidos apresurados de mi corazón y cómo el suyo, envidioso, también comenzó a acelerarse al regresar a ese momento, conmigo.

Tragué saliva y me humedecí los labios.

—¿Puedo quedarme esta noche? —susurré.

—¿Quieres quedarte? —Su voz sonó ronca.

Me giré entre sus brazos. Apoyé las manos en su pecho y lo noté temblar.

—Sí. —Mi corazón aumentó su velocidad—. Quiero.

Alcé la mano y acuné su cara despacio. Él movió su rostro, buscando mi contacto. Deslicé el pulgar por su mejilla. Con la punta de los dedos tracé el contorno de su boca, la hendidura bajo su nariz. La pequeña sonrisa que tiró de sus comisuras. Me puse de puntillas y la besé. Apenas un roce, que le robó a Ren un jadeo.

—¿Por qué tiemblas? —musité.

—Haces que esté nervioso.

Sonreí y mi corazón se agitó.

—Es lo más bonito que me han dicho nunca.

Lo besé. Me besó. Su lengua se encontró con la mía, mientras nuestras manos se aventuraban bajo la ropa del otro, descubriendo la piel. Piel caliente, suave y trémula, que iba despertando algo en mí que no sabía que estaba dormido. Que ni siquiera existía.

Los dedos de Ren rozaron mi ombligo, el estómago, las costillas... Un nuevo roce, mucho más sensible, que me dejó sin aire. Tiré del borde de su camiseta y él me ayudó a quitársela por la cabeza mientras nos movíamos hasta su dormitorio. Detrás de nosotros, un rastro de prendas arrugadas. Nos detuvimos frente a la cama. Él me miró de arriba abajo y, por primera vez en mi vida, no sentí el impulso de cubrirme al estar desnuda. La habitación se iluminó completamente durante unos segundos y nuestros ojos se enredaron.

Ren me sujetó la barbilla con los dedos y la alzó antes de besarme. Su boca dibujó un camino por mi cuello. Hundí los dedos en su pelo y caímos en la cama. Nos besamos una y otra vez, mientras definíamos los puntos débiles del otro bajo las yemas de los dedos.

Tensándonos por las ganas.

Su cuerpo duro y el mío impaciente y excitado.

—¿Estás bien? —susurró.

Un trueno ahogó el sí que escapó de mi garganta, y asentí. Sus dedos, como plumas, resbalaron por mi estómago y se perdieron entre mis piernas. Exhalé sobre su boca un gemido sutil e instintivo. Me mecí contra su mano y pequeñas oleadas de placer empezaron a enroscarse en ese pequeño nudo de tensión que me robaba el aire, y que solo hallaba en su boca para volver a respirar.

Los suspiros se convirtieron en jadeos y mi cuerpo se puso a temblar bajo el suyo mientras el nudo se deshacía. Sentí un escalofrío cuando su piel se separó de la mía. El eco de un cajón al abrirse rompió el silencio. El sonido de un plástico al rasgarse. Dos sonidos insignificantes en cualquier otro momento. Pero en ese preciso instante, transformaron la calma que había alcanzado en una intensa necesidad.

Ren me miró desde arriba. Su rostro se iluminaba de forma intermitente. Breves destellos que se colaban por la ventana, pero que me permitían admirarlo y sentir a través de sus ojos todas las formas en las que estábamos conectando.

Acarició mis muslos de arriba abajo. De afuera hacia adentro. Separó mis piernas con la respiración ligera y se colocó entre ellas. Me tensé un poco al notarlo abriéndose paso dentro de mí. Se detuvo y un dulce susurro escapó de sus labios. Bajó la cabeza y me besó. Fue un beso diferente. Uno profundo y húmedo que aflojó todos mis huesos e hizo temblar mis músculos.

Ren volvió a moverse y yo lo acogí con un suspiro que me vació por completo, sumergiéndome en el vínculo que acabábamos de formar. La última conexión que nos faltaba por alcanzar. Dejamos de contenernos. Me dejé llevar. Lo quería todo de él, cuanto pudiera darme y mucho más. Porque, además de impaciente, también era codiciosa. Así que le pedí más, más y más. Con una de mis manos en su nuca y la otra en su cadera. Mi cuerpo se tensó y tembló, escalando entre suspiros y jadeos. En un arrebato, le mordí el hombro, los labios, y él respiró sobre ellos.

El placer me atravesó y todo se derritió a mi alrededor. Poco después, Ren escondía el rostro en el hueco de mi cuello mientras se dejaba ir y sus latidos resonaban contra mi pecho.

No lo solté. Ni él a mí. Nos escondimos entre el remolino

de sábanas, envueltos en una calma absoluta, con la tormenta como música de fondo y nuestras respiraciones adentrándose en ese dulce limbo en el que el cuerpo se muere por dormir, pero el corazón se empeña en permanecer despierto. Sin miedo. Sin dudas. Con la felicidad de haber cumplido un sueño.

44
Ren

Hasta entonces, creía que el amor solo era un sentimiento tranquilo y templado. Como una vela que se va consumiendo poco a poco, sin prisa. Una llama que titila serena y apenas oscila. Ahora sé que también puede ser como una bengala que brilla y chisporrotea. Fuegos artificiales en el cielo. Un incendio.

Locura. Risas. Música.

Besos que cierran heridas.

Caricias que borran cicatrices.

El amor es una chica que salta en los charcos y lame la lluvia. Que inspira canciones y descubre mundos. El amor es ella, la niña que inventa cuentos y los deja sin final.

45
Ren

Siempre me ha gustado el otoño, es mi estación favorita. Me gustan los colores que trae consigo, los naranjas, rojos y marrones que parecen inundarlo todo. Las lluvias y cómo se refleja la ciudad en los charcos que van dejando a su paso. Me gusta la sensación de frío en la calle. Las hojas secas que se arremolinan en las esquinas y cubren los parques. Hacerlas crujir bajo los pies.

Pueden parecer cosas simples, pero para mí son perfectas por esa sencillez. El momento que crean lo es. Como conducir con una ligera llovizna a principios de noviembre, con música de fondo, sabiendo que al final de ese viaje me encontraría con ella.

Aparqué frente al Instituto Blizard. Salí del coche y me cubrí con la gorra. Continuaba lloviendo y había olvidado el paraguas en el estudio. Me dirigí a paso rápido a la biblioteca, donde debía recoger a Jisoo.

Crucé la puerta con las manos en los bolsillos y me adentré en el edificio, buscándola con la mirada. La vi en una mesa, bajo una de las vidrieras. Nara y ese chico, Ryan, estaban con ella. Nara trasteaba distraída en su teléfono, mientras Jisoo y Ryan hablaban en susurros, inclinados sobre un libro abierto. Daba la impresión de que él trataba de explicarle algo que, por su expresión, ella no terminaba de entender. Sonreí al ver que fruncía el ceño, disgustada. Era demasiado exigente consigo misma.

Me quedé allí parado, observándolos, y no me pasó por alto la forma que él tenía de mirarla. Cómo se le iluminaban los ojos y su boca se curvaba sin ningún esfuerzo. Sin malicia. Más bien la contemplaba con una inocencia que apenas cuadraba con un chico de su edad. Ella le gustaba un montón. Pero ¿a quién no?

Inspiré hondo y me acerqué.

Nara fue la primera en verme. Agitó la mano de forma exagerada y los otros levantaron la cabeza. La sonrisa de Jisoo me desarmó por completo y me recompuso en un solo segundo.

—Hola —me susurró al tiempo que me cogía la mano.

Ryan se puso en pie y me ofreció la suya. La estreché.

—¿Qué tal, Ren? Me alegro de volver a verte.

—Bien. ¿Qué tal estás tú? —le pregunté en voz baja.

—De vuelta a las clases, tío. Un rollo.

Asentí sonriente y bajé la vista hacia Nara, que me estudiaba con una sonrisa un tanto siniestra.

—Hay algo que quiero decirte desde hace tiempo —susurró muy seria.

—Adelante.

—Desde lo más profundo de mi corazón, apruebo vuestra relación y contáis con mi más sincera bendición.

Alcé las cejas.

—Gracias. No sé qué habría hecho si no.

Jisoo le dio una patadita por debajo de la mesa y comenzó a recoger sus cosas.

Nos despedimos y cruzamos la nave central en dirección a la puerta. Deprisa y sin hacer ruido. Al salir a la calle, le cogí la mochila a Jisoo y me la colgué del hombro. Hice una mueca y estiré la espalda al notar que pesaba demasiado.

—¿Qué llevas aquí?

Ella entrelazó sus dedos con los míos.

—La cámara. Ahora la llevo a todas partes.

La miré de lado y le cubrí la cabeza con mi gorra, para que no se le mojara el pelo. Aún chispeaba.

—¿No te preocupa que mamá pueda verla?

—Por supuesto que me preocupa, y estoy siendo muy cuidadosa, pero me resisto a tenerla escondida en un armario. —Esbozó una sonrisa triste—. ¿Sabes? A veces voy por la calle y veo cosas que siento la necesidad de fotografiar, y quiero poder hacerlo, Ren.

Apretó mis dedos entre los suyos y el aire escapó de sus pulmones de forma brusca.

—Entonces, hazlo —la animé convencido, porque me mataba verla vivir contenida, cuando su naturaleza la empujaba a desbordarse—. ¿Adónde quieres ir?

—Debo terminar un trabajo para mañana. ¿Vamos a tu casa y pedimos pizza?

—Sin pimientos —repliqué.

—¡Odio los pimientos!

Sonreí como un idiota. ¿Quién dice que las almas gemelas no existen?

Llegamos a mi casa cuando el sol empezaba a ponerse. Jisoo se instaló en la mesa del salón y yo aproveché el tiempo para realizar algunas tareas domésticas. Cuando acabé, Jisoo aún seguía concentrada en su trabajo. Entré en el salón sin hacer ruido, cogí mi guitarra y regresé sobre mis pasos.

—¿Adónde vas? —se interesó ella.

—A mi estudio, me apetece tocar un rato y no quiero molestarte.

—¿Y por qué ibas a molestarme? Vamos, quédate aquí.

—¿Seguro?

—Ajá.

Me senté en el sofá y me acomodé la guitarra. Rasgué unos acordes para comprobar que continuaba afinada. Comencé a tocar el inicio de la canción que estaba componiendo, anticipando las notas en mi mente. Se trataba de una melodía lenta y suave, para la que aún no tenía letra. Cerré los ojos y mis dedos acariciaron las cuerdas. No dejaron de hacerlo, incluso después de que mi cerebro desconectara de la realidad y perdiera la noción del tiempo.

Toqué un último acorde y el eco de la nota final quedó flotando en el aire durante un segundo. Abrí los párpados y encontré a Jisoo frente a mí, apuntándome con su cámara de fotos. Clic.

—¿Qué haces?

—Detener el tiempo —contestó, y pulsó dos veces más el disparador.

—¿Sueles hacerme fotos a escondidas?

—No me escondo. Que tú no te des cuenta es otra cosa.

Dejó la cámara sobre la mesa y vino a sentarse a mi lado.

—¡Esa canción es preciosa! ¿Cómo se llama?

Aparté la guitarra.

—Aún no tiene nombre.

—Me ha dejado el corazón blandito. —De un bote se me subió a horcajadas en el regazo y me miró fijamente—. Escríbeme una canción.

—¿Te gustaría que te escribiera una canción?

—Sí, y que el título lleve mi nombre para que todo el mundo sepa que es mía.

Me reí y tomé su rostro entre las manos. La miré detenidamente. Era tan guapa. Ella cubrió mis manos con las suyas y se inclinó para besarme en la nariz. Luego se dejó caer sobre mi pecho.

—Tengo hambre —ronroneó.

—Voy a pedir la pizza.

—Ya lo he hecho yo, estará aquí dentro de unos diez minutos.

—¿Has terminado el trabajo?

—Casi. Hay un par de cosas sobre los traumas en el hueso maxilar que me está costando resolver. Volveré a pedirle ayuda a Ryan.

—¿Por qué a él? —la pregunta me salió sola.

—Se va a especializar en Traumatología. Estudia los huesos y siempre está dispuesto a echar una mano. Es un buen amigo.

Tragué saliva al notar una sensación incómoda en la garganta. Alcé las manos y acaricié la espalda de Jisoo con las puntas de los dedos.

—Le gustas.

—¿A quién? —quiso saber, confundida.

—A Ryan. Le gustas mucho.

Ella levantó la cabeza de mi pecho y me miró con los ojos muy abiertos. Poco a poco, una sonrisita astuta se dibujó en sus labios y me arrepentí de inmediato de haber abierto la boca.

—¿Estás celoso? —me preguntó en un tonito engreído.

—¡No!

—Sí que lo estás.

—Ni hablar.

—Sí, Ryan te pone celoso —canturreó encantada.

Entorné los párpados y la miré con los labios apretados para evitar que se curvaran hacia arriba.

—Vale, estoy un poco celoso.

Jisoo rompió a reír y se cubrió el rostro con las manos. Después me cogió la cara y me la llenó de besos.

—¡Eres tan adorable! —Más besos. Traté de apartarla,

pero era como un monito escurridizo—. Sé que le gusto, y él sabe que lo sé. Es algo que hemos hablado y todo está bien. No tienes de qué preocuparte. Se le pasará.

—¿Quién ha dicho que estoy preocupado? —salté.

Ella se limitó a burlarse de mí y yo arrugué la frente. No porque de verdad me inquietara la amistad que ellos compartían. No consideraba que Ryan fuese una amenaza. Al contrario, era un buen tío. Simplemente, me encantaba hacerla reír. Su alegría era contagiosa y le insuflaba vida a mi propia existencia.

Llamaron al timbre.

—¡Pizza! —exclamó Jisoo.

Se levantó de un bote y corrió descalza a la puerta. Mientras buscaba mi cartera, oí que ella abría y una voz formal saludaba al otro lado. Ese no era el repartidor. Tampoco nadie cuya voz me sonara. Salí al vestíbulo y me estiré para ver de quién se trataba.

En el umbral había un hombre joven, no parecía mucho mayor que yo. Tenía el pelo negro azabache y lo llevaba muy corto y perfectamente peinado con una raya al lado. Vestía un refinado traje marrón, con camisa blanca y corbata burdeos, a juego con unos elegantes mocasines. En apariencia, era todo lo opuesto a mí.

Si no fuese porque mirarlo a la cara era un poco como hacerlo en un espejo. El mismo tono de piel, los mismos ojos rasgados, los pómulos altos, la nariz recta y los labios gruesos.

Tragué saliva y sentí el corazón martilleando en mis costillas. Una opresión en el pecho que me impedía respirar.

—Hola, Ren.

No abrí la boca, solo podía observarlo, como si necesitara asegurarme de que era él y no una ilusión. Tae. Mi hermano.

—Ren —susurró Jisoo, al ver que yo no me movía.

—Hola, ¿eres amiga de Ren?

—Soy su novia. ¿Y tú eres...?

—Soy Tae, su...

—Nadie. No eres nadie —logré decir, mientras agarraba a Jisoo del brazo y la hacía retroceder. Ella me miró con los ojos muy abiertos y luego lo contempló a él. Vi cómo se tensaba a mi lado, al tomar conciencia de quién era ese hombre—. ¿Qué haces en mi casa?

—Bueno, yo... Ha pasado mucho tiempo.

—Catorce años sin saber de ti. Por eso te pregunto, ¿qué haces en mi casa?

Tae inspiró hondo y tragó saliva. Después esbozó una pequeña sonrisa.

—¿Puedo pasar?

—No.

—Ren, sé que no tengo ningún derecho, pero me gustaría hablar contigo y saber cómo te van las cosas.

—Durante ocho años he vivido a veinte metros de nuestra antigua casa. Y en esta llevo casi seis. De haberte importado cómo me iba, habrías aparecido mucho antes.

—Tienes razón, y lo siento. Yo...

—¿Qué sientes exactamente? —lo interrumpí—. ¿Que me hicieras aguantar años sin denunciar a nuestro padre con la promesa de que nos iríamos muy lejos juntos? ¿O por marcharte dejando solo una nota con otra promesa que no pensabas cumplir? ¿Sientes haberme dejado en ese infierno con él? ¿No haber vuelto a buscarme? ¿Por qué te disculpas, Tae?

—Déjame que te lo explique. Hablemos.

Sacudí la cabeza, rechazando por completo esa posibilidad.

—No quiero saberlo ni me importa.

—Vamos, Ren, somos hermanos.

—¿Y quién lo dice? Yo no te conozco, no sé quién eres

—salté furioso. Apreté los puños e intenté ignorar el maldito tictac que volvía a resonar en mi pecho—. Quiero que te vayas.

—Ren, por favor...

—Te ha pedido que te marches —intervino Jisoo.

Tae la miró con más atención y entornó los párpados, pensativo.

—¿Te conozco?

—Yo a ti sí. Y sé lo que Ren ha sufrido por tu culpa. Ahora no te necesita para nada, ya tiene una familia.

—¡Eres Jisoo! Dios mío, la última vez que te vi eras así de bajita —indicó Tae con la mano a la altura de su cintura. Nos contempló a ambos—. Entonces, ¿vosotros ahora...?

Di un paso adelante y agarré el pomo de la puerta.

—Vete y no vuelvas.

—Ren, podemos arreglarlo...

Cerré de un portazo y me apoyé con las manos en la madera para sostenerme. Temblaba de arriba abajo sin control, como si me hubiera sumergido en una bañera de agua helada. Ira, rabia, impotencia, miedo... Sentía mil emociones a la vez chocando dentro de mí, invadiendo cada célula de mi cuerpo.

Las náuseas se apoderaron de mi estómago y la ansiedad, de mi mente. Mareado, salí disparado hacia el baño, caí de rodillas junto a la taza del váter y vomité hasta quedarme sin fuerzas. Apenas fui consciente de cómo Jisoo se agachaba a mi lado y me apartaba el pelo de la frente con una mano, mientras con la otra me sostenía. Cuando mi estómago por fin se calmó, ella me abrazó sin decir una palabra. Me estrechó contra su pecho y comenzó a acariciarme la cabeza muy despacio. Yo cerré los ojos y me hice un ovillo en el suelo con medio cuerpo en su regazo.

No sé cuánto tiempo permanecimos en ese baño. Ella en silencio y yo, intentando respirar.

Después de tantos años preguntándome qué habría sido de mi hermano, conviviendo con los demonios que dejó dentro de mi cabeza al no regresar, se había presentado en mi casa como si nunca hubiera pasado nada. ¿Con qué intención, charlar y ponernos al día?

Para colmo, era evidente que las cosas le iban bien. Vestía como un jodido príncipe y parecía muy sano. Todas las excusas a las que me había aferrado para intentar justificar que desapareciera cayeron por su propio peso, y me hicieron sentir un idiota ingenuo.

Y seguía sin poder respirar.

46
Jisoo

No podía dormir y sabía que Ren tampoco porque, aunque no se movía, el ritmo de su respiración continuaba siendo ligero. Me deslicé bajo la sábana y pegué mi pecho a su espalda desnuda. Le rodeé el estómago con el brazo. Apenas había dicho unas pocas palabras desde que su hermano apareció en su puerta.

Presioné mis labios contra su piel. No tenía ni idea de cómo se sentía, pero podía imaginar el momento tan difícil al que se estaba enfrentando. Ren nunca hablaba de su otra familia. Dejó de hacerlo el día que llegó a nuestra casa con sus pocas pertenencias en un par de cajas y su vieja guitarra a la espalda. Sin embargo, siempre estuvieron dentro de su cabeza.

Ren tuvo durante años pesadillas en las que hablaba, lloraba y gritaba.

Yo me despertaba y siempre corría a su puerta. Me quedaba allí parada, viendo cómo mamá trataba de tranquilizarlo, mientras le prometía que nunca volvería a estar solo y nadie jamás le haría daño.

En silencio, yo le hacía la misma promesa.

El tiempo pasó, ambos crecimos, y llegó un momento en

el que nos alejamos el uno del otro. Para entonces, ya conocía las dos versiones de Ren: la que mostraba al mundo y la que escondía, su verdadero yo.

No necesitaba estudios sobre la materia para saber que Ren arrastraba, y lo haría para siempre, las huellas y los traumas que esas personas dejaron en él. ¿Qué si no le hacía ir cada año a su antigua casa y observarla durante horas como el que contempla la visión de un fantasma? La herida más grande, la de Tae. Ahora, él había regresado a su vida, y no tenía ningún derecho a hacerlo. Me preocupaban las consecuencias de esa aparición. También sus motivos.

—¿Estás bien? —susurré.

—Sí.

—¿Y por qué no te creo?

Ren suspiró y posó su mano sobre la mía. Despacio, se giró bajo las sábanas y me miró en la oscuridad.

—Estoy bien, Jisoo.

—¿Cómo vas a estarlo? Tu hermano ha aparecido de la nada después de catorce años. Un poco tarde para arrepentirse por lo que te hizo, ¿no crees? Que le den. Mejor aún, que lo atropelle un camión.

—¿Siempre has sido tan rencorosa? —susurró en tono burlón.

Yo no estaba bromeando.

—Odio con todas mis fuerzas a las personas que te hacen daño y, si vuelvo a ver a ese tío, te juro que...

Pegó su boca a la mía.

—Lo siento —murmuró contra mis labios.

—¿Qué sientes?

—No ser el hombre que te mereces.

—No vuelvas a decir eso jamás. Tú lo eres todo para mí.

Nunca cometí el error de dejar que mis sentimientos idealizaran a Ren. No era un príncipe. Ni un caballero andante. Nunca lo vi como un chico perfecto. Siempre supe que era de carne y hueso. Real. Con defectos y virtudes. Con luces y sombras. Muchas sombras. Sabía lo que hacía cuando empecé a quererlo de ese modo. También dónde me metía. Nunca tuve dudas, al contrario. Alimenté ese sentimiento hasta enamorarme sin cura ni remedio de él.

Le aparté el pelo de la cara con los dedos y besé sus labios. Cerré los ojos, respirándolo muy cerca.

—Jisoo.

—¿Qué?

—No estoy bien —lo dijo tan flojito que me costó oírlo.

Tragué saliva y enmarqué con mi mano su rostro.

—Lo sé. Y no pasa nada porque no lo estés.

—A veces quiero desaparecer.

—Todos lo hemos pensado alguna vez.

—No como yo.

Mi corazón hizo un amago extraño y contuve la respiración. La forma en la que había pronunciado esas tres palabras. El frío que las rodeaba. La resignación que transmitían.

—Ren... —Posó sus labios en los míos. Me aparté un poco, necesitaba preguntarle qué había querido decir—. Ren...

Volvió a besarme, pero esta vez su mano se deslizó por mi cuello hasta llegar a mi nuca y me sujetó. Su lengua se abrió paso entre mis labios con urgencia y cualquier otro pensamiento desapareció de mi mente. Nos desnudamos a ciegas. Su cuerpo sobre el mío me hizo morir de ganas. De deseo. De amor. De todo lo bueno que él provocaba en mí.

Besé sus latidos. Eran rápidos y bruscos, y mi corazón también se aceleró.

Cuando se apartó para alcanzar el cajón de la mesita, me moví y me coloqué sobre él.

Quería cuidarlo. Mimarlo. Demostrarle lo mucho que me importaba y lo deseaba.

Me incliné y lo besé. De forma lenta y con delicadeza. Respirando. Sintiendo cada segundo. Mientras nuestros cuerpos se reconocían y se buscaban. Se encontraban y se acoplaban. Se abrazaban y el anhelo crecía según lo hacían las caricias. Los roces y los suspiros impacientes.

Sus manos se aferraron a mi cintura y su respiración se volvió jadeante. Su estómago se tensó bajo mis dedos. El mundo a nuestro alrededor comenzó a desdibujarse. Solo existíamos nosotros, no había nada más. Mi piel contra su piel. El calor que las fusionaba, concentrándose en el punto donde se unían nuestras caderas.

Muy dentro. Intenso. Imparable.

Como la chispa que prendió de golpe, cuando mis piernas lo rodearon más fuerte, y ya no pude contenerlo. Un incendio que lo quemó todo a su paso.

47
Ren

Pesqué con los palillos otro *takoyaki* y me lo llevé entero a la boca. Esos pequeños buñuelos rellenos de pulpo me encantaban; sin embargo, llevaba varios días sin apetito y acabé masticándolo con desgana. Bebí agua para ayudarme a tragarlo y dejé los palillos a un lado.

—¿No vas a comer más? —me preguntó Jun desde el otro lado de la mesa.

Nos habíamos escapado del estudio para ir a almorzar a un restaurante japonés situado a orillas del canal, en Camden Lock. Intentábamos hacerlo una o dos veces a la semana, a fin de desconectar del trabajo y hablar de cualquier otra cosa que no tuviera nada que ver con desarrollar un videojuego. Casi nunca lo lográbamos.

—No tengo hambre —respondí.

Me observó durante un segundo. Se encogió de hombros y después se sirvió todo el *sashimi* que quedaba en el plato. Yo alcé el brazo para llamar la atención del camarero y pedir un café.

Jun se limpió la boca con la servilleta, la dejó a un lado y apoyó los brazos en la mesa.

—¿Has vuelto a saber algo más de él? —se interesó.

Sabía que se refería a mi hermano. Le lancé una breve mirada y negué con la cabeza.

—Te lo habría dicho.

—No dejo de darle vueltas.

—Pues yo no —mentí.

Era un tema del que no deseaba hablar, ni siquiera con él. Solo... solo quería olvidar que había sucedido. Fingir que se trataba de un mal sueño, como otros muchos, y seguir adelante sin hurgar en un pasado cuyos recuerdos me hundían en un pozo de ansiedad.

El camarero dejó una taza de café sobre la mesa y le di las gracias.

—No entiendo por qué es ahora cuando aparece y no lo hizo antes. ¿Ha necesitado catorce años para arrepentirse? —farfulló Jun.

Me encogí de hombros. Sabía tanto como él. Una voz se coló en mi mente, como si fuese un pensamiento propio. «¿Por qué ahora? Porque comienzas a ser feliz, ¿y quién querría eso?»

Me presioné las sienes con los dedos.

—No lo sé, Jun. Para averiguarlo, debería hablar con él, y no me siento capaz.

—Y no tienes que hacerlo, si no quieres. Que le den a ese imbécil. Ya tarda en volver al jodido agujero donde se ha estado escondiendo todo este tiempo —opinó en tono vehemente. Sacudí la cabeza e hice una mueca divertida—. ¿Por qué pones esa cara? —me preguntó.

—Es inquietante lo mucho que Jisoo y tú llegáis a pareceros. Ella deseó que lo atropellara un camión.

Jun rompió a reír.

—No entiendo cómo en ese cuerpo pequeño le cabe tanto mal genio. —Me apuntó con el dedo—. Tienes suerte; lo sabes, ¿no?

Sonreí animado. El simple hecho de hablar de ella me ponía de buen humor.

—Lo sé.

—Ella también tiene suerte.

De eso ya no estaba tan seguro. Inspiré hondo y dejé que mi mirada vagase por el local.

—Deberíamos volver al estudio.

Pagamos la cuenta y regresamos al estudio a pie. Hacía más frío del habitual para la época en la que estábamos, todo debido a una masa de aire polar que llevaba un par de días azotando al país desde el norte. En ciudades como Leeds y Manchester, incluso se habían registrado algunas nevadas. Me calé el gorro hasta las cejas y escondí la barbilla en el cuello del abrigo.

Entré un momento en una tienda de música, al ver en el escaparate un vinilo que llevaba buscando algún tiempo. Después hice oídos sordos a las bromas de Jun sobre mis gustos musicales y lo anclado que vivía en el pasado con ciertas cosas. También dijo algo sobre que pensaba regalarme una gramola de manivela para Navidad.

Arrugué la frente al darme cuenta de que solo faltaban unas pocas semanas para Nochebuena. Miré hacia arriba. La iluminación navideña ya llevaba unos días adornando las calles de Camden Town y el tradicional encendido tendría lugar el fin de semana que estaba a punto de comenzar. Pensé que a Jisoo le gustaría verlo.

Bajé la mirada y se me cortó la respiración al descubrir a Tae parado junto a la entrada al edificio donde se encontraba nuestro estudio. Jun ladeó la cabeza y me miró. Noté que se tensaba y que buscaba el motivo de mi expresión con ese sexto sentido tan suyo al que no se le escapaba nada.

—¿Es él?

—Sí —respondí.

Me detuve frente a Tae, porque no había modo de entrar en el edificio sin pasar por encima de él. Mi hermano me miró a los ojos.

—Hola, Ren —saludó. Luego se giró hacia Jun y le tendió la mano—. Hola, soy Tae, el hermano de Ren.

—Sé quién eres. También que mi amigo solo tiene un hermano, y ese soy yo —dijo Jun mientras me pasaba el brazo por los hombros.

Lo miré de soslayo. ¿Desde cuándo se comportaba con esos humos? Le di un golpecito con el codo para que lo dejara estar. Tae no perdió la sonrisa e inspiró hondo.

—Jun, ¿verdad? No te había reconocido. Es increíble que sigáis manteniendo una relación tan estrecha después de tanto tiempo. Incluso tenéis un negocio juntos, por lo que sé.

—No tiene nada de increíble, nosotros no somos de esa clase de personas que abandonan a la familia y desaparecen.

El rostro de Tae se descompuso, aunque trató de disimularlo.

—Debería darte las gracias por haber estado junto a él.

—No te hacía un favor a ti, cuidaba de mi hermano. ¿Sabes lo que es eso? —le soltó en tono mordaz.

—Jun, para —susurré.

Tae se volvió hacia mí.

—¿Podríamos hablar?

—Ni de coña va a hablar contigo —replicó Jun.

—Jun... —murmuré. Me miró—. Sube tú primero.

—¿No iras a...?

—Por favor —le rogué.

—Vale —refunfuñó, y entró en el edificio cabreado.

Aún nervioso y desconfiado, me obligué a sostenerle la mirada a mi hermano. Una semana después de que se presentara en mi casa, había vuelto a aparecer, y tuve el pálpito de que continuaría insistiendo hasta que lograra que habláramos. ¿Sobre qué? No estaba seguro de querer descubrirlo. Sin embargo, ¿qué otras opciones tenía?

Llené mis pulmones de aire. Aunque no me sentía preparado, quizás había llegado el momento de enfrentar el pasado y obtener unas respuestas que me permitieran cerrar ese capítulo. Poner punto final a esa historia y guardarla por fin en el fondo de un cajón, donde poder olvidarla.

—De acuerdo, hablemos —dije con una voz que me costó reconocer.

Caminamos en silencio hasta encontrar una cafetería con un ambiente tranquilo. Ocupamos una mesa apartada y me removí incómodo en la silla, hasta que la camarera nos sirvió las bebidas y pude concentrar la mirada en el batido caliente de manzana y canela que había pedido.

—He leído que te dedicas a la creación de videojuegos y que posees tu propio estudio. Hay un montón de artículos que hablan de récords y ventas, y tu nombre aparece junto al de gente importante del sector. ¡Es estupendo que hayas llegado tan lejos tú solo! —exclamó Tae.

Levanté la vista y mi frente se llenó de arrugas con una mueca de desagrado.

—¿Solo? No habría podido conseguir nada yo solo. Tenía quince años cuando me quedé sin familia y sin casa. Todo lo que tengo se lo debo a la señora Bae y a su marido. Me dieron un hogar, me educaron y me ayudaron a estudiar.

Tae me dirigió una leve sonrisa de disculpa y tragó saliva.

—Lo que quiero decir es que tienes una buena vida. Una casa grande, un negocio, ropa cara, y mírate... —Me señaló con un gesto—. Pareces un deportista, ¿cuánto mides ahora?

—No creo que eso importe —alegué. Alcé las cejas—. ¿Necesitas dinero?

—¿Qué? ¡No! ¿Qué te hace pensar eso?

Me humedecí los labios, inquieto.

—No dejas de mencionar lo bien que me va y todo lo que tengo. Eso explicaría por qué me buscas ahora —respondí.

Tae sacudió la cabeza y puso sus manos sobre la mesa. Las miré y advertí que llevaba una alianza en el dedo.

—Lo menciono porque estoy orgulloso de ti.

Con un autocontrol que a mí mismo me sorprendió, mantuve el rostro completamente inexpresivo. Por dentro, una oleada de rabia me recorrió de arriba abajo. ¡Se sentía orgulloso de mí!, qué hipócrita.

—A ti tampoco parece que te vayan mal las cosas —dije con indiferencia.

—No me puedo quejar, trabajo en una empresa que administra propiedades privadas.

Guardé silencio y me llevé el batido a los labios, preguntándome qué demonios hacía allí, hablando como si nada con un hombre al que no conocía, pero que, con sus actos, me había hecho mucho más daño que mi padre con todas las palizas que me había propinado durante años.

Me froté la cara y dejé que mi mirada vagara por la cafetería, mientras me concentraba en respirar con normalidad. Las ganas de levantarme e irme me quemaban en las piernas.

—Ren... —Giré la cabeza y lo miré. Tic, tac, tic, tac...—. Lo siento mucho. De verdad que lo siento. No debí marcharme de ese modo, fue un error imperdonable. Sé que a estas alturas sirve de poco, aunque me gustaría tratar de explicarte lo que pasó. ¿Podrías escucharme?

Escondí las manos bajo la mesa y comencé a pellizcarme la muñeca, alterado. Me obligué a permanecer quieto y callado, hasta que él soltara lo que había venido a decirme. Así terminaría todo y me dejaría en paz.

Tae prosiguió:

—Verás... Cuando cumplí los dieciocho y llegó el momento, me di cuenta de que no tenía ningún plan que pudiera funcionar. Acababa de graduarme en el instituto y todos mis ahorros ascendían a ciento noventa y siete libras. Con solo ese dinero, ¿qué podía hacer para mantenernos a los dos?

Hice un pequeño gesto despectivo y se me escapó un suspiro de disgusto. Mi hermano se inclinó hacia delante y mi cuerpo se alejó en respuesta. Prosiguió:

—No me estoy justificando, sé que no tengo excusa. Tampoco pretendo que me comprendas, solo quiero contarte lo que pasó. —Llenó sus pulmones de aire y yo dejé de morderme el interior de la mejilla al notar que mi boca se llenaba de un fuerte sabor a sangre. Siguió hablando—: Tomé la decisión de marcharme solo, pero mi intención siempre fue regresar en cuanto lograra un empleo, un lugar donde vivir y ahorrar algo de dinero. Lo intenté, te aseguro que lo intenté, pero, al cabo de un año, continuaba viviendo en la misma habitación compartida que alquilé el primer día, y solo me contrataban como repartidor, ganando una miseria.

Me reí sin ganas.

—Habría preferido vivir para siempre en la calle contigo que pasar un solo día en esa casa con él —le espeté entre dientes.

—No imaginé que me resultaría tan difícil salir adelante, Ren. —Se rascó la cabeza, intranquilo—. Por aquel entonces, me llegaron rumores de que a «él» lo habían detenido e iba a pasar una larga temporada en la cárcel...

—¡Por intentar matarme, Tae! —salté enfadado—. Los rumores que te llegaron, ¿también contaban esa parte?

Asintió, incapaz de mirarme a la cara. Se pasó la mano por el pelo, y luego por la frente. Había comenzado a sudar y no parecía encontrarse bien.

—Sí, también supe el motivo. Y que una familia te había

acogido. Cuando me enteré de que se trataba de la señora Bae, sentí un gran alivio. Sabía que con ella estarías bien, por lo que pensé en volver a estudiar, convencido de que mi situación podría mejorar. Me aceptaron en la Universidad de Plymouth. Tenían un programa para jóvenes sin familia ni recursos. Posteriormente conseguí un trabajo a media jornada y las cosas mejoraron. —Hizo una pausa, le temblaba la voz—. Entonces me llegó la noticia de que «él» había muerto y por esa parte pude respirar tranquilo.

—Tú y todo el mundo —mascullé para mí mismo.

Él me contempló con una expresión sombría.

—Me dije que iría a buscarte al acabar el primer año, pero cuando llegó el verano, yo seguía viviendo en la residencia. Decidí que lo haría al siguiente... Y más tarde, al siguiente... El tiempo fue pasando y a mí cada vez me costaba más dar la cara. No sé si porque me sentía culpable o por vergüenza. El caso es que se me fue haciendo más y más difícil con el transcurso de los años dar ese paso.

Llenó su pecho de aire y dio un sorbo a su café.

Continuó hablando:

—Conservo un amigo aquí en Londres, al que le preguntaba de vez en cuando por ti. Siempre me dio a entender que no tenía motivos para preocuparme por ti. Así que dejé las cosas como estaban. Creí que era lo mejor.

—¿Para quién? ¿Para ti o para mí? —le solté con desdén.

Tae bajó la mirada y presionó con la mano su estómago, como si le doliera.

—No sé qué contestar a eso sin parecer un gilipollas —exhaló.

—Yo te lo diré, fue lo mejor para ti. Porque hasta hace una semana, yo seguía preocupándome por si estarías vivo o muerto. Y por muy retorcido que pueda parecer, la segunda opción me consolaba. Era más fácil de aceptar que asumir que pasaste de mí.

Mi hermano me contempló petrificado. Levantó las manos y se las pasó por la cara.

—Lo siento mucho, Ren.

Que no dejara de disculparse me estaba poniendo enfermo. Solté un suspiro entrecortado. Una rabia cada vez más intensa me corría por las venas, y estallé:

—¿Lo sientes? —Golpeé la mesa con el puño—. Que te jodan, Tae. ¡Que te jodan! Eres un capullo. Un mierda. Me... me merecía al menos una llamada o un jodido mensaje para decirme que no te esperara. Que ibas a hacer tu vida sin que te importara nada más. —Volví a golpear la mesa y la camarera hizo el ademán de acercarse. Alcé la mano y con un gesto le aseguré que iba a calmarme. Inspiré varias veces y añadí—: Eso habría sido mil veces mejor que el silencio y no saber nada.

—Tienes razón en todo. Ojalá pudiera cambiar las cosas.

Noté un escozor en los ojos que a duras penas pude contener.

—Me juré que no lo haría, pero te busqué. Perdí el tiempo, tu nombre no aparece en ninguna parte —le dije sin saber muy bien por qué.

—Uso el apellido de mamá.

Forcé una risita burlona.

—Ya... eso lo explica. —Sacudí la cabeza. Sentía un peso en el pecho que apenas me dejaba respirar y no quería permanecer más tiempo allí. Me puse de pie y agarré mi mochila—. Debo marcharme.

—Ren, espera... —Me detuve y lo miré—. Sé que te pido mucho, pero si pudieras darme la oportunidad de arreglar las cosas contigo.

—Sí, pides demasiado.

Me encaminé a la puerta. Tae se levantó y me siguió.

—Tengo mujer, y un hijo —exclamó a mi espalda—. Se llama Jamie y tiene cuatro años. Está en esa edad en la que los niños no dejan de hacer preguntas. Le hablé de ti y quiere conocerte. —No sé por qué frené mis pasos y me di la vuelta. Lo miré sin esconder mi sorpresa. ¡Tenía un hijo!—. Se parece a ti, ¿sabes? Es igual de inquieto y nervioso que eras tú. Tienes un sobrino, Ren, ¿no quieres conocerlo?

—¿Por qué querría? —le pregunté con la voz temblorosa.

—Porque, si lo intentamos, aún no es tarde para ser una familia. Lo que siempre hemos querido.

Tragué saliva. Estaba hecho un lío. Me faltaba el aire y sentía que mi cuerpo se quedaba sin energía. Necesitaba que todo desapareciera a mi alrededor. Apagar mi cerebro. Y quizás por esa desesperación que me carcomía por dentro acepté:

—Conoceré a tu familia y nada más. No esperes gran cosa.

Tae juntó las palmas de las manos en un gesto de ruego.

—Gracias, gracias. ¿Te parece bien mañana a las doce? Podemos vernos aquí mismo.

Asentí con la cabeza. Luego giré sobre mis talones y salí de allí.

48
Jisoo

A las once cuarenta y cinco de la mañana, entré en Imugi Games Studios con mi vestido más bonito y mi mejor abrigo. Me había recogido el pelo en una trenza al lado, que colgaba con un descuido deliberado por encima de mi hombro, y me había maquillado, aunque de un modo muy natural. Nara había tardado una hora en conseguir que no se notase que llevaba un kilo de polvos en la cara, entre base, iluminador, fijadores, rubor, sombras... Era incapaz de sonreír bajo todas esas capas, pero me veía guapa, y más mayor.

Jun me chistó desde la mesa de reuniones, donde dibujaba en una tableta gráfica. Me acerqué.

—¿Vas a acompañarlo? —me preguntó en un susurro.

—¿Crees que me he vestido así para venir a verte?

Puso los ojos en blanco y me lanzó una de las gominolas que estaba comiendo. La atrapé al vuelo y me la llevé a la boca.

—Cada día te pareces más a Ren.

—Dime con quién andas... —canturreé.

—Si notas que comienza a ponerse nervioso o que las cosas se tuercen...

—Finjo un infarto y saco a Ren de allí.

—Si sufres un infarto, lo lógico es que te saquen a ti. Bastará con que digas que te sientes mal —murmuró impaciente—. Estoy preocupado por este almuerzo.

—¿Sabes? Antes no me importaba, pero ahora se me hace raro que tú parezcas más su novio que yo.

Me lo quedé mirando muy seria y Jun me sostuvo la mirada. Perdí el tácito duelo y rompí a reír.

—Eres un bicho —dijo él mientras me tiraba de la trenza.

—Voy a buscarlo. Luego te cuento.

Me encaminé a la oficina y llamé a la puerta. Entré sin esperar. Ren alzó la vista de su ordenador, y su cara se iluminó al verme. Saber que yo era la causa de esa alegría aceleraba mis latidos.

—¿Vamos? Es casi la hora.

Dijo que sí con un gesto y se levantó de la silla. Se guardó la cartera y el teléfono en los bolsillos, y vino a mi encuentro. Se inclinó y me dio un beso en los labios. Después me observó de arriba abajo y su expresión se tornó pícara.

—¡Estás muy guapa!

—¿De verdad? Apenas me he fijado en lo que me ponía.

—¿Y si pasamos del almuerzo y vamos a mi casa? —susurró en tono seductor.

Se me doblaron las rodillas y lo disimulé apoyándome en el marco de la puerta. Que me contemplara de ese modo, como si deseara comerme, no le hacía ningún bien a mi corazón. Tropezaba, se aceleraba y perdía latidos con cada vuelco. Era agotador y las consecuencias las sufrían mis pulmones, siempre en busca de un aire que no terminaban de encontrar.

—Me encantaría, pero no va a ser posible —suspiré mientras le apartaba el pelo de la frente—. ¿Te estás arrepintiendo?

—No lo sé. Es posible.

—No tienes por qué hacerlo, Ren.

Dejó escapar un gemido entrecortado y vi a través de sus iris la tormenta que tenía lugar en su interior. Las dudas. La indecisión. El miedo y otras muchas emociones entre las que trataba de no ahogarse. Desde que su hermano había aparecido, tenía la sensación de que Ren se movía en una montaña rusa, en la que su ánimo oscilaba entre momentos de euforia y otros de apatía. A ratos contento y otros, deprimido. Lo notaba a menudo distraído, con la mirada perdida en ninguna parte, tan ausente que, a veces, me costaba traerlo de vuelta. Otras, el nerviosismo que se apoderaba de él le impedía permanecer quieto. Una especie de ansiedad que le hacía enfadarse consigo mismo y, cuanto más se frustraba, mayor era su enojo. Siempre enfocado en su propia persona.

Eso me dolía, porque cada vez hablaba menos y yo sentía que se guardaba cosas que le costaba compartir conmigo. Respetaba ese silencio, pero me preocupaba que se estuviera equivocando con los motivos.

—Voy a hacerlo. Necesito sacar toda esta historia de mi cabeza y seguir adelante, sin pensar más en el pasado ni en mi hermano. Ya tengo las respuestas que necesitaba —dijo en voz baja.

Abandonamos el estudio y nos encaminamos a la cafetería donde Ren había quedado con su hermano. Al llegar al local, respiré aliviada al comprobar que también servían almuerzos. Apenas había desayunado por culpa de los nervios que me estrujaban la tripa y tenía un hambre voraz.

Ren no me soltó la mano al entrar. Al contrario, apretó mis dedos con más fuerza, al tiempo que buscaba con la vista entre los clientes que ocupaban las mesas. De pronto, su atención se detuvo en un rincón. Mis ojos siguieron esa dirección y vi a su hermano. Con él había una mujer de unos treinta años, pelo castaño y ojos marrones, vestida con un pantalón gris de lana y un jersey azul de punto. Entre ellos se encontraba sentado un niño embobado ante la pantalla de un teléfono.

Nos acercamos y Tae se puso en pie en cuanto se percató de nuestra presencia.

—¡Hola, me alegro de veros! —exclamó nervioso. Me ofreció su mano—. ¿Cómo estás, Jisoo?

—Bien, gracias —respondí, un poco abrumada por su entusiasmo exagerado.

—Dejadme que os presente a mi esposa. —Señaló a la mujer y ella también se puso de pie—. Esta es Audrey.

—Encantada, Audrey. Yo soy Jisoo.

—Es un placer conocerte —respondió, y su atención voló hacia Ren. Tragó saliva y se inclinó sobre la mesa con torpeza para tenderle la mano—. ¡Hola! Tú debes de ser Ren. Me alegro de conocerte por fin. Tae me ha contado muchas cosas sobre ti.

Ren contempló su rostro un segundo. Después asintió y bajó la vista para mirar al niño.

—Y él es Jamie —indicó Tae mientras le revolvía el pelo—. Eh, Jamie, este es tu tío, el hermano de papá. ¿No vas a saludarlo?

El niño musitó un hola. Ren señaló el teléfono, que Jamie aún sostenía.

—¿A qué estás jugando?

—A *Duelo de magia*, pero es muy difícil.

—Ese juego lo hemos hecho unos amigos y yo, ¿quieres que te enseñe?

Al niño se le iluminó la carita y yo miré de reojo a Ren, que parecía fascinado por él.

—Eso sería genial, ¿verdad, Jamie? Aunque primero deberíamos comer —comentó Audrey.

—¡Quiero pizza! —aplaudió él.

Nos sentamos y un camarero se acercó para tomarnos nota. Ren y yo pedimos sándwiches de champiñones salteados con queso y aguacate. Los demás se decantaron por la pizza *pepperoni*. Bebí un sorbo de agua, sin saber qué decir para romper el hielo. Todos parecíamos igual de tensos e incómodos, y el ambiente comenzaba a enrarecerse por momentos. Inspiré hondo y me lancé a lo seguro.

—Bueno, Audrey, ¿a qué te dedicas?

—Trabajo en la secretaría de un colegio de primaria en Plymouth.

—¿Vivís allí?

—Toda mi familia reside en la ciudad, y Tae y yo decidimos quedarnos cerca de ellos. Y tú, ¿a qué te dedicas?

—Estudio Odontología.

—Es estupendo, todo el mundo necesita un dentista.

Apreté los labios y afirmé con un gesto. Iba a ser un almuerzo muy largo. Continuamos conversando sobre cosas triviales sin ninguna trascendencia. Nos sirvieron la comida y esa distracción aligeró un poco el ambiente. Sin embargo, Ren no abrió la boca ni una sola vez. Hice todo lo posible por que la conversación no decayera, pero empezaba a resultar pesado. Un camarero se acercó con intención de retirar los platos. Jamie aprovechó la ocasión y se sentó junto a Ren. Completamente rojo, le tendió el teléfono para que le ayudara con el juego.

Los observé y una sonrisa tiró de mis labios. Era la primera interacción sincera que hacía Ren en todo el tiempo que llevábamos allí. El camarero regresó para preguntarnos si queríamos postre. Todos pedimos tarta de nata.

—Tae, ¿qué haces? —saltó Audrey en cuanto el camarero se alejó. Él la miró con una disculpa en los ojos y negó de forma imperceptible—. No voy a dejarlo pasar. El médico te prohibió ese tipo de alimentos. Ni siquiera deberías haber olido la pizza.

—Tranquila, no pasa nada.

—Claro que pasa. ¡Debes hacer todo lo posible, Tae! —exclamó muy alterada.

La miré sin entender muy bien qué ocurría.

—¿Estás enfermo? —inquirió Ren a su hermano.

—Problemas con el hígado.

—Son mucho más que problemas —replicó ella.

Tae la miró fijamente mientras señalaba al niño con disimulo.

—Cariño, por favor.

Audrey ladeó la cabeza y parpadeó para alejar las lágrimas. El silencio se alargó durante unos segundos, en los que la tensión casi podía respirarse.

—Deberías decírselo y no dar más vueltas. Estamos aquí para eso, ¿no? —tartamudeó temblorosa.

—¿Decirme qué? —inquirió Ren.

—Nada, disfrutemos de lo que queda de almuerzo —repuso Tae.

—Está muy enfermo —respondió Audrey—. Tiene un problema degenerativo en el hígado que ha empeorado mucho en los últimos meses. Necesita un trasplante o no sobrevivirá otro año.

Ren se puso pálido.

—¿Es eso cierto?

Tae lo confirmó con un gesto.

—Llevo tiempo en una lista de espera, pero los donantes que aparecen no son compatibles.

—¿Ninguno? —pregunté.

—Es por su sangre —respondió Audrey—. Es AB– y el número de donantes con ese RH es muy bajo. Pero el mayor problema reside en no sé qué mutación genética hereditaria que Tae posee y que hace que sus posibilidades de compatibilidad se reduzcan aún más. Salvo que haya alguien con quien comparta ese grupo sanguíneo y una carga genética muy alta. Eso le daría una oportunidad.

Me estremecí con un vuelco en el corazón. Me volví hacia Ren, a medida que mi mente comenzaba a comprender la explicación de Audrey. Sentí que me hundía en una piscina helada al ver la expresión de su rostro.

Audrey continuó hablando de forma atropellada:

—El tiempo corre en su contra. Gracias a un contacto, hemos conseguido los medios para que el trasplante pueda llevarse a cabo rápidamente en una clínica privada. Aquí, en Londres. Solo habría que tramitar la documentación legal y las pruebas médicas entre receptor y donante que aseguren la compatibilidad.

—¿Qué estás queriendo decir con todo esto? —inquirí.

—Audrey, este no es el modo, ni tampoco son las formas. Te pedí que tuvieras paciencia —intervino Tae agobiado.

—¿Paciencia? No quiero criar sola a nuestro niño.

Jamie levantó la cabeza del teléfono y miró a su madre un momento. Luego siguió jugando.

Ella se inclinó sobre la mesa, taladrando a Ren con su mirada llorosa. Él apenas respiraba.

—Tú eres su hermano, las posibilidades de compatibilidad son muy altas. Puedes ayudarlo, si quieres —aseveró. Se llevó las manos al pecho con un gesto de súplica—. Harás esto por él, ¿verdad? No puedes negarte.

Apreté los puños hasta clavarme las uñas en la piel, al tomar conciencia de todo lo que estaba ocurriendo alrededor de aquella mesa. De los motivos reales que habían traído a Tae de regreso a la vida de Ren. Quería un trozo de su hígado, nada más. Como el que pide prestados unos zapatos.

Y nada menos. Poniendo en riesgo su propio cuerpo, si acababa aceptando.

Sentí náuseas y una rabia picante y espesa recorriendo mi

cuerpo, impulsada por los latidos de mi corazón. Siempre tuve predisposición a pensar lo mejor de otras personas. Buscaba el lado bueno y positivo de todo el mundo. Por esa razón, desde el principio quise creer que Tae había vuelto por arrepentimiento y porque deseaba recuperar a su hermano, antes de que fuese más tarde. Quise creer que tuvo un instante de lucidez que le hizo darse cuenta de lo que se estaba perdiendo lejos de Ren. Que lo echaba de menos.

Sin embargo, esas no eran las razones. Al menos, no las importantes, si le concedía el beneficio de la duda y confiaba en que, tras esa artimaña egoísta, también había buenos sentimientos.

—¿Lo harás? —insistió Audrey.

—Por favor, ya está bien —le pedí.

—Pero se trata de su hermano.

—¡No le debe nada! —exploté angustiada.

Ren se puso en pie de golpe y su silla se tambaleó. Miró a su hermano con el pecho agitado. Estaba muy pálido y sus ojos parecían no tener vida.

—¿Habrías vuelto si no me necesitaras para ver a tu hijo casarse algún día? —preguntó sin apenas voz. Tae abrió la boca para responder—. Y ten la decencia de ser sincero conmigo por una vez.

Tae se hundió en la silla y guardó silencio.

Ren dejó escapar una risita mordaz. Inspiró y rozó con su mano la cabecita de Jamie. Apenas una caricia. A continuación, dio media vuelta y salió de la cafetería a toda prisa. Lo seguí con el corazón en la garganta. Logré alcanzarlo en la esquina.

—Ren, espera, por favor.

Se detuvo y me miró con impaciencia. Se llevó las manos a la cabeza con un gesto de dolor y presionó con fuerza sus sienes. Le froté el brazo, muy preocupada.

—¿Estás bien?

—Necesito estar solo —respondió con la voz áspera.

—No creo que debas...

—Jisoo...

—Déjame ayudarte con esto.

—Por favor —me suplicó.

—Vale.

Alargó la mano como si fuese a tocarme la cara, pero en el último momento la dejó caer y empezó a alejarse. Me abracé los codos con un estremecimiento y me di cuenta de que no llevaba el abrigo. Ren tampoco había cogido el suyo. Volví a la cafetería.

—¿Ren se ha ido? —saltó Audrey al ver que regresaba sola. Lo dijo como si fuese algo inaceptable y me hizo hervir la sangre—. No puede hacer eso.

—Por supuesto que puede —le aseguré aún perpleja—. Entiendo que te preocupes por tu marido y te disculpo porque no imagino qué debes de estar sintiendo en esta situación. Pero yo también me preocupo por Ren y nada de esto es justo para él. —Los miré a ambos—. No tenéis derecho a manipularlo ni a exigirle nada. ¡Esto ha sido una encerrona!

Agarré nuestras cosas y me marché con un nudo en la garganta.

Una parte de mí sentía una pena inmensa por Tae y su familia. Nadie merece que la vida lo golpee de ese modo; y que Ren pudiese ser esa pequeña posibilidad que les diera esperanza y un futuro creaba un fuerte conflicto moral en mi interior. Sin embargo, el egoísmo que nacía de mis sentimientos por él se imponía a todo lo demás.

Protegerlo era un instinto.

Siempre sería mi prioridad.

No porque lo necesitara para vivir, no lo hacía.

Para mí, el amor verdadero comienza por uno mismo.

Era mi prioridad, porque tenerlo en mi vida me hacía mucho más feliz.

Y pensar primero en mí no me convierte en mala persona, solo me hace humana.

49
Jisoo

Ren y mi madre llevaban un buen rato sentados en un banco, en el patio de casa. Tanto tiempo como yo observándolos desde la ventana de la cocina. Mamá había estallado al enterarse de la reciente aparición de Tae y el motivo de su regreso. Se negaba en redondo a que Ren tuviera contacto alguno con él; y la posibilidad de que se sometiera a una operación de ese tipo quedaba descartada.

—Nadie abrirá a mi hijo para quitarle un trozo y dárselo a ese... ese...

Nunca terminaba la frase.

—¿Aún siguen ahí? —preguntó papá a mi espalda.

—Sí —respondí. Él se detuvo a mi lado y también contempló el patio—. Me preocupa que Ren acabe considerando la posibilidad de ser el donante de su hermano. ¿Sabías que el señor Morris murió por una complicación en su operación de apendicitis?

Mi padre soltó una risita ronca.

—El señor Morris tenía noventa y siete años y no se encontraba muy bien desde hacía tiempo. —Puso una mano en mi hombro y me dio un ligero apretón—. No podemos pensar de ese modo, el riesgo forma parte de la vida, Jisoo. Levantarte cada mañana de la cama ya lo es.

—Lo sé, papá; pero una cosa es lo inevitable, no sé, como que te caiga un árbol encima cuando vas paseando, y otra muy distinta, entrar completamente sano en un quirófano y arriesgar tu vida por propia voluntad.

—Pensaba que estabas a favor de la donación de órganos.

—¡Y lo estoy! Muy a favor, de verdad. Es la situación y cómo se ha planteado lo que no me parece justo. Incluso usaron al niño para condicionarlo.

—El ser humano es capaz de cualquier cosa cuando está desesperado —suspiró mi padre apesadumbrado—. Aun así, ayudar o no a su hermano es una decisión que solo puede tomar Ren, y ninguno de nosotros tenemos derecho a inmiscuirnos.

—Díselo a mamá, ya has visto cómo se ha puesto.

—Incluso tu madre tendrá que aceptarlo, si llega el momento. Ahora solo tiene miedo por Ren, y también está dolida con Tae. Ya sabes que mamá es muy buena, pero le cuesta perdonar. Para ella, las segundas oportunidades son regalos que no todo el mundo merece y que pocas veces concede.

Asentí, en eso tenía toda la razón. Me dio una palmadita en la espalda.

—Vamos a ver la tele, aquí hace frío.

Seguí los pasos de mi padre hasta el salón y me acurruqué a su lado en el sofá, bajo una manta. Él sintonizó uno de esos programas de talentos y lo miré sin mucho interés. Al cabo de un rato, mamá y Ren entraron en casa. Ella desapareció en la planta de arriba y él se asomó por la puerta entreabierta.

—Ya me marcho —dijo.

—Muy bien, hijo. Ten cuidado —le pidió papá.

La mirada de Ren se enredó con la mía.

—Yo también me marcho, he quedado con Nara —les anuncié.

Mi padre asintió con un gesto. Luego continuó mirando el televisor, donde una anciana intentaba que su loro empujara un patinete.

Agarré mi mochila y seguí a Ren hasta su coche, aparcado al final de la calle.

Subimos y puso el motor en marcha.

—¿Dónde quieres que te deje?

Terminé de abrocharme el cinturón y lo miré con los ojos entornados.

—¿En serio?

Él rompió a reír. Tomó mi mano y se la llevó a los labios para besarme los nudillos.

—Es una broma —se burló—. ¿Damos una vuelta y cenamos fuera?

—Suena bien.

Ren condujo hacia el norte, en dirección al centro. Desde mi asiento, lo contemplé. De nuevo sentí ese hormigueo en el estómago, irremediable en su presencia, junto con el latido acelerado que hacía fluir calor por mis venas. Quise preguntarle por su conversación con mi madre, pero, por primera vez en lo que iba de día, parecía animado y contento, y decidí no estropear el momento. De modo que seguí admirándolo.

Sí, admirándolo.

Porque no conseguía mirarlo de otro modo. Mis ojos se perdían en las líneas de su rostro. En cómo su cabello despeinado lo enmarcaba, resaltando la mandíbula. Recorrí con la mirada su cuello, la línea de sus hombros anchos y la forma de su torso bajo una camiseta gris, remangada hasta los codos. Las líneas que trazaban sus venas en la piel pálida de sus brazos hasta perderse en el dorso de las manos, firmes sobre el volante.

Ren conducía ajeno a mi interés en su anatomía. En realidad, parecía ajeno a todo.

—Ren.

Insistí una vez más, pero no logré ninguna reacción. Alargué el brazo y le aparté del rostro unos mechones de cabello, que le coloqué detrás de la oreja. Me recorrió una sensación incómoda. Un leve pálpito, una punzada, que me hizo contener el aliento.

Parpadeó como si despertara de golpe. Ladeó la cabeza y me dedicó una sonrisa.

—Vamos a parar por aquí, necesito tomar el aire —dijo mientras ponía el intermitente.

Aparcamos a un par de calles del Jubilee Gardens y nos dirigimos allí. Saqué mi cámara y me colgué la mochila a la espalda. Había comenzado a anochecer y la claridad del ocaso creaba un extraño juego de sombras y colores, al mezclarse con las luces de Navidad que decoraban los árboles y las que iluminaban el London Eye.

Paseamos un rato junto al río, entre la gente, y recorrimos el mercadillo navideño que se había instalado junto al puente. Hice infinidad de fotos, todas con un único modelo: Ren. Me encantaba descubrirlo una y otra vez. Descifrar sus gestos y expresiones a través del objetivo, donde adquirían una profundidad que mi ojo desnudo no lograba alcanzar.

Ren agarró mi mano y tiró de mí hacia la escalera que subía al puente.

Una vez arriba, caminamos hasta el centro del río. Me apoyé en la barandilla y admiré las vistas. Eran alucinantes, con el London Eye reflejándose en el agua y el Big Ben al fondo. Parecía la escena de una película. De repente, tuve un pensamiento tonto, y sonreí.

—¿Qué es eso tan divertido? —me susurró Ren al oído.

Lo miré de reojo.

—Una tontería.

—Cuéntamela.

Inspiré hondo y solté el aire con un suspiro sonoro.

—Nada, me he dado cuenta de que en todos los k-dramas que he visto con Soomin, siempre hay una escena en un puente, donde uno de los personajes acaba gritándole al mundo sus sentimientos.

—¿De verdad?

—Sí. —Me di la vuelta y apoyé la espalda en el pasamanos—. No sé por qué, pero esas escenas me hacen contener el aliento. Me imagino lo liberador que debe de ser gritar de ese modo hasta quedarte sin aire.

La mirada de Ren abandonó mi rostro y contempló durante unos segundos el horizonte. Luego regresó a mí y sus labios se curvaron hacia arriba. Señaló mi cámara, que colgaba de mi cuello.

—Esa cosa tiene vídeo, ¿no?

—Sí, ¿por qué lo preguntas?

—Grábame.

—¿Qué dices? —reí con los ojos muy abiertos. No tenía ni idea de qué pretendía.

—Vamos, empieza a grabar.

Decidí hacerle caso. Encendí la cámara y la puse en modo vídeo. Enfoqué el visor en él y comencé a grabar.

—¿Ya?

—Ajá —respondí divertida. De pronto, se encaramó a la barandilla. El corazón me dio un vuelco y me asusté—. Ren, no hagas eso, podrías caerte.

—No me caeré, sigue grabando.

—Ren...

—Jisoo... —replicó con voz firme a la par que risueña.

Inspiré resignada y volví a enfocarlo con la cámara. Pese a la inclinación de la baranda, no le costó ningún esfuerzo colocar los pies en uno de los barrotes horizontales. Se estiró hacia arriba y abrió los brazos, con sus rodillas como única sujeción al pasamanos. Se me subió el corazón a la garganta, pero no dejé de grabar.

Ren me miró con una sonrisa. Supe lo que iba a hacer y empecé a negar de forma vehemente.

—Ni se te...

—¡Me gusta Kang Jisoo! ¡Me gusta mucho! —gritó a pleno pulmón con las manos alrededor de su boca. Rompí a reír y me derretí al oírle decir eso—. ¡Amo a Kang Jisoo! ¡La amo con todo mi corazón! ¿Me oís?, ¡la amoooooo!

Se me cortó la risa y alcé la vista del visor. Pese al frío, me ardían las mejillas. Sentí que el suelo se ablandaba bajo mis pies. Me olvidé de respirar. Ren acababa de gritarle al mundo que me amaba, y no había un ápice de burla en su voz. Había sido una declaración en toda regla. Sencilla, divertida y bonita, y me golpeó con tanta fuerza que los ojos se me llenaron de lágrimas. Porque amar... Amar es una palabra muy grande. Inmensa.

—Estás loco —le dije con una risita tonta—. Vamos, baja de ahí. Podrías caerte.

Ren no contestó, ni siquiera me miró. Me acerqué y vi que contemplaba el río fijamente, las aguas oscuras que se arremolinaban en torno a los pilares que sostenían el puente. Había cerrado las manos y apretaba los puños. Verlo ahí arriba me ponía muy nerviosa, y la adrenalina que aún chisporroteaba en mi pecho se transformó de repente en una necesidad imperiosa de alejarlo de ese vacío.

—Ren —lo llamé. Agarré su muñeca con fuerza y él me miró por fin—. Baja.

Saltó al suelo y me rodeó los hombros con su brazo, de nuevo contento, como si segundos antes no hubiera estado perdido en esa especie de trance.

—Me apetece comer ceviche. ¿Quieres ir a ese restaurante peruano de Kingly Court?

—Me encantaría —respondí.

Echó a andar y lo seguí. Lo habría seguido donde fuese. Bajamos la escalera del puente y rodeamos el tiovivo. Luego atravesamos el parque. Mientras, no podía dejar de mirarlo. Y cuanto más lo observaba, más dolorosa y profunda era esa punzada debajo de las costillas, que me hacía arrugar la frente.

—Ren...

—Dime.

—¿Estás bien?

—¡Genial! —exclamó.

—¿De verdad? —insistí, y esta vez no disimulé mi preocupación.

Ren se detuvo y recorrió mi rostro con la mirada. Me apartó el pelo de la cara con ternura y exhaló de forma entrecortada.

—No voy a mentirte, Peekaboo. —Sonreí al escuchar ese apodo cariñoso y traté de apartar la mirada, pero él sostuvo mi barbilla—. Este asunto de mi hermano ha puesto el mundo patas arriba. Cuando pienso en ello, me enfado. Me cabreo tanto que creo que voy a explotar si no dejo salir de algún modo todo esto. —Se tocó el pecho con una mano e hizo un gesto de malestar—. Hasta que caigo en la cuenta de lo cansado que estoy de vivir sintiéndome mal por culpa de otros. De las cosas que me pierdo, como estos ratos contigo, y se me pasa. Confía en mí, ¡estoy bien!

Cubrí con mi mano la suya, que aún acunaba mi rostro. Las cosas que había dicho, cómo las había dicho, sonaban tan sinceras que dejé de notar ese pálpito extraño. Las creí. E imagino que él también las creía en ese momento.

Ojalá hubiera sabido entonces que, tras esos ojos que me miraban, no se encontraba solo.

Hacía mucho que no lo estaba.

Ojalá me hubiera dado cuenta de que su mente se había convertido en una habitación de espejos, que le devolvían el peor reflejo de sí mismo.

Ojalá no lo hubiera creído con la misma facilidad cuando me dijo que ya no me quería.

50
Ren

—¿Habéis visto eso? —exclamó Jun. Pulsaba los controles del mando como un poseso—. Cuando el personaje corre y mira hacia los lados, la velocidad disminuye. Ocurre lo mismo en los giros, al golpear con la espada.

—¿En todos los niveles? —preguntó Miku.

—En todos, es un problema de respuesta del personaje.

—Lo revisaré.

—¿No tenéis la sensación de que hay demasiadas cosas en la interfaz? Es molesto —nos expuso Luke.

—Abruma un poco, pero todos esos elementos son necesarios —respondí. Estudié la pantalla con detenimiento. No sobraba nada, pero Luke tenía razón—. ¿Y si añadimos más de una?

—¿Qué quieres decir? —se interesó Jun.

—Que nuestra interfaz siempre ha mostrado todos los elementos desde el primer instante del juego. Barras de energía, de carga, habilidades, armas..., y, simplemente, se iluminan cuando son desbloqueadas. Dejemos de dar tanta información al jugador y que la interfaz se convierta en un nivel más a desbloquear. Hemos creado un mundo completamente abierto para que sea explorado, pues que lo hagan, y que gane el más curioso.

Jun asintió con la cabeza. Le gustaba mi idea.

—Convertiríamos este juego en algo nuevo y no en una continuación —comentó.

—Sí, es un riesgo —convine.

—Y los jugadores a los que les gusta todo masticado van a cabrearse.

—No creo que ese espíritu esté muy acorde con la filosofía de este estudio.

La sonrisa de Jun se hizo más amplia mientras me miraba.

—Supone mucho más trabajo e inversión.

—Yo creo que merece la pena.

Jun se pellizcó el puente de la nariz y soltó un suspiro. Paseó su mirada por Miku, Luke y el resto del equipo reunido.

—¿Qué opináis vosotros?

—A mí me gusta la idea —dijo Liam.

—Y a mí.

—A mí también.

—Sí a todo —convino Noah.

Jun alzó las cejas y se despeinó de forma brusca.

—De acuerdo, hagámoslo. ¿Quién habla con Kenji?

Todos lo señalaron a él. Me reí, no pude evitarlo, y mi amigo me fulminó con la mirada. De repente, se abrió la puerta del estudio y Jisoo entró corriendo. Se detuvo frente a la mesa de reuniones sin aliento. Se dobló hacia delante y el gorro de lana que llevaba puesto se cayó al suelo. Abrió la boca para decir algo, pero de su garganta solo escapó un resuello.

Preocupado, salté de la silla y me acerqué.

—¿Va todo bien?

Asintió y alzó un dedo para que le diera un momento. Inspiró y exhaló. Y volvió a inspirar. Después dibujó la sonrisa más grande que le había visto nunca.

—Tengo... que... enseñarte una cosa —resopló.

Le quité la mochila de la espalda y recogí su gorro.

—Vamos dentro.

Me siguió mientras se quitaba el abrigo. Al entrar en mi oficina, lo lanzó al sofá y se apresuró a sacar el teléfono del bolsillo trasero de su pantalón. Comenzó a mover los dedos por la pantalla.

—Aquí está —murmuró. Me plantó el móvil en las narices—. Lee este correo electrónico. Lo he recibido desde el blog.

Parpadeé varias veces hasta enfocar la vista en las letras y empecé a leer en voz alta:

—Estimada Peekaboo. —Miré a Jisoo. Rompí a reír a carcajadas. ¿Cómo no me había dado cuenta antes de que estaba usando ese nombre en su blog?—. ¡¿Peekaboo?! ¿En serio?

Me dio un manotazo y me sacó la lengua.

—Sigue leyendo —me ordenó.

Apreté los labios con fuerza y me obligué a serenarme. Comencé de nuevo, pero en silencio.

Estimada Peekaboo:

Permítame presentarme. Mi nombre es Madeleine Hubert, propietaria de la galería La Rive, en París, especializada en fotografía histórica y contemporánea, y miembro de la Asociación de Comerciantes Internacionales de Arte Fotográfico. También dirijo la Fundación Adélie Satou, a través de la cual patrocinamos a jóvenes artistas, a los que representamos y ayudamos a desarrollar sus capacidades.

Déjeme decirle que, tras examinar su obra, creo sinceramente que posee un talento innato. Sus fotografías tienen un estilo muy personal y marcado, y son únicas a nivel narrativo y compositivo. Destacan por su espontaneidad.

Dicho esto, tengo un sincero interés en concertar una entrevista y saber más sobre su trabajo y sus planes artísticos a corto plazo. Pienso que la Fundación Adélie Satou podría brindarle sus recursos y un espacio para que continúe desarrollando y perfeccionando su talento.

Espero que considere mi ofrecimiento y pueda darme una respuesta positiva.

Quedo a la espera.

Atentamente,

Madeleine Hubert

Lo leí una vez más y levanté la cabeza. Mis ojos se toparon con los de Jisoo, que me observaba sin pestañear. Me pasé la mano por el mentón y me senté en el borde de la mesa. Casi me daba miedo preguntar.

—¿Es de verdad?

Jisoo se llevó las manos a la boca y ahogó un chillido. Empezó a dar saltitos, eufórica, como si estuviera sufriendo una sobredosis de cafeína y azúcar.

—La he buscado en internet. La galería, la fundación, a ella... Todo existe. Hay muchas fotos y artículos. También he verificado la dirección del correo electrónico. No es una broma, quiere tener una entrevista conmigo. ¡Va en serio, Ren!

Se lanzó a mis brazos y yo apenas tuve tiempo de abrirlos y sostenerla. Temblaba por la emoción y la estreché muy fuerte. Jisoo se merecía todo lo bueno que pudiera pasarle. Esa tal Madeleine Hubert solo había necesitado un vistazo a sus fotos para darse cuenta de su talento y, como ella, lo harían muchos más. No me costaba nada imaginarla dentro de ese mundo para el que había nacido.

Noté que su abrazo alrededor de mi cuello se aflojaba y la felicidad escapaba de ella como lo haría el aire de un globo. Me soltó y escondió el rostro en mi pecho.

—De todas formas, concertar esa entrevista es una pérdida de tiempo.

—¿Por qué dices eso?

—Ir a París. Estudiar fotografía. Exponer... ¿Crees que mamá me lo permitirá? Es mejor que lo olvide.

—No puedes rendirte antes de empezar.

—Nunca me dejará, Ren —se lamentó.

—Eres adulta, no necesitas su permiso, solo su bendición para calmar tu conciencia. Es muy posible que no la consigas ahora, pero al final la lograrás.

Negó con un gesto y tragó saliva. Se encogió sobre sí misma.

—Si doy este paso, la decepcionaré y me odiará.

—Es tu madre, no va a odiarte.

—Será mucho peor ver la decepción y la traición en sus ojos cada vez que me mire, si es que vuelve a hacerlo algún día.

Acorté la distancia que nos separaba. La observé fijamente y le tembló el labio inferior.

—¿No crees que vas un poco rápido?

—Solo soy realista —susurró.

—No, estás saltando de un barco que ni siquiera ha zarpado. —Le rodeé la cintura con mis brazos y la atraje hacia mí—. Escucha, ya no se trata de un sueño o un deseo que solo vive en tu mente. Está pasando, hay alguien ahí fuera que quiere darte una oportunidad.

—¿Estás diciendo que debería hacerlo sin que me importe nada más?

—Digo que le escribas a esa tipa y averigües qué te ofrece. Si su propuesta de verdad te interesa, entonces das el siguiente paso.

—¿Y cuál es?

—No pensar en nadie más que no seas tú y la vida que quieres tener —respondí con el corazón en la mano.

—¿Ni siquiera en ti?

—En mí menos que en nadie. —Una pequeña chispa de decepción cruzó por su semblante. Retuve el aire y luego lo dejé escapar en forma de suspiro—. Jisoo, yo solo quiero que seas feliz y cumplas todos tus sueños. Es lo que siempre he querido.

—París está muy lejos, no nos veríamos.

Me reí y la besé en la frente.

—¿Quién lo dice? Hay una decena de vuelos todos los días.

—Y tú me seguirías al fin del mundo, ¿verdad? —la incertidumbre de sus palabras se reflejaba también en sus ojos.

—Te seguiría hasta el infinito y más allá —susurré con mis labios pegados a los suyos.

Suspiró y volvió a colgarse de mi cuello, de nuevo contenta.

—Me encanta cómo te apropias de las frases de otros y haces que parezcan tuyas.

—Es un talento natural —repuse en tono divertido.

La puerta se abrió y mi atención voló hacia ese punto. Jun asomó la cabeza con cautela, como si temiera interrumpir algo. Al vernos, sonrió.

—Vamos a ir a comer algo, ¿os apuntáis?

—¿Te apetece? —le pregunté a Jisoo.

—Sí, será divertido.

Cogimos nuestras cosas y seguimos a Jun hasta el ascensor. Los demás ya se habían marchado.

—Dani también nos acompaña, está a punto de llegar —comentó Jun.

Salimos del edificio y una ráfaga de aire frío nos sacudió. Miré arriba y vi que el cielo comenzaba a encapotarse. En ese momento, un taxi se detuvo y Dani bajó de su interior. Jun fue a su encuentro. A mi lado, Jisoo se peleaba con la cremallera de su abrigo.

—Deja que te ayude —le pedí en voz baja.

Tras un par de intentos, logré subirla hasta su barbilla. Le recoloqué el gorro, que colgaba torcido hacia un lado.

—Me está un poco grande.

—Y tú tienes la cabeza muy pequeña.

—¿Disculpa? ¿En qué sentido? —saltó quisquillosa.

Frené sus quejas con un beso en los labios. Los presioné sin dejar de sonreír y la estreché contra mí. Ella me devolvió el beso, rodeándome el cuello con una mano. Trató de morderme, jugando, y yo me reí contra su boca.

—¡¿Qué estáis haciendo?!

51
Ren

Me giré hacia la voz y el suelo se abrió bajo mis pies al ver a la señora Bae a solo unos pasos de distancia con un táper en las manos. Se le escapó un gemido ahogado.

—Jesús, ¿qué acaban de ver mis ojos?

—Mamá, déjame explicarte... —empezó a decir Jisoo.

—¡No! —gruñó, levantando la mano—. No te permito que hables.

—Pero...

—¡No quiero oírte!

—Hazle caso —le pedí a Jisoo.

Enfrentarse a ella no era lo más prudente. Nos había visto besándonos, sin tener la más mínima sospecha de lo que ocurría. No quería ni imaginar todo lo que debía de estar pensando y sintiendo. Confusión. Desconcierto. Incredulidad. Desengaño. Desdicha... Su rostro era como un caleidoscopio de emociones que no dejaban de girar y cambiar.

—Jun, ¿podrías llevar a mi hija a casa?

—Min Shi, deberías escuchar lo que...

—¿Puedes o no?

—Sí, señora.

Jisoo dio un paso adelante.

—No pienso ir a ninguna parte. Ren y yo...

—¡Cállate!

Dani se acercó y rodeó a Jisoo con sus brazos.

—Vamos, ven conmigo.

—Pero...

—Es lo mejor, confía en mí.

Los tres se marcharon y nosotros nos quedamos inmóviles en la acera, el uno frente a la otra. Su corazón se estaba rompiendo mientras me miraba sin parpadear, podía sentirlo. El sonido de las grietas que se abrían. El mío era ese polvo que arrastraba el viento.

—Hablemos —me pidió muy seria.

Echó a andar y yo la seguí, siempre un paso por detrás. Alcanzó el canal y continuó caminando a lo largo de la orilla, hasta que la terraza desierta de un puesto de comida india, situada junto a una de las esclusas, le pareció un buen lugar para detenerse.

Se sentó en la esquina de un banquito de madera, y yo ocupé la otra. La miré de soslayo, mientras ella observaba el cielo. Tenía los ojos rojos y brillantes, y se me partió el alma al verla de ese modo.

—Mamá —susurré.

—¿Cómo puedes llamarme de ese modo después de lo que has hecho?

—Lo siento mucho.

—Es tan horrible —sollozó.

—Mamá... —Su cara se contrajo con amargura al oírme pronunciar esa palabra, y me la tragué para no volver a repetirla. Usé su nombre, y me supo tan ácido—: Min Shi, no hemos hecho nada malo.

Se volvió para mirarme, parecía tan dolida.

—¿De verdad lo crees?

—Yo quiero a Jisoo.

—Por supuesto que la quieres, y debes hacerlo, pero no así, Ren —gimió angustiada. Negó con la cabeza—. De esta forma no. No es la correcta. No está bien, ¿cómo has podido?

—Ella también me quiere.

—Es una niña, ¿qué va a saber? —alegó muy disgustada. Abrió su bolso y sacó un pañuelo de papel. Se secó los ojos y luego se sonó la nariz. Inspiró de forma brusca—. ¿Desde cuándo está pasando esto?

—Empezó cuando ella regresó de Corea este verano.

—¿Bajo mi techo habéis...?

La miré desesperado. Que por un solo segundo pudiera creerme capaz de faltarle al respeto de ese modo me dolía más que cualquier otra cosa.

—¡No, nunca! Jamás haríamos algo así.

Ella me sostuvo la mirada, llena de emociones que se desbordaban en forma de lágrimas.

—Has traicionado mi confianza —sollozó.

—Íbamos a decírtelo, solo esperábamos el momento adecuado —le aseguré, arrepentido de ser el responsable de ese sufrimiento. Por decepcionarla. Por no haber sabido hacerlo mucho mejor—. Nadie va a quererla nunca tanto como yo. Y nadie la cuidará como yo quiero hacerlo, te lo prometo.

Ella alzó la vista al cielo y se secó una lágrima. Negó con una expresión de derrota.

—No puedo aceptarlo.

—¿Por qué te resulta tan difícil? Seguimos siendo los mismos, todos nosotros. No es un delito enamorarse —le dije con un doloroso nudo en la garganta.

—Sois familia. Sois mis... mis hijos —exhaló, como si algo dentro del pecho le doliera mucho—. Lo siento, pero no puedo. Mi mente y mi cuerpo se rebelan contra esa idea. No lo acepto.

Los ojos me escocían y parpadeé varias veces para alejar las lágrimas.

—¿Y qué esperas que haga? —le pregunté.

—Debéis terminar. Este disparate se acaba aquí mismo, ¿me oyes?

Sentí cada palabra como un golpe en el estómago. ¿Terminar con Jisoo? Eso sería lo mismo que arrancarme el corazón y echarlo a una hoguera.

—Min Shi...

—Si aún me respetas y sientes algún afecto por mí, la mujer que te acogió y que siempre ha cuidado de ti, te alejarás de Jisoo y no volverás a acercarte a ella hasta que esto se convierta en un mal sueño.

No pude contener por más tiempo las lágrimas y resbalaron por mis mejillas como gotas de ácido.

—¿Me estás obligando a elegir?

—Nunca te he obligado a nada, Ren. Porque siempre has hecho lo correcto y espero sinceramente que enmiendes este desastre.

Otro montón de palabras certeras que me hundieron aún más en el agujero que se había abierto bajo mis pies. Comenzaron a latirme las sienes. El pulso de mi cuerpo se concentraba en esos dos puntos. Se me erizó la espalda, como si algo reptara por ella.

—Pensaba que yo te importaba —me temblaba la voz.

—Y me importas, hijo. ¿Por qué crees si no que me duele tanto esta situación?

Me pasé las manos por la cara y las apreté contra mi frente. Había sombras a mi alrededor, por todas partes, y me estaba mareando.

—¿De verdad es tan horrible para ti?

—Lo es. Prométeme que vas a dejarla.

—No sé si puedo hacer eso —gemí.

—Si de verdad la quieres tanto como dices, lo harás. Querrás lo mejor para ella y no es esta relación, Ren —soltó clavándome una puñalada en el pecho. Después la giró sobre sí misma y la hundió hasta enterrarla en mi corazón, cuando añadió—: Lo mejor será que durante un tiempo no vayas por casa. Hasta que las cosas se calmen y podamos olvidarnos de lo que ha ocurrido.

Alcé la vista del suelo y la miré sin dar crédito a sus palabras. ¿No quería que volviera a casa?

—¿Me lo estás pidiendo en serio?

—Es lo mejor —susurró, y se apresuró a aclarar—: Pero eso no significa que yo haya dejado de quererte o que no puedas contar conmigo, claro que puedes.

Me puse de pie con las manos en la cabeza. Sentía que todo daba vueltas a mi alrededor. Me obligué a mirarla, aunque ella rehuía mis ojos, y el hecho de que lo hiciera me estaba matando. Traté de respirar, me centré en el aire que entraba en mis pulmones, pero era como si no fuese el suficiente para soportar aquello.

De repente, solo quería marcharme de allí. Escapar. Necesitaba alejarme.

A fin de cuentas, ¿qué importaba si huía de ella? Solo era alguien más que me daba la espalda. La historia de mi vida. Debería estar acostumbrado a ese patrón que no dejaba de repetirse. Personas que, de un modo u otro, acababan formando parte de mi vida, se esforzaban para que me abriera a ellas, para que las quisiera, y luego desaparecían. No sé, quizás había algún tipo de reto que consistía en ver quién podía joderme más profundamente.

—De acuerdo, no me verás por allí —dije con más seguridad de la que sentía.

—Ren... acabarás entendiéndolo.

Sonreí sin ganas.

—¿Acaso tengo otra opción?

No alargué más el momento. Di media vuelta y la dejé

atrás. Regresé a las calles y me perdí entre un montón de desconocidos, mientras me ahogaba en dolor y unas lágrimas rebeldes se empeñaban en mostrarlo.

Era terrible, no lo aguantaba.

Dios, quería desaparecer para dejar de sentirlo.

Volar en mil pedazos y que nadie pudiera encontrarlos.

De golpe sentí como si algo me arrastrara y me alejara de la realidad.

«¡Piiiiiii! ¡Piiiiiii!»

—¿Quieres que te atropellen! ¡Ten más cuidado!

Di un respingo y volví a subir a la acera.

¿Qué demonios acababa de pasar?

52
Jisoo

—No entiendo cómo ha podido pasar esto. En qué momento vosotros... —papá volvió a suspirar, sentado a la mesa de la cocina, y se pellizcó el puente de la nariz.

—No hemos hecho nada malo —hipé a su lado.

—No estoy diciendo que hayáis hecho algo malo. Es solo que... se trata de Ren y tú, y vosotros sois como... —Sacudió la cabeza y yo lo miré, nerviosa por su incapacidad repentina para no poder terminar ninguna frase. Me devolvió la mirada—. Es raro, hija, y muy difícil de asumir.

—Pero no imposible, papá. Uno no elige de quién se enamora, solo ocurre.

Él me secó una lágrima de la mejilla con el pulgar.

—No llores más, se te hincha la cara.

—Siento haber hecho las cosas tan mal, pero no me arrepiento de que haya ocurrido.

—¿De verdad os queréis de ese modo?

—Nos amamos, papá. Nos amamos muchísimo.

Mi padre se sonrojó y me dedicó una sonrisa llena de ternura.

Me incliné hacia él y lo abracé con fuerza. Papá siempre había sido una persona muy dulce y tranquila, a la que le resultaba más fácil ceder que imponerse. Era comprensivo y sabía escuchar. Era el refugio en el que Soomin y yo nos escondíamos cuando las cosas se ponían difíciles, y no había nada que uno de sus abrazos no pudiera curar.

Sin embargo, ese carácter le hacía evitar a toda costa los conflictos, sobre todo si lo enfrentaban a mamá. Por muy distintas que pudieran ser sus opiniones, él prefería adoptar una actitud condescendiente.

De manera que en casa siempre se hacía lo que ella decía.

Siempre.

De repente, la puerta principal se abrió con un tintineo de llaves. Me puse en pie y corrí a la entrada. Encontré a mi madre quitándose el abrigo y los zapatos.

—¿Dónde está Ren? —le pregunté.

Ella pasó por mi lado sin siquiera mirarme y entró en la cocina. La seguí nerviosa y no le quité la vista de encima mientras bajaba la tetera del armario, la llenaba de agua y la ponía al fuego. Papá nos observaba a ambas.

—Mamá, ¿qué ha pasado con Ren? ¿Dónde está? —insistí nerviosa.

—Ren no vendrá durante un tiempo a esta casa —respondió muy seria.

El mundo entero se me cayó encima. Tragué con fuerza y la miré enojada, con ella y conmigo misma, con las dos.

—¿Por qué?

—Sería incómodo para todos, dadas las circunstancias. —Sacó una cucharilla del cajón.

—¿Qué circunstancias? No ha pasado nada malo.

—¿Cómo puedes seguir pensando que no has hecho nada?

—Porque es la verdad, pero tú haces que parezca que Ren y yo hemos cometido un delito horrible —le recriminé ofendida.

Ella dejó la cucharilla sobre la encimera con un golpe que resonó en mis oídos. Se dio la vuelta y me miró enfadada, decepcionada y no sé cuántas cosas más.

—Un delito puede que no, pero habéis cruzado todos los límites permitidos en esta casa.

—¿Enamorarnos era uno de esos límites?

—¡Sí! —gritó.

Yo no me achanté.

—¿Por qué?

—¡Porque Ren es un muñeco roto, Jisoo! —estalló y las lágrimas comenzaron a rodar por sus mejillas—. Lo conozco desde que era un bebé. Mucho antes de que tú nacieras, ese niño ya pasaba más tiempo en este hogar que en cualquier otra parte. Su madre lo dejaba aquí para alejarlo de su padre y que no viera las cosas horribles que pasaban en esa casa. Cuando ella murió, continué cuidando de él. Lo he criado y querido como si fuese mi propio hijo. Sé lo roto que está porque, aunque lo intenté, no pude protegerlo y sufrió cosas por las que nadie debería pasar. Menos aún un niño.

Inspiré aturdida y me pasé las manos por el pelo. Parpadeé para no echarme a llorar y me abracé la cintura. Miré a papá, implorando su ayuda, pero él solo negó con un gesto, pidiéndome a mí que lo dejara estar.

Sin embargo, no podía.

—Todo eso ya lo sé —mascullé.

—Entonces deberías entender que no es el hombre adecuado para ti.

—Te llenas la boca diciendo «mi hijo», pero todo es pura hipocresía.

—Jisoo, no le hables de ese modo a tu madre —me pidió papá.

Mamá apoyó las manos en la mesa, sin apartar sus ojos vidriosos de mi cara.

—Es mi hijo porque así lo siento, y eso hace que esta situación me esté matando por dentro —sollozó con amargura, y añadió—: Quiero a Ren muchísimo, pero tú eres mi hija y mi deber es protegerte.

Abrí la boca, perpleja, como un pez que boquea fuera del agua.

—¿De quién, de él? —exclamé espantada por lo que ella parecía sugerir—. Ren jamás me haría daño. Es la persona más dulce, noble y generosa que he conocido nunca. —Alcé los brazos, frustrada—. ¡Dios, no lo entiendo!

—No necesitas entender nada, solo hacer lo que yo te diga. Olvídate de Ren, lo vuestro no es posible de ninguna manera. Céntrate en la universidad y en tener una buena vida sin complicaciones, como tu hermana. —Se frotó las palmas de las manos en la falda y se dio la vuelta para apartar la tetera y apagar el fogón—. Algún día me lo agradecerás.

Una oleada de rabia me recorrió el cuerpo.

—¿Ren también te agradecerá que le estés dando la patada? Somos lo único que tiene en el mundo, mamá —le recordé.

Me miró furiosa.

—¿Crees que quiero hacerlo? Todo estaba bien mientras podía cuidar de los dos, pero ahora no tengo más remedio que elegir, y tú siempre serás lo primero —sus palabras sonaron como si cargaran una gran culpa.

Sacudí la cabeza y me llevé las manos al pecho.

—Mamá, por favor, no nos hagas esto.

—No seguiré hablando del tema —replicó tajante.

—Mamá, te lo suplico.

—¡Ya basta!

—No es justo.

Vino hacia mí y me tomó por los hombros.

—Te lo diré una sola vez. Lo que sea que hubiera entre vosotros se ha terminado. Tú no volverás a acercarte a él y Ren no regresará a esta casa hasta que consigamos olvidar lo que ha pasado y hayáis encauzado vuestras vidas de la forma correcta. Me da igual si te parece justo o no. No permitiré que eches a perder tu vida, cuando es la mía la que estoy sacrificando para que tengas un futuro.

Me soltó y salió por la puerta, cerrándola de golpe tras de sí.

Sentí los pasos de mi padre a mi espalda. A continuación, su mano en mi hombro, dándome palmaditas de consuelo. Me tensé, estaba tan enfadada que no pude evitarlo, y me aparté de él mientras me volvía y lo miraba con lágrimas en los ojos.

—¿Por una vez podrías decirle a mamá que se equivoca y que está a punto de causar un daño irreparable?

—Jisoo...

—Es que la apoyas en todo, aun a sabiendas de que sus decisiones están convirtiendo mi vida y la de Soomin en algo que nos limitamos a soportar. Mi hermana nunca quiso ser pediatra ni trabajar en un hospital. ¡Si apenas aguanta el olor del desinfectante y se marea cuando ve sangre! Su sueño es convertirse en chef y abrir su propio restaurante. ¿Y yo? Solo de pensar en ese futuro tan maravilloso que mamá visualiza para mí me entran ganas de huir tan lejos como pueda.

Él dejó caer los hombros, como si estuviera muy cansado.

—Hija, ella solo quiere...

—¿Lo ves? —lo corté exasperada—. Te lanzas a justificarla sin más. Pero en esta ocasión sus ideas y las decisiones que está tomando van a alejar a Ren de nuestras vidas. Por una sola vez, haz algo, papá.

Asintió lentamente y se sentó en la silla.

Después se pasó las manos por la cara y bajó la mirada a la mesa.

Entonces supe que perdía el tiempo al pedirle ayuda.

¿Qué clase de amor consigue que te anules a ti mismo para que otra persona sea feliz?

El mismo que en casa sentíamos por mi madre.

Ese que nos hacía guardar silencio y sonreír.

El mismo que nos empujaba a fingir que éramos muy felices con nuestras vidas y que todo estaba bien como estaba.

Solo que, en mi caso, habían comenzado a aflorar otros sentimientos que empezaban a hacer frente a ese amor que sentía por ella. Al principio, solo eran pequeñas chispas que aparecían cuando me sentía frustrada. Ahora eran emociones que podía reconocer, como la rebeldía y la inconformidad que palpitaban dentro de mi pecho.

Una conciencia de mí misma que antes no percibía y que ahora se había convertido en un espejo del que no podía apartar la mirada.

Un reflejo que me hacía preguntas pero que no podía contestar, porque las razones tras la que solía justificarme ya no sonaban lógicas.

53
Ren

En cuanto Jisoo cruzó la puerta de la cafetería en la que habíamos quedado y su mirada tropezó con la mía, dudé de mi determinación. Vi el alivio en su mirada. La esperanza. Y los muros que había levantado a mi alrededor para enfrentarme a ese momento se derrumbaron.

¿Cómo sacas de tu vida a la persona que le da sentido?

¿Cómo la miras y le dices que no vas a volver a verla?

No se puede. Va contra el instinto más primitivo, el de la supervivencia. Y yo estaba a punto de saltar por un precipicio sin ninguna protección, de cabeza a un desastre que no tenía ni idea de cómo manejar.

La sonrisa de Jisoo se hizo más amplia conforme se acercaba a la mesa. Antes de sentarse, se inclinó sin previo aviso y me dio un beso en los labios que no esperaba. El olor de su cabello me llenó los pulmones.

—Te he echado de menos —susurró contra mi boca y sentí su sabor en la punta de la lengua.

Apreté los párpados un segundo, mientras ella dejaba su mochila en el suelo y se sentaba.

Alzó el brazo para llamar la atención del camarero.

—Un descafeinado con leche, por favor —le pidió.

Luego me miró con esos ojos enormes y brillantes, que parecían absorber la luz y después proyectarla hacia fuera llena de vida.

—¿Estás bien? —me preguntó. Sin embargo, antes de que pudiera responder, ella continuó hablando con esa impaciencia que siempre transmitía cuando estaba nerviosa o preocupada—. Siento mucho lo que ha pasado con mamá. Dijera lo que dijera, no debes hacerle caso, Ren. Olvídalo. La sorpresa le hizo reaccionar mal, pero al final se hará a la idea y lo entenderá. Solo debemos tener paciencia y ser más cuidadosos a partir de ahora, ¿vale? Lo solucionaremos y superaremos todo esto, estoy segura.

Hice el esfuerzo de mi vida sosteniéndole la mirada. Muriéndome un poco por dentro, cuando la sonrisa se fue borrando de sus labios y el miedo se apoderó de sus ojos al notar que algo no iba bien conmigo.

—¿Qué pasa? ¿A qué viene esa cara? Cualquiera diría que no te alegras de verme.

Me froté la barbilla. No reunía el valor para abrir la boca. Tantas palabras en un idioma que dominaba y no era capaz de encontrar ninguna.

Tragué saliva.

—Tenemos que dejarlo —solté sin rodeos.

—¿A qué te refieres? —preguntó alarmada.

—A ti y a mí, a lo nuestro. Se acaba ahora y aquí.

—¿Por qué? —se le quebró la voz.

—Ya sabes por qué.

Me miró fijamente con una mueca de incredulidad. Su respiración se aceleró.

—¡No me lo puedo creer! —exclamó enfadada—. ¿Piensas hacerle caso a mi madre? ¿Por qué?, ella no tiene razón.

—No importa si la tiene o no. Son sus sentimientos y nunca aceptará que tú y yo estemos juntos. La simple idea la pone enferma —dije con amargura.

—Se siente así ahora, pero sé que el tiempo lo arreglará. En cuanto se tranquilice y piense en todo esto con calma, se dará cuenta de que está exagerando por nada.

—Y si no lo hace, ¿nos ocultaremos para siempre? ¿Abandonarás a tu familia por mí?

—También es tu familia —susurró Jisoo.

Inspiré hondo y dejé escapar el aire de forma entrecortada. No sentí ningún alivio; al contrario, me costaba respirar.

El camarero se acercó y dejó una taza de café en la mesa.

—Yo ya no estoy tan seguro de que lo sea —dije en voz baja cuando el tipo se alejó.

La expresión de Jisoo se contrajo en un pequeño mohín. Le había dolido oír esas palabras.

—Pues la abandonaré, no me importa —afirmó con una seguridad que me hizo temblar.

—A mí sí, y no voy a convertirme en el motivo de discordia que os separe.

—Eso no sucederá, te lo prometo. Sé que podemos arreglarlo, solo necesitamos un poco de tiempo —insistía, cada vez más resuelta.

—El tiempo nunca cambiará el hecho de que yo no soy lo que necesitas.

—¡Qué tontería! Claro que lo eres.

—Ha sido un error desde el principio —repliqué, y necesitaba creerlo, pero al mirarla me costaba tanto pensar que fuese verdad.

Sin embargo, había personas que sí lo creían y su opinión me importaba demasiado.

Jisoo parpadeó y se inclinó hacia mí sobre la mesa. Derramó parte del café, pero no le importó.

—¡No vuelvas a decir eso nunca más! —masculló afligida y decepcionada—. Tú y yo somos perfectos el uno para el otro, y lo sabes. Estos meses juntos han sido maravillosos. Dime que no has sido feliz.

—No se trata de eso.

—Por supuesto que sí, solo se trata de si uno es feliz o no. Nosotros lo somos juntos.

Perdí la paciencia. Su insistencia me hacía flaquear y no podía permitírmelo.

—¿Y a qué precio, Jisoo? Esos sentimientos provocan dolor y angustia a otras personas. ¿Puedes seguir adelante sabiendo eso? Porque yo no.

—¿Me estás diciendo que no puedes seguir adelante sabiendo que mi madre sufre, pero que la cosa cambia si se trata de romper conmigo? ¿Es así?

Abrí la boca para contestar, pero ella me lo impidió.

—¡No! No quiero que digas nada —gruñó mientras parpadeaba para alejar las lágrimas—. Lo mejor será que me marche ahora y dejemos esta conversación para cuando estemos más calmados. Si no, al final acabarás diciendo algo de lo que te arrepentirás, y que a mí me hará daño y me costará olvidar. Y no quiero eso.

Empujó la silla hacia atrás y agarró su mochila. Se puso de pie.

—Jisoo...

—No pienso aceptar nada de lo que digas ahora —me espetó severa.

—Lo próxima conversación será igual a esta. Y la siguiente...

Ella tensó los brazos, estirados a ambos lados del cuerpo. Rechinó los dientes.

—Me marcho.

—Cuídate —dije sin apenas voz.

Jisoo me fulminó con la mirada, llena de emociones que parecían desbordarse en sus ojos.

—No hagas que parezca una despedida, no lo es.

Después dio media vuelta y abandonó la cafetería sin mirar atrás.

Verla desaparecer me dolió como si un camión me aplastara el pecho contra una pared.

Apoyé los codos en la mesa y me cubrí el rostro con las manos. Ya me arrepentía del paso que había dado, pero no podía hacer nada al respecto. Debía mantenerme firme y ser consecuente con la realidad. Lo teníamos todo en contra. Así eran las cosas.

Yo no era bueno para Jisoo, y debía de ser cierto, cuando la mujer que me había criado como a su propio hijo me quería lejos de ella. Eso confirmó lo que ya sabía, que no existe el amor sin condiciones, y el suyo acababa donde empezaba el mío por su hija.

Y lo entendía, de verdad que sí.

Solo había que ver de dónde venía yo.

Echarle un vistazo al ADN que me componía y me consumía como un cáncer.

Joder, si yo era el primero que deseaba vivir lejos de mí mismo, convertirme en un extraño al que no recordar, ¿cómo no iban a quererlo los demás? Incluso Jisoo acabaría reconociendo que perderme de vista era lo mejor que podía pasarle.

Salí de la cafetería.

Una gota impactó en mi mejilla, y después otra. Miré hacia arriba y contemplé el cielo encapotado. Comenzó a llover y yo eché a andar con la apremiante necesidad de dejar de respirar. Lo deseaba a todas horas. A veces, contenía el aliento y lo intentaba, con la esperanza de que ese dolor crónico que sentía tan adentro cesara durante unos segundos. En ocasiones funcionaba, y esa paz me daba más miedo que cualquier otra cosa.

54
Jisoo

Llevaba dos semanas sin saber nada de Ren. Dos semanas de incertidumbre, en las que había llegado a creer que perdería la cabeza. No cogía las llamadas, no respondía a los mensajes... Los últimos días, ni siquiera tenía el teléfono encendido y comencé a pensar que podría haber cambiado de número.

Tampoco logré encontrarlo en su casa, en la que las cortinas no cambiaban de posición. En el estudio, todos parecían haber llegado a algún tipo de acuerdo y nadie sabía nada sobre él. Jun era el único que hablaba conmigo, aunque obtenía idénticos resultados que si charlara con una pared.

—Lo único que sé es que se ha tomado unos días libres y ha salido de la ciudad. Deberías intentar seguir con tus cosas y distraerte. Si Ren quiere hablar contigo, lo hará.

Esa frase final me ponía de los nervios, porque empezaba a ser evidente que Ren no tenía ninguna intención de contactar conmigo. Me había convencido a mí misma de que las cosas que dijo sobre romper se debían a un momento de desánimo y pesimismo. Que solo necesitaba algo de tiempo para recuperarse del golpe.

Ya no estaba tan segura. Si me echaba de menos, solo una

pequeña parte de lo que yo lo extrañaba, su ausencia no tenía ningún sentido.

Resoplé nerviosa. Llevaba dos horas en la biblioteca, intentando hacer un trabajo sobre cirugía, y solo había conseguido escribir tres párrafos. Cerré el libro con fuerza y varias cabezas se levantaron a mi alrededor. Una chica me chistó desde una esquina de la biblioteca y a punto estuve de enseñarle mi dedo con un gesto muy grosero. Odiaba aquel lugar.

Nara dejó a un lado el libreto que estaba memorizando para su clase de Interpretación y me miró.

—Yo tampoco me concentro. ¿Quieres que vayamos a tomar un café? —susurró.

Asentí en respuesta y guardé mis libros y apuntes en la mochila.

Me dirigí con Nara a la salida y en la puerta nos topamos con Ryan.

—¿Ya os vais? —se interesó.

—Vamos a tomar un café —respondí.

—¿Os importa si os acompaño?

—¿Qué sería de Pétalo y Burbuja sin Cactus? —replicó Nara con un guiño pícaro.

Ryan se ruborizó y rompió a reír. Observé a uno, y después a la otra, y me crucé de brazos mientras jugaban a las miraditas intensas. Llevaban casi un mes coqueteando y ninguno se atrevía a dar el paso. Era como ver un k-drama en vivo y, al ritmo que llevaban, no contaba con que hubiera un beso antes del episodio catorce o quince. Sí, resulta bastante frustrante cuando sabes que estas series solo tienen una media de dieciséis.

Atravesamos el campus en dirección este y nos dirigimos a una cafetería que hacía unos gofres buenísimos.

Pedí uno con nata y caramelo, y me dediqué a comerlo a pellizquitos. Mientras, Nara le explicaba a Ryan que las complejidades de su personaje lo empujaban a un punto de inflexión empírica, que acababa desembocando en una catarsis que lo liberaba de su yo más reprimido.

Ryan asentía, muy interesado en su reflexión, lo que me hizo replantearme si yo tenía algún problema de comprensión que desconocía, porque nunca entendía nada de lo que mi amiga decía. Aburrida, saqué mi móvil sin ningún motivo, algo que me había prohibido a mí misma para no caer en la tentación.

Solo tardé diez segundos en enviarle un mensaje. Me quedé mirando la pantalla, esperando. Resoplé exasperada cuando tomé conciencia de que el mensaje no le había llegado y probablemente nunca lo haría. Como todos los anteriores.

—¿Estás bien? —me preguntó Ryan.

—¿Tiene cara de estarlo? —replicó Nara mientras me dedicaba una mirada de disgusto. Me quitó el teléfono de la mano y le echó un vistazo. Clavó sus ojos en mí—. Esto no te hace ningún bien, Jisoo. Deja de hurgar en la herida, ¿vale?

—Es muy fácil decirlo —mascullé. Aplasté las miguitas del gofre con la punta de un dedo, y añadí—: Solo quiero saber dónde está, si se encuentra bien y por qué lleva dos semanas evitándome.

—¿Habláis de Ren? —intervino Ryan, había cautela en su voz. Nara afirmó con un gesto y suspiró resignada—. Entiendo... Yo lo vi hará cinco o seis días. Vino al local de ensayo a entregarle la nueva maqueta a Alan.

—¡¿Lo viste?! —salté como si me hubiera atravesado un rayo—. ¿Y me lo dices ahora?

—Pensaba que era un tema delicado, y no sabía que te estaba evitando.

—¿Hablaste con él?

—Solo nos saludamos —respondió Ryan incómodo, y

tragó saliva—. No sé por qué te evita ni cómo se encuentra realmente, pero, hasta donde yo sé, se ha estado viendo con Alan.

—Y eso demuestra que sigue en la ciudad, así que Jun te miente —me advirtió Nara. Se inclinó sobre la mesa, buscando la mirada que yo me negaba a devolverle—. ¿Qué más pruebas necesitas? Lo que te dijo ese día iba en serio, ha roto contigo.

Inhalé hondo y apreté los párpados con fuerza. Me negaba a creerlo. Conocía a Ren mejor que nadie y sabía que no podía haber roto conmigo con tanta facilidad y seguir adelante como si nada. Además, en ningún momento acepté sus términos, al contrario. Aún me debía una conversación y él nunca me negaba nada.

Me pasé las manos por la cara, nerviosa.

Seguro que había otra explicación que justificase su comportamiento.

Y me lo repetí hasta creerlo.

Aunque, muy en el fondo, una parte de mí sabía que solo había una verdad.

La que Nara me repetía siempre que me veía desesperada por la incertidumbre.

La verdad que me revelaba mi madre de forma tácita cada día con su serenidad, cuando me veía salir de casa o regresar y no mostraba ninguna desconfianza.

Tal vez porque sabía que no tenía de qué preocuparse.

Quizás, después de todo, la única que no conocía a Ren era yo.

55
Ren

Desperté de repente y con palpitaciones. Empapado en sudor pese a haber dormido con la ventana abierta y estar en diciembre. Abrí la boca, aturdido, en busca de un aire que cada vez me costaba más encontrar. La maldita congoja que me oprimía la garganta había dejado de ser un nudo para transformarse en una cuerda, áspera y sólida.

Me incorporé tembloroso. Un par de minutos más tarde, logré ponerme de pie. La pesadilla aún continuaba vívida dentro de mi cabeza, como una película en blanco y negro que se repetía, una y otra vez, siempre que cerraba los párpados.

Me llevaba de regreso a la noche en la que mi padre estuvo a punto de estrangularme. Volvía a sentir la tortuosa asfixia, el dolor de los cristales rotos clavándose en mi cuerpo, el miedo al notar que todo se tornaba oscuro a mi alrededor.

Luego me embargaba un alivio profundo al darme cuenta de que por fin todo terminaría. Ya no sentiría nada. Así que dejaba de oponer resistencia y me abandonaba a mí mismo.

Despertaba en un túnel, pero allí no había ninguna luz al final. Solo estaba ella, al otro lado de un cristal, parada en medio de una calle bajo la lluvia, mientras una furgoneta se acercaba deprisa y yo me quedaba mirando cómo la embestía sin hacer nada.

En ese punto, siempre abría los ojos, convencido de que el golpe lo había recibido yo y me estaba muriendo.

Me dirigí a la cocina, respirando como si acabara de salir a flote en medio de un océano. Me preparé una taza de café y me forcé a comer una de las magdalenas que Dani había traído un par de días antes. Ella y Jun solían pasarse casi todos los días con cualquier excusa, aunque yo sabía que lo hacían porque estaban preocupados por mí.

Tiré el bollo a la basura, incapaz de tragarlo. Abrí la nevera y vi que estaba atiborrada de yogures, frutas, verduras y platos precocinados. ¿Quién demonios iba a comerse todo eso?

Cerré la puerta y tomé solo el café.

Llené la taza por segunda vez y recorrí el pasillo hasta el estudio. Me senté en la silla, frente a la mesa de mezclas, y dejé que mi mirada vagara por las paredes. En una de ellas había un tablero de corcho, donde iba colgando tarjetas, tiques, fotos... Entonces la vi, la tarjeta que la doctora Morton me dio aquel día que nos encontramos, algunos meses atrás. Aparté la vista cuando un tironcito dentro de mi estómago me impulsó a levantarme y cogerla.

Inspiré hondo. No necesitaba llamarla. Estaba bien. Lo tenía todo controlado.

O eso quería creer, porque en el fondo nada funcionaba como debía; mi mente fallaba, y me negaba a verlo.

No solo habían vuelto las pesadillas, también las alucinaciones, los ataques de pánico y las voces gritaban más fuerte que nunca que en mi vida no había futuro ni esperanza, únicamente soledad. Que no era lo bastante bueno para importarle a nadie y mil cosas más que hacían arder mi cabeza.

La mayor parte del tiempo ni siquiera tenía conciencia de lo que me ocurría. No era consciente de que la ansiedad se había ido apoderando de mí con el paso de los días. Ni de que me hundía en una depresión que me hacía pensar cosas equivocadas. Solo sentía un dolor inmenso que no desaparecía nunca. Como un insecto gigante atrapado en mi pecho que no dejaba de aletear furioso, y ni la música ni el deporte conseguían ya calmarlo.

Apuré el café que quedaba en la taza y me puse los auriculares. Llevaba retraso con los efectos de sonido de un nivel acuático que habíamos añadido al juego. Abrí las pistas de audio en una pantalla y la imagen en otra, y comencé a trabajar.

Me olvidé por completo del almuerzo y a media tarde el hambre me hizo salir del estudio.

Calenté unos tallarines con verduras y los comí de pie, junto a la ventana.

Después me obligué a cambiar el pijama por ropa de deporte y salí a hacer ejercicio. Tanto tiempo sentado no era bueno para mi espalda. Sin embargo, el rato que pasaba corriendo en la calle no lo era para mi mente.

Siempre pensaba demasiado.

Siempre pensaba en ella.

Jisoo.

A veces la echaba tanto de menos que creía que no podría soportarlo. Cada día debía luchar contra mí mismo para no ir a buscarla, no contestar sus llamadas o no leer sus mensajes. Para continuar evitándola a toda costa. Incluso cuando esa necesidad obligaba a mis amigos a mentir por mí. Más y más cerillas para el bidón de acelerante que yo ya era sin saberlo.

Seguí el curso del canal hasta Mile End Park. Una vez allí, di media vuelta e inicié el regreso a casa. Al cruzar el puente, frené en seco al descubrir a lo lejos la figura de una mujer parada junto a mi edificio. Por un momento, temí que se tratara de Jisoo.

Volví a respirar tranquilo al darme cuenta de que no la conocía. Sin embargo, al aproximarme, algo familiar en ella aceleró mis latidos. Me quedé paralizado cuando se dio la vuelta y vi que se trataba de Audrey, la mujer de mi hermano. Me dirigió una mirada cohibida y dio unos cuantos pasos hacia mí. No había tenido noticias de Tae desde el día que me hablaron del trasplante.

En ese tiempo, había hecho todo lo posible por ignorar cualquier pensamiento relacionado con él. De todas formas, cada vez que cerraba los ojos, aún podía ver su rostro al preguntarle si habría vuelto a buscarme de no necesitar una parte de mí para seguir vivo. Aún resonaba en mis oídos ese «no» implícito en su silencio, lo que había hecho que me rebelara de un modo irracional contra la idea de ayudarlo.

—Siento presentarme de esta manera —lamentó.

Sacudí la cabeza, no quería saber nada, y pasé por su lado para abrir la puerta.

—Tu hermano ha empeorado mucho en los últimos días y esta misma mañana lo han ingresado en la clínica —dijo Audrey de forma atropellada. Me quedé inmóvil, con la llave encajada en la cerradura. Ella continuó—: No sé gran cosa sobre vosotros y vuestra relación, Tae siempre ha evitado hablar del pasado. De hecho, tardó años en decirme que tú existías. No conozco todos los detalles, Ren, pero sean los que sean, soy muy consciente de que tienes todo el derecho del mundo a estar enfadado con él.

—Vaya, gracias —repliqué mordaz.

Ella ignoró mi comentario y se acercó.

—Es cierto que Tae no habría vuelto si no te necesitara, y comprendo que te duela. Él tiene sus motivos y tú, los tuyos, pero... ¡es tu hermano, Ren! Su vida se apaga un poco más cada día. Por favor, hazte las pruebas y salgamos de dudas. Si no eres compatible, ya está, se acabó.

Me giré hacia ella y la miré con el estómago revuelto.

—¿Y qué pasa si lo soy?

Audrey tragó saliva y me sostuvo la mirada.

—¡Ayúdalo! Si no quieres hacerlo por él, hazlo por su hijo. Tú sabes lo que es crecer sin una familia, ¿quieres que Jamie pase por algo parecido? Tae es un buen padre y su hijo lo necesita. Hazlo por humanidad, al menos.

—¿La que él me ha demostrado?

—Por favor, Ren.

—Lo siento, debo entrar.

Empujé la puerta y me colé en el vestíbulo lo más rápido que pude. Pulsé el botón del ascensor y las puertas se abrieron. Mientras se cerraban, aún podía oír a Audrey pidiéndome ayuda.

Entré en casa y fui directo a la ducha. Abrí el agua caliente. Sin embargo, la sangre me hervía tanto que la percibía fría. Resoplé y jadeé. Me llevé una mano al pecho, y noté que todo daba vueltas a mi alrededor. Me apresuré a salir de aquel espacio reducido en el que me ahogaba y entré en mi dormitorio en busca de ropa limpia. Me puse un pantalón de algodón gris y una sudadera negra.

Descalzo, me dirigí a la cocina. Me sentía furioso y nervioso a partes iguales. Abrí la nevera y volví a cerrarla. Después abrí un armario, y otro, y otro... Pero había olvidado qué estaba buscando, y frustrado golpeé la pared. Una. Dos. Tres veces.

Me llevé las manos a la cabeza. Necesitaba apagar el ruido.

Traté de tomar una inspiración profunda, pero no lo conseguí. Algo obstruía mi garganta. El corazón se me aceleró y sentí su pulso por todo el cuerpo. No podía dejar de temblar. El aire no llegaba a mis pulmones por más que lo intentaba. Y el dolor... el dolor era insoportable, tanto que no pensaba que pudiera aguantarlo un minuto más. Quería morirme para que cesara. Y al mismo tiempo, me aterraba la posibilidad de desaparecer.

Resbalé hasta el suelo y me encogí en una esquina, dentro de una realidad claustrofóbica y asfixiante, en la que las voces tenían rostro y me gritaban cosas horribles.

En alguna parte, se abrió una puerta. Escuché pasos. Alguien pronunció mi nombre. Primero, como una pregunta. Después, solo percibí terror. Unas manos me sujetaron por los brazos.

—Ren, ¿qué te pasa? Eh, abre los ojos, mírame. —Hice lo que me pedía y vi el rostro de Jun—. ¿Qué haces en el suelo? ¿Qué te ocurre?

—No... puedo respirar. No... puedo...

—¿Qué estabas haciendo? ¿Qué ha pasado?

Tiré del cuello de mi sudadera.

—Me... duele.

—¿Qué te duele, Ren?

—El pecho. No... respiro.

—Eh, mírame y escucha. Es un ataque de pánico, va a pasar.

—No... puedo... respirar.

Jun me sujetó el rostro con sus manos.

—Claro que puedes. Eh, mírame. Mírame, Ren.

Lo intenté, pero no veía nada. Porque debía de ser lo que pasaba cuando te morías, y yo me estaba muriendo. Era imposible que un corazón latiera tan rápido sin reventar. Y si no lo hacía, acabaría volviéndome loco por culpa de esa agonía. Atrapado dentro de mí mismo.

—Vale, hagámoslo juntos. Inspira. Inspira hondo —me animaba Jun.

—No puedo...

—Sí puedes. Ya lo estás haciendo.

—Me ahogo.

—Eso no va a pasar, no lo permitiré —replicó Jun al tiempo que colocaba mi mano en su pecho—. Vamos, no dejes de mirarme y coge aire conmigo. —Inspiré con esfuerzo—. Eso es. Ahora, suéltalo. ¿Lo ves? Estás respirando. Otra vez, muy bien. —Inspiré y exhalé, al ritmo que me marcaba su propia respiración—. No dejes de hacerlo, Ren. Cógelo por la nariz y ahora suéltalo por la boca.

Hice lo que me decía y poco a poco mis pulmones comenzaron a llenarse. Enfoqué mi vista en él. Joder, qué asustado parecía. Y todo por mi culpa.

—Lo siento —dije sin apenas voz.

—No digas gilipolleces —me espetó llorando. Los míos se humedecieron en respuesta—. ¿Cuándo vas a contarme lo que te pasa?

—No es nada.

—Y una mierda, Ren.

—Estoy bien.

—No lo estás, ¿acaso no lo ves, idiota? —mascullό, y me sostuvo con más fuerza entre sus brazos. Me negaba a pensar qué pinta debíamos de tener abrazados en aquel suelo—. A mí no puedes engañarme. Sé que estás jodido por todo lo que te está pasando. Tu hermano, Jisoo, Min Shi..., pero hay algo más que no me cuentas.

Y tenía razón.

No podía contarle que mis pensamientos me asustaban cada día más.

Que estaba perdiendo la cabeza.

56
Jisoo

Era el cuarto domingo que pasábamos sin Ren. La casa llevaba días decorada con motivos navideños y en la esquina del salón se alzaba un árbol lleno de luces y adornos, bajo el que ya se podían ver algunos regalos. Soomin siempre era la primera en comprarlos.

La mesa estaba repleta de comida casera recién hecha y mi madre no dejaba de rellenar los platos. Miré todo aquel exceso y perdí por completo el apetito.

—Jisoo, come un poco o acabarás desapareciendo dentro de esa ropa —me reprendió.

«Ojalá», pensé.

Empujé mi plato a un lado y me crucé de brazos. Semanas atrás, habría obedecido sin rechistar. Incluso habría repetido. Pero las cosas habían cambiado y me resistía a complacerla. Sobre todo, cuando la veía comportarse como si no existiera un vacío en la mesa, que yo no podía ignorar. En el fondo, ninguno lo hacíamos, y la incomodidad se hacía más evidente cuando, por la inercia de la costumbre, se servía una ración de más que enseguida alguien se apresuraba a retirar.

El ambiente era tan surrealista que a veces dudaba de si

no habríamos sido abducidos a una realidad paralela, en la que las personas actuaban sin ningún sentido.

Demasiado molesta como para fingir otra comida feliz, me levanté de la silla.

—Voy arriba, no me encuentro bien.

—Come y verás que se te pasa —me dijo mi madre.

—Tengo el estómago revuelto —repliqué, y me encaminé a la puerta.

—Jisoo... Jisoo, ven aquí.

No me detuve y subí la escalera.

—Déjalo, mamá, ya voy yo —oí que decía Soomin.

Entré en mi habitación y me senté en la cama con un nudo muy apretado de ansiedad en el estómago. Mi hermana apareció poco después y entornó la puerta a su espalda. Me miró preocupada. Luego soltó un suspiro pesado y vino a sentarse a mi lado.

—¿Qué te pasa?

—No soporto ver esa silla vacía —se me quebró la voz.

—Que dejes de comer no va a solucionarlo. Tampoco que retes a mamá todo el tiempo.

—No puedo evitarlo, me pone de los nervios que se muestre tan indiferente.

—Sabes tan bien como yo que no es lo que siente.

—Eso hace que sea más difícil de entender —mascullé mientras me cubría la cara con las manos.

Soomin me acarició la espalda de arriba abajo.

—Lo echo mucho de menos —dije casi sin voz. Inspiré de forma entrecortada y parpadeé para alejar las lágrimas—. Sigue evitándome, Soomin.

—A ti y a todos —me aseguró.

—¿Y qué hago? Quiero decir que... si de verdad ha roto conmigo, ¿qué se supone que debo hacer? ¿Aceptarlo y ya está?

—Así funciona, hermanita.

—Pero yo lo quiero, y sé que él a mí.

—No siempre basta con quererse, Jisoo —dijo ella en un tono tan resignado que se me encogió el estómago.

Cerré los ojos y repetí sus palabras en mi mente, pero seguía rechazando de forma visceral la posibilidad de que Ren y yo hubiésemos terminado. No así, por un sinsentido que se le había metido a mi madre en la cabeza. No cuando él mismo había intentado convencerme de que no necesitaba su permiso para vivir mi vida, solo su bendición.

Algo que a esas alturas tampoco consideraba imprescindible. Y tomar conciencia de ese cambio en mí me hizo encontrar un valor que no sabía que poseía.

Resulta irónico que la persona por la que renuncié a mis sueños al final me empujara a perseguirlos, sin ella saberlo.

Me tumbé en la cama y me hice un ovillo. Llevaba días guardándome un secreto que no le había contado aún a nadie. Ni siquiera a Nara, porque sabía que su primera reacción no sería buena. Me acusaría de abandonarla y dejaría de hablarme, al menos durante un par de horas, antes de arrepentirse y gritarle al mundo que se sentía orgullosa de mí.

Necesitaba contarlo.

—Sigo fotografiando, nunca lo dejé —le confesé a Soomin en un susurro.

—Lo sé.

—Y tengo un blog donde publico las fotografías que hago, para que la gente pueda verlas.

Noté la sonrisa de Soomin.

—También lo sé. La abuela me lo contó.

—El mes pasado me escribió una mujer que encontró mi blog por casualidad. Su nombre es Madeleine y posee una galería de arte en París, especializada en fotografía, llamada La Rive. También dirige una fundación que ayuda a jóvenes con aptitudes a desarrollarse como artistas. Es algo así como una mecenas.

Soomin giró su cuerpo hacia mí y me miró con atención.

—¿Y? —soltó al ver que yo me quedaba en silencio.

—Hablé con ella hace unos días. Cree que tengo talento y quiere representarme. Me ofrece la posibilidad de estudiar en una de las mejores escuelas de arte de la ciudad, y la fundación lo subvencionaría todo. Alojamiento, comida, gastos... Viviría en una residencia con otras dos chicas. Una de ellas es pintora y la otra hace unas esculturas muy raras con metal. ¡Deberías ver las fotos de sus trabajos!

—¿Estás hablando de mudarte a París?

—Tendría que hacerlo si acepto, sí.

—¿Y qué piensas hacer?

Tomé aliento, nerviosa, y lo expulsé con fuerza.

—Quiero ir, Soomin, es lo que más deseo en el mundo —respondí sin ninguna duda—. Por eso necesito arreglar las cosas con Ren. Quiero poder compartir todo esto con él. Me ha apoyado tanto estos meses.

Mi hermana se tumbó junto a mí y me abrazó por la espalda.

—Me parece maravilloso que tengas esta oportunidad, y no deberías desaprovecharla.

—¿De verdad lo piensas? —le dije ansiosa.

—De verdad.

—¿Y mamá?

—¿Sabes? Aún guardo en un cajón el primer proyecto que hice para mi restaurante. Creo que tenía doce años cuando lo dibujé. Diseñé una cocina enorme y superequipada, y un comedor con paredes de cristal, rodeado por un jardín precioso donde instalaría una terraza con muchas mesas. Incluso creé el menú que serviría. El plato estrella sería «Pollo caramelizado con algodón de azúcar».

Me reí, no pude evitarlo, pese al nudo de emoción que me estrujaba la garganta.

—Suena delicioso.

Soomin me abrazó más fuerte.

—No pasa un solo día en el que no piense cómo sería mi vida ahora, si hubiera apostado por ese sueño. La que tengo no está mal y no me falta de nada, pero odio mi trabajo y me deprime pensar que seguiré haciendo lo mismo dentro de diez, veinte o treinta años. —Suspiró contra mi pelo y me hizo cosquillas en la nuca—. No quiero que a ti te ocurra lo mismo, Jisoo. No sé cómo reaccionará mamá cuando se lo cuentes, y lo que ha pasado con Ren no ayuda demasiado a ser positiva, pero me tendrás a mí apoyándote, pase lo que pase. Te lo prometo —se le quebró la voz.

Asentí y sorbí por la nariz. Después froté la mejilla contra la almohada para secarme las lágrimas que se me escapaban por las comisuras sin control.

—Gracias —sollocé. Posé mis manos sobre las suyas y las apreté con fuerza contra mi pecho—. Yo también te apoyaré siempre, pase lo que pase. Y creo que aún estás a tiempo de tener un restaurante. Ahora quiero probar ese pollo con algodón de azúcar —me reí.

—Tendría un sabor asqueroso —bromeó Soomin.

—Podrías rellenarlo con malvaviscos.

—Y manzanas de caramelo con jengibre.

Hice un ruidito divertido y fingí una arcada.

—Creo que voy a vomitar.

Soomin me hizo cosquillas y rompimos a reír a la vez.

Un movimiento en la puerta provocó que mi mirada volara hasta allí, justo a tiempo de ver cómo mi padre se alejaba.

Intranquila, me pregunté cuánto habría oído de nuestra conversación.

57
Ren

Nacemos y morimos, y entre un extremo y el otro tiene lugar eso que llamamos vida. A simple vista, puede parecer una línea recta. Sin embargo, no lo es. La vida está llena de puntos y aparte que cambian su curso y crean incisos.

Fue uno de esos puntos el que, al salir de casa, me hizo tomar otra dirección y en lugar de encaminarme al estudio mis pasos se dirigieron a la clínica donde se encontraba mi hermano.

¿Por qué? No estoy seguro.

Tal vez fue por esa humanidad a la que apeló Audrey un par de días antes, frente a mi casa. Quizás, en el fondo, yo era una de esas personas que acababan poniendo la otra mejilla sin importar cuánto daño pudieran hacerles. A lo mejor nunca fui ese monstruo en el que había creído convertirme.

Pregunté por él en el mostrador de información.

—¿Eres un familiar? —quiso saber la recepcionista.

—Soy su hermano.

—Primera planta, habitación 103.

—Gracias.

En lugar de tomar el ascensor, subí por la escalera. La puerta de la habitación estaba entornada y no parecía que dentro hubiera nadie con él. Aun así, me costó varios minutos reunir el valor para entrar. Cuando lo hice y vi a Tae tumbado sobre esa cama con un montón de tubos y máquinas a su alrededor, el corazón me dio un vuelco. En realidad, todo mi cuerpo se puso del revés.

Parecía más delgado y frágil que la última vez que lo vi. Tenía los ojos cerrados y su respiración era tranquila. A su lado, en la cama, Jamie dormía hecho un ovillo. Se me hizo un nudo en la garganta y aparté la vista. Contemplé la habitación. Sobre una mesita, alguien había colocado un pequeño árbol de Navidad, lo que me hizo recordar que la Nochebuena estaba a la vuelta de la esquina.

Tae abrió los ojos y su cuerpo se estremeció al verme. Tragó saliva.

—¿Qué haces aquí? —susurró.

La esperanza que percibí en su mirada echó abajo la frágil coraza tras la que aún me escondía.

—Quiero hacerme las pruebas.

—¿De verdad? —se le quebró la voz.

Creo que yo también me rompí cuando asentí.

«Compatible.»

Es increíble cómo una sola palabra puede hacer frente a la mismísima muerte.

Eso fue lo que pensé cuando el médico me dijo que las posibilidades de recuperación de Tae eran de un ochenta por ciento si se actuaba con prontitud, cuando días antes era casi un desahuciado.

A partir de ese momento, el tiempo empezó a correr muy deprisa. Tuve que someterme a una evaluación física y mental, que confirmara que era apto para la donación. Después firmé un montón de papeles legales y me hicieron más pruebas médicas. Finalmente, la operación se programó para el día posterior a Año Nuevo.

Pasé por todo ese proceso casi sin pensar, como si, en lugar de mí, se tratase de otra persona y yo solo fuese un testigo que observaba desde lejos. Así me sentía cuando salí de la consulta del anestesista que estaría conmigo en el quirófano.

—Nos veremos dentro de diez días; cuídate hasta entonces y que pases unas felices fiestas —me deseó desde la puerta.

Le di las gracias y me dirigí a los ascensores.

Iba tan distraído que choqué con otra persona al cruzarnos en el pasillo. Levanté la vista para disculparme, y me quedé mudo al estar cara a cara con Emily.

—¡Ren! —exclamó.

No habíamos vuelto a hablar ni a vernos desde el mismo día que rompimos, y me sorprendió que se alegrara de encontrarse conmigo.

—Hola, Emily.

—¡Menuda coincidencia! ¿Qué haces aquí?

Me encogí de hombros.

—Nada, una consulta médica. ¿Y tú?

Se sonrojó y se llevó una mano a la tripa con un gesto protector. Bajé la mirada hasta ese punto y lo supe antes de que ella dijera nada.

—Estoy embarazada —anunció sonriente.

—¡Vaya!

—Eso mismo dije yo cuando me hice la prueba el mes pasado y vi que era positiva —bromeó entre risas.

Ambos contuvimos el aliento al observarnos y el silencio se alargó unos segundos.

—¿De cuánto estás? —me interesé.

—De once semanas. Acaban de confirmármelo en una ecografía.

—¿Y sabes si es niño o niña?

Se le escapó una risita y le brillaron los ojos.

—Aún no, es muy pequeño para saberlo. ¿Te gustaría verlo?

—Sí, claro.

Nos apartamos a un lado, y ella sacó de una carpeta una ecografía en blanco y negro.

—Mira, ¿ves esto de aquí? Son los brazos. Esas dos cositas son las piernas. Y si te fijas en esta parte, verás que es su perfil.

Miré con atención y sonreí al descubrir la nariz y la boca. Era alucinante. Me fijé en los datos que aparecían en el marco de la imagen y pestañeé asombrado.

—¿Solo mide cinco centímetros? —inquirí. Emily asintió con la cabeza—. ¡Joder, y tiene hasta deditos!

—Es alucinante, ¿verdad? —comentó emocionada. Me miró y dejó escapar un suspiro—. ¿Tienes tiempo para tomar algo conmigo?

—Sí —le dije con sinceridad.

Abandonamos juntos la clínica y entramos en un café que descubrimos al otro lado de la calle. Nos sentamos a una mesa junto a la ventana y pedimos chocolate caliente con malvaviscos.

Emily se llevó la taza a los labios y bebió un sorbo. Cuando me miró con la nariz manchada de espuma, se me escapó la risa. Se la limpié con una servilleta, como había hecho muchas veces en el pasado, y se me encogió el estómago con una extraña sensación.

Ella se me quedó mirando y tragó saliva.

—Me alegro de volver a verte, Ren. Y no lo digo por decir.

—Yo también me alegro de verte, Emily —repuse con franqueza.

—Aun así, esto es raro —convino ella.

—Un poco. —Hice una pausa para pescar un malvavisco con la cuchara y masticarlo—. ¿Puedo preguntarte quién es el padre del bebé?

—Un compañero de trabajo de mi cuñado. Olivia se empeñó en presentármelo. Comenzamos a salir y un mes después ya estábamos hablando de boda.

Alcé las cejas, pasmado.

—¡Qué rapidez!

—¡Sí, una locura!

—Pero era lo que querías. Una boda y un bebé —convine.

Ella asintió con la cabeza y frunció el ceño durante un segundo.

—Siento mucho cómo acabó lo nuestro, Ren —dijo de repente. La miré sin entender por qué lo mencionaba—. Tú tenías razón entonces, quería todas esas cosas porque Olivia las tenía y estaba obsesionada con parecerme a ella. Mi frustración, la infelicidad, todo lo que te recriminaba y de lo que te acusaba... Quiero que sepas que no fuiste la causa. Nunca tuviste la culpa. Al contrario, has sido el mejor novio del mundo.

Me mordisqueé el labio, nervioso, y se me formó un nudo en la garganta. Pestañeé para deshacerme del picor que notaba en los ojos. Joder, no esperaba que dijera nada de eso, ni que me afectara de tal modo.

—Gracias por decirlo —susurré.

—Siento haber tardado tanto. —Se miró la mano, donde brillaba un anillo de boda. Lo giró entre sus dedos—. Ahora que tengo esta alianza, una casa grande y un bebé en camino, es cuando me doy cuenta de que no estoy hecha para esta vida y que me miraba en el reflejo equivocado. ¡Qué ironía!

La miré sin saber qué decir. Ella continuó:

—Sé que te lo hice pasar muy mal, y que luchaste por

nosotros hasta el último momento. Lamento haber sido una bruja contigo.

Sonreí cuando estiró el brazo sobre la mesa y colocó su mano sobre la mía.

—No me arrepiento de nada, Emily. Nunca lo he hecho.

—¡Que digas eso me hace sentir aún peor! —exclamó avergonzada. Inspiró hondo y con la otra mano se frotó el vientre—. ¿Y qué hay de ti? ¿Puedo preguntarte qué hacías en la clínica?

—Mi hermano está enfermo, necesita un trasplante y voy a ser su donante —respondí sin más.

Emily me miró muy seria. Noté que sus dedos apretaban los míos.

—¡¿Jun está enfermo?!

Parpadeé sorprendido.

—¡No! —Sonreí al percatarme de su confusión. Aunque lo entendía. En pocas ocasiones le había hablado de Tae, y para ella Jun era lo más parecido—. Es mi hermano biológico el que está enfermo.

—Lo siento mucho, Ren. —Arrugó la frente, sin dejar de observarme—. ¿Te refieres a un trasplante de médula o algo así? He oído que solo se trata de una punción.

—No, de hígado. Van a decorarme los abdominales con una bonita cremallera —bromeé.

—¿Qué? —palideció y tragó saliva—. ¿Podrías, por favor, contarme de qué va todo esto?

Y eso hice, le conté todo lo que había pasado desde que Tae irrumpió en mi vida como un tsunami. Aunque en ningún momento le mencioné a Jisoo y no sé por qué lo omití. Quizás para protegerme a mí mismo de los recuerdos. No lo sé.

Emily me prometió que el día de la intervención sería la primera en estar allí y darme su apoyo. Traté de convencerla de lo contrario, pero fue imposible, y nos despedimos poco después con la promesa de recuperar el contacto.

A continuación, fui en busca del coche y me dirigí a casa. Al detenerme en un semáforo, presté atención a la carpeta que había dejado en el asiento del copiloto. Contenía copias de todos los documentos que había firmado en los últimos días. Declaraciones legales en las que reconocía los riesgos de la operación, a la que me iba a someter voluntariamente. En otros eximía a la clínica de cualquier responsabilidad, si algo salía mal. También una lista detallada de los posibles problemas que podrían surgir en esas situaciones.

Y era una lista muy larga.

Se me aceleró la respiración y el corazón comenzó a palpitarme con fuerza. Reconocí los primeros síntomas de un ataque de pánico: el mareo, la taquicardia... Me aparté del tráfico y detuve el motor. Tiré del cuello de mi camisa. Me costaba respirar y todo pasó a un segundo plano, salvo el ritmo inestable de mis pulmones y la bola que notaba atascada en la garganta.

Escuché el timbre de mi teléfono. Pensé de inmediato en Jun y lo saqué de mi bolsillo.

Descolgué:

—¿Jun?

—Hola, Ren.

El universo entero quedó en suspenso.

—¿Jisoo?

—Así que lo has cogido porque no sabías que se trataba de mí. Tiene gracia que no se me haya ocurrido antes —se burló de sí misma.

Cerré los ojos con el teléfono pegado a la oreja y solo respiré.

—¿No vas a decir nada? —Guardé silencio, y escuché su risa desilusionada a los pocos segundos—. Ya veo que no. Está bien, hablaré yo.

Me dije a mí mismo que debía colgar, pero no fui capaz. El impacto de su voz en mi cerebro había bloqueado el ataque de pánico, y ahora temía que volviera si dejaba de escucharla.

«Solo un minuto más», pensé. Uno solo.

Inspiré muy despacio y apoyé la frente en el volante. Ella carraspeó y sentí su respiración agitada. Me la imaginé al otro lado del teléfono, moviéndose de un lado a otro, porque era incapaz de permanecer quieta cuando se ponía nerviosa.

—Ren... —susurró. Contuve el aire—. Te echo de menos y estoy cansada de esperarte. Vuelve, por favor, te necesito. Tengo un montón de cosas que contarte. Al final le escribí a esa mujer de la galería, Madeleine. Hablé con ella por videollamada la semana pasada y me ha ofrecido una plaza en una escuela de arte muy buena que hay en París. Voy a aceptar y necesito que ese viaje de ida lo hagas conmigo. Un par de días y me ayudas a instalarme. Así puedes dejar algunas de tus cosas allí, para cuando vuelvas a visitarme.

Parpadeé contrariado y con el corazón a mil, al darme cuenta de que Jisoo aún me trataba como si estuviéramos juntos y esas semanas de distancia entre nosotros solo hubieran sido una pausa en nuestra relación. Maldije en silencio, no había persona en el mundo más cabezota que ella. Pero era culpa mía, solo mía, por no haber sido más claro y firme. Mucho más directo.

Ella continuó:

—También he pensado que podríamos pasar estas Navidades tú y yo solos. Sería genial salir de Londres. ¿Qué te parece? Te dejo elegir el sitio, pero me han dicho que Bibury es precioso en esta época del año.

La garganta se me secó de repente. Sí, sería genial. Si estuviéramos en otro momento. En otro lugar. Si fuésemos otras personas distintas y no nosotros. Sin embargo, no era el caso. Entre ella y yo no había un nosotros. Ni un mañana. Ni siquiera un quizás que dejara una pequeña puerta entreabierta.

Apreté el teléfono en mi mano y me armé de valor.

—¿Qué estás haciendo? —inquirí con la voz ronca.

La oí inspirar.

—¿A qué te refieres?

—Ya lo sabes.

—No.

Tragué saliva con un nudo en la garganta. Noté una opresión en el pecho y me llevé una mano allí, donde sentía las emociones a flor de piel.

—Todo lo que dije ese día iba en serio, y no ha cambiado nada. Tú y yo ya no estamos juntos, tienes que aceptarlo.

—No es verdad.

—Jisoo —convertí su nombre en una súplica.

—Aún me debes una conversación.

—Por favor —le rogué.

—¿Quieres que lo acepte? —replicó airada—. Pues dímelo a la cara. Mírame a los ojos y convénceme de que hemos terminado.

—¿Por qué haces esto?

—¡No! ¿Por qué lo haces tú? —gritó con un sollozo—. Te lo vuelvo a repetir. Si quieres que lo acepte, vas a tener que hablar conmigo y convencerme. Si no lo haces, te seguiré llamando, y escribiendo, y acamparé frente a tu casa o el estudio hasta que des la cara.

Apreté los dientes y asentí para mí mismo. Era tan testaruda que sería capaz de cumplir cada una de esas amenazas. Resoplé. De acuerdo; si necesitaba que se lo probara, eso haría.

—Está bien. ¿Cuándo y dónde?

58
Jisoo

Me pasé el día en vilo. A la espera. Mirando el teléfono cada pocos minutos, comprobando las llamadas y los mensajes, y viendo con alivio que Ren no había contactado conmigo. Eso solo podía significar una cosa: no se había echado atrás y nuestro encuentro de la tarde continuaba en pie.

Tardé una hora en decidir qué ponerme. Al final escogí unos vaqueros negros y un jersey de punto beis. Botines de cordones y un abrigo corto. Me colgué la mochila al hombro, pero en el último momento pensé que sería mejor dejarla en casa y no moverme por ahí con tanto peso. La metí en el armario, bajo un montón de ropa, y guardé lo justo y necesario en un pequeño bolso bandolera, que me crucé sobre el abrigo.

Salí de casa con el corazón en un puño y me dirigí al metro. Había citado a Ren en una cafetería en Broadgate Circle. Había ido unas cuantas veces allí con Nara. Sobre todo, en invierno, porque en la plaza montaban una de las mejores pistas de hielo de la ciudad.

Cuando entré en el café, Ren aún no había llegado.

Me senté a una mesa, junto a la ventana, desde donde podía ver a la gente patinando, y esperé hecha un manojo de nervios. Cogí aire y me entretuve mirando la carta. Pasé de largo el apartado de los cafés y me centré en los batidos. Al cabo de unos segundos, noté que alguien se paraba junto a la mesa y levanté la vista, conmocionada.

Sin embargo, no encontré a la persona que esperaba.

—¡Ryan!

—Jisoo, ¡qué coincidencia! —exclamó sorprendido—. ¿Qué haces aquí?

—He quedado con alguien. ¿Y tú?

—También he quedado —comentó. Me miró un poco extrañado. Luego echó un vistazo a las otras mesas—. ¿Puedo saber a quién vas a ver?

—¿Por qué?

—Verás... —Apartó la vista un momento y una expresión rara cruzó por su rostro—. Al principio he pensado que era una coincidencia, pero ya no estoy tan seguro.

Fruncí el ceño, confundida.

—Ryan, no te sigo.

—No habrás quedado aquí con Ren, ¿verdad?

El corazón me dio un vuelco.

—Sí, ¿por qué lo preguntas?

Ryan hizo una mueca. A continuación, soltó un suspiro mientras apartaba una silla y se sentaba a mi lado.

—Diantre, si es que era todo muy raro.

—¿Vas a explicarme qué ocurre?

—Ren me llamó este mediodía y me pidió vernos aquí. Di por sentado que se trataba de la grabación del nuevo disco. El sonido de mi bajo está dando problemas —me reveló contrariado. Y añadió—: Pero que estés aquí es demasiada casualidad. Creo que nos ha citado a los dos a propósito.

Intenté mantener la calma, mientras asimilaba sus palabras y trataba de encontrarles sentido. No obstante, todo lo que se me ocurría me provocaba escalofríos. Apreté los puños debajo de la mesa hasta hacerme daño. No podía creer que Ren hubiese sido capaz de hacerme algo así.

—Eso parece.

—Jisoo, ¿tienes idea de por qué lo ha hecho?

—Creo que sí —respondí. Lo miré avergonzada, enfadada y mil cosas más. Por él, al verse envuelto en todo aquello, y por mí—. Dame un minuto, por favor.

Me puse en pie y salí del café con las piernas temblando. Saqué el teléfono del bolsillo de mi abrigo y después marqué su número. Un pálpito me decía que esta vez no evitaría la llamada. Descolgó al segundo tono y noté su respiración al otro lado.

—Nunca te he considerado una persona retorcida, hasta ahora —mascullé.

—Me dijiste que debía convencerte de que hablaba en serio.

—¿Organizándome una cita con otro chico? Eso es pasarse un poco, ¿no crees? —le discutí.

—Las palabras no estaban funcionando —contestó.

—Porque no son ciertas.

—Porque no son las que quieres oír, y no voy a decirte las que esperas —repuso Ren tajante.

Tragué saliva y me giré hacia la pared del edificio, al darme cuenta de que una mujer me observaba curiosa. Empujé con la punta de la bota un trocito de espumillón que se había desprendido de la decoración de los árboles.

—¿Por qué? —bajé la voz.

Ren suspiró como si estuviera muy cansado.

—Porque lo nuestro ya no es posible de ninguna manera, Jisoo. Debes meterte eso en la cabeza. —Hizo una breve pausa y pude oír de fondo el frufrú de un tejido. Una ventana que se abría—. Escucha, tienes... tienes que olvidarte de mí, yo no soy lo que necesitas. Ve a París y estudia en esa escuela, conoce gente nueva y diviértete. Disfruta, haz locuras. —Inspiró con fuerza, y lo siguiente que añadió me dolió—: Enamórate de alguien como tú.

Me aparté el pelo de la cara y alcé la vista al cielo, salpicado de estrellas. Sentía una opresión muy fuerte en el pecho. Había ido hasta allí con la esperanza infantil de que todo acabaría bien. No iba a ser así.

Se me escapó una lágrima.

—Pero yo te quiero a ti. Me rompes el corazón una y otra vez, y te sigo queriendo. No puedo estar con nadie más —sollocé.

—Un día pasará, te lo prometo.

—Tú también me quieres, ¿cómo puedes pedirme algo así? —insistí, porque no hay nada más fuerte que una pequeña esperanza que se resiste a desaparecer—. Tú me quieres.

—Antes pensaba que sí.

Todo mi cuerpo se tensó y mi corazón tropezó.

—Retira eso ahora mismo —se me quebró la voz y apreté muy fuerte el teléfono—. Haré lo que quieres. Aceptaré que se ha acabado y me olvidaré de ti, pero retira lo que acabas de decir. No me desprecies así. —Silencio al otro lado. Empecé a temblar—. Ren, dilo.

Dejó escapar un gemido casi inaudible.

—Solo si tú haces otra cosa por mí.

—¿Qué?

—Quiero que digas adiós.

Parpadeé desconfiada, pero necesitaba que se retractara. La mera insinuación de que sus sentimientos por mí no habían sido reales me mataba por dentro. Así que lo dije:

—Adiós.

—Adiós, Jisoo. Cuídate mucho y destroza París.

A continuación, colgó.

Yo comencé a sentirme fuera de mí. Rota. Furiosa. Nublada por algo que no podía comprender. Las emociones que había estado conteniendo durante semanas me sobrepasaron y exploté.

—Mentiroso, mentiroso, mentiroso... —le grité al teléfono, aunque sabía que al otro lado ya no había nadie—. ¡Te odio! ¡Eres un puto mentiroso! Embustero.

Me apoyé en la pared y acabé sentada en el suelo mojado.

Es lo que suele pasar cuando te arrastras, que terminas en el barro y arrepintiéndote.

—Eres un mentiroso —susurré en un mar de lágrimas.

59
Jisoo

—Gracias por traerme a casa —le dije a Ryan desde el asiento del copiloto.

—De nada. ¿Estás bien? —se interesó preocupado.

—Lo estaré. Necesitaba este golpe de realidad. —Lo miré con una pequeña sonrisa—. Lo siento mucho, Ryan. Te has visto envuelto en todo este drama, y ni siquiera va contigo.

—No te preocupes.

—Buenas noches.

—Descansa.

Me bajé del coche y lenta como una tortuga recorrí los metros que me separaban de casa. Giré la llave en la cerradura y entré. Por la hora que era, esperaba encontrar las luces encendidas y a mis padres en el salón. Sin embargo, la planta baja estaba desierta. Sentí un gran alivio. No tenía ánimo para nada.

Me quité los botines y los aparté a un lado. Después subí las escaleras con el único deseo de meterme en la cama y dormir durante días para dejar de sentir esa opresión en el pecho que no dejaba de crecer.

Me detuve en mitad del pasillo al ver la luz de mi cuarto encendida. Fruncí el ceño, convencida de que la había apagado antes de salir. Empujé la puerta entreabierta y toda la piel de mi cuerpo se erizó al descubrir a mi madre sentada en mi cama. De inmediato, mi vista voló hasta el edredón, donde vi mi mochila abierta y vacía.

Miré a mi alrededor y ni rastro de la cámara.

Un calor insoportable ascendió por mi pecho hasta mi cara y comencé a negar con la cabeza. Otra vez no. No tenía ningún derecho. Apreté los dientes y le devolví la mirada con el mismo enfado y la misma decepción que reflejaban sus ojos.

—¿Dónde está mi cámara?

—¿Es lo único que tienes que decir? —me espetó al tiempo que se ponía de pie.

—Mamá, devuélvemela —le rogué.

—No.

—No tienes ningún derecho a quitarme mis cosas.

—El derecho me lo da ser tu madre. ¿De dónde has sacado todos esos trastos?

—Son un regalo.

Entornó los párpados y supe lo que pensaba. De quién sospechaba. Sacudió la cabeza y se llevó la mano al pecho como si le doliera.

—Pensaba que este tema estaba más que enterrado desde hacía años.

—Y lo intenté, te lo aseguro. Pero no puedo olvidarme de la fotografía, mamá. ¡Es mi vida!

—Deja de decir tonterías —me exigió con voz punzante—. ¿No ves que lo único que hace es distraerte de lo que importa?

—¿La carrera de Odontología? —repliqué a la defensiva.

—¡Sí! Tu padre y yo nos matamos a trabajar para darte un futuro lleno de posibilidades, y tú lo desprecias sin ningún remordimiento.

El corazón me latía con fuerza en el pecho.

—Lo que tú llamas futuro para mí es una cárcel.

Me miró horrorizada, como si me hubiera vuelto loca.

—¿Desde cuándo tener un trabajo respetado y bien pagado es una cárcel? ¿Acaso prefieres una vida de miseria?

—Solo quiero una vida que sea mía, la que yo decida. No la que tú desees, mamá.

—¿Quieres dedicarte a la fotografía? —preguntó con desdén.

—Sí.

—Ya puedes olvidarlo —aseveró. Me apuntó con el dedo índice—. Y esta vez no pienso quitarte la vista de encima. Se acabó tanta libertad, señorita. Vas a centrarte en estudiar y no harás otra cosa hasta que finalices tus estudios.

—¿Y dices que no es una cárcel? —sollocé angustiada.

—Lo será como no te olvides de la fotografía y otras tonterías, que solo te distraen.

Luché contra el escozor que sentía en los ojos. Me negaba a llorar. Estaba cansada de que todo el mundo tomara decisiones por mí. Harta de que los demás me dijeran qué debía hacer. Qué sentir. Qué pensar. Hasta Ren se había atrevido a decirme cuándo debía olvidarlo y de quién enamorarme. Como si en lugar de una persona compleja con sentimientos fuese un personaje de uno de sus juegos, al que puedes programar para que haga lo que se te antoje.

Me armé de valor y miré a mi madre a los ojos.

—No pienso hacerlo, mamá. Voy a dejar la universidad.

—Por encima de mi cadáver —saltó como un resorte.

—Mamá...

—Lo digo muy en serio, Jisoo. No te atrevas a dar un solo paso sin mi permiso —me cortó alzando la voz—. Porque si lo haces, al día siguiente te subo a un avión con rumbo a Corea y te aseguro que allí terminarás la universidad quieras o no. Abandona cualquier idea estúpida ahora mismo y no destroces tu futuro.

Tragué sus palabras y sentí que el pecho se me encogía.

—¿Por qué no cedes nunca? ¿Por qué todo tiene que ser como tú dices? Se trata de mi vida —insistí.

—Porque no quiero que acabes como yo —explotó—. ¡Mírame, hija, ¿este es el futuro que persigues?! —Me mostró sus manos llenas de callos y marcas de cortes y quemaduras, tras tantos años en la cocina del restaurante—. Porque es lo único que obtendrás si continúas pensando que el arte te dará alguna felicidad. Siento ser la bruja mala del cuento, solo hago todo lo posible para que no sufras.

—¿Todo lo posible para que no sufra? —la cuestioné mordaz—. Entonces, ¿por qué me siento tan desgraciada? ¿Por qué siento que lo único que hago es sacrificar cosas y consumirme? Cada día que pasa odio más mi vida y en quién me estoy convirtiendo, mamá.

Se llevó una mano al pecho y sollozó con fuerza.

—¿Por qué me haces tanto daño?

Abrí los ojos indignada.

—¡¿Yo te hago daño?! ¿Por querer una vida propia? ¿Eso significa que prefieres que me lastime a mí misma para complacerte?

—No seas tan dramática.

—Ya, por supuesto, es lo que siempre he sido. La hija impulsiva. La dramática. La que no tiene ni idea de qué le conviene y no tiene derecho a enamorarse, ya que ni siquiera soy dueña de mi propio corazón. —La miré sin achantarme, y añadí—: Porque eso también es tuyo, ¿verdad?

Mi madre me fulminó con la mirada.

—Mejor evitamos ese tema.

—Sí, mejor pasamos —le di la razón con un tonito sarcástico—. Ren ha vuelto a dejarme muy claro que no quiere nada conmigo.

—¿Lo has visto? Te prohibí que...

—¡No! Puedes estar tranquila. Él es mucho más obediente que yo. Llevo semanas persiguiéndolo, prácticamente acosándolo para que vuelva conmigo, y se ha mantenido bien firme y escondido —celebré de forma exagerada, al tiempo que agitaba mi puño con un gesto de victoria—. Puedes sentirte orgullosa.

—Cuida ese tono conmigo, Jisoo.

Pero yo había llegado a un punto de no retorno en el que me daba todo igual.

—¿Sabías que mis fotografías son buenas? Lo bastante para que la propietaria de una galería muy famosa de París quiera representarme.

Me miró espantada.

—¿De qué estás hablando?

—Se llama Madeleine Hubert y piensa que puedo convertirme en artista.

La expresión furibunda de mi madre se transformó en otra más suave que destilaba miedo.

—Jisoo, eso no son más que cuentos, promesas que no dejan de ser palabras sin valor. El mundo está lleno de «Madeleines» que buscan aprovecharse de los sueños de niñas como tú. Te engañan y luego desaparecen, dejándote sin nada. Te arrebatan hasta la dignidad.

—¿Como te pasó a ti?

—Sí —contestó.

—Yo no soy tú —le recordé.

—Lo sé, porque es lo que trato de evitar desde que naciste.

Tragué saliva e inspiré hondo.

—Pues he decidido aceptar su oferta.

—¡¿Dejarlo todo por las promesas de una charlatana?! —exclamó beligerante, y me apuntó con un dedo—. Ni hablar, no vas a poner un pie fuera de esta casa.

—No es una charlatana —dijo la voz de mi padre a mi espalda.

Me giré y lo vi en la puerta de mi habitación. Inspiró al entrar y repitió:

—No es una charlatana. Al contrario, es bastante parca en palabras, y usa las justas y necesarias para lo que quiere decir. Ni una más ni una menos. —Se encogió de hombros—. Me gustan las personas así. Las que parlotean todo el tiempo o mienten o bien tienen miedo de algo.

Mi madre lo contemplaba con la boca abierta.

—¿Cómo sabes tú de esa mujer?

—Porque he hablado con ella.

Se me descolgó la mandíbula.

—¿Que has hablado con ella? —saltó mi madre—. ¿Estabas al tanto de toda esta locura y me la has ocultado? ¿Desde cuándo tú haces cosas a mis...?

De repente, mi padre explotó como nunca lo había hecho en mi presencia.

—¡Basta! ¡Para, por favor! Por una vez, escucha a los demás sin pensar solo en ti. Escucha, porque nunca lo haces, Min Shi. Tienes dos orejas y son de piedra, por eso solo te oyes a ti misma y tu propio eco, una y otra vez. Y después de treinta y cinco años oyéndote repetir lo mismo sin descanso... Estoy. Más. Que. Cansado.

Ella parpadeó perpleja.

—¿Qué acabas de decir?

—*Chist.*

—Tú no me mandas...

—*Chisssssst* —repitió mi padre y entornó los ojos—. ¿Acaso yo no merezco el mismo respeto que tú me exiges?

Ella apretó los labios con fuerza y guardó silencio.

Él continuó hablando:

—Nadie me ha contado nada, porque mis hijas hace mucho que dejaron de confiar en mí y perdieron la fe en mi ayuda. Y con toda la razón. —Me miró apesadumbrado—. Lo siento mucho, Jisoo. El otro día os oí a tu hermana y a ti hablar en tu habitación. Las cosas que ella te contó sobre ese restaurante que dibujó, las que tú le dijiste..., me hicieron darme cuenta de todo el daño que os hemos estado haciendo.

—¿Que yo les he hecho daño a mis hijas? —le discutió mi madre.

—Sí, Min Shi, ambos, y va siendo hora de parar —replicó él. Volvió a dirigirse a mí—: Te oí mencionar el nombre de esa galería. Busqué el número y llamé a la propietaria, porque considero que es mi obligación como padre. Fue muy amable y franca, y me explicó todo lo que puede hacer por ti. Sinceramente, creo que debes ir.

—No —vociferó mi madre.

Él la ignoró, y ella cerró la boca, en shock, mirándolo como si no lo reconociera.

—Pero allí nadie te va a regalar nada, hija. Tendrás que esforzarte mucho y demostrar todo tu talento. En esa escuela habrá más jóvenes como tú, y de ti depende destacar.

No era consciente de que estaba llorando hasta que él se acercó y me secó las mejillas con sus dedos.

—¿Lo dices en serio, papá?

—Sí, cariño. Debes intentarlo.

—¿Y si no sale bien?

—¡No saldrá bien, y pasarás el resto de tu vida lamentándote! —me dijo mi madre sin esconder su impotencia. Empezó a sacudir la cabeza—. Ni hablar, no irás.

Mi padre suspiró, haciendo acopio de paciencia.

—Si no sale bien, te vuelves a casa y ya está.

Me lancé a su cuello y lo abracé muy fuerte sin dejar de llorar. Era incapaz de contener las lágrimas.

—Gracias, papá —le susurré al oído.

—Siento haber tardado tanto.

—Yo siento lo que te dije.

—No te preocupes, necesitaba escucharlo. —Me apartó y me dedicó una sonrisa. Después miró a mi madre, que se había sentado en la cama y sollozaba en silencio. Tomó una bocanada de aire—. Recoge algunas de tus cosas y esta noche duerme en casa de Nara, ¿de acuerdo? Mamá y yo tenemos que hablar.

Asentí y observé a mi madre, y no pude evitar sentirme culpable.

Ojalá pudiera perdonarme algún día por no ser la clase de hija que ella esperaba que fuera.

60
Ren

—¿Cómo te encuentras? —me preguntó el cirujano que iba a trincharme en unos minutos.

—Nervioso —contesté.

—Tranquilo, no tienes de qué preocuparte, estás en buenas manos.

—Vale —dije con la voz entrecortada.

—Era el bazo lo que había que quitarte, ¿no?

Entorné los ojos y le lancé una mirada asesina.

Sentí su sonrisa bajo la mascarilla y agregó:

—¡Es mi mejor chiste!

—Pues cómo serán los otros —me reí algo más relajado.

El anestesista se colocó a un lado de mi cabeza y una enfermera al otro.

—Muy bien, Ren, vamos a empezar —dijo él—. Necesito que me mires. Eso es. Ahora quiero que inicies una cuenta atrás en voz alta desde diez. —Asentí—. Diez.

—Nueve. Ocho. Siete. Se...

61
Jisoo

—Todo va a ir bien, ya lo verás —me dijo mi hermana.

—Lo sé, pero no puedo evitar estar nerviosa —me reí.

Le eché un vistazo a la pantalla donde se anunciaban las salidas de los próximos vuelos y localicé el mío. Aún faltaban tres horas, pero la cola frente al mostrador de facturación ya era bastante larga.

—No olvides llamar en cuanto aterrices. Y una vez que llegues a la residencia —me recordó mi padre.

—Lo haré.

Él me dio unas palmaditas en la espalda.

Yunho se detuvo a nuestro lado con el carrito de mi equipaje.

—Y recuerda que no debes firmar absolutamente nada sin que yo lo compruebe primero.

—No se me ocurriría —exclamé de forma exagerada.

—¿Tú nunca te relajas? —le espetó mi hermana.

Yunho le guiñó un ojo y le dedicó una sonrisa traviesa.

—Con la motivación adecuada.

Soomin le dio una colleja, mientras sonreía como una tonta.

Inspiré hondo, un poco aturdida por el ajetreo del aeropuerto y los nervios que me estrujaban el estómago. Había volado infinidad de veces desde muy pequeña, pero aquel viaje era distinto. Tanto por el destino como por lo que me aguardaba allí una vez que llegara. Un sueño convertido en realidad. Un nuevo comienzo.

—¿Mamá estará bien? —volví a preguntarle a mi padre.

—No debes preocuparte por ella. No ha venido a despedirte porque es demasiado orgullosa, pero sé que en este mismo momento se está arrepintiendo de no haberlo hecho.

Desde la fuerte discusión que ella y yo tuvimos, y la posterior conversación con mi padre, mamá había pasado los días inmersa en una especie de duelo y sus diferentes etapas. Primero fue la negación. Luego vino el enfado. Siguió la negociación, en la que no dejaba de preguntarse si habría podido evitar el desastre haciendo esto o lo otro. Ahora había entrado de lleno en la depresión y caminaba por la casa como un fantasma, lanzando suspiros al aire. Al menos, eso significaba que solo le quedaba una etapa por alcanzar, la de la aceptación. Papá estaba convencido de que ese momento llegaría más pronto que tarde, y yo deseaba con todo mi corazón que no se equivocara. Echaba de menos a mi madre y, aunque ella pensara lo contrario, la necesitaba.

Con el equipaje ya facturado y el pasaje en la mano, llegó la hora de despedirme.

—Cuídate mucho, y llama todos los días —me susurró papá entre sus brazos, incapaz de soltarme.

—Todos los días, lo prometo.

—Iremos a visitarte muy pronto, París es uno de nuestros viajes pendientes —me dijo Soomin.

Yunho asintió con una sonrisa.

—Envía muchas fotos.

Les sonreí con lágrimas recorriendo mis mejillas y no dejé de lanzarles besos mientras cruzaba el control de pasajeros.

Ya al otro lado, me giré una última vez y los contemplé con el corazón encogido.

Roto por esas dos ausencias tan evidentes.

Sin embargo, su dolor ya no me desesperaba, ni trataba de hacerlo desaparecer a toda costa. Había decidido ser paciente con ese maltrecho músculo que latía en mi pecho y darle tiempo y espacio para que se lamiera las heridas.

Porque como decía la abuela Min...

«Las cosas malas llegan quieras o no, pero nunca se quedan para siempre.»

62
Ren

Abrí los ojos.

Miré al techo y todo fue enfocándose poco a poco. Traté de moverme, pero un dolor agudo se extendió por todo mi abdomen. Un gemido se me atascó en la garganta.

—¡Eh, hola! —El rostro de Jun apareció en mi campo de visión—. ¿Cómo te encuentras?

—Como si me hubieran arrancado un trozo de hígado —bromeé casi sin voz.

Cerré los ojos, el dolor me aturdía y me sentía atontado. Me relamí los labios y tragué saliva con dificultad. Tenía la boca seca.

—¿Necesitas algo? —me preguntó Jun.

—Un poco de agua.

—Dame un segundo.

Jun salió de la habitación a toda prisa, y regresó casi inmediatamente con un vaso de plástico del que sobresalía una pajita. Se sentó en la cama y me ayudó a beber. El agua me suavizó la garganta y tragué varias veces.

—¿Mi hermano está bien?

—Sigue en la sala de reanimación.

—¿Por qué? —me sobresalté.

—Tranquilo, es lo normal después de una operación importante. A ti te han bajado hace un rato. Ahora estás en planta.

—¿Cuánto ha pasado?

—¿Desde la intervención? —Asentí con la cabeza—. Treinta y seis horas.

—¿Tanto? —Intenté hacer memoria, pero mis recuerdos se entremezclaban. Más que recuerdos, en realidad eran como fogonazos que iluminaban mi mente. Imágenes sueltas. Palabras—. No me acuerdo de gran cosa.

—Te han mantenido sedado hasta que han podido quitarte el tubo que tenías en la garganta.

Arrugué la frente y volví a tragar con una mueca de asco. Con razón me dolía.

—Descansa. El médico ha dicho que todo ha ido según lo previsto y ambos estáis bien. Si todo sigue así, en una semana podrás irte a casa.

—¿Una semana? Es demasiado tiempo, me volveré loco aquí dentro.

—Duérmete —me ordenó Jun con una sonrisa somnolienta.

—Vale, pero no porque tú lo digas, sino porque yo quiero —repliqué.

Giré la cabeza en la almohada y contemplé la ventana. Fuera estaba oscuro y no se veía nada. Inspiré. Un gesto de dolor me hizo apretar los labios y solté el aire muy despacio. Me palpé la tripa con cuidado y bajo el pijama noté lo que parecía un apósito de gran tamaño. Volví a inspirar. Ya está. Lo había hecho. Ahora un trozo de mí se encontraba dentro de mi hermano. Con un poco de suerte, mis células ayudarían a las suyas a regenerarse y podría disfrutar de una larga vida junto a su familia. Tendría una segunda oportunidad.

Me preguntaba si nosotros también la tendríamos.

Al día siguiente de mi ingreso en planta, el médico me dio permiso para levantarme de la cama y comenzar a andar. Jun me ayudó a incorporarme y no me soltó hasta que me sentí de nuevo seguro sobre mis pies.

—¿Qué tal?

—Bien. Voy a intentar ir al baño.

Me agarré al soporte del gotero y me encaminé a la puerta del aseo sin hacer movimientos bruscos. Me detuve al ver que mi amigo tenía intención de seguirme.

—Puedo ir solo —le dije.

—No puedes.

—Sí que puedo.

—No debes agacharte. Necesitas a alguien que te ayude con los pantalones.

Por puro instinto me los subí más arriba.

—No vas a sujetarme los pantalones mientras meo.

—Lo que no pienso sujetar es tu... cosa.

Me llegó una risa desde la puerta de la habitación. Me giré y vi a Emily entrando con unas flores en un jarrón.

—Parecéis un viejo matrimonio.

—Ja, ja... Muy graciosa —mascculló Jun.

Emily dejó las flores sobre la mesita y colgó su bolso en la silla.

—¿Quieres que te ayude yo?

—¡No! —salté.

Ella me miró con los párpados entornados y una sonrisita astuta.

—Ren, no tienes nada que no haya visto ya. Podría hacer un retrato de tu... cosa sin equivocarme en nada.

Jun rompió a reír y yo puse los ojos en blanco.

—¿Sabéis qué? Se me han quitado las ganas.

Di media vuelta y me dirigí a la ventana. El cielo estaba cubierto de nubes grises que los débiles rayos de sol atravesaban, reflejándose en los charcos que había dejado la lluvia la noche anterior. Podía sentir el frío que hacía fuera a través del cristal.

Me pregunté qué tiempo haría en París. Un pensamiento fugaz que no pude refrenar. Me lamí los labios resecos. Ni siquiera sabía si ella se habría ido finalmente o no.

Oí a Jun y Emily hablando entre ellos. Momentos después, mi amigo se marchaba a casa para ducharse y cambiarse de ropa, tras haber estado casi tres días sin moverse del hospital. Ella vino junto a mí y se apoyó en el alféizar. Con la cabeza ladeada, observó el paisaje al otro lado de la ventana. Luego sentí su mirada sobre mí y el silencio nos envolvió. Ninguno de los dos dijo nada durante un rato y me pregunté qué estaría pensando. Ella fue la primera en romper esa calma inanimada.

—Dicen que va a nevar —susurró.

Alcé la vista y observé el color de las nubes. Eran de un tono perla casi rosado.

—Estaría bien, me gusta la nieve.

—¿Quieres que juguemos a algo para entretenernos? Llevo una baraja en el bolso.

Negué con un gesto y me fijé en sus ojos azules.

—Quiero ver a mi hermano. Una de las enfermeras me ha dicho que ha salido de reanimación esta mañana.

Emily se levantó del alféizar dando un saltito.

—Vamos, te acompaño.

Juntos recorrimos el pasillo hasta alcanzar la habitación de Tae. La puerta estaba entreabierta y llamé con los nudillos antes de empujarla. Audrey, que se hallaba sentada en una silla junto a la cama, se puso en pie nada más vernos y salió a nuestro encuentro.

—Hola —susurró, y nos hizo señas para que la acompañáramos al pasillo. La seguimos—. Se ha quedado dormido hace un ratito y no quiero que se despierte —nos explicó.

—¿Cómo está?

—¡Bien! ¡Muy bien! Su cuerpo no ha dado ninguna muestra de rechazo y se recupera rápido. —Me miró con los ojos vidriosos y tomó mi mano entre las suyas—. Ren, no sé cómo agradecerte lo que has hecho por él.

—No tienes que agradecerme nada.

—Eres una buena persona. Gracias de todo corazón. Por cierto, Jamie te ha hecho un dibujo. Te lo traeré mañana. —Miró a Emily con curiosidad, y le tendió la mano—. Hola, soy Audrey, la cuñada de Ren.

—Hola. Yo soy Emily, una vieja amiga de él.

Audrey asintió y volvió a prestarme atención.

—¿Cómo se encuentra Jisoo?

La pregunta me golpeó como si me hubiesen lanzado una roca contra el estómago. Me aclaré la garganta.

—Va a estudiar en París.

—Vaya, ¡qué bien! Aunque no será fácil para vosotros estar separados.

Emily se tensó a mi lado.

—Audrey, ella y yo ya no estamos juntos.

—Oh, no lo sabía, Ren. Lo... lo siento mucho. No pretendía incomodarte.

—No pasa nada. —Agarré con más fuerza el soporte del que colgaba la intravenosa y cargué parte de mi peso en él—. Voy a volver a mi habitación, estoy un poco cansado.

—Le diré a Tae que has venido —indicó ella.

Di media vuelta y regresé sobre mis pasos. Emily me seguía en silencio, y cerró la puerta a su espalda una vez que entramos. Me senté en la cama y la observé. Sus ojos azules recorrieron muy serios mi semblante durante unos segundos. Aunque enseguida recuperó la sonrisa.

—¿Necesitas alguna cosa? —se interesó.

—Estoy bien, gracias.

—De acuerdo, pero no dudes en pedirme lo que sea.

Se acercó a la silla y cogió su bolso. Comenzó a rebuscar algo en el interior.

—Emily...

—¿Sí?

Tomé aliento, porque no sabía cómo decirle aquello. Cuáles serían las palabras adecuadas.

—Lo que has oído sobre Jisoo. Quiero que sepas que...

—No tienes que explicarme nada, Ren. Tú y yo hace mucho que no estamos juntos.

—Pero quiero hacerlo —repliqué. Ella asintió y se dio la vuelta para mirarme a los ojos con una sonrisa débil—. Empecé a salir con Jisoo a finales de agosto, y no me di cuenta de que sentía algo por ella hasta meses después de que tú y yo rompiéramos. Necesito que lo sepas. Fui honesto contigo en todo momento, te lo aseguro.

—De acuerdo, te creo.

—Sé que tú pensabas que ya sentía algo por ella antes de nuestra ruptura. Y si lo hacía, te juro que no era consciente de ese sentimiento.

Ella suspiró y se dejó caer en la silla.

—Creo que lo pensaba porque tenía envidia de vuestra relación, del afecto y la confianza que os demostrabais. Con ella siempre te reías por todo y conmigo... No sé, no sentía esa conexión. Ya no importa. —Frotó las palmas de las manos contra su pantalón—. ¿Puedo preguntarte qué os ha pasado?

—Min Shi no aceptó nuestra relación. Me pidió que rompiera con ella y que me alejara de la familia.

Emily parpadeó como si le costara entender mis palabras.

—¿Hizo eso? —Asentí con un nudo en la garganta—. Pero es tu madre. Bueno... quiero decir que... Es como si lo fuera.

Me encogí de hombros y sonreí sin ganas. Intenté reprimir las emociones que burbujeaban en mi pecho. El escozor en los ojos. Los susurros que habían vuelto después de que mi mente se liberara de los calmantes.

—No sé, quizás tú tenías razón.

—No quiero tener razón —mascculló apesadumbrada.

Arrugó la nariz y ese pequeño gesto tan familiar para mí me hizo sonreír de verdad.

Me tumbé de espaldas y cerré los ojos. Notaba dolor en la tripa y la piel caliente.

—Estoy cansado.

Emily se levantó de la silla y se acercó a la cama. Me ayudó a colocar los tubos de las intravenosas y luego me arropó con las sábanas.

—Duerme un rato. Estaré aquí por si me necesitas.

Moví mi mano hasta encontrar la suya.

—Gracias.

—¡Qué tonto eres!

Sonreí para mí.

Cuando desperté, la claridad del día se difuminaba al otro lado de la ventana. Miré a mi alrededor y vi que estaba solo. Las cosas de Emily habían desaparecido, y la mochila de Jun y su ordenador volvían a ocupar el sillón. También había una almohada y una manta. Maldije en silencio al darme cuenta de que pensaba quedarse otra noche más, cuando debería dormir en su casa con Dani.

Me levanté de la cama y fui al baño. Me las arreglé para asearme solo y... bueno... también para todo lo demás. Recobrar mi autonomía me hizo sentir un poco mejor. Salí al pasillo con la intención de caminar para recuperar mi condición física lo antes posible, tal y como me había dicho el médico.

—Ren, no tardes en volver a tu habitación. Vamos a servir la cena —me dijo una enfermera desde el mostrador.

Asentí reprimiendo una sonrisa. Me sorprendía que todas conocieran mi nombre.

De golpe, la expresión se borró de mi rostro y el corazón me dio un vuelco. Comenzó a latirme en los oídos y al instante se desplomó como unos diez pisos. Al final del pasillo, Audrey conversaba con mis abuelos maternos. Después de unos segundos, los tres se dirigieron a los ascensores. Los seguí con la mirada hasta que desaparecieron tras las puertas. Apreté los dientes y la boca se me llenó de un sabor amargo. En la nuca noté un sudor frío que se fue extendiendo por mi espalda, mientras un montón de hilos se liaban y desliaban dentro de mi cabeza.

Fragmentos de conversaciones que parpadeaban en mi mente como un fluorescente. Tae había dicho que ahora usaba el apellido de nuestra madre. Y que trabajaba en una empresa que administraba propiedades privadas, lo que significaba que ayudaba a gente con dinero a hacer más dinero con sus posesiones. También estaba ese contacto que había mencionado y que le había proporcionado todos los medios para que la operación pudiera llevarse a cabo, en cuanto apareciera un donante.

Noté que se me calentaba la sangre.

Recorrí el pasillo y empujé la puerta de la habitación de mi hermano. Lo encontré despierto y recostado sobre unas almohadas. Sonrió al verme. Nuestras miradas chocaron y la sonrisa se borró de su cara.

—¿Cuánto hace que estás en contacto con ellos? —le pregunté en tono de reproche.

—Cinco años.

—¿Te buscaron a ti o tú a ellos?

—Yo a ellos. Tenía una inmobiliaria que fracasó, mi mujer estaba embarazada y necesitaba dinero para salir adelante. Me ofrecieron un trabajo.

—Por eso ahora llevas su apellido —asumí.

—Sí. Mi vida es mucho más fácil desde entonces.

Hice un gesto con mi mano que abarcó toda la habitación.

—E imagino que su dinero también paga todo esto. Ellos son tu «contacto». —Asintió sin apartar su mirada de la mía—. Después de cómo trataron a nuestra madre y a nosotros, ¿te has arrastrado para pedirles ayuda?

—Cuando uno está desesperado, se traga el orgullo y hace lo que haga falta, Ren. No es tan difícil como crees. Simplemente, dejas de pensar y sobrevives.

Tragué saliva.

—No necesito que me lo jures —repliqué con desdén.

—¿Qué esperabas que hiciera? ¿Que me aferrara a ese orgullo que tú enarbolas como una bandera y me dejara morir por él?

—Cuando corriste a pedirles trabajo no estabas enfermo.

Tae apartó la mirada un segundo y tragó saliva. Inspiró hondo un par de veces y clavó sus ojos en los míos. En ese instante odié como nunca que se parecieran tanto.

—Ren, en aquel momento yo...

Di un paso atrás y levanté la mano para que se detuviera. De su boca solo salían excusas y palabras que sonaban amables, pero que en realidad no eran más que veneno. Miré a mi hermano fijamente y el último velo que me cubría los ojos cayó.

Toda la vida creyendo que yo era el que me parecía a mi padre, por esa agresividad y la violencia que se apoderaba de mí cuando perdía los nervios, cuando en realidad Tae era su reflejo. El problema no era el puñetazo o el golpe, sino las palabras que luego lo convertían en un mal necesario e inevitable, con excusas y justificaciones que buscaban despertar lástima y empatía.

El mundo no obliga a nada, pero es fácil hacer que cargue con la culpa.

Tae no me protegía cuando de pequeños me pedía que aguantara. Ni cuando le suplicaba a la señora Bae que no denunciara a nuestro padre, con el propósito de que no nos separaran. Se protegía a sí mismo mientras esperaba la oportunidad para marcharse. Nunca tuvo intención de regresar, porque nadie le preocupaba salvo él mismo. Y cuando lo hizo, porque no le quedaba más remedio, volvió a manipularme.

Existe la maldad, es un hecho.

Y existen las personas perversas que no necesitan motivos para ser como son.

Tae era una de ellas.

Salí de aquella habitación sin mirar atrás y pensando.

Pensando mucho.

Quizás demasiado.

Puede que la doctora Morton tuviera razón cuando me decía que mi carácter no era más que una consecuencia del maltrato que había recibido y que me hacía identificarme con la persona que me causaba el daño. O cuando trataba de convencerme de que mis miedos a compartir los rasgos de su personalidad eran infundados.

Yo no me parecía a mi padre. No era como él.

Frené en medio del pasillo cuando otro pensamiento se abrió camino dentro de mi cabeza.

No era como él, porque me parecía a ella.

Pensaba como ella.

E iba a acabar como ella.

63
Ren

Abrí los ojos de golpe. De nuevo empapado en sudor y con una piedra atascada en la garganta. El dolor que sentía en el pecho me obligó a encogerme sobre mí mismo y apretar los dientes contra la almohada. Tiritando como si me encontrara sumergido en una bañera de hielo, me senté en la cama.

Jun dormía profundamente en el sillón, con las piernas estiradas sobre la mesita.

Puse los pies descalzos en el suelo y me acerqué a la ventana. Me sentía débil y el corazón me retumbaba por todo el cuerpo. Apoyé las manos en el cristal frío. Me temblaban. Vibraban. No estaba seguro de cómo definir aquellas sensaciones físicas que se apoderaban de toda mi piel y que apenas podía soportar. Solo lograba describirlas como dolor. Un dolor inmenso que no se iba con nada. Que solía concentrarse en mi pecho y no me dejaba pensar.

Mi aliento empañó la ventana y dibujé una cara triste.

Al otro lado, un manto grueso de nieve cubría las calles y los tejados de los edificios. Pequeños copos se dejaban ver bajo la luz fluorescente de las farolas. Descendían muy despacio hasta posarse en el suelo y fundirse con el resto. Una manta blanca y preciosa, frágil, con un único destino: convertirse en un charco sucio de barro y después secarse.

—¿Ren? —Me giré y vi a Jun de pie a mi espalda—. ¿Qué haces?

—No puedo dormir.

—¿Estás bien?

Tragué saliva en la penumbra y le sonreí.

—Sí —mentí. Porque por dentro sentía que me estaba muriendo—. Tú sigue descansando.

—Avísame si necesitas algo.

Me volví de nuevo hacia la ventana y cerré los ojos. Me sentía atrapado dentro de mí mismo, como una mariposa desesperada en un tarro imposible de abrir. Pensé en el final de esa mariposa. En algún momento se quedaría sin aire y, cuando eso ocurriera, durante esos segundos, el miedo a morir la paralizaría.

Porque nadie quiere estar muerto.

Todo el mundo desea vivir.

Sin embargo, dentro de un tarro hermético, sin aire ni esperanza, lo único que quieres es no estar vivo.

64
Jisoo

Me enamoré de París desde el primer momento; y después de un mes viviendo en la ciudad, ya podía decir que empezaba a adaptarme a los parisinos y su modo de vida. Al principio me costó cogerles el punto. Ahora me hacían sentirme una más en sus calles, tan románticas y melancólicas los días de lluvia. Despiertas y brillantes los días de sol.

La escuela de arte a la que asistía y la residencia en la que me alojaba estaban en Saint-Germain-des-Prés, un barrio situado en el VI distrito de París. Pasaba las mañanas en clase y las tardes las dedicaba a visitar exposiciones y poner en práctica todo lo que iba aprendiendo. Había encontrado un mundo hecho a medida para mí, con personas que hablaban mi mismo lenguaje y con las que compartía ideas y pensamientos. Un mundo que flotaba entre calles adoquinadas y olor a cruasanes recién horneados.

Durante mis paseos, había descubierto infinidad de rincones maravillosos, pero mi favorito de entre todos ellos era la Place de Furstenberg, una plaza pequeña y encantadora ubicada en el corazón del barrio, rodeada de cafés y músicos que tocan en las calles. Para mí, evocaba a la perfección ese sentimiento de romance por el que se conoce a París como la «Ciudad del Amor».

Solía refugiarme allí cuando añoraba a mi familia y necesitaba estar a solas.

Como si de un ritual se tratara, compraba un café en el Deux Magots y luego me dirigía a la plaza. Me sentaba en el suelo, con la espalda apoyada en la farola de cinco globos que se alzaba en el centro de la glorieta, entre cuatro árboles nudosos, y me sumergía en el remanso de calma que creaban los edificios que la rodeaban.

Sobre el suelo frío sacaba mi cámara y me dedicaba a mirar a través de ella, como quien observa dentro de un caleidoscopio. Sin embargo, no veía colores ni formas diferentes, cuyas imágenes se multiplican si lo giras.

Siempre veía a Ren. Dentro de mis pensamientos. De mi corazón. En las fotos que aún guardaba en su memoria. Las iba pasando una a una y, al llegar al final, volvía a empezar. Lo echaba de menos con tanta intensidad que reprimir el deseo de llamarlo y escuchar su voz se convertía en una tortura en la que no dejaba de ahogarme.

Y era una sensación horrible querer respirar y no tener aire que llevar a mis pulmones.

Aun así, estaba bien. Era feliz a mi manera.

Consciente de que la vida pasa y nada, absolutamente nada, sobrevive al tiempo.

Ni siquiera el amor más profundo y sincero.

65
Ren

Lo mejor de tocar fondo es precisamente eso, que llega un momento en el que no puedes ir más abajo. Tu mente ya no lo soporta más y, en medio de ese vacío en el que se ha transformado tu existencia, busca una salida a la desesperación.

Aceptas la realidad, que no puedes continuar así, y debes decidir si tu miedo al dolor de seguir vivo es mayor que el terror a desaparecer. Si crees las mentiras de ese demonio que habita en tu cabeza y que no deja de alentarte para que te rindas:

«¿Por qué vas a seguir adelante? Ya lo has perdido todo. Estás solo. Eso que sientes no se calmará nunca. ¿Por qué continúas sufriendo? ¿No ves que no sirves para nada? Nadie te quiere».

O te aferras a la única verdad, las voces siempre mienten.

Siempre.

Y una vez que tocas fondo, el único camino que puedes recorrer siempre es hacia arriba.

Siempre.

66
Ren

Contemplé la casa a través de la ventanilla del coche.

Era la primera vez en toda mi vida que no acompañaba a la señora Bae el día de su cumpleaños, y esa triste realidad me hacía sentir mucho peor de lo que me había sentido en las últimas semanas. Un despojo que simplemente se limitaba a existir, pero que fingía vivir con tal convicción que nadie se había dado cuenta del extraño infierno en el que me movía.

Había conformado mi vida alrededor de esa mujer y su marido. De toda su familia, convirtiéndola así también en la mía. Me había enamorado de su hija pequeña y la mayor era una de las pocas personas por las que sentía que podría hacer cualquier cosa sin arrepentirme de nada. Ahora ninguno de ellos formaba parte de mi vida. No solo porque la señora Bae me hubiera pedido que me alejara, sino porque yo mismo había decidido que era lo mejor para todos.

Nunca he creído en medias tintas, porque nunca he soportado la incertidumbre. Cara o cruz. Blanco o negro. Sí o no. Luz u oscuridad. Así era yo. Y una vez que elegía, me costaba la vida dar marcha atrás, por mucho que pudiera perder.

Le eché un último vistazo a la casa y pisé el acelerador.

Llegué al final de la calle y doblé a la derecha sin frenar. Por primera vez en quince años, pasé de largo frente al que había sido mi hogar de niño.

Al menos, había salido algo bueno de todo aquello.

Aunque, bien visto, solo había cambiado el foco de mis traumas.

Conduje hacia el estudio.

Al parar frente al edificio, inspiré de forma brusca. El intermitente parpadeaba con un ritmo monótono. Tic, tac, tic, tac, tic, tac... Al otro lado del parabrisas, decenas de personas se movían de un lado a otro inmersas en sus vidas. Ajenas a la mía. Giré la cabeza y miré por la ventanilla. Entonces vi mi reflejo en el cristal. Toparme con mis propios ojos hizo que el corazón me diera un vuelco. Fue como un pistoletazo, y lo sentí. El ataque de pánico abriéndose paso de nuevo. Intenté inhalar profundamente, pero el aire se me atascaba en la garganta. Mis respiraciones comenzaron a ser cada vez más rápidas y descontroladas. Miré mis manos y no las reconocí. Sentía como si estuviera observando las de otra persona. El cuerpo de otra persona. El reflejo de alguien distinto. Una figura que pertenecía a otra realidad.

Salí del coche. Y de haber podido, habría salido de mi propio cuerpo para dejar de sentir ese pánico. Ese puto dolor bajo las costillas. Se me llenaron los ojos de lágrimas. Algo me pasaba en los pulmones. Algo que nunca había experimentado, y estaba tan cansado de que todo fuese a más y a más. Agotado de la maldad y la crueldad de esa voz en mi cabeza y de no encontrar ningún alivio.

Estaba hecho trizas. Tan roto que me rendí.

Dejé de luchar, eso hice.

Vi venir el camión de reparto. Lo tenía casi encima, y, en lugar de apartarme, mi cuerpo dio un paso adelante. Ni siquiera recuerdo que la orden la diera yo mismo. Un solo paso y dejaría de sentirme así. Era irracionalmente sencillo.

De repente, algo tiró de mí y lo siguiente que noté fue mi cuerpo estrellándose contra mi coche. Abrí los párpados y vi el rostro de Jun a solo un palmo del mío. Me miraba con los ojos tan abiertos que parecía que se le iban a salir de las cuencas. No había vida en su semblante, solo espanto. Tras él, Liam y Miku me contemplaban como si yo fuese una aparición.

—Ren, ¿qué ha sido eso? —me preguntó Jun casi sin voz.

Lo miré, incapaz de hablar. Él me empujó en el pecho con ambas manos.

—¿Qué cojones ha sido eso, Ren?

Negué con la cabeza, la garganta tan paralizada como los pulmones.

—Dime que no era lo que parecía, joder —gritó y me empujó de nuevo.

Tragué saliva y empecé a tomar conciencia de lo que estaba pasando. De lo que había estado a punto de ocurrir.

—Ren, mírame. ¡Que me mires, imbécil! —Le obedecí mientras se me llenaban los ojos de lágrimas—. ¿Qué pretendías?

—Nada.

—No me mientas.

—No lo sé.

Me agarró con su mano por la nuca y pegó su frente a la mía.

—Que no me mientas —repitió con rabia.

Empecé a ahogarme, pero esta vez por las lágrimas que ya no podía controlar. Sacudí la cabeza y apreté los párpados con fuerza. Me llevé las manos a las sienes y las presioné hasta hacerme daño.

—Solo quiero que pare —gemí.

—¿Qué quieres que pare?

Negué y resoplé. Me ahogaba.

—Todo. —Me golpeé el pecho con la palma de la mano—. Quiero que pare todo esto. ¿Puedes hacer que se detenga? —se me quebró la voz.

Jun me miró y pestañeó varias veces. Se pasó el dorso de la mano por la nariz y sorbió.

—Claro que sí —me dijo. Después me abrazó muy fuerte y me sostuvo mientras yo me rompía—. Yo me encargo, Ren. Yo me encargo.

67
Jisoo

Tomé una bocanada de aire y marqué en mi móvil el número de casa. Esperé, mientras se sucedían los tonos. Finalmente saltó el contestador. Pensé en colgar, porque parecía muy patético desearle feliz cumpleaños a mi madre en un mensaje de voz tras un pitido molesto. Pero ¿qué otra cosa podía hacer?

En los dos meses que llevaba fuera de Londres, no había hablado ni una sola vez con ella. Siempre que llamaba, la pillaba ocupada, haciendo cosas importantes como lavar platos, planchar, pelar patatas... Y era papá el que hacía el papel de mensajero, enviándome sus besos y abrazos, que yo devolvía como si no supiera lo que en realidad ocurría. Mi madre continuaba enfadada conmigo. O quizás se trataba de su orgullo, como insistían Soomin y mis abuelos.

La abuela Min decía que el orgullo solo busca tener razón, y la razón por sí sola no basta. Por ello solo era cuestión de tiempo que mamá acabara volviendo a su ser. Sin embargo, ese día no parecía llegar nunca.

Sonó el pitido y tragué el nudo que me cerraba la garganta.

—Hola, mamá, ¿qué tal estás? Soy yo, Jisoo. Imagino que

aún no habrás llegado a casa y que tu móvil estará sin batería. Como siempre. En fin, solo quería desearte un feliz cumpleaños... ¡Felicidades! —exclamé—. Bueno. Solo eso. Espero que lo paséis bien en la fiesta. Seguro que Soomin ha tirado la casa por la ventana. Te he enviado un regalo. Ella te lo dará. Y ya está. Que... que te echo de menos. Mucho. Cuídate, mamá.

—¿Jisoo?

El corazón me dio un vuelco.

—¿Mamá?

—Sí, quién si no —replicó.

Sonreí.

—¡Hola, mamá! —se me quebró la voz. Hacía tanto que no la oía—. ¡Feliz cumpleaños! ¿Cómo... cómo te encuentras?

—Bien, gracias. —Hizo una pausa y escuché un suspiro—. ¿Y tú cómo estás?

Inspiré hondo. Mi madre parecía tan nerviosa y cohibida como yo me sentía. Nos costaba actuar con naturalidad. No obstante, el que intentáramos hablar ya suponía un gran paso, y a mí me hacía muy feliz.

—Echo de menos tu comida, mamá —protesté mientras hacía un puchero—. Aquí no saben hacer *kimchi*, ni *gimbap*, ni *bulgogi*. Intenté prepararlo yo, quería cocinarlo para mis compañeras de la residencia, pero no me salió bien. La carne tenía un sabor raro.

—¿Usaste aceite de sésamo?

—Sí.

—¿Soja?

—También, mucha soja.

—¿Durante cuánto tiempo marinaste la carne?

—¿Debía marinarla?

Mi madre refunfuñó algo que no pude entender.

—Por supuesto. En un bol debes mezclar aceite y semillas de sésamo, soja, ajo picado, champiñones, cebolletas y un poco de pimienta negra molida. Después metes la carne y la dejas reposar unas horas. Así es como se hace, hija.

—¿Cuántas horas? ¿Y cuánto aceite debo poner? ¿Champiñones blancos o los otros que tienen pinta rara?

—Mejor déjalo —exclamó gruñona, lo que no evitó que percibiera la risita que trataba de disimular—. Cuando vengas a casa, te enseñaré a prepararlo.

—¿Y pastel de miel? Aquí tampoco saben hacerlo.

Mamá rompió a reír, y yo casi me echo a llorar por la emoción que me atenazaba la garganta.

—También haremos juntas pastel de miel.

—Vale.

—Jisoo, aunque no te guste la cocina de allí, debes comer bien, ¿de acuerdo?

—Sí, mamá.

—Seguro que estás en los huesos. ¡Ay, solo me das disgustos!

—La abuela dice que tú eras igual a mi edad —repliqué.

Hizo un ruidito y me la imaginé poniendo los ojos en blanco.

—La abuela no tiene ni idea, y no le digas que he dicho esto.

Me reí.

—No se lo diré.

—¿Sabías que la hija de la señora Fang ha tenido trillizos?

—¡Trillizos!

—Sí, hija, tres a la vez. Su madre estuvo visitando a un chamán durante seis meses, porque la pobre no se quedaba embarazada, y ahora no saben qué hacer con tanto niño —me explicó entre risas—. Ya los verás, son muy guapos.

—Volveré para las vacaciones de verano.

La oí tomar aire y después soltarlo. Entonces se quedó

callada un momento y yo contuve el aliento. Luego, las palabras le salieron sin esfuerzo.

—El tiempo se pasa volando —convino.

—Sí. —Me mordisqueé el labio, aún nerviosa—. Tengo que volver a clase, mamá.

—Muy bien, hija. Esfuérzate mucho y demuéstrales lo que vales.

Se me saltaron las lágrimas.

—Tranquila, lo haré. En eso también me parezco a ti.

—Anda, ve. Seguiremos hablando mañana.

—Hasta mañana, mamá.

68
Ren

Habían pasado seis semanas desde el «episodio», así nos referíamos al día en que toqué fondo y me convencí a mí mismo de que respirar no tenía ya ningún sentido. Seis semanas desde que mi mejor amigo se abrió paso a empujones dentro del abismo que me engullía y me obligó a mirarme en sus ojos y pedirle ayuda.

Esa misma tarde, Jun llamó a la doctora Morton, quien me aconsejó que ingresara lo antes posible en una clínica especializada en salud mental para recibir tratamiento y apoyo psicológico. Nos recomendó un centro a las afueras de Londres, en el que trabajaba un colega suyo.

Jun me llevó esa misma noche y la doctora Morton se comprometió a ser mi terapeuta. Cosa que le agradecí infinitamente, porque no me sentía capaz de hablar con un desconocido.

Me recetó unas pastillas y a la mañana siguiente comenzamos con la terapia. Los primeros días me hizo asistir a algunas sesiones grupales, solo como oyente. Quería que viera que no estaba solo. Que en el mundo había otras personas con problemas parecidos a los míos y no eran motivo de vergüenza. No nos convertían en locos ni en raros. Éramos enfermos, como otros muchos, nada más. Solo que nuestra enfermedad era invisible y, hasta no hace mucho, se consideraba una debilidad.

Me ayudó escuchar a otras personas relatar sus traumas. Experiencias similares a las mías, con las que me sentía identificado y podía comprender. Como los ataques de pánico, las voces y el miedo a mis propios pensamientos. Ese dolor agonizante para el que nadie lograba dar con las palabras exactas con las que explicarlo. Porque no todos lo vivíamos del mismo modo.

A las dos semanas de mi ingreso, consideraron que podía abandonar el centro si continuaba con las sesiones y tomaba la medicación. Jun quiso que me instalara en su casa y acepté sin rechistar. Él era una de las razones más importantes por las que quería recuperarme. No habría soportado volver a encontrar en su cara la expresión que vi aquel día cuando, en el último segundo, logró alcanzarme y evitar lo que parecía irremediable.

Desde que me había mudado a su casa, las sesiones tenían lugar en la consulta privada de la doctora Morton, en Paddington.

—¿Crees que podrías describirme cómo fue la primera vez que sentiste esas alucinaciones? —me preguntó ella.

Me aparté de la ventana y volví a sentarme en el sofá.

—No estoy muy seguro, pero creo que fue después del primer ataque de pánico. De repente empecé a sentir que la realidad se distorsionaba. Me veía fuera de mi cuerpo, como si mirara a través de un cristal. Mi propia voz me resultaba extraña. Nada parecía real. Era como estar atrapado en una pesadilla.

La doctora Morton asintió mientras tomaba notas en su bloc.

—En realidad, no son alucinaciones. Nosotros lo llamamos trastorno de despersonalización —comenzó a decir—. Es una respuesta de huida de tu cerebro. Un mecanismo de defensa. —Levantó la vista del bloc y me miró—. Generalmente, este trastorno lo desencadena un acontecimiento estresante grave. En tu caso, creo que se debe al maltrato físico y emocional que sufriste en tu infancia, y que más tarde reforzó la muerte de tu madre y el abandono de tu hermano.

—Pero empecé a sentir esas cosas mucho más tarde.

—Pienso que estaba ahí desde hacía mucho, en tu interior, pero que sus síntomas no eran lo bastante evidentes como para que los notaras. En aquel entonces ya escuchabas voces que enmascaraban este otro trastorno.

—¿Qué lo hizo salir?

—La depresión. Cuando te conocí ya tenías problemas muy serios de ansiedad, pero se manifestaban con violencia y agresividad. En cierto modo, eran una vía de escape para ti. Sin embargo, llegó un punto en el que esa cólera se tornó en depresión. ¿Qué pudo causarla? Es difícil de determinar. No siempre hay una causa específica, Ren. Aunque en tu caso, y con tus antecedentes, los problemas emocionales a los que te has enfrentado en los últimos años han podido influir casi en su totalidad.

—¿Quiere decir que sufriré ese trastorno cada vez que tenga un problema emocional?

—No, porque para eso estamos aquí. Para que entiendas lo que te pasa y por qué te pasa. Las causas, las consecuencias. Para que aprendas a identificar los síntomas y a neutralizarlos.

—¿Eso es posible?

—Ya llevas seis semanas haciéndolo. Si piensas en el día cero y en el tiempo transcurrido hasta hoy, ¿crees que has mejorado?

—Sí —respondí convencido.

—¿Cómo?

—Ya no tengo pensamientos destructivos. Las voces han desaparecido y llevo dos semanas sin tener un ataque de pánico. No me siento tan triste como antes y he vuelto a dormir sin tener pesadillas. Aunque...

—¿Aunque?

—No pienso en que quiero morirme ni en desaparecer. Pero pienso en otras cosas que también me deprimen y me causan dolor. No el que sentía antes. Este... es distinto.

—¿Qué cosas son esas, Ren?

Esbocé una sonrisa triste y me pellizqué la muñeca.

—Las personas que ya no están conmigo.

—¿Tus padres y tu hermano?

—No —afirmé sin la más mínima duda—. Ahora, cuando pienso en mi padre o mi hermano, solo siento indiferencia. Uno está muerto y el otro... —Me encogí de hombros—. No lo necesito en mi vida.

—¿Y qué sientes cuando piensas en tu madre?

—Lástima, empatía y comprensión. Ahora puedo entender que no quería suicidarse, pero que seguir viva le daba mucho más miedo que morir. No supo ayudarse a sí misma ni encontró quien la ayudara. Yo también me he sentido así. Sin esperanza.

La doctora Morton movió la cabeza y tomó más notas.

—¿Te refieres entonces a tu familia de acogida?

—Sí.

—Quieres a esas personas y no puedes estar con ellas. Es normal que te sientas triste, incluso que te deprimas un poco. El problema no son los sentimientos, Ren, sino la magnitud de estos y tu capacidad para gestionarlos. Los estragos que causan en tus pensamientos. —Hizo una pausa y ladeó la cabeza sin dejar de sonreír—. Las tormentas son inevitables, como el sufrimiento, pero tú decides si te armas de coraje y esperas a que vuelva a salir el sol o te dejas llevar por el miedo y permites que te arrastre.

—Prefiero el coraje.

—Hay algo de lo que quiero hablar contigo. —Cerró el bloc y descruzó las piernas para inclinarse hacia mí. Me miró a los ojos—. Creo sinceramente que me ayudaría mucho en la terapia conocer a la señora Bae y poder hablar con ella.

Me tensé.

—¿Por qué?

—Renunciaste a Jisoo solo porque ella te lo pidió, y, tras seis semanas de sesiones, si algo tengo claro es que amas a esa chica más que a nadie. Aun así, antepones tu relación con tu madre de acogida a ese amor.

—No dejé a Jisoo porque mi madre se opusiera a nuestra relación.

—¿Y por qué la dejaste?

Me encogí de hombros.

—Porque si esa mujer, que me ha criado desde siempre y me quiere como a un hijo, piensa que no soy lo bastante bueno para Jisoo, algo de razón debe de tener, ¿no cree?

La doctora Morton me observó.

—Hablas en presente, Ren. Sigues pensando que no eres bueno, ¿por qué?

—Porque no lo soy —repliqué un poco alterado.

—¿Maltratabas a Jisoo de algún modo?

—¡No! —salté.

—¿Humillaciones, faltas de respeto, abusabas de ella o la controlabas?

—¡No!

Me estaba poniendo nervioso con esas preguntas rápidas y directas, porque no me dejaba pensar.

—¿La considerabas igual a ti, te importaban sus sentimientos y lo que tuviera que decir?

—Por supuesto.

—¿La amabas?

—La amo.

—¿Crees que no la mereces porque eres como tu padre?

Apreté los puños y me levanté como un resorte.

—Yo no soy como él —mascullé.

—¿Qué hay de malo en ti, Ren?

—No lo sé.

—Yo sí. No hay nada.

La miré y relajé los brazos. Volví a sentarme mientras me pasaba las manos por la cara.

—¿Y por qué ella piensa que sí?

—¿Por qué no se lo preguntas? Yo creo que ha llegado el momento de que hables con la señora Bae.

—No sé si puedo.

—La señora Bae es otra voz en tu cabeza, Ren, que te dice que no eres suficiente. ¿Y qué hacen las voces?

—Mienten.

—Exacto, y no debes creerlas.

Medité durante unos segundos lo que me sugería.

—¿Cree que me ayudará hablar con ella?

—¿Te ayudó conocer las razones de tu hermano? —Asentí—. Porque te diste cuenta de que tú no hiciste nada malo que lo alejara. Recibiste una respuesta clara a una pregunta.

—Sí.

—¿La señora Bae te explicó cuáles eran sus razones para rechazarte?

—No.

—¿Quieres saberlas?

—Sí —respondí con seguridad.

69
Ren

Estaba tan nervioso que necesité un buen rato para tranquilizarme y reunir el valor necesario para entrar en el restaurante. Empujé la puerta y sobre mi cabeza sonaron las campanillas que anunciaban las entradas y salidas de los clientes.

Las contemplé.

Tres peces de latón.

Uno por cada hijo.

El corazón me dio un vuelco e inspiré despacio.

La hora del almuerzo ya había pasado y el comedor se encontraba vacío. Saludé a Becky con una sonrisa y le pedí que avisara a Min Shi de que estaba allí. Me temblaban tanto las piernas que acabé sentándome a una mesa. Me froté la cara con las manos.

Escuché un ruido y alcé la vista. Min Shi me observaba desde la barra. Tragué saliva.

Apoyé las manos en la mesa y me puse de pie.

Min Shi avanzó despacio, con sus ojos clavados en los míos. Contuve el aliento mientras se acercaba, y solo pude pensar en que la había echado de menos y en lo mucho que la quería. Pese a todo, esa era la verdad.

Ella se quedó parada delante de mí. Parecía tan nerviosa

como yo me sentía. Se acomodó al otro lado de la mesa y yo me senté enfrente.

Nos miramos. Me costaba respirar.

No sabía cómo empezar. Qué decir.

—Te veo bien.

Levanté la vista, sorprendido al escucharla.

—Gracias —susurré.

—Supe que al final te convertiste en donante para tu hermano. Me alegro de que todo saliera bien.

—Sí.

—¿Cómo se encuentra él?

—No lo sé. Tras la operación perdimos el contacto.

Ella asintió y me fijé en la tensión que se asentaba en sus hombros. Volvimos a quedarnos callados. Cerré los ojos un segundo y respiré hondo, armándome de valor.

—Aquel día en el canal me dijiste que podía contar contigo si lo necesitaba.

—¿Por eso has venido, necesitas algo de mí?

—Tengo que hacerte una pregunta, y para mí es muy importante que respondas con sinceridad. Nada más.

—Lo intentaré.

—No, solo servirá si dices la verdad. Aunque te resulte difícil —insistí.

Ella apoyó las manos en la mesa.

—De acuerdo.

Traté de mantener la calma y me obligué a respirar como me había enseñado la doctora Morton, para aligerar el peso que llevaba en el pecho.

—Necesito saber por qué crees que no soy bueno para Jisoo. ¿Es porque piensas que soy como mi padre y que algún día podría hacerle daño? —le pregunté sin rodeos.

Me miró sorprendida. Después, poco a poco, hizo un gesto afirmativo.

Lo sospechaba, pero eso no lo hizo menos doloroso.

—Sí, muy en el fondo de mi corazón, es lo que creo. ¡Es que te pareces tanto a él, Ren! Y luego estaban los problemas de control, tu temperamento, las peleas... —Tomó aliento de forma brusca—. Podía gestionar todo eso mientras solo eras mi hijo y su hermano. Pero cuando supe que estabais juntos, que os queríais y todo lo que eso suponía, lo primero que me vino a la mente fue tu madre. Y sí, lo admito, tuve miedo de que Jisoo pudiera acabar viviendo algo parecido contigo.

—Lo entiendo.

—Lo siento mucho.

—No te disculpes —dije con una pequeña sonrisa. La miré a los ojos, sintiéndome seguro por primera vez en mucho tiempo, y añadí—: Pero te equivocas, no soy como él. Nunca lo he sido y nunca lo seré. ¡Jamás! Sí, tengo su rostro y eso no puedo remediarlo. Me he peleado y he tenido problemas de conducta, pero nunca a propósito y siempre había una razón. No es un pretexto, porque sé que ese comportamiento no tiene excusa, pero había una razón justa y tú lo sabes. ¡No soy malo!

—No he dicho que lo seas.

—Yo jamás podría hacerle daño a nadie, y menos a Jisoo. La quiero y su felicidad es lo único que me importa. Si solo puede conseguirla lejos de mí, está bien, lo acepto. No volverá a verme, porque ella siempre será lo primero. No obstante, si algún día vuelve a buscarme, Min Shi, no la soltaré digas lo que digas. Y no porque no te quiera o no te respete, tú eres mi madre. Pero a Jisoo la amo.

Ella me observaba con lágrimas en los ojos. Continué:

—No soy como mi padre —repetí—. Hay pocas cosas de las que estoy seguro en mi vida, pero esa es una. A la única persona que podría hacer daño es a mí mismo, porque a quien me parezco es a ella. Me parezco a mi madre más de lo que puedes imaginar.

Sus hombros se tensaron y en su rostro apareció una expresión de alerta.

—¿Qué quieres decir?

Sacudí la cabeza y saqué del bolsillo de mi pantalón la tarjeta de visita de la doctora Morton. La puse sobre la mesa y la empujé con el dedo hacia Min Shi.

—Esa es mi terapeuta. Está intentando ayudarme a solucionar mis problemas, y no son pocos. Le gustaría hablar contigo, cree que de esa conversación podría sacar algo que le sirviera para mi terapia. —Me puse en pie y la miré desde arriba—. No te estoy pidiendo que lo hagas, no tienes ninguna obligación.

Ella cogió la tarjeta y le echó un vistazo, después fijó sus ojos en mí con una mezcla de afecto y preocupación.

—Cuidaos mucho —le pedí.

—Tú también.

Salí del restaurante y me alejé caminando.

Alcé la vista al cielo y solté un suspiro entrecortado.

Por primera vez en mucho tiempo, noté el pecho ligero y mi mente vacía.

Me sentí seguro, feliz en cierta manera. Como si todas las piezas de mi vida se hubiesen colocado por arte de magia en su lugar.

Bueno, todas no. Faltaba una.

Pero me bastaba con saber que encajaba en otra parte, donde era mucho más feliz.

70
Jisoo

Me puse bastante nerviosa cuando Madeleine me pidió que me pasara por la galería al terminar mis clases. Salí de la escuela y cogí un taxi. Diez minutos después, me bajaba frente a un antiguo edificio de tres pisos con grandes ventanales. La galería ocupaba toda la planta baja y una parte del sótano, donde se encontraban el despacho de Madeleine y el almacén.

Bajé las escaleras y me dirigí a la sala de espera. Me senté en una silla y esperé mientras tiraba del pellejito que tenía en un dedo. De pronto, Madeleine abrió la puerta y me sonrió. Me invitó a pasar y me pidió que me sentara. Ella ocupó su silla en cuanto yo me acomodé.

Me mordisqueé el labio, nerviosa, y la miré con los ojos muy abiertos.

—¿Qué tal estás? —preguntó.

—Bien, gracias. ¿Para qué querías verme?

—Directa al grano, como siempre.

—Lo siento —me disculpé.

Impaciente. Impulsiva. Dudaba mucho de que algún día pudiera cambiar esas partes de mí.

—Tranquila. —Entrelazó las manos sobre la mesa y me

miró sin dejar de sonreír—. Dentro de tres semanas finaliza la exposición de la sala dos y he pensado en cedértela, Jisoo.

Me habría caído de culo, de no haber estado sentada.

—¿Cederme la sala? —Madeleine asintió—. ¿Para exponer yo?

—Así es.

—¿Lo dices en serio? —parpadeé.

—Creo que puedes hacerlo y este es el momento oportuno.

—No sé qué decir, Madeleine. No... no esperaba algo así.

—No tienes que decir nada. Busca un tema, selecciona las fotos e impresióname. ¿Qué te parece? ¿Crees que puedes hacerlo?

Me puse en pie, incapaz de permanecer quieta por más tiempo.

—¡Sí! Por supuesto, puedo hacerlo. Lo haré. Buscaré un tema. —Me llevé las manos a la boca y ahogué un grito—. ¡Voy a exponer! No me lo creo. ¡Voy a hacer mi primera exposición!

Madeleine se echó a reír y, tras comentar algunos detalles, me acompañó a la puerta.

Salí de la galería flotando en una nube. Alcé la vista al cielo y llené mis pulmones de aire. Estábamos a finales de abril y la primavera se había adueñado por completo de la ciudad. El sol brillaba y seguía calentando al atardecer, lo que hacía que las terrazas estuvieran llenas de gente a esas horas.

Caminé por el laberinto de calles adoquinadas y llegué al río Sena. Subí al puente y me apoyé en el muro. Desde allí observé los pequeños cruceros de turistas que navegaban por sus aguas. Apreté los labios, intentando contener un ataque de risa nerviosa. Iba a tener mi primera exposición. ¡No me lo podía creer! Era un sueño.

Inspiré hondo para tranquilizarme y dejar a un lado la euforia inicial.

Había cosas importantes en las que debía pensar. La que más, el tema de la exposición.

No tenía ni idea de qué hacer. En qué inspirarme. Si usar fotos que ya tenía o hacer otras nuevas. Deslicé las manos por la piedra del muro, pensativa, y contemplé las pequeñas olas que rompían contra la orilla.

De repente, me azotó un pensamiento.

Uno que dolía.

Un recuerdo que me partió en dos.

Y en ese mismo instante, tuve claro cuál sería el tema de mi primera exposición.

71
Ren

Cuando llegué a la consulta de la doctora Morton, me sorprendió que la sala de espera estuviera ocupada. No era habitual coincidir con otros pacientes. Ella siempre organizaba los horarios de modo que esas situaciones no se dieran, para preservar la privacidad de cada uno. Me senté en un sillón junto a la ventana y saludé con un gesto al tipo que ocupaba el sofá. Llevaba en la mano uno de esos cubos antiestrés y no dejaba de pulsar los botones.

Cogí una revista de la mesa y la hojeé para distraerme. Encontré un artículo bastante entretenido sobre los mejores destinos para *gamers* y guardé algunos en mi memoria. De repente, la puerta se abrió, y el tipo del sofá y yo nos levantamos a la vez. Nos miramos confundidos.

La doctora Morton parpadeó con incredulidad al ver al otro tipo. Sacudió la cabeza.

—Tom, ¿qué haces aquí? Hoy no tienes cita.

—Es urgente, doctora Morton.

Ella me indicó con la mano que pasara a la consulta.

—Tom, sabes que primero debes llamarme por teléfono. Tengo más pacientes que atender.

Cerré la puerta a mi espalda y me moví por la habitación

mientras esperaba a que ella regresara. Me asomé a la ventana. Me apoyé en el alféizar y recorrí con la mirada su mesa. En la pantalla del ordenador había abierta una ventana con su agenda. No era mi intención mirar, pero entre todos aquellos nombres de desconocidos, uno me resultó demasiado familiar: Bae Min Shi. Había estado allí esa misma mañana.

Con el corazón a mil, me senté en el sofá.

La puerta se abrió y la doctora Morton me sonrió al entrar.

—Perdona el retraso.

—No pasa nada —respondí.

Ella se sentó en el sillón que siempre ocupaba, frente al sofá, y cogió de la mesita su bloc y el bolígrafo. Me miró con una sonrisa mucho más amplia.

—Bueno, ¿qué tal estás?

—Bien.

—Tienes buen aspecto. —Inspiró hondo y se tomó unos segundos para revisar sus apuntes—. ¿Qué te parece si comenzamos a reducir la medicación? Siempre podemos volver a subirla, pero creo que debemos empezar a confiar un poco más en ti.

—Claro.

—Muy bien. Hoy vamos a jugar a un juego, ¿te parece? Se llama «Entonces y ahora». Será como una especie de conversación, en la que yo mencionaré un pensamiento negativo y tu deberás contrarrestarlo con uno positivo. ¿Entiendes?

—Sí.

—Vamos allá.

Durante veinte minutos, jugamos a aquel juego. Sin embargo, yo no logré concentrarme en ningún momento. No dejaba de pensar en el nombre de la señora Bae en esa lista. Lo que significaba que finalmente había accedido a hablar sobre mí con la doctora Morton. La curiosidad me apretaba el estómago con un nudo de nerviosismo.

—Hoy pareces distraído. —Miré a la doctora y asentí—. ¿Quieres contarme qué te pasa?

Tragué saliva sin estar muy seguro de si debía responder. Exhalé el aire de mis pulmones con un suspiro. Mi relación con ella se basaba en la sinceridad, y era el único modo de que funcionara.

—No era mi intención, pero he visto el nombre de mi madre en la pantalla de su ordenador.

—Entiendo —dijo con una sonrisa. Dejó el bloc a un lado y me miró a los ojos—. Y ahora sientes preocupación y curiosidad.

—Sí.

—No puedo decirte nada, Ren. Lo comprendes, ¿verdad? Mis conversaciones con ella son confidenciales, de la misma manera que lo son estas que mantengo contigo.

—Sí, pero ella viene aquí a hablar de mí. Forma parte de mi terapia.

—La primera vez. Ahora también es una de mis pacientes.

Parpadeé confundido y aparté la mirada, intentando asimilar esa información. ¿Qué clase de problemas podría tener ella para necesitar terapia? Era la persona más fuerte que conocía. ¿Sería por mí? ¿Yo era la causa? Inspiré y exhalé varias veces al notar que mi pecho se aceleraba.

—Ren, mírame —me pidió la doctora. Obedecí y clavé mis ojos en los suyos—. No pasa nada. Ella está bien.

—¿De verdad?

—No todo el mundo que viene aquí tiene problemas graves. Hay gente que solo busca hablar y desahogarse con personas que saben que no las juzgarán. Confía en mí.

Se puso en pie y añadió:

—Terminaremos por hoy. Te programaré otra cita y te la enviaré por correo.

—De acuerdo. Gracias.

Abandoné la consulta sin dejar de darle vueltas al hecho de que Min Shi y yo ahora compartíamos terapeuta. Mientras caminaba en dirección a Camden, me esforcé por ver el lado positivo de la situación. Mi vida había cambiado por completo gracias a las sesiones con la doctora Morton. Ella me había ayudado a escapar del infierno en el que me hundía y a encontrarle sentido al futuro. Una palabra que siempre me había asustado.

Así que estaba seguro de que mi madre también tendría en ella el apoyo que pudiera necesitar.

72
Jisoo

—¿Os han llegado? —le pregunté a mamá por teléfono.

—Sí, las tengo ahora mismo en la mano. Son preciosas, hija.

Sonreí emocionada. Hacía una semana que le había enviado por correo postal las invitaciones para el evento y ella acababa de recibirlas.

—No puedo creer que solo falten dos días para la exposición. ¡Estoy muy nerviosa! ¡Y asustada!

—Siento mucho que la familia no pueda acompañarte, Jisoo —se lamentó.

—No te preocupes, mamá. Lo entiendo.

—Pero no dudes nunca de que te apoyamos muchísimo. Todos estamos muy orgullosos de ti. No debes estar asustada.

—Me dan miedo las críticas.

—Siempre habrá alguien a quien no le guste lo que haces, pero no debes permitir que esas opiniones te desanimen. ¿Me lo prometes?

—Te lo prometo.

—Cuídate, hija.

Colgué el teléfono y contemplé el cielo nocturno desde el

balcón de mi habitación. No había luna y las estrellas se veían más brillantes. Apoyé las manos en la barandilla y cerré los ojos, mientras el aire cálido soplaba suave y me revolvía el pelo. Echaba de menos a mi familia y me daba un poco de miedo enfrentarme sola a ese día.

Sin embargo, lo haría.

Porque somos las cosas que hacemos.

Las decisiones que tomamos.

Y yo había decidido apostarlo todo por un puñado de quizás.

73
Ren

La puerta de la oficina se abrió y Miku asomó la cabeza.

—Ren, tu madre está aquí.

—Jun acaba de salir —respondí, pensando que se refería a la madre de mi amigo.

Miku se pasaba la vida cambiándonos el nombre a todos.

—¡Ren! —insistió ella—. Tu madre está aquí.

Levanté la mirada del ordenador y alcé las cejas con un gesto interrogante.

Miku se hizo a un lado y me quedé petrificado al ver a la señora Bae en la puerta de mi oficina. Me puse en pie de golpe y la silla se volcó. Me apresuré a recogerla y me cuadré. Dios, no daba una.

—Hola —saludé.

—¿Puedo pasar?

—Sí, por supuesto, pasa.

Le pedí con un gesto que se sentara, pero lo rechazó. Tomé una bocanada de aire, mientras intentaba asimilar que ella había dado el paso de venir a verme.

Me miró de arriba abajo y le brillaron los ojos al detenerse en mi cara.

—Te veo muy bien —dijo.

—Lo estoy, Min Shi.

Hizo una mueca con los labios.

—Se me hace raro que me llames así.

Tragué saliva, nervioso.

—¿Prefieres señora Bae?

Negó con un gesto y sonrió.

—Creo que me siento más cómoda si me llamas mamá —replicó divertida.

Y yo, cada vez más confundido.

—¿Qué haces aquí? —le pregunté.

—He venido a darte esto.

Sacó de su bolso un sobre negro y me lo ofreció con el brazo estirado.

—¿Qué es?

—Una invitación. Mañana se inaugura la primera exposición de Jisoo.

La miré alucinado y mis labios se curvaron en una sonrisa.

—¿Va a exponer?

—Sí. Le está yendo muy bien.

—Es genial. Sabía que lo haría —murmuré para mí mismo.

Se me formó un nudo en la garganta y tragué para aflojarlo.

Contemplé el sobre y luego la miré a ella.

—¿Por qué me das esto a mí?

—Porque mañana es su gran día y estará sola si tú no vas. Al menos alguien de la familia debería acompañarla.

Me costaba pensar con claridad.

—No lo entiendo. ¿Quieres que vaya a verla?

—Así es —dijo en voz baja. Se acercó y cogió mi mano entre las suyas—. Quiero que vayas a verla, y también que vuelvas a casa.

El corazón me retumbaba en el pecho.

—¿Estás segura? Ya sabes lo que siento por Jisoo.

—En cuanto a eso, es posible que al principio me cueste un poco, pero estoy trabajando en ello. —Hizo una pausa y sus dedos apretaron con más fuerza los míos—. Si de verdad queréis estar juntos, no me opondré.

Nos miramos fijamente unos segundos mientras a los dos se nos empañaban los ojos de lágrimas. Después di un paso adelante y la abracé con todas mis fuerzas.

—Gracias, mamá. Gracias —susurré contra su pelo.

74
Jisoo

Intentaba mostrar mi mejor sonrisa cada vez que Madeleine se acercaba para presentarme a alguien. Había acudido un montón de gente entre profesores, estudiantes, profesionales y periodistas. Ella no dejaba de felicitarme por los comentarios que estábamos recibiendo, y verla tan emocionada me hacía sentir orgullosa de mí misma. Incluso algunos visitantes se habían interesado en comprar las fotos.

—¿Estás segura de que no quieres venderlas?

—No puedo, Madeleine. Son demasiado personales.

—Lo entiendo, no te preocupes. —Alzó su mano y me acarició la mejilla con un gesto maternal—. Además, la finalidad de esta exposición es solo darte a conocer.

—Gracias.

Se alejó para saludar a unos conocidos.

Un camarero se acercó con una bandeja y cogí una copa. No me gustaba el champán, pero notaba la boca tan seca que habría bebido cualquier cosa. Me moví entre la gente, captando retazos de conversaciones. Impresiones. Es curioso cómo una única imagen puede convertirse en muchas y todas distintas, en función de las personas que la contemplan.

En aquel momento, mientras escuchaba a escondidas las

interpretaciones que los demás hacían de mis fotografías, me di cuenta de que había elegido el título perfecto para la exposición:

«Como yo te veo».

Cada par de ojos descubría su propia historia. O la inventaba. Encontraba detalles y significados que, casi en su totalidad, no tenían nada que ver con la que de verdad contaban.

Esa solo la conocía yo.

Admiré en silencio mi propio trabajo. Me empapé de cada imagen y con el corazón regresé a cada uno de esos instantes. Momentos de felicidad y de ternura. De risas y bromas. De dudas y miedo. De amor y deseo.

Aparté la vista cuando noté la primera lágrima resbalar por mi mejilla y la sequé con el dorso de mi mano. Había elegido esas fotos porque fue el único modo que encontré para traerlo de vuelta conmigo. Para sentirlo a mi lado mientras mi sueño se cumplía.

Porque en ellas siempre cobraba vida.

Y yo lo echaba tanto de menos.

Entonces lo vi.

Allí mismo. A solo unos metros de mí.

75
Ren

Saqué la invitación del bolsillo y se la mostré al hombre que controlaba la entrada a la galería. Tras echarle un rápido vistazo, me dedicó una sonrisa y me dejó entrar. Me abrí paso entre la gente que abarrotaba las salas y busqué la número dos. Allí se exponían las fotos de Jisoo.

Un tipo se me quedó mirando de un modo extraño. Le dijo algo a la mujer que estaba a su lado y ella también me observó. Alzó las cejas, como si me reconociera. Pasé de ellos y continué buscando la sala. Sin embargo, cuanto más avanzaba, más ojos se posaban en mí y empecé a sentirme incómodo.

Pensé que sería por la ropa. Todo el mundo vestía de un modo elegante y yo solo llevaba unos vaqueros holgados y una camisa mao de color beis con las mangas arremangadas hasta los codos.

Ignoré a todos aquellos idiotas y me centré en encontrar a Jisoo. Tenía unas ganas locas de volver a verla. Me moría por abrazarla. Aunque primero me arrodillaría y le suplicaría que me perdonara por haber hecho las cosas tan mal.

Noté que alguien me tocaba el brazo.

—¡Eres tú! —me dijo una mujer.

—¿Disculpe?

—El de las fotos, eres tú.

Miré hacia donde señalaba y me vi a mí mismo en una fotografía inmensa en blanco y negro, de casi dos metros de ancho y de alto. En ella se veía mi rostro y el foco se centraba en mis ojos. A su lado había otra, en esa tocaba la guitarra. En la siguiente estaba rodeado de vinilos junto a mi tocadiscos. Durmiendo en mi cama. Reescribiendo mis partituras. En todas parecía estar en paz y satisfecho. Jisoo había logrado capturar los pocos momentos en los que me había sentido así, y solo porque la tenía conmigo. Ella era el motivo de esa felicidad.

Inspiré hondo, y entonces percibí su presencia. A mi lado. Olía a fresa.

Jisoo.

Habían pasado cinco meses desde la última vez que la tuve tan cerca.

La miré. Ella contemplaba la fotografía.

No sé cuánto tiempo permanecimos callados e inmóviles hasta que su voz me envolvió.

—¿Cómo has conseguido entrar?

—Tenía una invitación.

—¿Una invitación? —Giró la cara y me miró. Sus ojos iluminados por un brillo de esperanza—. ¿Ella?

Asentí con una sonrisa.

Decenas de rostros nos observaban.

—¿Tendrás problemas si nos vamos de aquí? —le pregunté.

—No.

Alargué mi mano y encontré la suya. La envolví con mis dedos y reconocí su piel, su tacto. Y sentí cómo encajaba la última pieza. Aceleré el paso y la llevé conmigo. Alcanzamos la puerta y seguí caminando sin soltarla. Tenía el estúpido miedo de que, si la aflojaba, aunque fuese un poco, se desvanecería y dejaría de ser real. El río Sena apareció frente a nosotros. Reconocí el Pont des Arts y me dirigí hacia allí. Subimos la escalinata y nos detuvimos sin aliento.

La miré y temblé por culpa de los nervios y la anticipación.

—¿Te sigo poniendo nervioso? —me preguntó.

Bajé la cabeza y sonreí.

—Mucho.

Se acercó algo más a mí y alzó la barbilla. Mi mirada se posó en sus labios y los míos se entreabrieron.

—Siento lo de la exposición y todas esas personas mirándote. Lo último que esperaba hoy era que tú aparecieras.

—¿Por qué la has hecho sobre mí?

—Tú trepaste a un puente y le gritaste al mundo que me querías. Y yo se lo muestro.

—¿Así es como me ves, como en esas fotos?

—Es que eres exactamente así, Ren. Ese es tu verdadero yo.

Tragué saliva. Había tantas cosas que quería decirle que no sabía por dónde empezar.

—Aquella noche, por teléfono, te mentí. Intentaba alejarte.

—¿En serio? No me di cuenta —bromeó.

—Lo siento mucho, Jisoo.

—No importa.

Negué con la cabeza y cerré los ojos.

—Sí que importa. Hay muchas cosas que no sabes y que no te he contado.

—Ren...

—Espera, déjame terminar. —Llené mi pecho de aire—. He hecho cosas que no van a gustarte nada, Jisoo, y me da miedo que puedan asustarte y dejes de mirarme como me miras ahora.

Pegó su cuerpo al mío y tomó mi rostro con sus manos para que no pudiera rehuir su mirada. Sus ojos me sonrieron y vi comprensión en ellos.

—Ren, ya sé todas esas cosas.

—¿Qué? —pregunté sobrecogido.

—Jun me lo contó todo.

—¿Todo?

—Sí, me llamó cuando ingresaste en ese centro. Estaba preocupado por ti y pensó que, si yo volvía, mejorarías.

—Pero no volviste.

Dejó caer las manos sobre mis hombros.

—Estuve a punto, pero no lo hice. Reflexioné mucho sobre nosotros y todo lo que había pasado y llegué a la conclusión de que lo mejor que podía hacer por ti era dejar las cosas como estaban y no removerlas más. No te habría ayudado, al contrario, y yo solo quería que pudieras recuperarte y estar bien. Jun me llamaba de vez en cuando y me contaba tus progresos. Eso me confirmó que había tomado la mejor decisión para ti.

—¿Sigues hablando con él?

—Ya no, y esa decisión la tomé por mí.

Nuestros ojos se enredaron y sentí una sacudida en el corazón.

—No era nuestro momento.

—No lo era. Lo teníamos todo en contra —susurró.

—¿Y crees que podría serlo ahora?

—Si te soy sincera, he tratado de pasar página durante todo este tiempo. Y admite que tú has intentado lo mismo.

Sí, traté de hacerlo, pero habría sido un esfuerzo inútil.

—¿Y has podido? Porque yo no consigo olvidarme de ti.

—He colgado veinte fotos tuyas en esa galería, eso contesta la pregunta.

Me mordí la sonrisa y tanteé con mis manos su cintura.

—Dime que aún no es demasiado tarde.

—No voy a volver a Londres, Ren. Quiero quedarme aquí y seguir estudiando.

Alcé una ceja y después sonreí lentamente sin dejar de mirarla. Yo jamás le pediría que regresara por mí. Además, era la primera vez en mi vida que sentía que teníamos todo el tiempo del mundo para vivir como y donde nos diera la gana.

—Dime que aún no es demasiado tarde —repetí.

Me observó con una calma que yo no era capaz de hallar. Imposible teniéndola tan cerca. Hacía que mi mundo girara muy deprisa.

—¿Y si no funciona?

—Lo hará. Será para siempre —repliqué convencido.

—¿Cómo estás tan seguro?

En el cuello aún llevaba el colgante que le regalé.

Me incliné hacia ella y acerqué mi boca a su oído.

—Porque nuestra historia no tiene un final, nunca llegaste a escribirlo —le susurré. Dejé un beso en su oreja—. Érase una vez que el sol y la luna se hicieron amigos. La luna siempre estaba triste y el sol sentía tanta pena que decidió abandonar el día y viajar hasta la noche para quedarse con ella. Sin embargo, por mucho que caminaba, nunca lograba acercarse. Hasta que un día, cansada de estar siempre sola, la luna se detuvo en medio del cielo y esperó a que el sol la encontrara.

—¿Y qué pasó?

—Que se enamoraron.

—¿Y ya está?

Me eché hacia atrás para mirarla a los ojos.

—¿Te parece poco?

Se le escapó una risita y se abrazó a mi cintura.

—Ren.

—Mmm...

—Aún no es demasiado tarde.

Sonreí como un idiota y nos miramos. Nos miramos durante una eternidad, con las ganas de besarnos enredándose entre nosotros. Le acaricié la mejilla con la punta del dedo y bajé hasta trazar el contorno de sus labios. Sonrió. Y entonces sí, me incliné y atrapé esa curva con mi boca. La besé una y otra vez hasta sentir los labios entumecidos y la piel ardiendo.

Y por primera vez fuimos nosotros.

Solo nosotros. Sin miedos. Sin dudas.

El sol y la luna.

Y un cuento sin final.

Epílogo
Tres años más tarde

Jun

No teníamos nada en común. Éramos opuestos, como la noche y el día. El invierno y el verano. Un granizado de fresa y un chocolate caliente. Parecía imposible que funcionara, pero lo hizo. Estábamos destinados a encontrarnos. El choque inevitable entre dos personas que lo tenían todo en contra.

No recuerdo el momento exacto en que me enamoré de ella. Ocurrió entre miradas, sonrisas y conversaciones que alargábamos para evitar separarnos. Comencé a desearla con el cuerpo, a quererla con el corazón y acabé amándola con toda mi alma. Sentía que cada una de mis células le pertenecían, con tal convicción que nunca pensé que pudiera llegar a mi vida otra persona que lograra abrirse paso entre esos sentimientos y despertar un amor mayor.

Estaba equivocado.

Suni aterrizó en mi vida una mañana de mayo y solo le bastó una mirada para que mi corazón se abriera por completo a ella. Penetró en su interior como un tsunami y llenó mi vida de luz cuando ya pensaba que no podía estar más completa.

También la llenó de pañales, biberones, vómitos y noches

sin dormir. De sonrisas desdentadas que me hacían flotar y rabietas que ponían a prueba mis tímpanos.

Suni me mira desde el suelo con el rostro cubierto de lágrimas, mientras con el puño se frota los ojos, tan azules como los de su madre. Suspiro. He intentado distraerla con juguetes, galletas, cantando canciones... Nada funciona. Suni tiene muchas virtudes, y la perseverancia es una de ellas. Cuando algo se le mete en la cabeza, no hay modo de disuadirla.

—¿Qué le pasa? —me pregunta Dani al entrar en la cocina.

—No la dejo que se coma el pienso del gato.

Ella rompe a reír y levanta a la niña del suelo.

—¿Quieres el desayuno de *Gatsby*? —Suni hipa y esconde el rostro en el cuello de su madre—. ¿Has preparado sus cosas? Si no salimos ya, llegaremos tarde —me pregunta.

Asiento malhumorado.

—Ya está todo en el coche.

—¿Y a ti qué te pasa?

—¿Tenemos que ir?

—Es el *doljanchi* de tu hija, ¿tú qué crees? Hasta mis padres han venido desde Denia.

—No quiero ir.

—¿Por qué?

Frunzo el ceño y la señalo con un dedo acusador.

—Ya sabes por qué.

Dani me mira con una sonrisa preciosa, tan genuina que me llena el pecho. Sacude la cabeza.

—Limítate a no hacerles caso.

—Para ti es muy fácil decirlo —replico.

Ella pone los ojos en blanco y sale de la cocina muerta de risa.

Una hora más tarde, los tres estamos parados frente a la casa de mis padres. Dani lleva una tarta en las manos y yo cargo con Suni en un brazo y su bolsa al hombro. Tomo aire y llamo al timbre. La puerta se abre de golpe y un segundo después, nos vemos rodeados por un montón de personas que nos arrastran al interior.

La niña desaparece de mis brazos y no tengo ni idea de quién la ha cogido. Miro a mi alrededor y me fijo en la decoración. Hay globos y cintas de colores por todas partes. El sofá ha desaparecido de la pared y en su lugar hay una mesa, que nosotros llamamos *dolsang*, repleta de platos cocinados, fruta y diversos objetos, como bobinas de hilo que simbolizan una larga vida, flores, velas...

Para una familia coreana, el primer cumpleaños de un niño es el más importante y está repleto de significado. En cierto modo, se convierte en una especie de ritual que predecirá su futuro. Hoy, Suni cumple un año. Y yo aún vivo con la sensación de que nació ayer mismo.

Me doy la vuelta y me encuentro con mi madre. Me mira muy seria.

—Un año. Mi nieta ha cumplido un año y sus padres aún no están casados. ¡Habrase visto!

—Mamá...

—¿Has vuelto a pedírselo? —Asiento. Ella frunce el ceño—. ¿Y te dijo que no?

—No piensa casarse.

—¿Te pusiste traje?

—¿Y eso qué tiene que ver? —me rio.

Mi madre me señala de arriba abajo y yo me miro.

—Hijo, con esas pintas que llevas siempre.

Rompo a reír y la rodeo con los brazos. La estrecho muy fuerte y la sacudo un poquito. Después la aparto para mirarla a los ojos.

—Mamá, ningún papel nos va a hacer más familia de lo que somos ahora.

—Eso lo sé, pero sería tan bonito que hubiera una boda en esta casa. —Traga saliva—. Una por amor.

Sé que piensa en Hana y Hae In al decir eso, aún se siente culpable por forzar su matrimonio. Y que él no haya rehecho su vida con nadie la mortifica.

Me da un golpecito en el pecho.

—Vuelve a pedírselo y esta vez ponte traje. Y péinate esos pelos —me ordena mientras abandona el comedor.

—A ella le gustan.

—¿Y qué va a decir la pobre? —la oigo replicar desde el pasillo.

La sigo hasta la cocina y voy saludando a todo el mundo. Veo a mi hermano conversando con el novio de Sofía y me acerco a ellos. Acepto la cerveza que me ofrece. Trato de seguir el hilo de la conversación; sin embargo, cada vez que Dani pasa cerca, me distraigo y mis ojos la persiguen sin darse cuenta de que lo hacen.

Lleva un vestido vaporoso de color blanco y estilo bohemio de su última colección. El pelo suelto le roza la cintura y los ojos le brillan como lo haría el mar en un día soleado de verano. Es preciosa. Cada día más.

Sale de la cocina y mis pasos la siguen. La veo entrar en el baño y cerrar la puerta. Me detengo en el pasillo, miro a ambos lados para asegurarme de que no haya nadie, y entro tras ella.

La encuentro frente al lavabo, humedeciendo una toalla y frotando a continuación una mancha en su hombro. Me sonríe con un gesto de resignación. Sin dejar de mirarla, me aproximo y la abrazo por la espalda.

—No te pegues mucho, Suni me ha vomitado encima.

Acerco mi nariz a su oreja.

—Mi olor favorito, tú y el vómito de mi hija.

Me mira en el reflejo del espejo.

—¿Tanto han bajado tus estándares? —bromea.

Con mis manos en su cintura, hago que dé la vuelta. Mis ojos se enredan con los suyos y el corazón inicia un ascenso rápido hasta mi garganta. Sigue teniendo la capacidad de hacerme sentir un niño enamorado, incapaz de decir dos palabras sin que me tiemble la voz o las manos. Y estoy seguro de que será así para siempre en esta vida. Y en la siguiente. Y en la siguiente. Porque nuestros caminos están destinados a encontrarse en este bucle infinito.

—Cásate conmigo —le digo en un susurro. Me mira un poco más seria y yo repito—. Cásate conmigo.

No se lo pido por la insistencia de mi madre, ninguna de las veces anteriores lo hice por ese motivo. Se lo pido porque es lo que quiero. Lo que yo deseo desde hace tanto, que no consigo recordar la primera vez que se me pasó por la cabeza. Sin más razón que vivir ese momento con ella, rodeado de las personas que quiero, y guardar el recuerdo.

Se pone de puntillas y me besa en el cuello. Cierro los ojos al notar su cuerpo pegado al mío. La tela de su vestido es tan ligera que lo siento como si no llevara nada y me cuesta contenerme. Roza mis labios con los suyos y yo me hundo de golpe en su boca, impaciente.

Nos besamos, mientras en mi interior sonrío.

No ha dicho que no.

Ren

El zumbido de la aguja tatuadora me está volviendo loco y ni siquiera es mi piel la que está atravesando. Odio las agujas. Las odio con todas mis fuerzas. A los dieciséis años se me ocurrió hacerme un pirsin labial y me desmayé.

El tipo quita la tinta sobrante y se queda mirando el dibujo con cara de satisfacción.

—Terminado. ¿Te gusta?

Jisoo se incorpora y levanta el brazo izquierdo. Se mira la muñeca y suelta una risita.

—Es perfecto. Fantástico.

Contemplo el dibujo y pienso que tiene razón. Se trata de una esfera del tamaño de una moneda de cinco peniques. Da la sensación de estar dividida en dos partes. Una representa una luna y la otra, un sol.

Los ojos de Jisoo se posan en mí, expectantes, y empiezo a marearme. No debería haber aceptado. Aunque no tengo un recuerdo claro de haberlo hecho en algún momento. Aprieto los dientes y ocupo su lugar en la silla, porque soy incapaz de negarle nada. Nunca lo he sido. Le basta con una mirada tierna o un puchero de esos labios perfectos para convencerme de cualquier cosa.

Ella se sienta en un taburete a mi lado y posa su mano en mi brazo. Con esa suave presión cierro los ojos y extiendo mi otro brazo. Vuelve a oírse el jodido zumbido y yo me concentro. Media hora más tarde, todo ha terminado. Me incorporo empapado en sudor y miro mi muñeca. Jisoo acerca la suya y contemplo los dos tatuajes idénticos.

Sonrío e intercambiamos una mirada. Solo nosotros conocemos su significado y eso lo hace más especial. La tortura ha merecido la pena. Aunque no pienso volver a pasar por algo parecido nunca más.

Abandonamos el estudio de tatuajes abrazados y vamos en busca del coche. Le echo un vistazo a mi reloj y me percato de la hora que es.

—¡Llegamos tarde al *doljanchi* de Suni!

—¿Qué crees que elegirá?

—No tengo ni idea.

—Si se parece a sus padres, seguro que algo creativo.

Pienso en Suni, en los ratos que he pasado con ella y se me escapa la risa.

—Ya es bastante creativa cuando intenta salirse con la suya.

Jisoo alza la barbilla y me mira.

—¿Tú tuviste un *doljanchi*?

—No, mi madre desconocía las tradiciones coreanas y mi padre pasaba bastante de todo —respondo con una sonrisa.

Hace tiempo que puedo hablar de mis padres sin que me afecte. La doctora Morton me enseñó a vivir con el pasado y a aceptarlo. A entender qué ocurría dentro de mi cabeza y los motivos. A partir de ese momento, comencé a mejorar y ya puedo decir que me siento recuperado. Aun así, la sigo visitando en su consulta una vez al mes.

Subimos al coche y nos dirigimos a New Malden.

Toco el timbre de la casa y es Jun quien abre con Suni en brazos.

—Ya pensaba que no venías.

—¿Y perderme el cumpleaños de mi chica favorita? —exclamo.

Suni abre y cierra sus manos para que la coja. Soy su persona preferida en el mundo, lo sé. Aunque mi amigo se cabree cada vez que se lo recuerdo. La tomo en brazos y sigo a Jun al interior de la casa con Jisoo a mi lado.

Minutos después, Dani sienta a Suni sobre el *dolsang*, donde han colocado una bandeja con un montón de objetos que representan distintas profesiones. Veo una bolsa con monedas, un estetoscopio, una pelota, un juego de escritura, un micrófono y otra media docena de cosas. Según la tradición coreana, el primer elemento que agarre el bebé predecirá su futuro.

Suni parece tenerlo claro y su mano sale disparada hacia una vieja Game Boy Advance de color rojo tan brillante que puede dejarte ciego si la miras demasiado. Alzo la vista y mis ojos se encuentran con los de Jun. Sacudo la cabeza al ver su sonrisa orgullosa.

—Tramposo —articulo.

Él se encoge de hombros con un gesto inocente y se echa a reír. En fin, parece que habrá una nueva generación que herede nuestro estudio. Ese pensamiento hace que busque a Jisoo. La encuentro conversando con Dani y la contemplo. Intento imaginarnos con un bebé y la imagen aparece en mi mente sin ningún esfuerzo. Un sentimiento cálido me encoge el pecho.

Trago saliva. Aún es pronto, sobre todo para Jisoo; quiero que exprima el presente y lo llene de sueños cumplidos antes de pensar en otras cosas.

Pasamos el día en New Malden y es casi medianoche cuando regresamos a casa.

Casa.

Esa palabra ha alcanzado una nueva dimensión desde que Jisoo terminó sus estudios en París el mes pasado y regresó a Londres para quedarse. Vivimos juntos desde entonces y nunca he sido más feliz.

Ha empezado a llover. Jisoo se levanta de la cama y cruza la habitación en penumbra hasta la ventana. Observo su silueta recortada contra el cristal. Un relámpago la ilumina de repente y enciende el cuarto durante un instante.

La sigo y la rodeo con mis brazos. Suspiro contra su cuello y ella se estremece.

—*Jisoofilia* —le susurro al oído.

—¿Jisoo qué?

—*Jisoofilia*: es la fascinación que siento por ti y todo lo relacionado contigo.

Rompe a reír con ganas. Se gira entre mis brazos y me encuentro con su rostro. Tan cerca que su respiración se mezcla con la mía al instante. Aun en las sombras, puedo distinguir el brillo de sus ojos.

—Me encanta —dice en voz baja.

—A mí me encanta que estés aquí. Te he echado mucho de menos.

—¿Cuánto?

Me señalo el pecho a la altura del corazón.

—Tanto, que me duele aquí.

Jisoo deposita un beso en ese punto.

—Curado.

Toco mi mejilla con la punta del dedo.

—Y aquí.

Se ríe mientras se pone de puntillas y su aliento húmedo roza mi piel.

Apunto a mis labios.

—Y aquí.

Me besa en una comisura. Después en la otra.

Alza un poco más la barbilla y me mira a los ojos. Veo en ellos una vida entera a su lado y no puedo evitar pensar que es muy poco tiempo. Con esa sensación en la piel, apoyo mi frente en la suya e inspiro, mientras me prometo a mí mismo que no malgastaré ni un solo segundo a partir de ahora.

Así que soy yo el que se inclina y atrapa sus labios.

Nos besamos.

Ella lo llena todo.

Fuera llueve.

Y es perfecto.

Agradecimientos

Escribir *Yo, tú y un quizás* no ha sido nada fácil, pero he tenido la inmensa suerte de estar rodeada de personas que me han ayudado a conseguirlo.

Gracias a Editorial Planeta, al sello Crossbooks y a todas las personas que trabajan cada día para que podamos seguir soñando. En especial, a Irene Lucas, por ser la mejor editora del mundo; a Miriam, que siempre me apoya en todo, y a Andrea, por su infinita paciencia.

El resto del equipo es igual de maravilloso.

A Yuliss y Tamara, porque sé que siempre puedo contar con ellas.

A Alice, siempre ahí.

A mi familia, porque son mi mayor motivación.

A Celia y Andrea, os quiero muchísimo.

A Piti, por animarme con los plazos planeando vacaciones. ¡Ahora sí nos vamos!

Y a todos vosotros, por avanzar conmigo novela tras novela y confiar en mí, aunque a veces me equivoque. Gracias por leerme.